हिन्द पॉकेट बुक्स

सत्य की ओर

डॉ० सर्वेपल्लि राधाकृष्णन् भारत के प्रथम उप-राष्ट्रपति (1952–1962) और द्वितीय राष्ट्रपति रहे। वे भारतीय संस्कृति के संवाहक, प्रख्यात शिक्षाविद, महान दार्शनिक, एक महान लेखक और एक आस्थावान हिन्दू विचारक थे। उनके इन्हीं गुणों के कारण सन् 1954 में भारत सरकार ने उन्हें सर्वोच्च सम्मान भारत रत्न से अलंकृत किया था। उनका जन्मदिन (5 सितम्बर) भारत में शिक्षक दिवस के रूप में मनाया जाता है।

सत्य की ओर

डॉ० सर्वेपल्लि राधाकृष्णन्

हिन्द पॉकेट बुक्स
पेंगुइन रैंडम हाउस इम्प्रिंट

हिन्द पॉकेट बुक्स

यूएसए | कनाडा | यूके | आयरलैंड | ऑस्ट्रेलिया | सिंगापुर
न्यू ज़ीलैंड | भारत | दक्षिण अफ्रीका | चीन

हिन्द पॉकेट बुक्स, पेंगुइन रैंडम हाउस ग्रुप ऑफ़ कम्पनीज़ का हिस्सा है,
जिसका पता global.penguinrandomhouse.com पर मिलेगा

पेंगुइन रैंडम हाउस इंडिया प्रा. लि.,
चौथी मंजिल, कैपिटल टावर -1, एम जी रोड,
गुड़गांव-122002, हरियाणा, भारत

पेंगुइन
रैंडम हाउस
इंडिया

प्रथम हिन्दी संस्करण हिन्द पॉकेट बुक्स द्वारा 1996 में प्रकाशित
यह हिन्दी संस्करण हिन्द पॉकेट बुक्स में पेंगुइन रैंडम हाउस द्वारा 2021 में प्रकाशित

10 9 8 7 6 5 4 3 2

ISBN 9789353492359

मुद्रक: रेप्रो इंडिया लिमिटेड

www.penguin.co.in

FSC www.fsc.org MIX Paper from responsible sources FSC® C047271

This is a legitimate digitally printed version of the book and therefore might not
have certain extra finishing on the cover.

प्रकाशकीय

राष्ट्रपति डा० राधाकृष्णन् हमारे युग के एक महान् विचारक और दार्शनिक हैं। भारतीय विचार-परम्परा के मूर्धन्य व्याख्याता और तत्त्व-चिन्तक के रूप में संसार के बौद्धिक क्षेत्रों में उन्हें बड़े सम्मान का स्थान प्राप्त है। उनकी पांडित्यपूर्ण रचनाओं ने आधुनिक विचार-जगत् को गहराई से प्रभावित किया है।

हमारा युग कई अर्थों में मानव-इतिहास में एक अद्वितीय युग है। वैज्ञानिक आविष्कारों और मनोवैज्ञानिक खोजों ने जैसे मनुष्य के बाहर और भीतर का सब कुछ बदल डाला है। ऐसी मान्यताएं जिन्हें इतिहास की स्वीकृति प्राप्त थी, आज हमें निरर्थक-सी प्रतीत होती हैं, जब कि नये मूल्य हमारी आस्था और हमारे विश्वास को चुनौती दे रहे हैं। अपूर्व संभावनाओं से भरे इस युग को समझने के लिए एक संतुलित दृष्टि और एक सम्यक् युग-बोध की आवश्यकता है। डॉ० राधाकृष्णन् की रचनाएं इसी युग-बोध की प्राप्ति में हमारी सबसे बड़ी सहायक हैं। इस दृष्टि से उनकी प्रसिद्ध रचना 'सत्य की ओर' विशेष रूप से महत्वपूर्ण है। इस प्रेरणाप्रद ग्रन्थ में डॉ० राधाकृष्णन् ने एक नई आस्था, एक नये विश्वास की खोज में आधुनिक मानव का पथ-निर्देशन किया है।

मनुष्य विगत और वर्तमान में अब तक जिन मान्यताओं को स्वीकार करता रहा है, उन्हें विवेक और तर्क की कसौटी पर कसते हुए डॉ० राधाकृष्णन ने 'सत्य की ओर' में प्राचीन उपनिषदों से लेकर आधुनिक दार्शनिकों तक के विचारों का अपनी प्रवाहमयी और ओजस्वी शैली में बड़े सरल ढंग से विश्लेषण और मूल्यांकन प्रस्तुत किया है। उन्होंने यह स्पष्ट किया है कि किस प्रकार प्राचीन और नवीन चिन्तन-प्रयासों के बीच से ही एक ऐसी आस्था, एक ऐसे युग-सत्य की उपलब्धि हो सकती है, जो हमारी अपूर्णताओं और अपर्याप्तताओं को दूर करने में सहायक होगी।

'सत्य की ओर' डा० राधाकृष्णन् के अन्तर्राष्ट्रीय ख्याति-प्राप्त ग्रंथ 'रिकवरी ऑफ फ़ेथ' का प्रथम प्रामाणिक और प्रवाहपूर्ण अनुवाद है।

अनुक्रम

पहला अध्याय

विषय-प्रवेश

भावुक और जानकार व्यक्तियों का विश्वास है कि आज के विश्व के लिए किसी सामाजिक, राजनीतिक अथवा आर्थिक पुनर्गठन से भी अधिक गहरी एवं मूलभूत आवश्यकता है आत्मिक पुनर्जागरण की, खोई हुई आस्था को पुनः प्राप्त करने की। जब सभ्यता में गतिरोध उत्पन्न हो जाता है, तब वह विखण्डित होने लगती है। इससे उत्पन्न होने वाली निराशा के मध्य मानवप्रज्ञा वर्तमान समाज-व्यवस्था की अपूर्णता को स्वीकार करने और नये सिरे से उसकी नींव डालने तथा उसके आधार को बदलने की ओर उन्मुख होती है। इसके कारण आत्मान्वेषण के महान आन्दोलनों का जन्म होता है। विज्ञान ने मनुष्य के अपने ही हस्तक्षेप के द्वारा विश्व के सम्भावित विनाश की जो एक नई विभीषिका उत्पन्न कर दी है उससे हमें यह चेतावनी याद आ जाती है कि पाप का परिणाम मृत्यु ही है।

यह भावना कि हम अपने इतिहास की एक निर्णायक घड़ी पर आ पहुंचे हैं और हमें ऐसा चुनाव कर लेना है जो सदियों की घटनाओं की गति एवं दिशा को निश्चित रूप प्रदान करेगा, हमारे युग के लिए कुछ नवीन नहीं है। इतिहास के अनेक युगों में गलत या सही, इस प्रकार का विश्वास पहले भी रहा है और उनमें से प्रत्येक ने ही यह अनुभव किया है कि दूसरे युगों की अपेक्षा उसके लिए ऐसा दावा करने का अधिक औचित्य है। जब रोम का पतन हुआ तो आगस्टाइन ने विलाप करते हुए कहा था : "रोम के पतन पर समस्त विश्व रो रहा है।" बैतुलहम के अपने मठ से संत जेरोम ने लिखा : ''समस्त मानव-जाति ही इस विनाश के कोड़ में आ गई है, मेरी जिह्वा तालू से चिपक गई है और रोदन ने इस चिन्ता में मेरी वाणी को रुद्ध कर दिया है कि आज वह नगर बंदी है जिसने समस्त विश्व को अपना बंदी बना डाला था।" इससे पूर्व की सहस्राब्दी में थूसाइ-डाइड्स ने 431 से 404 इसापूर्व के पेलोपोनीशियन युद्ध में एथीनियन साम्राज्य के पतन पर शोक-संतप्त उद्गार प्रकट किए थे। 4000 वर्ष से भी अधिक पुरानी एक प्राचीन मिस्री पाण्डुलिपि में निम्नलिखित वाक्य मिलते हैं:

"चोरों का आधिक्य है···कोई खेत नहीं जोतता। लोग कहते हैं,

'हम नहीं जानते कि दिन-दिन क्या घटनाएं घटेगी।'...हर जगह धूल उड़ती है, और किसीके बदन पर स्वच्छ वस्त्र नहीं दिखाई पड़ते।...कुम्हार के चक की भांति देश गोलाकार घूम रहा है।...दासियां स्वर्णाभूषणों से अलंकृत दीख पड़ती हैं। किसीकी हंसी नहीं सुनाई पड़ती।...बड़े-छोटे सब यही कहते हैं, 'अच्छा होता, ऐसे समय हम न पैदा हुए होते।'...समृद्ध लोगों को चक्की पीसनी पड़ रही है...अच्छे घरों की महिलाओं को दासियों का काम करना पड़ रहा है।...लोग इतने क्षुधातुर हैं कि शूकरों के मुंह से गिरे टुकड़ों पर झपट पड़ते हैं।...जिन कार्यालयों में अभिलेख रखे थे उन्हें तोड़कर ध्वस्त कर दिया गया है तथा कागज़-पत्र नष्ट कर दिए गए हैं।...कुछ मूर्खों ने देश को राजतन्त्र से वंचित कर दिया है।...अधिकारियों को इधर-उधर खदेड़ दिया गया है।...कोई भी सार्वजनिक कार्यालय वहां नहीं है जहां उसे होना चाहिए, और जनता की अवस्था बिना चरवाहे की भेड़ों के समान हो गई है।...कलाकारों ने अपनी कलाओं का सृजन बन्द कर दिया है।...थोड़े-से लोग बहुतों का वध कर रहे हैं।...कल तक जो नगण्य था, आज धनवान है और पहले के धनवान उसे खुशामद से अभिभूत किए डालते हैं...धृष्टता का बोलबाला है...काश, मनुष्य का अन्त हो जाता, नारियां न गर्भ धारण करतीं और न शिशुओं को जन्म देतीं। तभी अन्त में संसार को शान्ति मिलेगी।"[1]

मानव की स्मृति उसे अपनी जाति की आयु से अवगत कराती रहती है इसीलिए दो हज़ार वर्ष या चार हज़ार वर्ष पूर्व की भांति आज भी वह अनुभव करता है कि वह जीवन की अन्तिम अवधि में रह रहा है। किन्तु पहले ज़माने में सभ्यताएं जब एकाधिक महाद्वीपों में नष्ट हो जाती थीं, तब भी दूसरे क्षेत्रों में बनी रहती थीं और अतीत का संचित ज्ञान हमारे बांधवों को जाति के भविष्य की रक्षा की शक्ति प्रदान करता रहता था। मिस्री, यूनानी तथा यूनानी-रोमन सभ्यताएं विश्व के लघु भूखण्डों तक मर्यादित थीं, इन भूखण्डों तक ही समस्त मानव-जाति का अन्त नहीं था; किन्तु आधुनिक सभ्यता की शक्तियां विश्व-व्यापिनी हैं। फिर यह बात भी ध्यान रखने की है कि जब दूसरी सभ्यताओं का पतन हुआ, तब आक्रमण का स्रोत मुख्यतः बाहरी था। आज संकट अन्दर से है। दुनिया में इतने विराट् परिवर्तन हो रहे हैं कि अतीतकालिक परिवर्तनों से उनकी तुलना नहीं की जा सकती। वर्तमान स्थिति महान सम्भावनाओं से, असीम संकटों एवं

1. एमैन की पुस्तक 'डाइ लितरेत्यूर दे इजिप्तेन' (मिस्त्रियों का साहित्य), 1923, पृष्ठ 130-148 से कार्ल जैस्पर्स द्वारा अपने ग्रन्थ 'मैन इन दि मॉर्डन एज' (1951), पृ० 24, के भूमिका-भाग में उद्धृत।

अतुलनीय पुरस्कारों से पूर्ण है। यह अन्त भी सिद्ध हो सकती है और एक नवीन समारंभ भी। मानव-जाति आत्मविनाश करके समाप्त हो सकती है, या उसकी आध्यात्मिक प्रणवत्ता पुनर्जीवित हो सकती है और एक ऐसे नवीन युग का आविर्भाव हो सकता है जब यह धरती मानवता के वास्तविक गृह का रूप धारण कर ले। आधुनिक मस्तिष्क अस्पष्ट-अलौकिक भयों और गंभीर रहस्यात्मक आकांक्षाओं के बीच डावांडोल है।

सशस्त्र विश्व आज बाह्यतः दो परस्पर-विरोधी शिविरों में विभक्त है, जिनमें से प्रत्येक दूसरे पर झपट पड़ने को सन्नद्ध है। हमारे विचारों एवं भावनाओं पर इस स्थिति का आतंक है। भविष्य का रूप क्या होगा, इस चिन्ता से हम बुरी तरह ग्रस्त हैं। हमारे पास जो भी साधन हैं, जो भी वरदान हमें प्राप्त हैं, जितनी भी शक्तियां हममें विकसित हो पाई हैं, उन सबके साथ भी हम शान्ति एवं सुरक्षा-पूर्वक जीवन व्यतीत करने में असमर्थ हैं। हमारा ज्ञान बढ़ गया है, हमारी जानकारी बढ़ गई है, परन्तु विवेक एवं सद्गुणों में हमारा विकास नहीं हो पाया है, और उनके अभाव में सब वस्तुएं चिरन्तन संघर्ष में विजड़ित हो उठी हैं। कोई केन्द्र ऐसा नहीं जो विश्व को एक में बांधकर रख सके। अब तक विवेक एवं सद्गुणों के विकास के लिए धर्म अनुशासन का काम देता रहा है; किन्तु आज धर्म-विश्वास से खिसककर हम बहुत दूर चले गए हैं और सुरक्षा का हाशिया आज खतरनाक रूप से छोटा और संकुचित हो गया है। सामाजिक मनोव्यथा का शोषण करने वाले असंख्य व्यक्ति विश्व के विभिन्न भागों में पैदा हो गए हैं, जो अपने को नेता कहते हैं और विवेक के नाम पर अपनी मूर्खता का प्रदर्शन करते रहते हैं। हम एकसाथ अन्न एवं घास-पात दोनों का रोपण कर रहे हैं।

यह सोचने से कोई राहत नहीं मिलती कि अरक्षा, भावी विनाश या युद्ध की विभीषिका की भावना सृष्टि के आरम्भ से मानव-पीढ़ियों को ग्रस्त किए रही है और काल के आरंभ से ही ऐसा होता रहा है। सवाल यह है कि क्या विश्व के अन्त तक इसे वैसा ही रहना चाहिए?[1] यह विश्वास कर लेना कि यह प्रकृति का नियम है, यह नियति का अभिलेख है जिससे हम सदा के लिए बंधे हुए हैं, मानव की अन्तरात्मा का खण्डन करना है। यदि ए० एन० ह्वाइटहेड के शब्दों में जीवन जगत् की पुनरावर्तिनी यांत्रिकता के प्रति एक अभियान है तो मानव-जीवन पर तो यह बात और भी अधिक चरितार्थ होती है। मानव निष्ठुर भाग्य की दया

1. तुलना करें, मेजर-जनरल जै०एफ०सी० फुलर : "मानव-इतिहास में युद्ध से सर्वथा मुक्त एक भी युग दिखाई नहीं पड़ता और ऐसी पीढ़ियां भी क्वचित् ही हैं जिन्होंने किसी प्रमुख संघर्ष के दर्शन न किए हों। समुद्र के नियमित ज्वार के समान ही महायुद्धों की तरंग भी उठती-बैठती रहती है।"—'दि डिसाइसिव बेटल्स ऑफ दि वेस्टर्न वर्ल्ड' (1954), भाग 1, पृष्ठ 11।

पर आश्रित नहीं है। संकल्प करने पर वह अपने अतीत इतिवृत्त में विकास कर सकता है। इतिहास की अनिवार्यता कहीं नहीं है। यह मान लेना कि हम विनाश के अन्तिम गर्त की ओर ले जाने वाली धारा में बहते हुए विवश प्राणी हैं, निराशा के तत्त्वज्ञान, शून्यवाद का आलिंगन करने के समान हैं। हम धारा के विरुद्ध तैर सकते हैं, यहां तक कि उसकी गति बदल सकते हैं।

इतिहास की अशुद्ध परिकल्पना लोगों के मन को दूषित कर रही है। इससे कोई अन्तर नहीं पड़ता कि यह विकार, यह भ्रष्टाचार पूर्वनिश्चित दैवी नियति के नाम पर होता है या पूर्णता की ओर अनिवार्य प्रगति के नियम के नाम पर; या विश्वमेधा (Weltgeist) के नाम पर होता है अथवा वर्गहीन समाज की भावना द्वारा द्वन्द्वात्मक रूप से इतिहास को उसकी अन्तिम परिणति की ओर ले जाते हुए होता है या एक ही परिकल्पना के बहुरूपी नाट्य गोलक की सूत्र-धारिणी एक नियति द्वारा। काल्विन के मत में, अतर्क्य एवं अग्रहणीय दैवेच्छा ही अन्तिम सत्य है।[1] ईश्वर ही सब कुछ है, मानव कुछ नहीं। यदि ईश्वर की इच्छा न होती कि वह कुछ को विनाश से बचा ले, तो वे कभी उससे उभर न पाते। वही कुछ को जीवन और दूसरों को मृत्यु का न्याय प्रदान करता है। यदि मानवता खंडहर बन जाती है तो केवल इसलिए कि दैवी न्याय वैसा ही चाहता है। सब नियतिवादी सम्प्रदायों की भांति काल्विनवाद भी आत्मा को अपनी विवशता का बोझ उठाने को छोड़ देता है। काण्ट के लिए इतिहास मानक का क्रमिक सदाशयीकरण है और ऐसा किसी दैवी नियति के ही कारण होता है। हीगेल के लिए इतिहास परमसत्ता का क्रमिक अनावरण है। जैसे भी हो, मानव-जाति समत्व की ओर गति कर रही है और दे ताकविले ने अनुभव किया कि समत्व की ओर इस प्रगति में दैवी समादेश के ही गुण वर्तमान हैं, "यह सार्वदेशिक है, यह स्थायी है, यह समस्त मानवी हस्तक्षेपों के परे निकल जाता है।"[2] जीव-विज्ञान-संबंधी विकासवाद के सिद्धान्त और वैज्ञानिक विजयों ने प्रगति में एक उत्फुल्ल विश्वास को जन्म दिया, यद्यपि अपने-आप होने वाली प्रगति के किसी नियम की स्थापना वैज्ञानिक आधार पर नहीं की जा सकी। स्पेंसर ने कहा कि प्रत्येक पदार्थ, जिसमें मानवता भी सम्मिलित है, अपने-आप अच्छे से अच्छा होता जा रहा है। मार्क्सवादी एक ऐसे युग की ओर आंखें लगाए हुए हैं जब "भविष्य के पूर्णतः विकसित साम्यवादी समाज में, आवश्यकता के गर्भ से, मुक्ति का सच्चा राज्य विकसित

1. काल्विन ने लिखा था : "जब हम ईश्वर के पूर्वज्ञान की बात कहते हैं तब हमारा मतलब यह होता है कि सब वस्तुएं सदा सनातन काल से उसकी दृष्टि तले हैं, यद्यपि उसके ज्ञान में कोई अतीत या भविष्य नहीं है, केवल वर्तमान है। यह बात समस्त निसर्ग एवं प्राणियों के सम्बन्ध में लागू है।"

2. 'डेमोक्रेसी इन अमेरिका', हेनरी रीवद्वारा अनूक्षित (1835), भाग 1की प्रस्तावना।

होगा।"[1] यद्यपि मार्क्स ऐतिहासिक शक्तियों की द्वन्द्वात्मक प्रगति पर ज़ोर देता है, किन्तु वह वैयक्तिक प्रयत्न की आवश्यकता की ओर से आंखें नहीं मूंद लेता। साम्यवादी इस विश्वास से काम करते हैं कि इतिहास उनकी ओर है। नीत्शे को विश्वास हो गया था कि यूरोप की संस्कृति का विनाश होकर रहेगा, समस्त परम्परागत मूल्यों को ग्रहण लगने ही वाला है और हम मार्ग या पथ-दर्शन से हीन होकर जंगल में भ्रमित हो रहे हैं। स्पेंगलर कहता है कि नियत के ही आदेश से इतिहास के इस युग में हमारे आध्यात्मिक मूल्य विशृंखल एवं त्रस्त हो उठे हैं। हमें मुक्ति के शत्रुओं का साथ देकर परिपूर्ण द्वन्द्ववाद या इतिहास को उसके कार्य में सहायता देना है। हम उदासीन, बल्कि संत्रस्त-से हो गए हैं और हमने मान लिया है, हम अपने किसी भी कार्य द्वारा चतुर्दिक फैले मिथ्याचार की विजय की गति का अवरोध करने में असमर्थ हैं।

इतिहास की नियतिवादी विचारधारा में मानव-स्वातंत्र्य की पर्याप्त धारणा नहीं मिलती। उसकी दृष्टि में गहराई और सम्मान का अभाव है। आवश्यकता की छाया तले मनुष्य जो संघर्ष करता है उसका उसे ध्यान नहीं, पर मनुष्य की मुक्त आत्मा में निष्ठा रखे बिना हम अपने लिए भी वही हो जाएंगे जो प्रकृति एवं इतिहास हमारे लिए हो गए हैं—एक जंगल, एक विशृंखलता के समान। कर्म पर मुक्ति द्वारा ही विजय मिल सकती है। आत्मा का मुक्ताचरण ही ऐतिहासिक आवश्यकता पर विजय प्राप्त कर सकता है। "ईश्वर ने मन्दिर के विनाश का निर्णय किया है। ईश्वर के ही नाम पर ईश्वर के क्रोध से मन्दिर की रक्षा करो।" मानव को उस पथ पर चलना है जो उसकी प्रकृति में निहित निम्नतम से, उसकी पशुता से, ऊपर उठाकर उसे श्रेष्ठतम तक पहुंचा दे। मानव-प्राणी पदार्थों में एक पदार्थ-मात्र नहीं है, वस्तुओं में वस्तु-मात्र नहीं है। वह अपने लिए कुछ अर्थ रखता है। वह कोई ऐसी मानसिक प्रक्रिया नहीं है जो पहले से ही पूर्णतः निश्चित हो। यदि उसे पदार्थसत्तात्मक ही बना दिया जाए और आत्मानुभूति से उसे रहित कर दिया जाए, तो वह बस कर्म या आवश्यकता का शिकार होकर रह जाता है। परन्तु पदार्थमूलक घटनाओं से बचना मनुष्य के लिए सम्भव है। वह आत्मवत् हो सकता है तथा अपने-आप बन सकता है। मानव-जाति का समस्त इतिहास उसके मुक्त होने का निरवच्छिन्न प्रयत्न-मात्र है। मानवाकार में जो महान ज्योतियां पृथ्वी पर अवतीर्ण हुई—बुद्ध, सुकरात, ज़रथुस्त्र, ईसा—वे सब मानव-प्रकृति की दैवी सम्भावनाएं ही हमारे आगे व्यक्त कर गई हैं और हमें आत्मवर्ती होने का साहस प्रदान करती हैं।

अतीतकाल में प्रगति की कोई निरन्तरता नहीं रही हैं। कभी एक दिशा में

1. देखें, मॉरिस जिसबर्ग कृत 'दि आइडिया ऑफ प्रोग्रेस' (1953), पृष्ठ 13।

होने वाला विकास दूसरी विशा में होने वाली दुरवस्था का सूचक-मात्र रहा है। भौतिक वातावरण को सुधारने में हमने बड़ी प्रगति की है, किन्तु मानव-सम्बन्धों को सुधारने में हम वैसा नहीं कर पाए। इतिहास की गति में कोई निश्चित नियम, योजना या आकार हमें नहीं प्राप्त होता। मानवता मनुष्य के मुक्त आचरण द्वारा की गई उछालों द्वारा ही आगे बढ़ती है। जब हम वर्तमान स्थिति के प्रति सचेत होते हैं तब उसका अभिप्राय यही होता है कि हम उसमें सोद्देश्य आचरण कर सकते हैं। स्थिति किसी पूर्वनिश्चित एवं नियति-निर्धारित वस्तु की ओर नहीं ले जाती। विनाश की ओर प्रयाण कुछ अनिवार्य नहीं है। हमारा भविष्य इसपर निर्भर करता है कि हम क्या सोचते और संकल्प करते हैं। स्थिति की प्रकृति को समझ लेना, उसपर नियंत्रण प्राप्त करने की पहली सीढ़ी है। जब हम उसे समझ लेते हैं तब उसीसे उसमें सुधार-संस्कार करने का संकल्प उत्पन्न होता है। फिर तो हम उसकी गति चाहे जितनी धीमी या तेज़ कर सकते हैं। हमारे जीवन में इतनी असंगतियां हैं कि हम निश्चयपूर्वक भविष्य-कथन नहीं कर सकते।

परिवर्तन जीवन का नियम है। मनुष्य को अपने चतुर्दिक् फैली स्थिति के अनुसार अपने को ढालना पड़ता है। जब वह चारों ओर जल ही जल से घिरा होता है, तब समुद्र द्वारा जो कुछ प्राप्त हो जाता है उसीपर गुज़र करने वाला मछुआ बन जाता है; यदि वह पादपबहुल उष्णकटिबंधीय जलवायु में रहता है तो कलसंग्रही बन जाता है। मनुष्य को बाह्य प्रकृति और स्वयं अपने साथ समझौता करना ही पड़ता है। यही उसके जीवित रहने की शर्त है। सभी धर्म घोषित करते हैं कि मानवता का एकीकरण उनका लक्ष्य है। भौतिक अथवा भौगोलिक दृष्टि से यह संपादित भी हो चुका है; किन्तु मानवता के इस ऐक्य की स्वीकृति के लिए हमें अपने मन एवं हृदय को अब भी तैयार करना है। जातियों एवं राष्ट्रों के विभाजन के बीच, राष्ट्रों की प्रतिद्वन्द्विता और धर्मों के संघर्ष के बीच, एक नई एकता का निर्माण करने के लिए एक नये मोड़, एक नवीन स्थापना की ज़रूरत है। इसके लिए साहसिक प्रयत्न और हमारे दृष्टिकोण में क्रान्तिकारी परिवर्तन की आवश्यकता है।

इस आशा के बिना कि मानवता सचमुच ही एक उच्चतर नैतिक स्तर तक उठने में समर्थ है या इस स्वप्न के बिना कि अन्त में वह और उसके साथी मानव एक-दूसरे को समझने और एक-दूसरे के निकट आने में समर्थ होंगे, मनुष्य जी नहीं सकता, न कोई काम कर सकता है। व्यक्तियों एवं राष्ट्रों के बीच केवल विभाजक दीवारें ही नहीं हैं, जोड़ने वाली कड़ियां भी हैं। किन्तु मनुष्य-जाति की सबसे बड़ी मंज़िल और सर्वोच्च नियति हैं—और अधिक मानवीय, और अधिक आध्यात्मिक बनना तथा संवेदना-सहानुभूतियुक्त समझदारी के और अधिक योग्य होना। आज जैसे युगों में, जब कि उलझन और भय का राज्य है, यह आशा मानव-

हृदय में प्रबल हो ही उठती है।

संसार के महान धर्मशिक्षक, जो कुछ उन्हें विरासत में मिला होता है, उससे कुछ भिन्न बात की ही शिक्षा देते हैं। उपनिषदों के ऋषि, गौतम बुद्ध, ज़रथुस्त्र, सुकरात, ईसा, मुहम्मद, नानक और कबीर इत्यादि अपने जीवन में ही परम्परागत विचारों को अनिवार्य रूप से तोड़ने को बाध्य हुए। जैसे उपनिषदों के ऋषियों और बुद्ध ने वैदिक कर्मकाण्ड का विरोध किया, जैसे ईसा ने यहूदी धर्मांधता को चुनौती दी, वैसे ही हमें भी धर्म के शाश्वत तत्त्वों की, रूप और गठन अथवा बाह्य प्रवृत्तियों से, जो मानव की दुर्बलता एवं काल की विकृतियों से उत्पन्न होती हैं, रक्षा करनी पड़ेगी। जो धर्म हमारे युग की आवश्यकताओं और मांगों के अनुरूप सृजनात्मक अभिव्यक्ति की शक्ति खो चुका है, उसे छोड़ ही देना चाहिए। कालिदास अपने 'मालविकाग्निमित्र' में कहते हैं: "हर चीज़ केवल इसलिए अच्छी नहीं है कि वह पुरानी है। कोई भी साहित्य केवल नया होने के कारण नगण्य नहीं समझा जा सकती। महापुरुष उपयुक्त विवेचन-परीक्षण के पश्चात् ही एक या दूसरे को ग्रहण करते हैं। केवल मूर्ख ही दूसरों के विश्वासों द्वारा पथभ्रष्ट होते हैं।"[1]

इतिहास निरन्तरता और प्रगति है। परम्परागत निरन्तरता केवल यांत्रिक सृजन नहीं है, वह सृजनात्मक रूपान्तरण है। हमें धार्मिक यथार्थता को दूसरे युगों की पद्धति एवं विचारसरणी से निकालकर अपने युग एवं संतति की आवश्यकताओं और मांगों के अनुरूप ढालना पड़ेगा और इस प्रकार उसकी रक्षा करनी पड़ेगी। हमें ऐसे सामान्य लक्ष्यों का सृजन करना होगा जो प्रभुता या हीनता की कोई भावना आए बिना जीवित धर्मों को एक कर सकेंगे। काल सम्पूर्ण वस्तुओं को बदल देता है। तब अपनी आन्तरिक आत्मभावना एवं प्रेरणा द्वारा हमें सनातन सत्य तक पहुंचना ही होगा।

विश्वास एवं आचार साथ-साथ चलते हैं। यदि हम रक्त, जाति और धरती में विश्वास रखते हैं तो हमारी दुनिया प्रतिहिंसा एवं उत्पीड़न की घटनाओं से भर जाएगी और यदि हम जंगली पशुओं जैसा आचरण करेंगे तो हमारा समाज भी एक जंगल जैसा हो जाएगा। यदि हम सार्वदेशिक आध्यात्मिक मूल्यों में विश्वास रखेंगे तो उससे शान्ति एवं सौहार्द का विकास होगा। अच्छा वृक्ष अच्छा फल देता है। आज हम आधारभूत प्रश्नों के बारे में सोच रहे हैं और सत्य को परम श्रेयस्कर एवं पुरस्करणीय रूपों में जानने को उत्सुक हैं।

1. पुराणमित्येव न साधु सर्व
   न चापि काव्यं नवमित्यवद्यम्।
   सन्तः परीक्ष्यान्यतरद्भजन्ते
   मूढः परप्रत्यअनेय वृद्धिः ॥1,2॥

गेटे कहता है: "संसार एवं मानवेतिहास का एक, और केवल एक ही वास्तविक तथा गहन, वर्ण्य विषय है अन्य सब वर्ण्य विषय उसके अधीन हैं, और वह है विश्वास एवं अविश्वास के बीच संघर्ष। जितने भी युग विश्वास द्वारा नियंत्रित हुए हैं, फिर चाहे उनका रूप कुछ भी रहा हो, उनका एक अपना आलोक और आनन्द होता है; वे अपने देश-जाति के लिए भी और शाश्वत-सनातन के लिए भी फलदायक होते हैं। जितने भी युग ऐसे हैं जिनपर किसी भी रूप में अविश्वास का राज्य है, वे यदि अपने मिथ्या आलोक से क्षण-भर के लिए चमक भी उठते या डींग मार लेते हैं तो भी सनातन काल-प्रवाह द्वारा उपेक्षा को प्राप्त होते हैं, क्योंकि कोई भी असृजनात्मक या अनुत्पादक वस्तुओं को लेकर अपने जीवन को नष्ट करना नहीं चाहता।"[1] विभिन्न मानव-समाज भी, मनुष्य-प्राणियों की भांति ही, निष्ठा एवं विश्वास से जीवित रहते हैं और निष्ठा का लोप होते ही नष्ट हो जाते हैं। यदि हमारा समाज पुनः अपना गया हुआ स्वास्थ्य प्राप्त करना चाहता है, तो उसे अपनी खोई निष्ठा पुनः प्राप्त करनी ही पड़ेगी। हमारा समाज इतना अस्वस्थ नहीं है कि उसकी रक्षा ही न की जा सके; कठिनाई इतनी ही है कि वह विभक्त निष्ठाओं तथा परस्पर-प्रतिकूल प्रेरणाओं से पीड़ित है। कभी वह उत्साह से विह्वल हो उठता है, कभी निराशा से हिम्मत हार बैठता है। पर यही आत्म-वेदना, यही दर्द हमारी आशा का कारण है। हमें केवल ऐसी निष्ठा की ज़रूरत है, जो वस्तुओं पर अन्तरात्मा की शक्ति स्थापित करे, और इस दुनिया में, जहां विज्ञान एवं समाज-गठन ने अपने पारस्परिक सम्बन्ध को परम्परागत मूल्यों में खो दिया है, पुनः महत्त्व का स्थान प्राप्त करे।

1. 'दि डिस-इनहेरिटेर माइंड' (1952), पृ० 77 में एरिक हेलर द्वारा उद्धृत।

दूसरा अध्याय

विश्वास की कठिनाइयां

आज जिन प्रधान शक्तियों और प्रभावों के कारण अविश्वास या अनास्था की समस्या उठ खड़ी हुई है, उनमें बढ़ता हुआ वैज्ञानिक दृष्टिकोण, प्रबुद्ध सामाजिक चेतना तथा विश्व-ऐक्य में दिलचस्पी प्रमुख हैं। यदि कोई धर्म हमारे युग के वैज्ञानिक स्वभाव को सन्तुष्ट करने, उसकी सामाजिक आकांक्षाओं के साथ सहानुभूति रखने और विश्व-ऐक्य को आगे बढ़ाने में असमर्थ है तो वह जीवित रहने की आशा नहीं कर सकता।

1. धर्म और विज्ञान

वैज्ञानिक स्वभाव अपनी अविश्रान्त बौद्धिक जिज्ञासा, किसी भी चीज़ को केवल विश्वास पर स्वीकार करने में हिचकिचाहट तथा सन्देह करने की शक्ति के कारण ही सम्पूर्ण कृत्यों एवं प्रयोगों को आगे बढ़ाता रहा है। वह किसी विचार को बिना निरीक्षण-परीक्षण एवं आलोचना के स्वीकार नहीं करता। वह प्रश्न करने और मान्यताओं पर सन्देह करने में स्वतंत्र है। इस प्रेरणा, इस भावना ने हमें अपने भौतिक पर्यावरण पर एक अद्भुत प्रभुत्व प्रदान किया है।

धर्म का जो सामान्य अर्थ लिया जाता है उसमें वह विज्ञान की प्रेरक भावना का विरोधी है। विज्ञान की विधि आनुभविक या अनुभवाश्रित है, जब कि धर्म की पूर्वाग्रही है; विज्ञान किसी सर्वाधिकारवादिता पर आश्रित नहीं है, बल्कि ऐसे दृष्ट प्रमाणों की ओर इंगित करता है जिनका मूल्यांकन कोई भी प्रशिक्षित मस्तिष्क कर सकता है। विज्ञान चिंतन एवं जिज्ञासा की स्वतंत्रता के बीच किसी भी प्रतिबंध को स्वीकार नहीं करता; वह नवीन ज्ञान एवं नवीन अनुभव का स्वागत करता है। एक सच्चा वैज्ञानिक कभी पूर्वाग्रह या अंधश्रद्धा का आश्रय नहीं लेता। उसके दृष्टिकोण में नम्रता, आत्मालोचन और दूसरों से सीखने की तत्परता दिखाई पड़ती है। यदि हम जिज्ञासा की स्वतंत्रता को महत्त्व देते हैं तो हमें यह समझते देर न लगेगी कि वह धर्म के प्रमुख अंग सर्वसत्तावाद या प्राधिकारवादिता के प्रतिकल है।

तर्तूलियन ने सम्पूर्ण दर्शनशास्त्र को राक्षसी कहकर उसकी निन्दा की है।

वह पूछता है, "ईसाई और दार्शनिक के बीच—स्वर्ग के अनुयायी और यूनान के अनुयायी के बीच : एक, जो सत्य को विकृत करता है और दूसरा, जो उसको पुनःस्थापित करता है और उसकी शिक्षा देता है, इन दोनों के बीच—कोई सादृश्य कहां है ?"[1] धर्म और विवेक के बीच का यह पारस्परिक विरोध आज भी बिलकुल असामयिक नहीं है। डॉक्टर एच० केमर कहते हैं: "धर्मनिष्ठा के लिए बुद्धिग्राह्य तर्क की मांग करना विवेक, अर्थात् मनुष्य को धर्मविषयक बातों में प्रमाण मान लेना है।"[2]

विज्ञान के लिए तो समस्त निर्णय अस्थायी और नवीन ज्ञान के प्रकाश में पुनःशोधित होने योग्य होते हैं। यदि स्थापित धर्म एक ऐसी दुनिया में कठोर और सीमित होकर रह जाते हैं जिनकी चहारदीवारी शताब्दियों पूर्व लिखे गए धर्म-ग्रन्थों द्वारा निश्चित की गई थी तो जिस वैज्ञानिक प्रणाली ने अपना औचित्य न केवल सिद्धान्ततः वरन् अपने आश्चर्यजनक प्रौद्योगिक परिणामों द्वारा व्यावहारिक रूप में सिद्ध कर दिया है, उसकी ओर आकर्षित लोग धर्मवेदिका पर प्रयोगशाला को तरजीह देने को ही प्रवृत्त होंगे।

फिर वैज्ञानिक विचारों में सार्वदेशिकता का एक तत्त्व है जो धार्मिक सिद्धान्तों में नहीं पाया जाता। वैज्ञानिक लोग कोई राष्ट्रीय या भौगोलिक सीमा नहीं मानते। वे दूसरे देशों के सहकर्मियों के साथ सूचनाओं का आदान-प्रदान करते हैं। दुराव या गोपनीयता विज्ञान की भावना के विरुद्ध है।

1. 'एपोलॉजी', 46। जब सत्रहवीं शती के प्रारम्भ में कोपर्निकस ने पृथ्वी के घूमने का सिद्धान्त निकालकर उसे उसके प्राधान्य से च्युत कर दिया, तो लूथर को गहरा आघात लगा। उसने कहा : 'लोग एक नौसिखुए छद्मज्योतिषी की बातों पर ध्यान देते हैं जिसने यह सिद्ध करने की चेष्टा की है कि स्वर्ग, आकाशमण्डल, सूर्य एवं चन्द्र नहीं बल्कि पृथ्वी घूमती है। जो भी विचक्षण दिखाई पड़ना चाहता है उसे कोई नई बात, नई प्रणाली चलानी ही पड़ेगी और वही उसकी राय में सब प्रणालियों से श्रेष्ठ होगी। यह मूर्ख सम्पूर्ण ज्योतिष-विज्ञान को उलट देना चाहता है; किन्तु पवित्र धर्मग्रन्थ हमें बतलाता है कि जोशुआ ने सूर्य को, न कि पृथ्वी को, एकदम स्थिर हो जाने का आदेश दिया था।" इसी प्रकार काल्विन ने भी कोपर्निकस का खण्डन किया : "यह दुनिया इस प्रकार स्थिर है कि चलाई नहीं जा सकती।" और, "कौन ऐसा है जो पवित्र शक्ति (होली स्पिरिट) पर कोपर्निकस की बात को महत्त्व देगा ?"

किर्जर ने एक जेसुएट प्रोफेसर को अपनी दूरबीन द्वारा सूर्य के नवाविष्कृत धब्बों को देखने के लिए आमन्त्रित किया। प्रोफेसर ने उत्तर दिया : "मेरे बच्चे, यह प्रयत्न निरर्थक है। मैंने दो बार अरस्तू को पुरे का पूरा पढ़ा है और उसमें हमें सूर्य के धब्बों की कोई बात नहीं मिली। सूर्य में कोई धब्बा नहीं है।"

2. 'दि क्रिश्चियन मेसेज इन ए नॉन-क्रिश्चियन वर्ल्ड' (1938), पृष्ठ 106। 'क्रिश्चियन न्यूज़-लेटर' (क्रमांक 139, 19 जनवरी, 1949) में डाक्टर ए० कम्फर्ट लिखते हैं : "जब कि पिछले दिनों विज्ञान की कट्टरता कुछ कम हो गई है, धर्म अधिकाधिक केवल अधिकारादेश या सर्वाधिकारिता का आश्रय लेता गया है और शायद ही कभी तर्क करने का कष्ट उठाता है।"

प्रत्येक धर्म का दावा है कि उसका धर्मग्रन्थ असामान्य रूप से ईश्वर की वाणी है और इसलिए निर्भ्रान्त है। परन्तु धर्मग्रन्थों की भ्रान्तिहीनता विज्ञान की दृष्टि में असंगत है—दोनों में विरोध है। कतिपय मूलधर्मवादियों या परम्परावादियों के अतिरिक्त धर्मग्रन्थ को अक्षरशः प्रमाण मानने पर प्रायः अब कोई ज़ोर नहीं देता। अब धर्मग्रन्थ केवल उन लोगों के भ्रान्त मन एवं हृदय पर ईश्वरीय वाणी के सम्पर्क-मात्र को व्यक्त करते हैं जो उसके प्रति उन्मुख हैं या जो उसको ग्रहण करते हैं। अब धर्मग्रन्थ की बातों को अतर्क्य एवं अभ्रान्त नहीं समझा जाता।[1]

धर्मग्रन्थों के अधिकांश पाठ को अक्षरशः ग्रहण भी नहीं किया जा सकता। उदाहरणस्वरूप यदि हम सृष्टि की तिथि-सारणी और सृजन-सम्बन्धी बाद के आकस्मिक कार्यों की मालिका पर विचार करें और एक ठोस स्वर्ग एवं स्थिर पृथ्वी की बात को अक्षरशः मानें तो वे विज्ञान की शोधों के विरुद्ध प्रतीत होंगे। फिर कोई भी धर्म इस अन्वेषण के सामने ठहर नहीं सकता कि वह ऐसे विश्वासों में मूलबद्ध है जिनका कोई ऐतिहासिक आधार नहीं है, न कोई आध्यात्मिक सत्य ही उनके पीछे है। धर्म से कट्टरता, परम्परा एवं पौराणिकता को अलग कर देना उसे खोखला कर देना है। इसलिए धर्माधिकारी ऐसे सम्पूर्ण प्रयत्नों की निन्दा करते हैं जिनसे धर्मग्रन्थों के प्रति निष्ठा को धक्का लगता हो।[2]

1. प्रोफेसर सी० एच० डॉड लिखते हैं : "धर्म-विश्वास तो वैज्ञानिक मान्यताओं की अपेक्षा भी अधिक सापेक्ष्य है। वैज्ञानिक मनुष्य की भांति धार्मिक मनुष्य को भी स्मरण रखना चाहिए कि सबसे अच्छा जो वक्तव्य वह अपने को दे सकता है, वह अन्तिम सत्य के एक अत्यन्त अपर्याप्त प्रतीक के सिवा और कुछ नहीं है।"—'दि अथारिटी ऑफ दि बाइबल' (1928), पृष्ठ 20।

2. जब रोमन सम्राटों ने ईसाईधर्म के प्रति सहिष्णुता की नीति अपनायी तो रोमन कैथोलिक चर्च ने 'सेंसरशिप' (कठोर निरीक्षा) की एक प्रणाली गठित की। पहली किताब, जो इस प्रणाली द्वारा औपचारिक रूप से निषिद्ध घोषित की गई, पादरी ऐरियस की पुस्तक 'थालिया' थी। पादरी ऐरियस को निकाइया धर्मसमिति ने 325 ई० में नास्तिक घोषित किया था। यह प्रणाली समस्त मध्ययुग में चलती रही। मुद्रणयंत्र के आविष्कार के बाद शीघ्र ही 1467 में पोप इनोसेंट अष्टम ने आदेश दिया कि चर्चाधिकारी प्रकाशन के पूर्व सम्पूर्ण पुस्तकों की निरीक्षा करेंगे। रिफॉर्मेशन के बाद, ट्रेंट कौंसिल (155-15463) ने निषिद्ध पुस्तकों का एक सूचीपत्र तैयार कराया था। अर्नेस्ट रेनन ने ईसा और चर्च का अन्तर बताते हुए कहा था कि चर्च धर्मभावनाहीन एक धर्मसंस्था है। 1862 ई० में 'कॉलेज द फ्रांस' के प्रारम्भिक व्याख्यान में उसने ईसा की चर्चा करते हुए कहा था : "एक अद्वितीय मानव—इतना महान कि···मैं उसकी सफलता के असामान्य गुणों से प्रभावित व्यक्ति द्वारा उसे ईश्वर कहे जाने का प्रतिवाद करना नहीं चाहूंगा।" कट्टरपंथी पवित्र धर्मग्रन्थ के इन संशोधित भावार्थों को मानने को तैयार नहीं थे। पोप पायस नवम ने जून, 1862 में एकत्र पादरियों को चेतावनी देते हुए कहा था : "न्याय, सत्य, औचित्य, ईमानदारी और धर्म की समस्त धारणाओं को

2. तुलनात्मक धर्म

तुलनात्मक धर्म के अध्ययन से हमें न केवल धर्मविश्वास एवं धर्माचरण की चकित कर देनेवाली विविधताओं का पता लगता है, वरन् एक-दूसरे को विरोधी माननेवाले धर्मसम्प्रदायों के बीच प्राप्त अनेक समानताओं का भी ज्ञान होता है।[1] अवतार, चमत्कार एवं त्यौहार जैसे महत्वपूर्ण अंग सबमें प्राप्त होते हैं। वसंत में नवजीवनोन्मेष के उपलक्ष्य में मनाए जाने वाले उत्सव अनेक धर्मों में पाए जाते हैं। यह अवसर प्रार्थना एवं स्तुति तथा धन्यवाद का होता है। हम अपने नेत्र और हृदय उन पर्वतों की ओर उठाते हैं जहां से आशा और निष्ठा, शक्ति और आनन्द की धारा हमारे अन्दर आती है। हिन्दू इसे होलिकोत्सव के रूप में मनाते हैं। यहूदियों में यह 'पास-ओवर' के भोज या बंधन से मुक्ति और करुणा के ईश्वरीय न्याय के रूप में पाया जाता है। ईसाइयों के बीच यह पवित्र ईस्टर के रूप में आता है जो ईसा के पुनर्जीवन अथवा मृत्यु पर उनकी विजय का सूचक है। वसंतोत्सव न केवल भौतिक जगत् वरन् आध्यात्मिक जगत् में भी महान नव-जीवनागम का सूचक है।

उद्धारक देवों की यूनानी कथाओं में सूली पर चढ़ाए गए और पुनः जी उठने वाले ईसा की घटना से सादृश्य है। रोमन साम्राज्य की पुरानी मूर्ति-उपासना ने अनेक रूपों में ईसाई चर्च के जीवन एवं विचार को प्रभावित किया था। किंचित् बदले नामों से कई यूनानी देवों को चर्च की संत-सूची में स्थान प्राप्त

नष्ट कर देने में प्रयत्नशील ये षड्यन्त्रकारी मिथ्यावादी, ये विनाश तथा मिथ्या का सौदा करने वाले कैसे यह कहने का साहस करते हैं कि पवित्र धर्मग्रन्थ में कही भविष्यवाणियां और चमत्कार कवियों की उक्तियां हैं, हमारे ईश्वरीय धर्म के पवित्र रहस्य केवल काल्पनिक है, और हमारे दो पवित्र धर्मादेश (टेस्टामेंट्स) अप्रमाणिक कथाओं से भरे हुए हैं; यहां तक कि, कहते भयानक लगता है, हमारे प्रभु ईसा मसीह एक पौराणिक कल्पना-मात्र हैं!"—'पी० नवम, पांटिफिसिज मैक्सिमी ऐक्टा' (1864), 'पार्स प्राइमा,' 3:453-54; 'जर्नल ऑफ मॉर्डन हिस्ट्री' (दिसम्बर, 53), पृष्ठ 382 पर उद्धृत। रेनन की 'लाइफ अफ जीसस' भी उपसंहारभाग में 24 अगस्त, 1863 को शामिल की गई। आज चर्च की जो सेंसर-नीति है उसे 1918 में बनी 'धर्मयाजकसंहिता' (कोड ऑफ कैनन ला) में बताया गया है। इसके अनुसार अनीश्वरवाद, भौतिकवाद, तलाक, द्वंद्वयुद्ध, आत्महत्या, गर्भपात, कृत्रिम गर्भ-निरोध का समर्थन करनेवाली सब पुस्तके निषिद्ध हैं।

1. ईसा के अनेक उपदेश दूसरे धर्मों की शिक्षाओं से मिलते हैं। सर ई० हास्किस लिखते हैं : "ईसाई विद्वानों द्वारा ईसा में नवीन आचारिक एवं नैतिक मान ढूंढ़ने के प्रयास पूर्णतः खंडित हो गए हैं। यहूदी विद्वानों ने प्रदर्शित कर दिया है कि ईसा द्वारा कथित एक भी उपदेश ऐसा नहीं है जो यहूदी साहित्य में उपलब्ध न हो।"—'दि रिडिल ऑफ दि न्यू टेस्टामेंट' (1931), पृष्ठ 169। बुद्ध एवं ईसा के उपदेशों के सादृश्य के लिए देखिए, 'ईस्टर्न रिलीजंस ऐंड वेस्टर्न थाट' (1939), पृष्ठ 173।

हुआ था। क्विरिनस, सीना का 'संत क्वीरिनो' हो गया; विद्युत्-देवता पेरन 'संत एलिजा' के रूप में बदल गया और पशुओं का देवता बोलस 'संत ब्रेसियस' बन गया।[1]

बैतुलहम के अस्तबल में भेड़-बकरी जैसे जानवरों के बीच 'मां और शिशु' की गाथा भारत में गोकूल के गोवृन्द के बीच यशोदा एवं कृष्ण की याद दिलाती है। स्वर्ग की सम्राज्ञी, जो कुमारी माता (वर्जिन मदर) थी और जो मेरी के रूप में पूजित है, पूर्वकाल में इश्तर, एस्तोरेथ, आइसिस, सिबेल और ब्रितोमार्तिस के रूप में ज्ञात थी। मानव-जाति के लिए ईसा की वेदना गिलगमेश, हेराक्लिज, प्रोमीथियस के श्रम एवं ईसायाह के सेवक के कष्ट-सहन में देखी जा सकती है। मानवरूप में ईश्वरत्व की पूजा ईसाइयों के पूर्व, यहां तक कि रोम में भी, प्रचलित थी।[2] यही नहीं, ईसाई चर्च के लिए जो नाम 'एक्लेशिया' रखा गया, वह भी एथेंस के नगर-राज्य में पहले से प्रयुक्त होता था। वहां यह शब्द नागरिक समिति के लिए तब प्रयुक्त होता था जब वह न्याय-कार्य के लिए नहीं बल्कि राजनीतिक कार्यों को निबटाने के लिए बैठती थी। अब इस शब्द से किसी स्थानीय ईसाई-समाज का भी बोध होता है और सार्वदेशिक चर्च का भी।

जब ईसाईधर्मज्ञों ने ईसाई तथा अन्य धर्मों के बीच अनेक समानताएं पाईं तो उनमें से कुछ ने कल्पना कर ली कि ये मानव को जाल में फंसाने के लिए शैतान की चालें हैं। उनमें जो ज्यादा विचारवान थे उन्होंने इनको ईसाईधर्म के लिए ईश्वरीय तैयारी के रूप में ग्रहण किया।

3. मानव-व्यक्ति एवं प्रौद्योगिकी का विकास

हम एक ऐसी जलवायु में विकसित हुए हैं जो विज्ञान द्वारा प्रदत्त वास्तविकता की कसौटी को अपनाने के लिए हमें प्रेरित करती है। जीवविज्ञान, मनोविज्ञान

1. एडविन बेवन लिखते हैं: "इसमें संदेह नहीं कि चर्च ने 25 दिसम्बर को क्रिसमस का दिन नियत करने में, जो सूर्य का जन्मदिन था, सूर्यदेव-पूजा (पारसी धर्म) से विचार लिया।"—'क्रिश्चियैनिटी इन दि लाइट ऑफ मॉडर्न नॉलेज' (1929), पृष्ठ 103।

2. "प्रथम ईसाई धर्मोपदेशक ने जिन लोगों को ईसाई बनाया था उन्होंने 'दाइवस आगस्टस' के रूप में ईश्वरत्व के अवतरण की कल्पना की थी। कहा गया कि उसकी मरणशीला मां को किसी अमर के सान्निध्य से यह शिशु प्रकट हुआ था, और यह दैवीकृत्य, जिसे कोई भी तत्त्वविद् कुरुचिपूर्ण नैतिक पतन कहकर कांप उठेगा, ईश्वर की एक आत्माभिव्यक्ति के रूप में बताया गया—एक ईश्वर की, प्रेम ही जिसकी शक्ति था और जिसका ईश्वरत्व पिता की भांति ही पुत्र में भी वर्तमान था। इसे अपने पतित प्राणियों के उद्धार के लिए पिता के आत्मबलिदान के महान कार्य की संज्ञा दी गई, जिसमें पिता ने पुत्र के लिए अपनी दैवी शक्तियों का, दिव्यता का, स्वेच्छापूर्वक त्याग किया।"—अर्नल्ड जे० टोयनबी : 'ए स्टडी ऑफ हिस्ट्री', भाग 7 (1954), पृष्ठ 458।

तथा इतिहास की शोधों से पता चलता है कि मानव सहज या प्रतिवर्त क्रियाओं (रिफ्लेक्सेज) का प्राणी है, अपने पर्यावरण की शक्तियों की कृपा पर आश्रित है और प्रायोगिक विज्ञान द्वारा निरूपित एवं नियंत्रित होता है। बाइबिल के भजनलेखक (सामिस्ट) के इस प्रश्न का कि 'मानव क्या है कि तुम उसका इतना विचार करते हो,' मध्यविंशति शताब्दी का विज्ञान उत्तर देता है कि मानव एक कार्यशील यंत्र है, अथवा अधिक से अधिक एक प्राणी है। अरस्तु के 'दे एनिमा' में प्रतिपादित मानव-विषयक जीववैज्ञानीय विचार की पूर्ति उसके 'एथिक्स' में दिए हुए सैद्धान्तिक जीवन के आदर्श में हुई है। धार्मिक विचार जो जोर देता है कि कम से कम कुछ सीमा तक तो मानव को स्वतंत्र, स्वयंपूर्ण, अभिप्राययुक्त एवं बुद्धिशील मानो, इसे प्रयोगशाला के नियंत्रित प्रयोगों द्वारा नहीं सिद्ध किया जा सकता, क्योंकि ये प्रयोग मानव की उस मनोरचना से सम्बन्ध ही नहीं रखते जिसमें वह एक चेतन प्राणी के रूप में अपने प्रति सजग होता है।

प्रौद्योगिकी (टेक्नालॉजी) की बदौलत आर्थिक संघटना की ऐसी नई प्रणालियां निकल आई हैं जिनमें व्यक्ति की अपनी असाधारणता तथा दूसरों के साथ अपनी एकता की भावना का लोप होता जा रहा है। हमारा समाज एक विशाल संघटन का अंग बनता जा रहा है और व्यक्तिगत सम्बन्ध उसमें खोजे जा रहे हैं। परिवार, ग्राम्य-समूह, स्थानीय संस्था, मन्दिर, चर्च या मस्जिद का प्रभाव मिटता जा रहा है। लोग अशान्त, गतिमान हैं और उन्हें क्वचित् ही शान्ति मिल पाती है। प्रौद्योगिकी की प्रगति ने जो सुविधाएं हमारे आगे रख दी हैं उनमें जो डूबे हुए हैं वे आत्मनियन्त्रण के प्रयत्न में कठिनाई अनुभव करते हैं। हम भौतिक स्तर पर सुखपूर्ण जीवन बिताने के साधनों का जितना ही इस्तेमाल करते है उतना ही अपने-आपसे दूर पड़ते जा रहे हैं।

उन यन्त्रों की भांति ही, जो उन्हें आमोद प्रदान करते हैं और विह्वल कर देते हैं, जनससूह न तो बुरे हैं, न भले। यन्त्रों ने हमारे जीवन को जटिल बना दिया है और बुद्धि ने हमारे मन को अशांत कर रखा है। संतुलन, आश्वासन और निर्मल शान्ति हमारी पकड़ से निकलते जा रहे हैं और सुरक्षा की एक मिथ्या भावनावश व्यक्ति औरों में समाहित होकर एक नया इकाई-पुंज बनाता जा रहा है। इस पुंज या समूह की पैशाचिक छाया हमारे लोक-विषय, उद्योग, व्यापार, सामाजिक जीवन एवं आचरण सबपर छा गई है। इस समूह का सबसे बड़ा खतरा संगत सद्विचार या गलत विचार नहीं है वरन् विचार का एकान्त अभाव है। हमारे जीवन पर समूह-माध्यम के अत्यधिक संसर्ग एवं प्रभाव के कारण निष्क्रियता, परवशता एवं एकरूपता को बल मिला है। मन शिथिल एवं संकल्पशक्ति पंग हो गई है। साहसिक स्वतन्त्र चिन्तन के स्थान पर अनगढ़ भावना या बावेग के प्रतीकों एवं शब्दों को मान्यता प्राप्त हुई है। मनोवेगों के प्रति आत्मार्पण

का गलत नाम लोक-ससूह का संहत विवेक पड़ गया है। जो लोग जनता को भुलावा दे सकते हैं, बड़े प्रभावशाली हो जाते हैं। राजनीति समूह-मनोविज्ञान का जुआ बन गई है। समूह ने ही बैस्टाइल पर पथराव किया; समूह ही था जिसने हिटलर के प्रमाद का सामूहिक आनन्द के साथ स्वागत किया। आज भी वैचारिक कट्टरता के लिए लोकसमूहों का शोषण एवं उपयोग हो रहा है। लोक-मानस को नियन्त्रित करने के लिए लोकमत के नेता प्रचार-कौशल का आश्रय लेते हैं। जब हम रेडियो सुनते हैं या टेलिविज़न के कार्यक्रम का अनुसरण करते हैं तो हमें पता लगता है कि कैसे समूह राष्ट्र की वैदेशिक नीति, एक वैज्ञानिक के नैतिक तन्तु, एक कलाकार के कार्य और एक मोटर की विशेषताओं का निर्णय करते हैं।

एक प्रौद्योगिक यान्त्रिक सभ्यता में, एक सामूहिक समाज में व्यक्ति एक व्यक्तित्वहीन, निजी प्रेरणाओं से रहित इकाई-मात्र बनकर रह जाता है। वस्तुएं जीवन का नियन्त्रण करती हैं। सांख्यिक औसतों द्वारा गुणात्मक, विशेषतात्मक मानव-प्राणियों का स्थान छीन लिया जाता है। मानवीय होने का अर्थ तो विश्वासशील होना, दयालु होना, सहयोग की इच्छा से पूर्ण होना, सहानुभूतिशील होना, ग्रहणशील होना है। मानवीय होना जनतन्त्रात्मक होना है, और उन लोगों से भी विचार-विनिमय में आपत्ति नहीं करना है जो हमसे भिन्न मत रखते हैं। यह अपने पड़ोसियों पर विश्वास रखना और अपने शत्रुओं के प्रति उदार होना है। यदि हम अपनी मनुष्यता को फिर से प्राप्त कर लेंगे तो मनमानी करने वाली सत्ता को आत्मसमर्पण करने से भी इन्कार करेंगे और राष्ट्रों को सामूहिक मानस-विपर्यय या पागलपन की स्थिति से, जिसमें कुछ (राष्ट्र) पड़ गए हैं, उबारने में मदद देंगे। परन्तु आज स्थिति यह है कि आधुनिक समाज का प्रौद्योगिक संघटन, जिसमें व्यक्ति का महत्त्व बहुत ही कम हो गया है, एक मौलिक संशय को बढ़ाता है तथा मानवात्मा को अस्वीकार करने का प्रयत्न करता है।

आधुनिक सरकारें मानव-प्राणियों के आत्मसम्मान पर आक्रमण करती हैं और उसे नष्ट करने की प्रवृत्ति रखती हैं। शनैः-शनैः वे मनुष्यों को अपने प्रति चैतन्य पदार्थ के रूप में बदल देती हैं, और अन्त में उन्हें अपने प्रति निराशा और अविश्वास से पूर्ण करके छोड़ देती हैं। यह केवल बौद्धिक स्तर पर ही नहीं होता, बल्कि आत्मा की गहराई में भी होता है। ये मनुष्य अपनी आत्मा ही खो चुके हैं। ऐसे ही मनुष्यों को उपनिषद् 'आत्महनो जनाः' कहकर पुकारती है। आत्मलाभ का अर्थ है : अन्तःकरण के आन्तरिक न्यायाधिकरण में—एक ऐसे न्यायाधिकरण में जो किसी बाहरी शक्ति के हस्तक्षेप से अलंधित और अलंघनीय है तथा जिसकी आन्तरिक प्रभुसत्ता अकाट्य है—निष्ठा; इसका अर्थ है आत्मा द्वारा आत्मा पर पूर्णाधिकार। हमारे अन्दर अस्तित्व का एक स्तर है, सत्य का एक क्रम है, आत्मा

की एक चिनगारी है। हम पूर्णतः पदार्थ-जगत् के अन्तर्गत नहीं हैं, जिसमें आधुनिक वैज्ञानिक प्रौद्योगिकी हमें विलीन कर देना चाहती है। आणविक अस्त्रों के सम्भावित प्रयोग और मानव के अध:पतन के बीच एक गुप्त सम्बन्ध है।[1] यदि हमें अपनी नैतिक सचाई और पूर्णता को कायम रखना है तो प्रौद्योगिक प्रगति का विवेकपूर्ण आत्मशासन से सामंजस्य करना ही पड़ेगा।

4. तार्किक प्रत्यक्षवाद

पूर्व एवं पश्चिम दोनों में प्रत्यक्षवाद तत्त्वज्ञान का एक आग्रही अंग रहा है। अभी हाल तक यह इन्द्रियलब्ध चेतना एवं निष्कर्ष पर आश्रित मानव-ज्ञान के एक विशेष सिद्धान्त, आध्यात्मिक कल्पनाओं के प्रति घृणा और वैज्ञानिक प्रणाली के लिए श्रद्धा, का द्योतक था— आचारशास्त्र की एक ऐसी प्रणाली जो स्वभाव में मानवीय किन्तु धर्म में अनीश्वरवादी थी। ये प्रत्यक्षवादी एक सार्वदेशिक दृष्टिकोण रखते थे और जीवन तथा चिन्तन के प्रति उनका एक निश्चित मनोभाव, एक निश्चित रवैया था। परम्परागत अर्थ में उन्हें ऐसे तत्त्वज्ञानी या दार्शनिक कहा जा सकता है जिनके व्यक्ति की प्रकृति, संसार में उसके स्थान तथा उसकी नियति के सम्बन्ध में निश्चित विचार थे।

नवीन प्रत्यक्षवादी सम्पूर्ण अध्यात्मविद्या का तिरस्कार करते हैं। जो कुछ इन्द्रियलब्ध नहीं है या जो वैज्ञानिक यन्त्रों की सहायता से भी इन्द्रियग्राह्य नहीं है, वह सत्य होने का दावा नहीं कर सकता। विज्ञान जिस पदार्थ-जगत् को अनुसन्धान करता है वही सत्य है; उसके अतिरिक्त जो वस्तुएं सत्य हैं उनकी प्रकृति भी वही होनी चाहिए जो पदार्थ की है। केवल पदार्थ को ही हम देख और छू सकते हैं और जो कुछ भी आनुभविक प्रमाण के योग्य है वही सत्य है। मूल्यों की बात सोचना या सौन्दर्य का उपयोग करना सत्य के प्रश्न की दृष्टि से असंगत है। ऐसा करना अयथार्थ की, परछाइयों की, मिथ्याभासों की दुनिया में भ्रमण करना है। एक अदृश्य आध्यात्मिक यथार्थ काल एवं अवकाश के अमूर्त क्रम में एक अनावश्यक व्याघात-मात्र है।

1. वर्जिल ज्योर्जियस कृत 'दि ट्वेंटी-फिफ्थ आवर' (1950) में ट्राजन कहता है : "अपने अधुनातन उत्थान-क्रम में पाश्चात्य सभ्यता व्यक्ति का कोई ख्याल नहीं कर रही है और यह आशा करने के लिए कोई कारण नहीं हैं कि वह ऐसा कर सकेगी। समाज को व्यक्ति के कुछ ही आयामों (डायमेन्शन्स) का ज्ञान है; अपनी परिपूर्णता के साथ संयत मानव का, जिसे व्यक्ति कहा जाता था, उसके लिए कोई अस्तित्व ही नहीं रह गया है। पश्चिम ने एक ऐसे समाज को जन्म दिया है जो एक मशीन के सदृश है। वह मनुष्यों को इस समाज के अन्दर रहने तथा मशीन के नियमों को ग्रहण करने को बाध्य करता है। जब मनुष्य अच्छी तरह मशीन से अपने को मिला देंगे तब धरती पर मनुष्य रह ही न जाएंगे।"

फ्रांसिस बेकन ने कहा था : "सम्पूर्ण प्रचलित दार्शनिक विचार-प्रणालियां एक प्रकार के मंचनाट्य हैं जो अयथार्थ एवं दृश्यसज्जा की भूमि पर बने स्वयं-सृजित जगत् का प्रतिनिधित्व करते हैं। मैं यह बात केवल प्रचलित प्रणालियों या पुरातन सम्प्रदायों एवं दर्शनों के विषय में ही नहीं कह रहा हूं; इसी प्रकार के और भी बहुतेरे नाटक निर्मित होते रहेंगे और इसी कृत्रिम रूप में अभिनीत होते रहेंगे।"[1] यहां बेकन ने विश्वसनीय वैज्ञानिक सामान्यताओं की दार्शनिक कल्पनाओं से भिन्नता एवं विरोध व्यक्त किया है। इसी ढंग से ह्यूम भी कहते हैं: "अध्यात्म विद्या के अधिकांश के विषय में यह अत्यन्त न्याय्य एवं उचित आपत्ति की जा सकती है कि वह ठीक प्रकार से विज्ञान है ही नहीं; उसका जन्म या तो उस मानवी अहंकार के, जोकि ऐसे विषयों का अन्वेषण करने का दुःसाहस करता है जो मानव की समझ के क्षेत्र से बाहर हैं, निष्फल प्रयत्नों द्वारा होता है, या फिर ऐसे मूढ़ विश्वासों के कौशल से होता है जो औचित्य की भूमि पर खड़े होने में असमर्थ होने के कारण अपनी दुर्बलता को छिपाने और उसकी रक्षा करने के लिए इन उलझानेवाली झाड़ियों को खड़ा करते हैं।"[2]

अपनी पुस्तक 'ट्रीटाइज़ ऑन ह्यू मन नेचर' (मानव-प्रकृति पर एक प्रबंध) में वे इसकी पुष्टि करते हैं कि मूल्यांकन करनेवाली वृत्तियों में कोई सैद्धान्तिक तत्त्व नहीं होते। वे ऐसे मौलिक तथ्य हैं जो अपने सिवा और कुछ प्रमाणित नहीं करते। वे अपनी प्रकृति में सगोत्रीय नहीं हैं। ये वृत्तियां तथ्य के विषयों पर कुछ नहीं कहतीं। सार्थक वक्तव्य केवल आनुभविक—प्रत्यक्ष तथ्यों एवं पुनरुक्तियों तक सीमित हैं। हम जगत् के स्वभाव या प्रकृति के विषय में जो इतने प्रश्न उठाते हैं। ऐसी भाषा में होते हैं कि अर्थहीन हो जाते हैं। महत्त्वपूर्ण भावनात्मक अनुभूतियां तथ्य के विषयों की कोई सूचना नहीं देतीं; वे तथ्यों से उद्भूत नहीं होतीं, न उनपर अवलम्बित ही होती हैं।

काण्ट ने प्रश्न किया था कि यदि सम्पूर्ण ज्ञान अनुभवजन्य है तो सांधिक सामञ्जस्यात्मक निर्णयों की स्थिति क्या है। न तो वे धारणाओं से सम्बद्ध हैं, न तथ्य का विषय हैं। ह्यू म का सन्देहवाद काण्ट को सन्तुष्ट न कर सका। उसने तर्क किया कि यह बाह्य जगत् परिवर्तनशील विचारों के बहुस्तरों के निर्गत कल्पना का निर्माण-मात्र है। अनुभव से स्वतंत्र किसी यथार्थता को जान सकना हमारे लिए असंभव है। गणितीय प्रस्थापनाएं न तो तर्क के विश्लेषणात्मक सत्य हैं, न अनुभव द्वारा पुष्ट होने योग्य संश्लेषणात्मक प्रस्थापनाएं हैं। फिर भी ये स्थापनाएं, जो न तो शाब्दिक पुनरुक्तियां हैं, न आनुभविक सामान्यताएं हैं,

1. 'नोवम आर्गेनम'।
2. 'इनक्वायरीज कनसर्निग ह्यूमन अंडरस्टैडिंग', सेक्शन 1।

आवश्यक रूप से सत्य हैं।

ए० एन० ह्वाइटहेड और बरट्रेण्ड रसेल ने अपने ग्रंथ 'प्रिंसीपिया मैथमेटिका' में यह दिखाने का प्रयत्न किया है कि गणितीय प्रस्थापनाओं में भी निश्चित रूप से वही सामान्यता विद्यमान है जो तर्क की प्रस्थापनाओं में पाई जाती है। ये दोनों किसी भी विषयवस्तु या अनुभवगम्य विषय से स्वतंत्र हैं। गणित एवं तर्क (न्याय) को तो एक-दूसरे की संपूर्ति या प्रसार-मात्र मानना चाहिए, क्योंकि दोनों ही प्रतीकात्मक प्रणालियों के रूपगत गुणों का विवेचन करते हैं। सुकराती न्याय (तर्क) शुद्धरूपगत या औपचारिक नहीं है। वह विशेष व्याकरणीय रूपों और उनपर आश्रित निष्कर्षों पर भी विचार करता है। न्याय (तर्क) का विशुद्ध औपचारिक या रूपगत अंश उसी प्रकार का होता है जिस प्रकार का गणित का होता है किन्तु न्याय (तर्क) का जो अंश भाषा के विविध एवं आवश्यक रूपों द्वारा निर्गत भावक्षेत्रों का विवेचन करता है, वह एक भिन्न अनुशासन है।

ह्यूम का अनुसरण करते हुए जी० ई० मूर भी दर्शन को विशुद्ध वर्णनात्मक, न कि सृजनात्मक या निर्णयात्मक, रूप में देखते हैं। उनके विचार से यह सिद्धान्त की अपेक्षा एक प्रणाली अधिक है। ह्यूम के अनुसार वे दार्शनिक सिद्धान्त, जो वर्णन की सीमा से आगे जाने का यत्न करते हैं, मानव-मस्तिष्क की कार्यशीलता से पैदा होने वाले भ्रमों का शिकार हो जाते हैं। मूर का विचार है कि वे सब भाषा के व्यवहार में प्राप्त किए जा सकते हैं। इसलिए जब कोई दार्शनिक सिद्धान्त प्रस्तावित होता है तव मूर जोर के साथ कहते हैं कि हमें पहले जानने का यत्न करना चाहिए कि वस्तुतः इसका अर्थ क्या है। यह दर्शन का काम नहीं है कि वह धर्म एवं नीति के सिद्धान्त बनाए अथवा उनके परस्पर-प्रतिकूल विचारों पर निर्णय दे। उसका काम तो यह प्रदर्शित कर देना-मात्र है कि ये सिद्धान्त तत्त्वहीन, मूर्खतापूर्ण एवं शब्दजाल-मात्र हैं।

दर्शन का कार्य विश्लेषण, स्पष्टीकरण है। हर तरह की जिज्ञासा की भांति ही इसकी प्रणाली आनुभविक, प्रयोगात्मक, विश्लेषणात्मक है। इसका कार्य यथा-साध्य मानव-ज्ञान की सीमा की परिभाषा करना और विभिन्न प्रकार के ज्ञान के बीच का अन्तर बताना है। मानवीय स्थिति से उत्पन्न होनेवाली केन्द्रीय समस्याओं से सम्बन्ध रखने और शब्दों की व्युत्पत्ति एवं अर्थ-विकास की औपचारिक व्याख्या पर अपने को केन्द्रित करने से उसे कोई मतलब नहीं।

लगता है कि आज हम वैज्ञानिक आत्मपूर्णता की एक ऐसी अवधि में रह रहे हैं जब हम अन्तिम प्रश्नों को हास्यास्पद और उत्तर न देने योग्य समझकर छोड़ देते हैं; जब हम मानव-प्राणियों को जटिल यंत्रों के रूप में देखते हैं तथा उनके दुःख-सुख, उनकी व्यथा और आनन्द-विह्वलता को प्राग्वैज्ञानिक युग का अवशेष-मात्र समझते हैं। हम मान लेते हैं कि जिस विशोधित धीरता की दुनिया की हम

कल्पना करते हैं, बस वही एक दुनिया है। धर्म का अस्तित्व धीरे-धीरे खत्म किया जा रहा है।

5. धर्म एवं सामाजिक सम्बन्ध

बाह्य निष्ठा एवं आन्तरिक द्रोह दोनों के बीच जो वैषम्य है, उसीसे धर्म की अपर्याप्तता स्पष्ट हो जाती है। आचार में यांत्रिक रूप से शामिल होने को या कट्टर सिद्धान्तों के प्रति निष्क्रिय आत्मसमर्पण को, भ्रमवश, धर्म समझ लिया गया। हममें से बहुतेरे ऐसे हैं जो धर्म के बाह्यावरण, उसके आचार एव पवित्रता की परम्पराओं का पालन करते हैं, परन्तु अपना जीवन उन उपदेशों पर गठित नहीं करते जिनको मानने का दावा करते हैं। हम धर्म के बाह्य रंग-रूप की रक्षा करते हैं, जो एक अभिनय जैसा लगता है।[1]

अपने सर्वोत्तम रूप में, धर्म विश्वास की अपेक्षा आचरण पर अधिक बल देता है। निष्ठा की परिभाषा करने तक ही धर्म की सीमा नहीं है। इसके अन्तर्गत वैसा ही जीवन-यापन करना भी आता है। परिभाषा साधन है, साध्य नहीं। कोई साधन, कोई वाहन उस लक्ष्य या मंजिल से ज्यादा महत्त्वपूर्ण नहीं है जहां तक वह हमें ले जाता है। हमें सत्य एवं आचरण में धर्मजीवी होना चाहिए, केवल शाब्दिक निष्ठा-मात्र प्रकट करके नहीं। आज हमारे विश्वास और हमारे आचरण में अन्तर आ गया है। इतने पर भी हम कहते जाते हैं: "कर्महीन धर्मविश्वास ही मृत है।"[2] संत पॉल कहते हैं : "इस दुनिया के अनुरूप न बनो, बल्कि अपने मानस को नवीन जीवन देकर प्रबुद्ध बनो, ऊर्ध्वगति में रूपान्तरित हो जिससे तुम प्रमाणित कर सको कि ईश्वर की इच्छा क्या है और श्रेय, स्वीकार्य और पूर्ण है।"[3] यदि

1. 'एडिनबरा रिव्यू' में कैनन सिडनी स्मिथ ने लिखा था : "यदि भारत में बाइबिल का वितरण किया जाता है तो वहां के निवासियों को यह जानकर आश्चर्य होगा कि डकैती, हत्या और चोरी हमारे लिए वर्जित हैं, हमारे लिए जिन्होंने 50 वर्षों के अन्दर अपना साम्राज्य सारे भारतीय प्रायद्वीप के ऊपर बढ़ा लिया है और अपने सार्वजनिक आचरण में ऐसा कोई अपराध करना नहीं छोड़ा जो मानव-प्रकृति के लिए सम्भव है। ऐसे उपदेश और ऐसा आचरण! कैसी असाधारण धृष्टता है!"—अप्रैल 1806, पृष्ठ 45। एस० टी० कॉलरिज ने अपना मत प्रकट करते हुए लिखा है : "मेरा प्रबल विश्वास है कि ईसाई-जगत् के एक भी प्रदेश को सच्ची और क्रियात्मक ईसायत में दीक्षित कर देने से गैरईसाइयों के धर्म-परिवर्तन में उससे कहीं ज्यादा सहायता मिलेगी जितनी धर्मोपदेशकों की एक फौज से नहीं मिल सकती।"—नोट्स ऑन इंग्लिश डिवाइन्स' (1853), भाग 2, पृ० 67। उन्होंने अनुभव किया कि विदेशों से मूर्तिपूजा (गैर-ईसाइयत) दूर करने के पूर्व अपने ही देश से उसे दूर करना ज्यादा बुद्धिमत्तापूर्ण होगा।

2. 'जेम्स' 2 : 17।

3. 'रोमन्स' 12 : 2।

धर्म जीवनमय और व्यापक नहीं है, यदि वह मानव-जीवन के प्रत्येक रूप में प्रवेश नहीं करता और प्रत्येक मानव-कार्य को प्रभावित नहीं करता तो वह केवल बाह्याडम्बर-मात्र है, यथार्थ या सत्य नहीं है। इसके विरुद्ध यदि हमारा विश्वास है कि हमारा धर्म विस्तृत है और इसके अनुयायी जो कुछ मानते-कहते हैं, उसीके अनुसार आचरण भी करते हैं तब इससे यह निष्कर्ष अनिवार्य रूप से निकलता है कि व्यक्ति एवं समाज के विकास-साधन-कार्य में धर्म का स्थान अत्यन्त महत्त्वपूर्ण है।

विज्ञान की कृपा से जीवन की सुविधाएं बहुत बढ़ गई हैं। इन सब वैज्ञानिक सुविधाओं के सम्बन्ध में धर्मों का प्रतिकूल रुख रहा है। जब प्रसव-पीड़ा से मुक्ति प्रदान करने के लिए नारी पर मूर्छाकारी उपचार का प्रयोग किया गया तब धर्म की ओर से उसके विरोध में तर्क दिया गया कि ईश्वर की ही इच्छा है कि नारी यह पीड़ा सहन करे; यदि ऐसा न होता तो वह प्रसव को इतना पीड़ादायक न बनाता। स्त्री की प्रसव-पीड़ा में कमी करना ईश्वरीय इच्छा का उल्लंघन करना है, इसलिए अधार्मिक है।

वेदना के लिए वेदना सहन करने का सिद्धान्त मुख्य हिन्दू एवं यूनानी विचारधारा से मेल नहीं खाता। ईसाईधर्म मनुष्य एवं प्रकृति के द्वन्द्व को और कठोर करता है। अपनी आत्मा की रक्षा के लिए आदमी को मांस (शरीर) की दुर्बलताओं और उनकी प्रवंचनापूर्ण प्रतिच्छवियों का नियन्त्रण करना ही चाहिए। धर्मों की कट्टरता,सब सुखों की तब तक निन्दा करती है, जब तक उनमें ईश्वर का भय न उत्पन्न हो जाए। मानव-ज्ञान और कला, काव्य एवं चित्रकला, संगीत और साहित्य इत्यादि को शैतान के जाल बताया जाता है।

कुछ ऐसे भी लोग हैं जो इस सुखद मान्यता के कारण संसार के कष्टों से पलायन की चेष्टा करते हैं कि आध्यात्मिक जीवन सामान्य सामाजिक जीवन से भिन्न है। वे भागकर एक ऐसे आध्यात्मिक रहस्यवाद में शरण लेते हैं जो जीवन से दूर हो जाता है। ज्ञान एवं कर्म के ठोस क्षेत्र से अलग होकर ये जीवन का त्याग करने वाले इस विश्वास से एक सौन्दर्य एवं विचारप्रधान कल्पित जगत् में पहुंच जाते हैं कि धर्म का सम्बन्ध मुख्यतः सत्ता की एक दूसरी ही श्रेणी से है और जो श्रेय बह चाहता है वह इहलौकिक या इस दुनिया का नहीं है। जीवन के ये भगोड़े आवश्यक मानवी कर्मों से दूर खिसक जाते हैं और एक सुरक्षित सत्ता के आश्रय में चले जाते हैं। पवित्र एवं सांसारिक के बीच एक खाई बनाकर, संसार के दुःखान्त भाग्य के प्रति उदासीन बनकर, मानव-जाति की सामाजिक वेदना के दृश्य से अपने को हटाकर तथा यह घोषणा करके कि मृत्यु के उपरान्त ही न्याय प्राप्त किया जा सकता है, धर्म को सामाजिक पुनर्जीवन की सम्भावना से ही विरत कर दिया गया है।

परन्तु हम धर्म एवं सामाजिक जीवन के बीच कोई स्पष्ट विभाजक रेखा नहीं खींच सकते। सामाजिक संघटन अन्ततोगत्वा मानव-प्राणियों द्वारा किए गए उन निर्णयों की मालिका पर निर्भर करता है जिनके द्वारा वे तय करते हैं कि वे तथा उनके अनुयायी किस प्रकार जीवन बिताएंगे। ये निर्णय आध्यात्मिक विवेक के विषय हैं जब कि उनकी पूर्ति के हेतु किए जाने वाले कार्यों में प्रौद्योगिक ज्ञान तथा सामाजिक चेतना की आवश्यकता पड़ती है।

यह सच है कि धर्म कोई समाज-सुधार का आन्दोलन नहीं है। इतने पर भी मनुष्य के जीवन का बहुत बड़ा भाग समाज में बीतता है। एक स्थिर समाज-व्यवस्था सभ्य जीवन का प्राथमिक कार्य है। धर्म एक सामाजिक संयोजक—एक सीमेंट है; एक ऐसा मार्ग है जिसके द्वारा मनुष्य अपनी उच्चाकांक्षाएं व्यक्त करते हैं और अपनी असफलताओं, निराशाओं के बीच शान्ति एवं सान्त्वना पाते हैं।

यदि हम धर्म को पलायन का मार्ग नहीं समझते तो फिर उसे स्थापित व्यवस्था की रक्षा का साधन बना लेते हैं। सभी धर्म भावना में परम्परावादी होते हैं और उन सबको खुश करने की कोशिश करते हैं जो दुनिया में शक्तिमान हैं। बल्कि वे समर्थन के लिए उनका सहारा लेते हैं। गतानुगति एवं तुष्टीकरण की यह भावना किसी एक धर्म तक ही सीमित नहीं है। आज भी कुछ ऐसे हिन्दू हैं—हर्ष की बात है कि उनकी संख्या बराबर घटती जा रही है—जो जातिप्रथा एवं अस्पृश्यता के अपराध एवं कलंक के धर्मभीरु रक्षक हैं। इसमें सन्देह नहीं कि ईसाईधर्म को दासप्रथा नष्ट करने तथा अनेक सामाजिक अनीतियों का अन्त करने का श्रेय रहा है किन्तु एक समूह या समाज के रूप में ईसाई लोग ईसा के आदेशों के अनुसार जीवन-यापन करने का दावा नहीं कर सकते। वे अपनी आंखों की फूली नहीं देखते; वे न तो 'क्रॉस' (आत्मबलिदान के मार्ग) को ग्रहण करते हैं, न विषपान ही करते हैं।

धर्मों के प्रवर्तक भी अधिकांश मनुष्यों के कष्टों-वेदनाओं को, उनके पूर्व-जीवन के गंभीर पापों के प्रायश्चित्तरूप में नहीं तो उनके जीवन के अनिवार्य अंश के रूप में अवश्य मान लेते हैं। वे उनके वर्तमान कष्टों के बदले भविष्य में सुख-प्राप्ति का आश्वासन देते हैं, और सन्तुलन रखने के लिए उत्पीड़ित जनों के विद्रोह एवं कष्टों के शमनार्थ स्वर्ग की सुषमा और दृश्य का इन्द्रजाल खड़ा कर देते हैं। इसीलिए सामाजिक आदर्शवादी धर्म को ऐसी अफीम कहते हैं जो कृत्रिम रूप से निद्राकारी औषध की भांति प्रयोग की जाती है—उन लोगों द्वारा अपनाई गई एक विधि के रूप में जो स्वयं तो इसे गंभीरतापूर्वक नहीं लेते पर दूसरों से वैसी आशा करते हैं। वे धर्म के छद्मवेश की निन्दा करते हैं जो निहित स्वार्थों की सहायता से जीवित रखा जा रहा है।

ईश्वर की दृष्टि में सब मनुष्य समान हैं। शायद ही किसीने इस पाठ को

उससे अधिक स्वतन्त्रता तथा जानकारी के साथ स्वीकार किया हो जितनी स्वतन्त्रता तथा जानकारी के साथ अमरीकी विधान के निर्माताओं ने स्वीकार किया था। हम स्वतन्त्रता के घोषणापत्र में कहे हुए जेफर्सन के इन गुंजित शब्दों से परिचित हैं : "...कि सब मनुष्य समान उत्पन्न हुए हैं और अपने स्रष्टा द्वारा कतिपय अनन्य संक्राम्य अविच्छेद्य अधिकार उन्हें प्राप्त हुए हैं। इनमें जीवन, स्वतन्त्रता और सुखान्वेषण के अधिकार भी हैं।" ये केवल प्रचार-वाक्य नहीं हैं वरन् गहराई के साथ अनुभव किए जाने वाले विश्वास की उपज हैं। अपने अन्तिम पत्र में जेफर्सन ने इस घोषणापत्र के तात्पर्य पर टीका की थी : "मानव-जाति के अधिकांश लोग अपनी पीठ पर बोझ लादे घोड़ों की तरह नहीं पैदा हुए थे; न तो ईश्वर की कृपा से थोड़े-से चुने लोग उन्हें हांकने को तैयार होकर ही पैदा हुए थे।" पर आज भी हम सब मनुष्यों को समान मानने को तैयार नहीं हैं। हमारे कर्म हमारी वाणी के अनुरूप नहीं हैं।

समाज की पूंजीवादी व्यवस्था मानव-प्राणियों के बीच स्वस्थ सम्बन्धों का विकास नहीं करती। जब चन्द आदमी उत्पादन के सम्पूर्ण साधनों पर अधिकार किए हुए हों तो दूसरे इस दृष्टि से नाम के लिए स्वतन्त्र होते हुए भी कि वे गुलाम नहीं हैं, जबर्दस्ती थोपी गई शर्तों के नीचे अपना श्रम बेचने को बाध्य हो जाते हैं। भौतिक सम्पत्ति के प्रधान महत्त्व पर पूंजीवाद जो बल देता है। जिस प्रकार संग्रहवृत्ति को तथा और अधिक प्राप्त करने की वृत्ति को सजग करता है; आर्थिक शक्ति की जिस प्रकार पूजा करता है और वह शक्ति जिस साध्य, जिस लक्ष्य की सेवा के लिए है उसकी या लक्ष्यपूर्ति के लिए अपनाए जानेवाले साधनों की जिस प्रकार उपेक्षा करता है; आम तौर से जिस प्रकार वह सम्पत्ति का समर्थन करता है;—सम्पत्ति के विशेषाधिकारों का ही नहीं वरन् एक अर्थ-प्रणाली की आवश्यकताओं के लिए मानव-प्राणियों की वश्यता-दासता, सहनशक्ति की सीमा के बाहर उनका उत्पीड़न; अधिकाधिक उत्पादन की जगह, अधिकाधिक मुनाफे पर उसका केन्द्रीकरण, भेदभाव पर आश्रित मानव-कुटुम्ब के विभाजन के प्रति उसकी स्वीकृति; वैयक्तिक विशेषता या सामाजिक कार्य पर आश्रित भेदभाव नहीं वरन् आय एवं आर्थिक स्थिति द्वारा उत्पन्न भेदभाव—यह सब मानव-सम्मान का विघातक है। जब तक पूंजीवादी समाज इन धारणाओं और आदतों को प्रोत्साहन देता है तब तक वह सामाजिक अशान्ति को बढ़ाता है।

विशेषतः प्राच्य जगत् में, जहां शक्ति एवं सुविधा का वर्तमान विभाजन ऐसा है कि थोड़े-से लोग तो बिना मेहनत किए ही जीवन-यापन करते हैं और अधिकांश जनों की पीठ उनपर लदे बोझ से टूट रही है, संकटमोचन की आवश्यकता है परन्तु गन्दे आवास एवं बेकारी जैसी सामाजिक समस्याओं के प्रति धर्मोपदेश की अनिश्चितता एवं मौन ने, तथा भूख से पीड़ित और कृत्रिम विभाजनों से दुर्बल

सामान्य जनों के प्रति उनकी उपेक्षा ने धर्म की मर्यादा नीची कर दी है। जो सामाजिक आन्दोलन समता के सिद्धान्तों की पूर्ति की चेष्टा करते हैं उनका धर्म के अधिकारियों द्वारा विरोध किया जाता है।[1]

जातिगत भेद-भाव विश्व-भ्रातृत्व के सिद्धान्तों के प्रतिकूल है।[2] संसार हमारे उपदेशों से नहीं, हमारे उदाहरण या आचरण से हमारी जांच करता है।

सभी धर्म पीड़ितों के प्रति करुणा के व्यवहार पर ज़ोर देते हैं। उदाहरणस्वरूप ईसाईधर्म आदेश देता है कि जो लोग हमें घृणा करते हैं या द्वेषपूर्वक हमारा उपयोग करते हैं उनके प्रति भी सद्व्यवहार करना उचित है। जो लोग हमें प्रेम करते हैं या जो प्रेम के योग्य हैं ही, उन्हें प्रेम करने में कोई विशेषता नहीं रह जाती। ईसा इस आशा से हमें अपने शत्रुओं से प्रेम करने को कहते हैं कि इसके द्वारा हम उनमें इंसानियत और प्रेम करने की उनकी शक्ति को पुनर्जीवित कर सकेंगे। हमें शत्रु के हृदय से घृणामूलक कामनाओं के भय को निकालने का आदेश किया गया है। अपने से घृणा करने वालों के प्रति भी भले होने के इन आदेशों का हम कहां तक पालन करते हैं?

धर्मनेतागण प्रायः आधुनिक युद्धकला के शैतानियत से भरे अपराधों के विषय में मौन रहते हैं। वे उनके समर्थन के लिए वाक्छल और वितण्डा का प्रयोग करते हैं। 1 सितम्बर, 1939 को स्वर्गीय एफ० डी० रूज़वेल्ट ने घोषित किया था : "पिछले कुछ सालों में पृथ्वी के विभिन्न भागों में जो लड़ाइयां चलती रही हैं उनके बीच अरक्षित जन-केन्द्रों में असैनिक जनता पर आकाश से निष्ठुर बमवर्षा की गई हैं और जिसके फलस्वरूप हज़ारों अरक्षित स्त्रियां और बच्चे मर गए हैं या पंगु हो गए हैं उससे मानव-जाति के अन्तःकरण को गहरा धक्का लगा है।" उनके उत्तराधिकारी श्री ट्रूमैन ने प्रथम यूरेनियम बम का प्रयोग करने की आज्ञा

1. सन् 1864 ई० में पोप पायस नवम ने अपना 'क्वांटा क्योरा' आदेशपत्र निकाला जिसमें समाजवाद, साम्यवाद, बाइबिल समितियों तथा उदार विचार बाली समितियों की, 'महामारी' कहकर, निन्दा की।—अंग्रेजी अनुवाद (1875), पृष्ठ 15। 1891 में पोप लियो तेरहवें ने 'द रेरम नोवारम' नामक आदेश में समाजवाद को डकैती कहकर उसकी निन्दा की और आदेश दिया कि इसके सिद्धान्त समस्त कैथोलिक लोगों द्वारा अमान्य कर दिए जाएं'।—अंग्रेजी अनुवाद (1891), पृष्ठ 7-13। समाजवाद एवं साम्यवाद के प्रति रोमन कैथोलिक चर्च का अधिकृत दृष्टिकोण ऐसा ही है।

2. माऊ-माऊ के मनोविज्ञान पर अपनी रिपोर्ट में डॉक्टर जे० सी० केरोदर्स ने केनिया के ईसाइयों से अनुरोध किया है कि यदि वे चाहते हैं कि अफ्रीकी अधिवासियों पर उनकी शिक्षाओं का प्रभाव पड़े तो उन्हें सच्चा ईसाई जीवन बिताना चाहिए। वे कहते हैं : "यदि इस उपनिवेश की सामान्य श्वेत जनता अपने काले-गोरे दोनों प्रकार के पड़ोसियों-सहवासियों के साथ ईसाई सिद्धान्तों के अनुकूल आचरण नहीं कर सकती तो अच्छा होगा धर्म प्रचारक लोग अपना बोरिया-बिस्तर बांधकर चले जाएं।"

दी जो जापान के समुद्री बंदरगाह हिरोशिमा पर 6 अगस्त, 1945 को गिराया गया। इन अस्त्रों के प्रयोग में मनुष्य ने ईश्वर को हटाकर शैतान की आज्ञा का पालन किया है : "तुम सब देव-समान बनोगे!" हिरोशिमा के बाद, जापान के एक जेसुइट धर्म-प्रचारक ने रोम से निर्णय प्राप्त करने की निरर्थक अपील की। 6 जून, 1954 को लन्दन के आर्चडीकन (प्रधान पादरी) ने, सेंट पाल कैथड्रल की धर्मवेदिका पर से बोलते हुए ईसाई-जगत् को विश्वास दिलाया कि ईसाईधर्म उस शान्ति का समर्थन नहीं करता, 'जो सभ्यता को नष्ट होता या समग्र देशों को गुलाम बनाया जाता देख सके'।[1] राज्य जो कुछ करना चाहते हैं उनके समर्थन में वाक्छल एवं वितण्डा का प्रयोग करना, हमारे धार्मिक वक्ताओं की चतुराई से बाहर की बात नहीं है।[2]

चालीस साल पहले बर्नर्ड शॉ ने अपने ग्रन्थ 'कामनसेंस एबाउट दि वार' (युद्ध-विषयक सामान्य बुद्धि) में लिखा था : "हम अपने शान्ति-मन्दिरों को तुरन्त युद्ध-मन्दिरों में बदल देते हैं और अपने पादरियों को समाज के सबसे घृणित कलहप्रिय आदमियों के रूप में प्रकट करते हैं। मैं यह प्रमाणित करने का साहस करता हूं कि इसके द्वारा उत्पन्न कलंक-भावना उससे कहीं ज्यादा व्यापक और गहरी है जितना चर्च समझता है—विशेषतः श्रमिकवर्गों में, जो या तो धर्म को गंभीरता-पूर्वक ग्रहण करते हैं या फिर उसका विरोध करते हैं और अच्छी तरह उसकी आलोचना करते हैं। जब एक बिशप (प्रधान धर्माध्यक्ष) पहली गोली दगते ही, ईसा की पूजा का त्याग कर देता है और अपने अनुयायीवृन्द को मंगल (युद्ध-

1. दो दिन बाद 8 जून को जनरल ग्रन्थर ने लंदन में भाषण करते हुए कहा : "हमारे पास आज एक पूंजी है जिसका अत्यधिक मूल्य है। हमारे पास एक ऐसा दूर तक उड़नेवाला वायुयान है जिसका कोई उत्तर सोवियत रूस के पास नहीं है। मैं वायुयान बी-47 की बात कह रहा हूं, जो इतनी तीव्र गति से, और इतनी ऊंचाई पर उड़ सकता है कि अभी 1954 में तो उससे बचने का कोई साधन उनके पास नहीं है।"

2. 1926 में, मुसोलिनी और पवित्र गुरु पोप में समझौता होने के बाद, पोप ने मुसोलिनी का 'हरिजन' कहकर अभिवादन किया और 1932 में उन्होंने सेंट पीटर के गिरजाघर में उसे आशीर्वाद दिया। चार साल बाद इतालवी पादरियों को आज्ञा दी गई कि इथोपिया पर हुई फासिस्ट विजय पर विशेष प्रार्थनापूर्वक समारोह मनाएं। उसी साल (1936 में) स्पेनी गृहयुद्ध में पोप ने जनतंत्रवादी सेनाओं को शैतानी कहा और जनरल फ्रैंको की सेनाओं को आशीर्वाद दिया तथा उसकी तोपों को 'ईसा के पवित्र हृदय' के चिह्न से अलंकृत किया। मुझे विश्वास है कि वर्तमान पोप, जिनका विवेक और मानव-प्रेम विख्यात है, ऐसी कार्रवाइयों का समर्थन न करेंगे।

जब जातिगत वैषम्य की निन्दा की जाती है तो दक्षिण अफ्रीका में काले और गोरे लोगों के अलग-अलग गिरजाघर रखने के समर्थक लोग तथा संयुक्त राष्ट्र अमरीका के दक्षिणी राज्य काले लोगों के लिए अभिशाप की कामना करते हैं। ('जेनेसिस', 9 : 22-25)।

देवता) की वेदी की ओर ले जाकर एकत्र करता है तो चाहे ऐसा वह देशभक्ति के कारण, आवश्यकता के कारण बहादुरी और औचित्य के साथ करता हो किन्तु इससे उसका यह बहाना करना उचित नहीं सिद्ध होता कि कोई परिवर्तन नहीं हुआ या यह कि ईसा वस्तुतः युद्ध-देवता ही है। ईमानदारी का, और चर्च के लिए अन्त में हितकारी रास्ता तो यह होता कि हमारे द्वारा युद्ध की घोषणा होते ही ईसाई कहे जानेवाले चर्चों को हम बन्द कर देते और जब शान्ति-सन्धि हो जाती तभी उन्हें फिर खोलते।"

हम जो कुछ करते हैं उसके असली कठोर रूप को मधुर शब्दों के जाल का प्रयोग कर अपने से ही छिपाते हैं। यदि हम सब बहानेबाजियां छोड़ दें और अपने प्रति ईमानदार हो सके तो हम शीघ्र ही यह जान जाएंगे कि बड़ी तेज़ी के साथ हम सचाई और स्पष्ट व्यवहार में अपनी निष्ठा खोते जा रहे हैं; जन-मानस में बुराई की ओर ले जानेवाला एक गंभीर गुणात्मक परिवर्तन हो रहा है।

राजनीति और धर्म की सर्वाधिकारी प्रणालियों में नीतियों एवं आचारों का समर्थन या निन्दा इस दृष्टि से नहीं होते कि वास्तविक जीवन में उनके संभावित परिणाम क्या होंगे वरन् इस दृष्टि से होते हैं कि पवित्र ग्रन्थों की जो व्याख्याएं की गई हैं वे ठीक हैं या गलत। बुद्धिमान लोग अपने दिमाग इस बहस में लगाते हैं कि एक सुई की नोक पर कितने देवदूत खड़े हो सकते हैं, या किसी देश का समाजवाद बिल्कुल मार्क्सवादी है या नहीं। कट्टर सिद्धान्तों के प्रति अपनी निष्ठा में हम सत्य और मनुष्यों के सुख की कोई परवाह नहीं करते। जब भारत में सतीप्रथा बन्द कर देने का सवाल उठा तब शास्त्रवादियों ने धर्मग्रन्थों से उद्धरण देने शुरू कर दिए और मानवी जीवन तथा उसके कष्टों की ओर ध्यान देने की कोई आवश्यकता न समझी। ऐसी बातें तभी होती हैं जब ईश्वर में निष्ठा का लोप हो जाता है और केवल कर्मकाण्डीय या आचार तथा सैद्धान्तिक तर्क की ही प्रधानता रह जाती है। सैद्धान्तिक कट्टरता से हमारा अन्तःकरण मूर्च्छित कर दिया जाता है।

धार्मिक संशय के प्रसार की बहुत बड़ी ज़िम्मेदारी ऐतिहासिक धर्मों पर भी है। यद्यपि इन धर्मों की, अपने लम्बे जीवन-काल में कला, संस्कृति तथा आध्यात्मिक जीवन के क्षेत्र में महान देन रही है किन्तु वे सैद्धान्तिक कट्टरता और अंधविश्वास, क्रूरता और असहिष्णुता तथा अपने अनुयायियों की बौद्धिक बेईमानी से दूषित भी हुए हैं। जब तक धर्म अपने सिद्धान्त इस दुनिया पर शासन करनेवाले हितों के अनुकूल रखेंगे, जब तक वे स्थापित व्यवस्था का, चाहे वह कितनी ही अनीतिपूर्ण हो, समर्थन करते रहेंगे, तब तक ऐसे आचार के विरुद्ध विद्रोह करनेवाले ही सच्चे धार्मिक जन कहे जाएंगे। बाकुनिन अपनी पुस्तक 'गॉड ऐण्ड दि स्टेट' (ईश्वर और राज्य) में कहता है कि राज्य को अपने अस्तित्व का मुख्य समर्थन

ईश्वर-भावना से, जो मानव-विवेक, न्याय एवं स्वातंत्र्य का परित्याग है, प्राप्त होता है। वह एक ऐसी सामाजिक क्रान्ति के लिए आवाहन करता है जो 'एक ही समय सारे शराबखानों और गिरजाघरों को बन्द कर देगी'।

नास्तिक एक क्षुद्र नमूना भले ही हो परन्तु वह कट्टर यहूदी (फैरिसी) से बुरा नहीं है। पालीबियस कहता है कि रोमन देवों से अधिक धार्मिक थे। हम तो उस समय भी अपने को धार्मिक कहते हैं जब जान-बूझकर लाखों निर्दोष आदमियों के संहार की योजना बनाते हैं। कोई भी धर्म हमारी भक्ति का दावा नहीं कर सकता यदि वह मानवता एवं सामाजिक उत्तरदायित्व की परंपरा का निर्माण नहीं करता।

6. धर्म और विश्व-ऐक्य

हम केवल आर्थिक एवं राजनीतिक सम्बन्धों को दृढ़ करके ही राष्ट्रों के समाज का निर्माण नहीं कर सकते। हमें नये समाज को एक मानसिक ऐक्य, एक आध्यात्मिक सम्बद्धता प्रदान करनी होगी। एक सार्वदेशिक समाज को जीवित रखने के लिए हम आध्यात्मिक दृष्टिकोण और उच्चाकांक्षा के ऐक्य की आवश्यकता न भी अनुभव करें किन्तु हमें एकता की आवश्यकता तो है ही। दुर्भाग्यवश धर्मों की प्रवृत्ति आदमियों को, लोक-समूह को विखण्डित और अलग-अलग रखने की ओर है। मानवता को तोड़कर, खण्डित करके अनेक लोकों में बांट दिया गया है—ऐसे लोकों में जिनमें से हरेक की विशिष्ट धार्मिक परंपरा है।

'धर्म' या 'रिलीजन' शब्द के धात्वर्थ में यह भावना है कि वह एक संयोजक, जोड़ने वाली, मिलाने वाली शक्ति बने किन्तु अन्तिम सत्य एवं सर्वाधिकारिता के दावे के कारण धर्मों का एक-दूसरे के प्रति व्यवहार कभी समाप्त न होने वाली शत्रुता का व्यवहार है। उदाहरणस्वरूप यहां 'ओल्ड टेस्टामेण्ट' (पुरानी बाइबिल) का दृष्टिकोण उपस्थित किया जा सकता है। इसराइल की संतानों का नेतृत्व करते हुए मूसा की युद्धवाणी पर ध्यान दीजिए : "उठो याहवा! उठो; अपने शत्रुओं को छिन्न-भिन्न कर दो।"[1] याहवा यहूदियों का ईश्वर था और अन्य देवों से उसका युद्ध सदा चलता रहता था। ड्यूटरोनोमी का विवरण देखिए : "जब तुम्हारा ईश्वर याहवा उन नास्तिकों को तुम्हारे हाथ सौंप देता है तो बिना उनसे किसी प्रकार का संसर्ग स्थापित किए या बिना उनपर कोई दया किए, उनका संहार कर दो···उनकी वेदिकाएं खोदकर फेंक दो, उनके सूच्याकार स्तंभों को तोड़ दो, उनके पवित्र धर्मदण्डों को काट डालो और उनकी मूर्तियों को जला दो।"[2]

1. अंक 10:35।
2. 7 : 2-5।

दूसरे धर्मों के प्रति यहूदियों की असहिष्णुता उनके इस विचार से उद्भूत थी कि उनका ईश्वर सत्य एवं पुण्य का ईश्वर है जब कि दूसरों के ईश्वर हर प्रकार के नैतिक गुणों से रहित हैं। वे दूसरे देवों के अस्तित्व में विश्वास तो रखते थे पर उनका दृढ़ विश्वास था कि उनका ईश्वर और सब देवों से बड़ा है : "हे प्रभु! देवों में तुमसे बड़ा और कोई नहीं है।"[1] पैगम्बर मीकाह (8वीं शती ईसापूर्व) में विविध देवों के शांतिपूर्ण सह-अस्तित्व की भावना विद्यमान थी। वे कहते हैं कि दूसरे देव भी अपने लोगों की निष्ठा पर उचित दावा रखने के अधिकारी हैं। "सब राष्ट्र अपने-अपने देव के प्रति वफादारी रख सकते हैं पर हम अपने देव याहवा के प्रति निष्ठावान बने रहेंगे।"[2]

जब एकेश्वरवाद का विकास हुआ, याहवा एक और एकमात्र ईश्वर बन गया। "मैं याहवा हूं—सब वस्तुओं का निर्माता। मैंने ही स्वर्ग (आकाश) का विस्तार किया है; मैंने ही धरती को फैलाया है। मेरी सहायता किसने की? मैं याहवा हूं; मेरे सिवा दूसरा कोई ईश्वर नहीं है।"[3] यद्यपि यहूदियों का विश्वास था कि वही एकमात्र ऐसे हैं जिन्हें ईश्वर से सच्ची धर्मवाणी, सच्चा ज्ञानलोक, प्राप्त हुआ, फिर भी वे ईश्वर की सार्वदेशिकता की धारणा रखते थे; और समझते थे कि दूसरी जातियां भी ईश्वरीय रक्षा पाने की अधिकारी हैं। याहवा पूछता है, "ऐ यहूदियो! तुम हबशियों (एथियोपियनों) से ज्यादा और क्या हो? मैं इसराइल को मिस्र से लाया—हां, और फिलिस्तीन को क्रीट से तथा आर्मीनियों को कीर से लाया।"[4] यदि हम ईश्वर को समस्त संसार का पिता मान लेते हैं तब हम यह विश्वास नहीं कर सकते कि वह केवल इस या उस ईश्वर को मानने वालों के प्रति पितृवत् व्यवहार करता है और दूसरे धर्मावलम्बियों के प्रति असह्य क्रोध से भरा हुआ है। दूसरे देवों की उपासना करने वालों से दयालुता का व्यवहार किया जाता था; वे उस याहवा के मन्दिर के भावी रंगरूट (अनुयायी) थे जो 'प्रत्येक जाति के लिए प्रार्थना-मन्दिर बन जाएगा,'[5] इन विचारों के होते हुए भी 'पुरानी धर्मपुस्तक' (ओल्ड टेस्टामेण्ट) इसराइलियों को ईश्वर के विशेष कृपापात्र के रूप में ग्रहण करती है। इज़रा का ज्ञानग्रंथ सब गैर-यहूदियों को निरर्थक मानकर उनकी निन्दा करता है।[6]

1. 'साम' 86।
2. 'मीकाह' 4 : 5।
3. 'ईसायाह' 44 :24।
4. 'एमोस' 9 : 7।
5. 'ईसायाह' 56 : 7।
6. "हे प्रभु! तूने कहा कि हमारे (यहूदियों के) लिए ही तूने यह दुनिया बनाई है। जहां तक दूसरी जातियों का सवाल है, तूने कहा है कि वे नगण्य हैं और कोढ़ियों के समान हैं।"—2 'इस्ड्रास' 6 : 55, और आगे।

ईश्वर के विशेष कृपापात्र होने की धारणा, जो यहूदियों तक ही सीमित नहीं है, ऐसी रीतियों एवं प्रवृत्तियों को जन्म देती है जिनके कारण श्रेष्ठ होने और अपने तक ही धर्माधिकार सीमित रखने पर ज़ोर दिया जाता है। यह दूसरी मरती धर्म-परम्पराओं को सहानुभूतिपूर्वक समझने की वृत्ति नहीं बढ़ाती वरन् प्रतिकूल और एकान्तवासी या अलग-अलग रहने की वृत्ति को उत्तेजन देती है। हममें से बड़े-बड़ों को भी लिखने के लिए कोरी स्लेट नहीं मिलती। हम किसी शून्य स्थान में तो रहते नहीं। ईसा भी यहूदियों के ऐकांतिक वातावरण में प्रशिक्षित हुए यद्यपि उसपर हावी होने के लिए उन्होंने कठोर श्रम किया। यहूदी-परम्परा ने ईसा को मुहाविरे और विचार-प्रणालियां प्रदान कीं जिनके बीच उनका दिमाग विकसित होता रहा। वे एक यहूदी की भांति, इसराइल की एक संतान की भांति बोलते थे। टायर एवं सिडोन की म्लेच्छ स्त्री की कथा में ईसा सहायता के लिए उसकी चीख-पुकार सुनने से इन्कार करते हैं : "पहले इस जाति के बच्चों के पेट भरने दो क्योंकि यह उचित नहीं कि बच्चों की रोटी छीनकर कुत्तों के सामने फेंक दी जाए।"[1] मैथ्यू में उनका उत्तर और भी स्पष्ट है : "इसराइल वंश की भ्रमित भेड़ों के अलावा और किसीके लिए मैं नहीं भेजा गया हूं।"[2] उनके इस कथन का भी प्रमाण मिलता है : "मेरे द्वारा उपस्थित किए बिना कोई मनुष्य परम पिता के पास नहीं आ सकता।"[3] इस विचार पर अन्य उपदेशों में भी ज़ोर दिया गया है : "किसी दूसरे नाम में मुक्ति नहीं है क्योंकि स्वर्ग (आकाश) के नीचे मनुष्यों को दिया हुआ कोई दूसरा नाम ऐसा नहीं है जिसके द्वारा निश्चित रूप से हमारी रक्षा हो सके।"[4] यद्यपि यहूदी और मुसलमान इस बात पर सहमत हैं कि ईसा एक पैगम्बर थे किन्तु वे मूसा या मुहम्मद पर उन्हें तरजीह देने को तैयार नहीं हैं।

ईसाईधर्म की यहूदी पार्श्वभूमि ने उसे एक ऐकान्तिक प्रान्तीयता और यूनानी प्रथाओं के प्रति विरोधभावना प्रदान की। यहूदी धर्म-स्रोत से ईसाईधर्म ने जो धार्मिक साहित्य और पवित्र इतिहास प्राप्त किया वह भावना में पुरातन परम्परा से बिल्कुल भिन्न है। देवदूतीय (एपोस्टोलिक) युग में यहूदी प्रभाव का ह्रास हो गया। विश्वधर्म के रूप में ईसाईमत का जन्म जूडिया में नहीं वरन् भूमध्यसागरीय विश्व के महान नगरों—एण्टिओक और ऐफेसस, थेसालोनिका और कॉरिन्थ, रोम और सिकन्दरिया—में हुआ। भूमध्यसागरीय संसार के उन भागों में यूनानी संस्कृति का विकास हुआ जहां यूनानी पूर्व की सभ्यताओं के संसर्ग में आए। जूडिया

1. 'मार्क' 7 : 24-30।
2. 15 : 24।
3. 'जॉन' 14 : 6; और भी देखिए, 'मैथ्यू' 11 : 27; 'ल्यूक' 10 : 22।
4. 'ऐक्ट्स 4: 12।

के विशेषत्व एवं यूनान की सार्वदेशिकता के बीच का संग्रथन अभी तक पूर्ण नहीं हो सका है और कितने ही आधुनिक धर्ममतवादी अब भी ईसाईधर्म के ऐकान्तिक वा अनन्य रूप पर बल देते हैं।

एमिल ब्रनर कहते हैं : "इलहाम या दैवी संदेश का अपूर्व एवं अपुनर्वाच्य रूप ही ईसाईधर्म का सार है। इस प्रकार की अन्तिम घटना केवल एक ही बार घटित हो सकती है।"[1] कार्ल बार्थ का कथन है : "ईसा मसीह के रूप में ईश्वर ने मनुष्य के लिए अपने को व्यक्त किया। हम ईश्वर के विषय में दूसरे और किसी स्रोत से क्या जानते हैं···बिलकुल कुछ नहीं।"[2] अपने धर्म को दूसरे धर्मों के प्रतिकूल हम इस रूप में रखते हैं मानो वे सब असत्य हों और उनके विरुद्ध यही एकमात्र सत्य हो। या यह हो सकता है या वह। या तो वह प्रकाश है या अंधकार। हाल की एक पुस्तक में बताया गया है कि ईसाईधर्म-प्रचारक का मुख्य उद्देश्य 'दुनिया से और सब धर्मों को निर्मूल कर देना है'।[3] बर्लिन यूनिवर्सिटी के डॉ० जूलियस रिचटर ने 1913 में लिखा था : "जहां-जहां भी गैर-ईसाई धर्मों के साथ ईसाईधर्म-प्रचारकों का संसर्ग हुआ है वहां-वहां उन्होंने उन्हें निकाल बाहर करने और उनके स्थान पर ईसाईधर्म की प्रतिष्ठा करने का प्रयत्न किया है।[4] टूविंजेन के मिशन-विभाग के प्रोफेसर डॉ० शिलक ने लिखा है : "एक तरफ ईश्वर की वाणी और उसके कार्य हैं, दूसरी ओर अपनी ही प्रतिच्छवि के रूप में ईश्वर की कल्पना करने की अनिच्छित प्रेरणा है।···उनके साथ सम्बन्ध स्थापित करने का कोई यत्न असत्य एवं प्रवंचना—झूठ एवं धोखाधड़ी—के साथ सम्बन्ध स्थापित करने के समान होगा।"[5] सत्य एवं अतर्क्य या अंतिम होने का दावा ईसाईधर्म के प्रोटेस्टेण्ट और कैथोलिक ऐंग्लिकन और प्यूरिटन सम्प्रदायों की ओर से भी किया जाता है।[6] एण्टिओक के नेस्टोरियस ने थियोसोडियस से कहा था :

1. 'दि मीडिएटर', अंग्रेजी अनुवाद (1934), पृष्ठ 25।
2. 'दि नॉलेज ऑफ गॉड' (1937-38),पृष्ठ 43।
3. सी० जे० शेब्बियर : 'क्रिश्चियैनिटी ऐण्ड अदर रिलीजंस' (1939), पृष्ठ 13।
4. 'इण्टरनेशनल रिव्यू ऑफ मिशंस' (जुलाई 1913), पृष्ठ 522।
5. वही (जुलाई 1938), पृष्ठ 465, 470।
6. डा० सर्जियस बुल्गाकोफ : "संसार में केवल एक ही सच्चा चर्च है, ऑर्थोडॉक्स चर्च (सनातनी ईसाई सम्प्रदाय)।" "चर्च, सत्य और अच्युति समानार्थवाची हैं।" 'दि ऑर्थोडॉक्स चर्च' (1935), पृष्ठ 104-79। श्री डगलस जेरल्ड कैथोलिक चर्च के विषय में कहते हैं : "ईसाइयों को निश्चित विश्वास करना चाहिए कि ईसाई सभ्यता एक ऐसे शिक्षादायी चर्च की रचना है जिसे सर्वशक्तिमान ईश्वर ने स्वयं स्थापित किया है—एक ऐसी धर्म जो ईश्वर के आश्वासन के अनुसार उसीके द्वारा प्रेरित एवं मार्गदर्शनप्राप्त है तथा संसार के अन्त या विनाश एवं भ्रान्ति से सुरक्षित है।" आगे वे फिर कहते हैं : "पाश्चात्य सभ्यता के अन्तर में कुछ ऐसी चीज़ है जो और किसी सभ्यता को प्राप्त नहीं हुई—इस संसार में मानव के लिए

"ओ सीजर! मुझे दे दो, दे दो मुझे नास्तिकों से मुक्त धरती, और बदले में मैं तुम्हें स्वर्ग का राज्य दूंगा! मेरे साथ मिलकर नास्तिकों, म्लेच्छों का संहार कर दो, और मैं तुम्हारे साथ मिलकर फारसियों का खात्मा कर दूंगा।"[1] प्रोटेस्टैण्ट और कैथोलिक एक-दूसरे के प्रति विरोध-भाव रखते हैं। लूथर रोमन चर्च को भी नास्तिक-जगत् के अन्तर्गत गिनता था : "जो ईसाईधर्म के बाहर हैं, फिर चाहे वे नास्तिक हों, तुर्क, यहूदी या मिथ्या ईसाई (लेमन कैथोलिक) हों और भले ही केवल एक सच्चे ईश्वर में विश्वास रखते हों, फिर भी वे शाश्वत विमर्ष और विनाश—सनातन क्रोध और नरक के गर्त में पड़े हुए हैं।"[2] जॉन नाक्स ने अपनी रचना 'लन्दन के श्रद्धालुओं के नाम ईश्वरीय पत्र' (1954) में लिखा था : "एशिया में क्या है? ईश्वर के प्रति अज्ञान। अफ्रीका में क्या है? हमारे प्रभु ईसा, हमारे उद्धारक के प्रति अस्वीकृति। ग्रीशियनों के चर्चों में क्या है? क्या मुहम्मद और उनका मिथ्या सम्प्रदाय? रोम में क्या है? सारे जादूगरों का बड़ा भारी आश्रय। वह कलंकित मानव!"[3] जॉर्ज टाइरेल लिखता है: "ईसा कहेंगे कि हर्नेक 'ईश्वर के राज्य से ज्यादा दूर नहीं था परन्तु ज़रा-सा अन्तर भी एक मील के सदृश ही है। फिर प्रोटेस्टैण्टों और जंगलियों में कोई अन्तर नहीं—ये सब नरक में एक समान ही जलेंगे।"[4]

कभी-कभी अचेतन श्रेष्ठता का यह रुख बड़े शिष्ट शब्दों में लिपटकर सामने आता है। यह मानते हुए भी कि ईसाई देववाणी अप्रितम है और दूसरी देव-वाणियों से बिलकुल भिन्न है, उनके साथ मैत्रीपूर्ण सहयोग की संभावना को अस्वीकार नहीं किया जाता। (उनकी दृष्टि में) ईसाई सत्य सर्वोच्च है, पूर्ण प्रकाश है; जबकि दूसरे खण्डित या टिमटिमाती ज्योतियों की भांति हैं। दूसरे धर्मों में जो आंशिक सत्य हैं उन्हें ईसाईधर्म पूर्ण कर देता है। इस दृष्टिकोण में भी इस

ईश्वर के अभिप्रायों का ज्ञान तथा वे साधन जिनके द्वारा ईश्वरीय कृपा से सम्बध स्थापित करके मानव ईश्वर के अभिप्रायों के साथ सहयोग कर सकता है तथा अपनी आत्मा की रक्षा कर सकता है।"—'टाइम्स लिटरेरी सप्लीमेंट' (14 मई, 1954), पृष्ठ 345। साम्प्रदायिक झगड़ों पर एस० टी० कॉलरिज के शब्द विख्यात हैं : "जो आदमी ईसाई धर्म के प्रति सत्य से भी ज्यादा प्रेम रखने से आरम्भ करता है, वह अपने सम्प्रदाय को ईसाईधर्म से भी अधिक चाहने की ओर जाएगा और उसकी यात्रा का अन्त सबसे ज्यादा अपने को चाहने में होगा।"

1. गिबन, 'दि डिक्लाइन ऐण्ड फाल ऑफ दि रोमन एम्पायर' अध्याय 47। नेस्टोरियस स्वयं भी बाद में नास्तिक कहलाकर निन्दित हुआ। गिबन टीका करता है: "नेस्टोरियस के भाग्य पर मानवता एक बूंद आंसू गिरा सकती है; फिर भी यही कहेगा कि उसने जो दंड और सासत दूसरों को दी, उसीसे स्वयं भी पीड़ित हुआ।"—वही।
2. 'लार्बर कैटेकिज़्म' 2-3, अंग्रेजी अनुवाद (1896), पृष्ठ 106।
3. देखिए, 'इण्टरनेशनल रिव्यू ऑफ मिशन्स' (जून 1942), पृष्ठ 842।
4. एम० डी० पेट्रे, 'दि लाइफ ऑफ जार्ज टाइरेल' (1912), पृष्ठ 400।

स्थापना का त्याग नहीं है कि ईसाईधर्म ही एक, और समग्र मानव-जाति के लिए एक पूर्ण धर्म है। यद्यपि यह अन्तर्धामिक सहयोग को प्रोत्साहन देता है और यहां तक मान लेता है कि एक व्यक्ति का धार्मिक ज्ञान दूसरे धर्मों के संसर्ग से सम्पन्न और विकसित हो सकता है किन्तु इससे उसके इस विश्वास में ज़रा भी कमी नहीं आती कि ईसाईधर्म 'सन्तों को ईश्वर-प्रदत्त एकमात्र धर्म है'। "यदि ईश्वर ने दूसरे धर्मों को धार्मिक सत्य की कुछ विशेष जानकारियां दी हैं तो वह इसलिए कि वे सत्य को परिपूर्ण बनाने में सहायक हों।"[1]

1930 ई० में लैम्बेथ कान्फ्रेंस ने ईश्वर के ईसाईसिद्धान्त-सम्बन्धी अपनी समिति द्वारा इस बात की पुष्टि की थी : "हम प्रसन्नतापूर्वक महान धर्मों में निहित और उनके द्वारा उद्घोषित सत्यों को स्वीकार करते हैं, किन्तु''किन्तु इनमें से प्रत्येक ईसा की अशोधनीय सम्पदाओं से भरे उपदेश से रहित है। इस्लाम में व्यक्त ईश्वर की महत्ता, दूसरे प्राच्य धर्मों के उच्च नैतिक मान एवं गंभीर सत्य, ईसा द्वारा व्यक्त ईश्वरीय सत्य के पथ-मात्र हैं।"[2] और यह विचार स्वयं ईसा के इस वक्तव्य से मेल खाता है : "यह न सोचो कि मैं पैगम्बरों को और यम-नियम को नष्ट करने आया हूं; मैं नष्ट करने नहीं, उन्हें पूर्ण करने आया हूं।"[3]

बौद्धधर्म, ईसाईधर्म तथा इस्लाम इत्यादि, जो भी धर्म-प्रचार में आस्था रखने वाले धर्म हैं, अपनी श्रेष्ठता में विश्वास रखते हैं। इन सबका दावा है कि उन्हींके पास सर्वोच्च सत्य है। एक के दावे को दूसरे पर तरजीह कैसे दी जा सकती है? हमें निष्ठा का ही आश्रय लेना पड़ता है। प्रोफेसर ए० ई० टेलर कहते हैं : "यह मान लेना भूल है कि ईसाईधर्म अपने संस्थापक के ऊपर जिस अपूर्व ब्रह्माण्डीय महत्ता का आरोप करता है उसे उनके सांसारिक जीवन की लिखित घटनाओं के आधार पर प्रमाणित भी किया जा सकता है।"[4] और जब हम तथ्य एवं प्रमाण की सीमा से विश्वास एवं श्रद्धा की सीमा में चले जाते हैं तो प्रत्येक अपने निष्ठाजनित कार्य को अच्युत मानता है और इसीके कारण असहिष्णुता का जन्म होता है। इन धर्मों द्वारा पूर्ण सत्य केवल उन्हीं के पास होने का दावा, ऐसे कई धर्मों के अस्तित्व से ही असंगत हो जाता है। इन सर्वसत्ताप्रिय एवं अप्रमाणित और परस्पर-विरोधी धर्मों द्वारा केवल अपने-अपने ही प्रति निष्ठा की मांग के कारण हम लोगों को एक-दूसरे के विरुद्ध खड़ा कर देते हैं। भविष्य की रचना के लिए नैतिक एवं

1. अपनी पुस्तक 'दि क्राउन ऑफ हिन्दुइज़्म' (1912), पृष्ठ 45, में डॉ० जे० एन० फारूकहर कहते हैं : "ईसा में हिन्दुधर्म के सर्वोच्च आदर्शों की पूर्ति हुई है।''वे भारतीय धर्म के मुकुट हैं।"
2. "लैम्बेथ रिपोर्ट' (1930), पृ० 75।
3. 'मैथ्यू' 5: 17।
4. 'दि फेथ ऑफ ए मॉरलिस्ट' (1930), पृ० 126।

आध्यात्मिक शक्तियों के एकीकरण के हमारे प्रयत्न धर्मों की प्रतिद्वंद्विता के कारण श्रीहीन एवं निष्फल हो जाते हैं।

7. अश्रद्धा का विकास

संसार में लाखों ऐसे आदमी हैं जो विश्वास या श्रद्धा करना चाहते हैं किन्तु कर नहीं पाते। यद्यपि ये 'अनाथ बच्चे' धर्मों के बाह्याचार का उपयोग करते रहते हैं। अपनी-अपनी धार्मिक रीतियों के अनुसार हमारा नामकरण होता है, बपतिस्मा होता है; हम विवाहित होते हैं और दफनाए जाते हैं या जलाए जाते हैं किंतु यह सब करते हुए भी सम्पूर्ण अवधि में, हम एक अनिच्छित पाखण्ड के शिकार बने रहते हैं। हम एक ऐसे युग में रह रहे हैं जो शिथिल एवं मूर्च्छित है और जिसकी आशा भग्न हो चुकी है। हमारे मूल्य धूमिल और अदृश्य हैं; हमारी चिन्ताधारा भ्रमित है; हमारे लक्ष्य विचलित हैं। आत्मिक जीवन में, जो सम्पूर्ण सभ्यता का प्राणपूर्ण रहस्य है, उसे बुद्धि पल्लवित-विकसित तो कर सकती है परन्तु पैदा नहीं कर सकती—यहां तक कि जीवित भी नहीं रख सकती; हम निर्मूल हो जाते हैं। जब जड़े ही नष्ट हो जाती हैं, तब कुछ समय तक वृक्ष जीवित रह सकता है, यहां तक कि फलता-फूलता-सा भी दिखाई दे सकता है किन्तु उसके दिन गिनती के होते हैं। टी०एस० इलियट ने अपनी कविता 'वेस्टलैंड' में आधुनिक सभ्यता की विशृंखलता, विश्वास तथा प्रेरणा के अभाव, गरीबी, विचारभ्रम तथा आधुनिक चेतना की निरर्थकता का वर्णन किया है। निषेधात्मक चिन्तन के इस वातावरण के कारण ही आधुनिक विश्व में मानसिक रोगियों की संख्या में वृद्धि हुई है।[1]

लार्ड ऐक्टन ने 19 जुलाई, 1891 को लिखा था: "हॉबेज़ के समय से दो सौ साल तक अविश्वास अपना रास्ता बनाता रहा है। यह अविश्वास विज्ञान की नींव पर खड़ा हुआ, क्योंकि श्रेष्ठ पुस्तकों और संसार के सृजनात्मक चिंतन का लगभग आधा भाग अविश्वासियों द्वारा रचा गया। जिन प्रभावों का बोलबाला रहा वे

1. सी० जी० मुंग लिखते हैं : "मैंने सैकड़ों रोगियों का इलाज किया है। इनमें से अधिक संख्या प्रोटेस्टैण्ट लोगों की थी, थोड़े यहूदी थे, और श्रद्धावान सनातनी (कैथोलिक) ईसाई पांच या छः से ज्यादा न थे। मेरे जीवन के उत्तरार्द्ध में मेरे पास जितने भी रोगी आए उनमें से एक भी ऐसा नहीं था जिसकी समस्या, अन्तिम निष्कर्ष में, अपने जीवन के लिए एक धार्मिक दृष्टिकोण की प्राप्ति न रही हो। यह कहना ठीक होगा कि उनमें से हरेक केवल इसलिए बीमार पड़ा कि जीवन्त धर्म प्रत्येक युग में अपने अनुयायियों को जो चीज़ देते हैं उसे वह खो चुका था और जिन लोगों ने अपना धार्मिक दृष्टिकोण पुनः नहीं प्राप्त किया उनमें से एक भी यथार्थतः नीरोग नहीं किया जा सका।"—'मॉडर्न मैन इन सर्च ऑफ ए सोल' (1933), पृष्ठ 264।

ज्यादातर अनीश्वरवादी थे। केवल इंग्लैंड को ही लें तो कोई आदमी ग्रोट, मिल, आस्टिन, डार्विन, लेविस, हक्सले, टाइनडाल की सहायता के बिना पनप नहीं सकता।"[1] लॉर्ड ऐक्टन के यह लिखने के पैंतालीस वर्ष बाद, टी० एस० इलियट ने यह घोषित किया : "हमारी पाठ्य सामग्री का अधिकांश भाग ऐसे आदमियों द्वारा लिखा जा रहा है जिनमें (ईश्वरीय व्यवस्था के प्रति) न केवल कोई सच्चा विश्वास नहीं है बल्कि जो इस तथ्य से भी अनभिज्ञ हैं कि इस संसार में अब भी ऐसे 'पिछड़े' या सनकी लोग हैं जो (ईश्वरीय सत्ता में) विश्वास रखते जा रहे हैं।"[2] ऐसे मार्गदर्शन में धार्मिक निरक्षरता बराबर बढ़ती जा रही है और सभ्यता अपनी जड़ों से असम्बद्ध होती जा रही है। हम नास्तिवादी दर्शन के आमने-सामने खड़े हैं और वह कोई सोवियत रूस द्वारा आविष्कृत नहीं है।[3]

नीत्शे किसी पारम्परिक अनीश्वरवाद की शिक्षा नहीं देता है। हां, वह अविश्वास के दण्डधारियों के आत्मसंतोष को अस्थिर कर देता है और समस्त मूल्यों के

1. 'सेलेक्शंस फ्रॉम दि कारेसपांडेन्स ऑफ दि फर्स्ट लॉर्ड ऐक्टन', जे० एन० फिगिस एवं आर० बी० लॉरिन्स द्वारा संपादित, भाग 2 (1917)। 19 जुलाई, 1891 का पत्र।

'लेट लीरिक्स ऐंड अर्लियर' (1922) की भूमिका में टॉमस हार्डी ने लिखा था : "गत युद्ध के अन्ध उन्माद, प्रत्येक वर्ग में स्वार्थ की निर्लज्ज वृद्धि, विवेक को स्तब्ध करने वाले ज्ञान के विकास और, वर्ड् सवर्थ के शब्दों में, निदारुण उत्तेजना के लिए अधःपतनकारी पिपासा के कारण तरुणों की रुचि के बर्बर हो जाने से अथवा चाहे और किसी कारण से हो, हमारे सामने एक नये अन्धकार-युग की विभीषिका आ खड़ी हुई है।"

2. 'एसेज़' (1936), पृष्ठ 122।

3. नीत्शे के 'गे साइन्स' में उस सम्पूर्ण आध्यात्मिक स्थिति का वर्णन किया गया है जिससे ईश्वर की मृत्यु की घोषणा का उद्भव होता है : "आपने उस पागल की कथा नहीं सुनी है, जो दोपहरी के तीव्र प्रकाश में लालटेन जलाकर बाज़ार में दौड़ते हुए चिल्ला रहा था कि मैं ईश्वर की खोज कर रहा हूं? ···जैसा कि कहा जाता है, वहां कुछ ऐसे लोग साथ खड़े थे जो ईश्वर में विश्वास नहीं रखते थे इसलिए उस आदमी पर खूब कहकहे लगे। पागल उछलकर उन लोगों के मध्य में आ गया और चीखा, 'ईश्वर कहां है?···अच्छा मैं बताता हूं—हम लोगों ने, तुमने और हमने मिलकर उनकी हत्या कर दी है···पर हमने यह कृत्य कैसे किया? हमें किसने वह शोषक वस्तु दी जिसे हमने सारे क्षितिज पर फेरकर उसका सफाया कर दिया? हमने अपनी धरती को उसके सूर्य से विच्छिन्न करके क्या किया? अब वह किस ओर चल रही है? हम कहां जा रहे हैं? क्या हम निरन्तर अधःपतित नहीं हो रहे हैं? क्या हम असीम शून्यता में भटक नहीं रहे हैं? क्या निशा बढ़ती नहीं चली आ रही है—अधिकाधिक तमिस्रा? क्या हमें पूर्वमध्याह्नकाल में लालटेनें नहीं जलानी चाहिएं? सुनो, कब्र खोदनेवालों का शोर सुनो! वे ईश्वर को दफनाने में व्यस्त हैं···और हमने उसे मार डाला है! हमारे लिए कौन-सी सम्भव सान्त्वना रह गई है? क्या इस कृत्य की महत्ता ही हमारे लिए अत्यधिक महान नहीं है? इसके योग्य बनने के लिए क्या हमें स्वयं ही देवता नहीं बन जाना चाहिए?' "

खग्रास यूरोपीय नास्तिवाद के सामने खड़े हुए मानवात्माओं तथा समाजों की स्थिति का चित्रण करता है। वह पूछता है: "नास्तिवाद का क्या अर्थ है?" और स्वयं ही उत्तर देता है। "इसका अर्थ इतना ही है कि सर्वोच्च मूल्य स्वयं को मूल्यहीन कर देते हैं। हमारी जिज्ञासा का न कोई लक्ष्य है, न कोई उत्तर है।" पूर्णतः हताश होकर वह चीख उठता है : "हमारा घर कहां है? मैं खोज रहा हूं; मैंने खोजा है पर नहीं पा सका। ओ नित्य सर्वस्थानीय! ओ नित्य कहीं भी नहीं! सब व्यर्थं।" बर्दिएव लिखता है : "यूरोपीय मानव एक भयानक शून्यता के बीच खड़ा है। अब वह नहीं जानता कि उसके जीवन की कुंजी कहां मिल सकती है; अपने पांवों के नीचे वह कोई ठोस गहराई का अनुभव नहीं करता।"[1] नास्तिवाद अध्यात्मविद्या का वह अन्तिम शब्द है जो सतही रूपों की सीमा के बाहर जाने से इन्कार करता है।[2] हम चारों ओर देख रहे हैं कि हमारे परिचित बन्धन तीव्र गति से ढीले पड़ते जा रहे हैं; जो श्रृंखलाएं किसी सभ्यता को एक में बांधकर रखती हैं वे टूटती जा रही हैं।[3]

1. 'दि एण्ड ऑफ आवर टाइम' (1933), पृष्ठ 189।

2. यह जानना दिलचस्प होगा कि 'आध्यात्मिक जांच-समिति' ने, जो संयुक्तराष्ट्र अमरीका की राजधानी में 57 वर्ष तक बराबर मिलती रही थी, 1950 में 'दार्शनिक चिन्तन के प्रति सदस्यों की उदासीनता के कारण अपने को समाप्त कर देने का निश्चय किया।

3. डॉ० हेंसली हेंसन ने जब वे डर्हम के बिशप थे, लिखा था : "हम अपने देश में ऐसे लाखों स्त्री-पुरुषों को पाते हैं जो धर्म के साथ अपना कोई सम्बन्ध स्वीकार नहीं करते, जिसका फल यह है कि हमारे बच्चों में से अधिकांश बिना किसी धार्मिक प्रभाव तथा बिना किसी प्रकार की भी धार्मिक शिक्षा के पनप रहे हैं।"—'विशपरिक पेपर्स' (1946), पृ० 306।

क्रिस्टोफर डॉसन का कथन है : "यह स्पष्ट है कि आज की संस्कृति को किसी प्रकार भी ईसाई नहीं कहा जा सकता क्योंकि सम्भवतः यह संस्कृति का आज तक अस्तित्व में आया ऐसा रूप है जो पूर्णतः धर्मनिरपेक्ष है।"—'मेडिवल एसेज' (1953), पृ० 9।

तीसरा अध्याय

विश्वास की आवश्यकता

1. धर्म के स्थानापन्न पदार्थ

आज संसार के लोगों की बहुसंख्यक श्रेणियां अनिच्छुक अविश्वास का शिकार हैं। वे पारस्परिक रूपों वाली मठीय दीवारों के अन्दर खड़ी नहीं हो पातीं, फिर भी उन्हें विश्वास, निष्ठा, अपनी वर्तमान आवश्यकताओं और कार्यों के लिए सन्दर्भ-गठन की आवश्यकता है। मनुष्य बहुत समय तक असंतुलन या हीनता की अवस्था में नहीं रह सकता। अध्यात्मविद्या के सम्बन्ध में काण्ट ने कहा है कि वह एक अन्तःप्रेरणा (इंसटिंक्ट) है जिसे हम नष्ट नहीं कर सकते फिर चाहे उसकी सफल प्राप्तियों से कितना ही इन्कार किया जाए। यही बात धर्म के लिए भी सत्य है।[1] इसकी अन्तःप्रेरणा कुछ समय तक गृहहीन रह सकती है किन्तु वह नष्ट नहीं की जा सकती। बिना किसी विश्वास, श्रद्धा या निष्ठा के जी सकना असम्भव है। यदि प्रकृति में रिक्तावकाश यो निर्वातता (वैक्यूम) के लिए भय है तो मानवता भी शून्यता से भय खाती है। ब्लेक ने कहा था: "मनुष्य का कोई धर्म होना ही चाहिए, और वह धर्म प्राप्त करके रहेगा। यदि उसके पास ईसा का धर्म नहीं है तो वह शैतान के धर्म को ग्रहण करेगा और शैतान के मन्दिरों का निर्माण कराएगा; इस दुनिया के उस राजा को ही ईश्वर कहकर पुकारेगा और जो लोग शैतान को ईश्वर मानकर पूजा न करेंगे उन सबको नष्ट कर देगा।"[2] हरेक को विश्वास तो करना ही पड़ेगा, फिर चाहे वह किसी भी चीज़ में हो। जो लोग आध्यात्मिक बुभुक्षा से पीड़ित हैं उनके सामने एक सड़ा फल भी आ जाएगा तो उसमें ऐसा स्वाद आएगा मानो स्वर्ग से आई रोटी हो, जैसे अमृतफल हो; जो प्यास से मर रहे हैं उनको विषैले कुएं का पानी निर्मल और जीवनदायक जल जैसा लगेगा। आत्मा

1. काण्ट लिखते हैं: "कभी मानव-मानस आध्यात्मिक शोध को पूर्णतः छोड़ सकेगा, यह आशा करना उतना ही निरर्थक है जितना अपवित्र वायु के अन्दर चले जाने के भय से श्वास-क्रिया को एकदम बंद कर देना। इसलिए दुनिया में सदा अध्यात्मविद्या रहेगी। यही नहीं, प्रत्येक विचारवान और चिन्ताप्रधान आदमी उसे ग्रहण करेगा और किसी स्वीकृत मान के अभाव में अपनी रुचि के अनुसार स्वयं ही उसे रूप देगा।"—महफी कृत अंग्रेजी अनुवाद, पृ० 138।

2. 'जेरूसलेम', पृष्ठ 52-53।

अपने भयानक बन्धन को जानती-समझती है। उसके लिए कोई ईश्वर नहीं है परन्तु ईश्वर होना ही चाहिए। मनुष्य किसी न किसी चीज़ में विश्वास करने पर ज़ोर देते हैं क्योंकि हम किसी अज्ञात भय के सामने कंधा नहीं डाल सकते। आधुनिक मानव की आध्यात्मिक गृहहीनता या निराश्रयता अधिक दिनों तक टिक नहीं सकती। कहीं का भी न होना, अपने तईं किसी बात को न मानना अपने को बिलकुल अलग कर लेना है। यह सरलता नहीं, सहजता नहीं, एक वैयक्तिक भार है। हमें अपनी खोई सुरक्षा पुनः प्राप्त करनी ही होगी। इसके लिए हम कोई भी मूल्य, यहां तक कि बौद्धिक सचाई की बलि भी देने को तैयार हैं। सत्रहवीं शती के अन्तिम काल से परम्परागत धर्मों की क्रमिक स्थानच्युति होती गई है और उसका स्थान मानव-पूजा का कोई न कोई रूप या प्रकार लेता गया है। धार्मिक आधार की जगह धर्मनिरपेक्ष आधार पर व्यक्ति की रक्षा करने की चेष्टाएं लोकप्रिय हो गई हैं।[1]

2. उपमानवीय स्थिति में पतन

कभी-कभी हम उपमानुषी स्थिति में लौट जाने की चेष्टा करते हैं तथा विचारहीन, विवेकहीन हो जाते हैं। चाहे बेबिलोनियनीय ईश्वर संसार के शोर-गुल को अपने इन शब्दों से खत्म करना चाहता हो : "मैं सोना चाहता हूं"; या मनुष्य पुनः उसी अवस्था में लौट जाने की इच्छा करता हो जिसमें वह ज्ञान-वृक्ष का फल खाने के पूर्व ईडेन के उद्यान में था; या वह सोचता हो कि सबसे अच्छा यह था कि वह पैदा ही न हुआ होता; चाहे वह बौद्धिक चेतना को एक संकट के रूप में देखता हो और उसका अन्त हो जाने की इच्छा करता हो किन्तु इससे हम समस्या का सामना नहीं करते, उससे बचना, भागना चाहते हैं। उपमानवीय अथवा पाशविक जीवन की ओर लौट जाने की प्रेरणा, जो संकट के समय हमपर छा जाती है, भ्रम की छाया-मात्र है। मनुष्य पुनः अपनी पाशव चेतना को ग्रहण नहीं कर सकता। भले ही वह अपनी बौद्धिक चेतना का उपयोग करने से इन्कार कर दे। किन्तु वह

1. "लम्पटतापूर्वक नहीं बल्कि संयम-सावधानी से रहना, एक निरतिशय सत्ता के प्रति जागरूक होना—लैटिन शब्द 'रिलीजियोसस' का शुद्ध अर्थ है। और यही निश्चित रूप से सम्पूर्ण धर्म का तात्त्विक अभिप्राय है। एक मनुष्य जो विश्वास करता है और इसीलिए जिसे वह संशयरहित सत्य समझता है, वही उसका धर्म है। 'रिलीजियो' शब्द 'रेलीजेयर' धातु से, जिसका अर्थ मनुष्य को ईश्वर से बांधना है, नहीं निकला है। विशेषण ने संज्ञा के मूलार्थ को कायम रखा है और 'रिलिजियोसस' शब्द शुद्ध, अशिथिल, जागरूक अन्तर वाले व्यक्ति का अर्थ देता है। इसलिए 'रिलीजन' (धर्म) का प्रतिकूल अर्थ देनेवाले शब्द होंगे—असावधानी, लापरवाही, शैथिल्य। 'रिलीजियों' के प्रतिकूल शब्द हैं 'नेगलिजों'; 'रेलीजेन्स' (रिलिजियोसस) के प्रतिकूल है 'नेग्लिजेंस।"—जोस आटगा गैसेट : 'कंकोर्ड ऐण्ड लिबर्टी' (1946), पृ० 22।

पर्यावरण में अपने को विलीन कर देने की मौलिक प्रवृत्ति को फ़िर नहीं प्राप्त कर सकता। वह अपनी स्मृति एवं आशा से नहीं छूट सकता। मनोवैज्ञानिक विकास, अपनी मुख्य प्रवृत्ति में, अपरिवर्तनीय या पीछे न लौटनेवाला होता है। हम जैव अस्तित्व की सरलता में डूबकर आत्मचेतना की धाराओं से दूर नहीं हट सकते। हम जोब से कुछ सीख सकते हैं जो निद्रा में आश्रय लेने को आतुर है : "जब मैं कहता हूं कि मेरी शय्या मुझे सुख देगी, वह मेरी शिकायत दूर कर देगी, तब तुम मुझे स्वप्नों से डरा देते हो और दृश्यावलियों से भीत कर देते हो।" हमारी अशान्ति की दवा अचेतन के गर्भ में पुनः पतन नहीं वरन् सृजनात्मक चेतना में हमारा उत्थान है।

3. भोगवाद

एक ऐसी दुनिया में, जहां बौद्धिक, सौन्दर्यमूलक एवं नैतिक मान टूक-टूक होकर गिर रहे हैं, इन्द्रियलब्ध सुख ही एकमात्र निश्चित प्राप्य है। यदि शोभा-शृंगार, परिवर्तन, क्षणिकता ही एकमात्र दुनिया है तो हम जो कुछ देखते, सुनते, सूंघते, स्पर्श करते और स्वाद लेते हैं उसीसे सन्तुष्ट हो जाने की शिक्षा हमें लेनी चाहिए।[1] तब तो फिर हम चलती-फिरती छायाएं हैं, क्षणजीवी हैं और आज या कल मृत्यु हमपर हावी होने वाली है। वेदना, रोग, दुःख का पलड़ा भारी है। जीवन नगण्य है, उसका कोई महत्त्व नहीं और मृत्यु अवश्यंभावी है। तब असफलता में कोई विशेषता नहीं रह जाती और सफलता का कुछ अर्थ नहीं होता। परन्तु यह सब होते हुए भी हम दुःखी होने के लिए नहीं पैदा हुए; संसार की शिकायत करके या ईश्वर के विरुद्ध कुछ बुदबुदाकर जीवन की महान देन को नष्ट कर देने के लिए नहीं पैदा हुए। शरीर के रहस्यवादी और इन्द्रिय-सुख के पूजक हमें आलस्य में निमग्न हो जाने के लिए, डब्ल्यू० बी० यीट्स द्वारा 'केल्टिक थाट' में प्रकट किए शब्दों में, पुकारते हैं : ''घर पर आग के पास बैठो और आलसी शरीर को मोटा बना लो।" या फिर वे हमें अपनी शक्तियां अशांतकारी, अविश्रांत कार्यशील में समाप्त कर देने को कहते हैं—ऐसी कार्यशीलता में जो प्रायः निरर्थक होती है, जिसके बारे में अक्सर हम नहीं जानते कि वह है क्या।

प्राचीन भारत के भौतिकवादी दार्शनिकों ने असीम इन्द्रिय-सुख का दृष्टिकोण अपनाया था :

यावज्जीवेत् सुखं जीवेद् ऋणं कृत्वा घृतं पिबेत्।
भस्मीभूतस्य देहस्य पुनरागमनं कुतः॥

1. "आओ, हम ऋतु के बेर एकत्र करना, भेड़ के बाल कुतरना, कृतज्ञतापूर्ण हर्ष के साथ चश्मों से पानी भर लाना सीखें और असम्भव आकांक्षाओं में अपने मन को भ्रमित न करें।"—लेविलीन पावीज़ : 'दि ग्लोरी ऑफ लाइफ' (1938), पृष्ठ 47।

"जब तक जियो, सुखपूर्वक जियो; ऋण लेकर भी घी पियो; देह के मिट्टी में मिल जाने, जलकर राख हो जाने के बाद क्या फिर आना है?"

भोगवाद का यह सम्पूर्ण दृष्टिकोण जीवन के एक मौलिक संशय पर आधारित है। मनुष्य देह की पुकार एवं स्वपुकार, आत्मा की पुकार, के बीच किंकर्तव्य-विमूढ़ है। देह का चीत्कार स्पष्ट, सरल और प्राकृतिक मालूम पड़ता है, और यदि मनुष्य उसे सुनता है तो उसका विकास रुक जाता है और वह एक ऐसी दासता में फिर से गिर पड़ता है जिससे छूटने का प्रयत्न वह धीरे-धीरे कर रहा है। अपनी सहज प्रवृत्ति का आदेश मानकर वह विकास की रेखा से गिर जाता है। जब जीवन में शांति एवं स्थिरता के गंभीर स्रोतों का अभाव होता है तब हम इन्द्रियसुखों में डूबकर उसकी पूर्ति करना चाहते हैं और इस प्रकार की प्रवृत्तियों द्वारा अपने अन्दर की कराहती हुई रिक्तता के प्रति अपने ध्यान को मृतप्राय कर देते हैं। विचार-भ्रम में फंसी दुनिया के लिए अपने को ढालने का भार बहुत होता है परन्तु खाना-पीना, सैर-सपाटे करना और इस विश्वास के साथ विश्राम करना कि इन बातों से कुछ होता-जाता नहीं, मानसिक दृष्टि से एक असंभव बात है। परिष्कृत भोगवाद जीवन की समस्या का कोई उत्तर नहीं है।

4. मानवतावाद

जब मानव-मस्तिष्क को पता लगता है जिन अवलम्बों पर वह बहुत समय से झुककर सहारा लेता आया है वे जीर्ण एवं जर्जर हैं; जब संशय होता है कि पारंपरिक धर्म या संप्रदाय निराधार हैं, जब जीवन से उसका अर्थ खो गया-सा लगता है, और वह सिकुड़कर एक अवधि, एक लम्बाई, एक प्रसार-भर रह जाता है, जब भयानक अरक्षा एवं आत्मा के अकेलेपन का भाव हमपर अधिकार कर लेता है, तब हम अनुभव करते हैं कि विवेकपूर्वक जीने का केवल एक ही मार्ग है, और वह है उन तात्विक, अनिवार्य वस्तुओं को बलपूर्वक ग्रहण किए रहना जो आज भी निश्चित हैं : सत्य की सरलता और नैतिक नियमों की महनीयता। यह एक भयप्रद घड़ी है और जो इससे गुज़र चुके हैं केवल वही बता सकते हैं कि जब मृत्यु सर्वस्वांत के रूप में दिखाई पड़ती है, जीवित जगत् एक मृत विस्तार-मात्र लगता है, सिर पर फैला आकाश काला दीखता है तथा उसकी रिक्तता में से ईश्वर प्रयाण कर गए-से जान पड़ते हैं, तब यह अनुभव कैसा भयानक होता है।

'ऑक्सफोर्ड डिक्शनरी' में मानवतावाद की परिभाषा इस प्रकार की गई है: "कोई विचार या कार्यप्रणाली, जिसका सम्बन्ध केवल मानवीय (न कि दैवी) हितों से या फिर सामान्यतः मानव-जाति से होता है। मानवतावाद के लिए मनुष्य ही अस्तित्वधारियों में व्यक्ति का सर्वोच्च्च प्रकार है तथा मानव-सेवा ही सर्वो-च्च धर्म है। वह उत्तम जीवन, उदारता, सामंजस्य, सन्तुलन में विश्वास करता है,

जब धर्म किसी दूसरी ही तुला पर बल देता है। मानवतावाद यह मानकर भी चलता है कि मनुष्य प्रकृत्या अच्छा होता है; जो बुराइयां हैं, वे समाज की हैं, उन परिस्थितियों में निहित हैं जिनसे मानव घिरा है और यदि वे दूर कर दी जाती हैं तो मनुष्य की अच्छाई बाहर आ जाएगी और प्रगति सहजलभ्य होगी। इसके प्रतिकूल धर्म मानव-प्रकृति की अतिशय अपर्याप्तता में विश्वास रखता है। धार्मिक व्यक्ति पाप से क्रूर तथ्य तथा उससे बच निकलने की अनिवार्य आवश्यकता के वश दारुण यंत्रणा-भोग करता है।

जब धर्म विशृंखल और मनुष्य का ध्यान अपनी ओर खींचने में असमर्थ हो जाता है तब मानवतावादी पुनरुद्धार (रिवाइवल) की विचारधाराएं पुनः जी उठती हैं : ऐसा ही प्राचीन यूनान में हुआ था। प्रोटागोरस ने 'सत्य' पर जो पुस्तक लिखी है उसमें एक उल्लेखनीय सूक्ति है जिसकी प्रतिध्वनि आज तक सुनाई पड़ती है : "देवताओं के विषय में मैं यह पता लगाने में असमर्थ रहा हूं कि उनका अस्तित्व है या नहीं। विषय की अस्पष्टता तथा मानव-जीवन की लघुता इसका पता लगाने में बाधक रही हैं।" कनफ्यूशियस ने ज्ञान का एक शुद्धबौद्धिक दृष्टिकोण अपनाया : "जब तुम किसी चीज़ को जानते हो तब यह कहना कि तुम उस चीज़ को जानते हो और जब तुम उसे नहीं जानते तब यह कहना कि तुम उसे नहीं जानते, यही ज्ञान है।" जब उससे मृत्यु के विषय में तथा देवों के प्रति उचित कर्तव्य क्या है, इस विषय में प्रश्न किया गया तो कनफ्यूशियस ने उत्तर दिया था : "जब हम जीवन के विषय में ही नहीं जानते तो मृत्यु के विषय में क्या जान सकते हैं? हमने अब तक नहीं सीखा कि मनुष्यों की सेवा कैसे की जा सकती है तब हम देवों की सेवा कैसे कर सकते हैं?"[1] हेलेनिस्टीय (यूनानवादी) युग में वैराग्यधर्म (स्टोइक-मत) की लोकप्रियता बहुत कुछ इस अनुभूति के ऊपर आश्रित थी कि ऐसे समय में, जब मनुष्य संशय एवं अस्पष्टता से भीत था, वैराग्यवाद ने मानवीय अनुभव की कुछ निश्चितताओं के अस्तित्व पर बल दिया।

जब यूनानी-रोमन दुनिया ने ईसाईधर्म अंगीकार किया तो वह अखाड़े एवं नाटकशाला में मानव-जीवन का मज़ा लूटने से आत्मत्याग एवं तपकठोर जीवन की ओर जाने का परिवर्तन था,—इसमें केवल जीवन की निम्नतम आवश्यकताओं के लिए ही गुंजाइश थी। चूंकि स्वतन्त्र यूनानी भावना आलोचना-प्रधान एवं विद्रोही थी और रूप, गठन, सामाजिक-राजनीतिक स्वतन्त्रता तथा बुद्धिवाद पर ज़ोर देती थी इसलिए स्वेच्छापूर्वक अंगीकृत गरीबी एवं दीनता के ईसाई सद्‌गुणों के प्रति पूर्णतः सामंजस्य न स्थापित कर सकी। दोनों के बीच निरन्तर खींचतान चलती रही। यूरोप में तीसरी सदी के बाद से ही मन की धार्मिक

1. हू-शिह : 'दि चाइनीज रिनेसां' (1934), पृष्ठ 81।

अवस्था को आदर्श के रूप में अपना लिया गया। यह स्थिति पन्द्रहवीं शती तक बराबर चलती रही। मानवतावादी धार्मिक अन्धविश्वास के इस प्रभुत्व के प्रति अफसोस प्रकट करते रहे और जीवन को 'आंसुओं की घाटी' मानने के दृष्टिकोण को अस्वीकार करते रहे। तभी से मानवतावादी के दर्शन का प्रभाव बढ़ गया।[1] अठारहवीं सदी के प्रकाश-दान के नेताओं ने मानवीय कल्याण के लिए साहसपूर्ण भक्ति की क्रियात्मक नैतिकता के साथ-साथ आशान्वित दृष्टिकोण भी पल्लवित किया। मानवतावाद एक लौकिक या धर्मनिरपेक्ष धर्म बन गया। इसके व्यावहारिक परिणाम मानवाधिकार-सम्बन्धी घोषणा तथा फ्रांसीसी क्रांति में दिखाई पड़े। हमारी पीढ़ी के अनेक बुद्धिवादी मानवतावाद को एक सुखकर एवं उचित आचरण के रूप में ग्रहण कर रहे हैं।[2]

1. सर जेम्स फ्रेज़र लिखते हैं : "संत एवं तपस्वी धरती के प्रति उपेक्षा मे पूर्ण तथा स्वर्ग के उत्फुल्ल ध्यान में डूबे हुए, जनसम्मति में मानवता के सर्वोच्च आदर्श बन गए। धरती का नगर श्रीहीन और बहुतों के लिए, जिनकी आंखें स्वर्ग के बादलों पर अवतरित ईश्वर की नगरी पर लगी थीं, उपेक्षणीय हो गया। यह भ्रमात्मक विचार हज़ार वर्ष तक चलता रहा। जब मध्ययुग के अन्त में 'रोमन लॉ' को पुनर्जीवन प्राप्त हुआ और अरस्तु के तत्त्वज्ञान तथा पुरातन कला एवं साहित्य का फिर से सम्मान होने लगा तब यूरोप पुनः जीवन, एवं आचरण के देशी आदर्शो तथा संसार के विवेकसम्मत और पुरुषोचित दृष्टिकोण की ओर लौटा। सभ्यता के लम्बे विश्राम का अन्त हुआ। अन्त में प्राच्य अभियान की धारा आई और अब तक कल-कल करती बह रही है।"—'दि गोल्डेन बाउ' (1914), पृष्ठ 299-301। प्लोटिनस के 'एनियड्स' के प्रबुद्ध अनुवादक स्टीफेन मैक्केना ने कहा है : "उत्तरयुगों में अफलातूनवाद के स्थान पर ईसाइयत धर्म बन गया। यह मनुष्य की जड़बुद्धि का सनातन प्रमाण है।"—डॉड्स : 'जरनल ऐण्ड लेटर्स आफ, स्टीफेन मैक्केना' (1936), पृष्ठ 21।

2. गाल्सवर्दी के 'फ्लावरिंग वाइल्डरनेस', अध्याय 6, के निम्नलिखित उद्धृतांश देखिए :

"काका! आपकी समझ से आजकल जनता का कितना भाग सचमुच धर्म को ग्रहण करता है?"

"उत्तरी देशों में? उत्तर देना बड़ा कठिन है। इस देश में शायद 10 से 15 प्रतिशत वयस्क लोग ऐसे होंगे। फ्रांस तथा दक्षिणी देशों में, जहां ज़्यादातर लोग किसान है, कम से कम सतही तौर पर, ऊपर-ऊपर ज़्यादा ऐसे लोग होंगे। .."

"काका लारेंस? आप ईसाई हैं?"

"नहीं, मेरे प्यारे, यदि मैं कुछ हूं तो कनफ्यूशियन हूं, और तुम जानते हो कि कनफ्यूशियस केवल एक नैतिक तत्त्ववेत्ता था। इस देश में हमारी जाति का ज़्यादातर हिस्सा, यद्यपि वह इसे जानता नहीं, ईसाई से अधिक कनफ्यूशियन है। पूर्वजों एवं परम्परा में विश्वास, अभिभावकों के प्रति आदर, ईमानदारी, पशुओं तथा आश्रितों के प्रति सदय व्यवहार, आत्मविज्ञापन का अभाव, वेदना एवं दुःख के बीच भी आत्मनिग्रह अब किसीको एक सौन्दर्य-प्रेम के सिवा और क्या-चाहिए?" तुलना कीजिए, ई० एम० फार्स्टर कृत 'ए पैसेज टु इण्डिया' (1924), पृ० 109। इस उपन्यास का मुख्य पात्र फीलिंडग उदार संस्कृति—मानवता, अनासक्ति, सहिष्णुता, किसी पूर्वाग्रह या धार्मिक परंपरा से रहित स्वतंत्र चिन्तन—का प्रतिनिधि है। जब इससे पूछा गया :

'प्रिंसीपिया एथिका' (नीति-सिद्धान्त) के अन्तिम अध्याय में प्रो० जी० ई० मूर ने अपने विचार का सारांश दिया है। द्वितीय अनुच्छेद, 3, में वे लिखते हैं :

> "हम सबसे मूल्यवान जिस चीज़ को जान सकते हैं या उसकी कल्पना कर सकते हैं चेतना की कतिपय अवस्थाएं हैं, जिन्हें मोटे तौर पर मानव-संसर्ग का सुख या सुन्दर पदार्थों का उपभोग कहा जा सकता है। निश्चय ही यह सरल सत्य सार्वदेशिक रूप से पहचान लिया गया है। पर जो अभी तक नहीं पहचाना गया है, वह यह है कि यही नैतिक तत्त्वज्ञान का अन्तिम एवं मौलिक सत्य है। इन्हीं वस्तुओं के लिए, इसलिए कि इनमें अधिक से अधिक यथासंभव किसी न किसी समय अस्तित्व में रहें, किसी व्यक्ति का कोई सार्वजनिक या निजी कर्तव्य का पालन करना न्याय्य हो सकता है; यही गुणों की कसौटी है; यही हैं—ये जटिल पूर्णत्व स्वयं, इनके कोई अंश या अग नहीं—जो मानवाचरण के अन्तिम बुद्धिसम्मत लक्ष्य का निर्माण करते हैं।"

यह पुस्तक 1903 ई० में प्रकाशित हुई थी। उस समय के तरुण बुद्धिवादियों के लिए मूढ़ग्राही धर्म अमान्य था इसलिए मूर ने उनके लिए एक रास्ता निकाला। उनकी चेतना की अवस्थाएं आध्यात्मिक अवस्थाएं हैं—तत्त्वतः धार्मिक। मूर ने मानव-सम्बन्धों के आन्तरिक मूल्यों पर ज़ोर दिया और अपने शिष्यों से कहा कि वे उसकी दो सबसे मूल्यवान वस्तुओं का अभिवर्धन करें—मित्रता एवं सौन्दर्य का न कि वैयक्तिक शक्ति एवं सफलता का अनुसरण करें।

ऐसे मनुष्य-प्राणी बहुत ही थोड़े होंगे जिनमें इस विशाल जगत् की ओर देखने पर, जिज्ञासा या विस्मय, यहां तक कि आतंक का भी उदय न हो। मनुष्य जगत् की प्रकृति को, उसके स्रोत एवं मंजिल को, जानने के लिए उत्सुक है। मानवीय मूल्यों में हमारा जो विश्वास है वह जगत्सम्बन्धी हमारे विचारों से एकीकरण चाहता है।

फिर हम मनुष्य की प्रकृति की परिभाषा करते समय, उसके अन्दर जो प्रेरक तत्त्व, आत्मतत्त्व है, उसे छोड़ नहीं सकते—उस आत्मतत्त्व को जिसका वर्णन करते हुए अरस्तू कहता है : "वह जो विवेक से उत्तम है क्योंकि विवेक का स्रोत है।"[1]

"क्या यह सत्य है कि आज के इंग्लैंड में ज़्यादातर लोग नास्तिक हैं?" तो वह उत्तर देता है : "शिक्षित विचार-प्रधान लोग ऐसे हैं, यद्यपि वे ऐसी उपाधि का लगाया जाना पसन्द नहीं करते। सचाई तो यह है कि आजकल पश्चिम विश्वास और अविश्वास की कुछ ज़्यादा परवाह नहीं करता। पचास साल पहले, बल्कि तब भी हम-तुम तरुण थे, इसपर बहुत शोर मचता था।"

1. 'यूडेमियन एथिक्स', तुलना कीजिए, ए० एन० ह्वाइटहेड : "हमारे मस्तिष्क सीमित हैं, फिर भी इन समीकरण की परिस्थितियों में भी हम ऐसी सम्भावनाओं से घिरे हुए हैं जो असीम हैं, और मानव-जीवन का अभिप्राय यही है कि जहां तक सम्भव हो, हम उस असीमता को ग्रहण कर सके।"—लुसियन प्राइस कृत 'डायलाग्स ऑफ अल्फ्रेड नार्थ ह्वाइटहेड' (1954)।

मानवतावाद शाश्वत आकांक्षाओं, अनुभूतियों, धार्मिकता के लिए बुभुक्षा एवं पिपासा तथा उत्पीड़न एवं प्राणोत्सर्ग के लिए तैयारी की ओर ध्यान नहीं देता।

एक अफलातून मत ऐसा भी है जो हमारे मानस के लिए देशी, अपना जैसा लगता है। इसमें शाश्वत मूल्यों को श्रेष्ठता प्रदान की गई है। इन्फर्नो के चतुर्थ सर्ग में दांते हमारे सामने लिम्बो का चित्र रखता है—यह लिम्बो वर्जिल एवं होमर जैसे पुरातन महाकवियों, अरस्तू तथा अन्य महान दार्शनिकों, हेक्टर, एनियस, सीजर एवं अन्य वीरों का देश है। मनुष्य मनुष्य की हैसियत से, अपने दार्शनिक चिन्तन, कलात्मक सर्जन तथा नैतिक एवं राजनीतिक प्रयत्नों द्वारा जिस सर्वोत्तम सुख की आशा कर सकता है, वह वेदनारहित, दुखरहित जीवन है किंतु वह आकांक्षा-रहित जीवन नहीं है।[1] इन श्रेष्ठ विचारकों, कलाकारों एवं वीरों ने कोई गलती नहीं की थी', किन्तु उनकी योग्यताएं इस धरती पर उनके लिए सुषमाजनक एवं आगामी लोक के लिए यशस्वी नहीं हो सकीं। उनका जीवन 'आशारहित कामना का जीवन है'। बस, इतना ही आनन्द, दांते के अनुसार, मानवतावाद देता है। ज्ञानियों का गुरु अरस्तू, 'वहीं रहता है', पर वह स्थान स्वर्ग नहीं है। दांते

1. 'इनफर्नो' 4, 26। जान स्टुअर्ट मिल की आत्मकथा में एक प्रसिद्ध अंश यह है : "1821 की शीत ऋतु से, जब मैंने पहली बार बेंथम को पढ़ा था, विशेषतः 'वेस्ट मिन्स्टर रिव्यू' के आरम्भ से, मुझमें एक चीज़ थी जिसे सचाई से जीवन का उद्देश्य कहा जा सकता है। मैं संसार का एक सुधारक बनना चाहता था। मेरे आनन्द-सुख की धारणा भी इस उद्देश्य के पूर्णतः अनुकूल थी। मैं अपने लिए जिनकी सहानुभूति की इच्छा करता था, वे इस प्रयत्न में मेरे सहकर्मी थे। राह में चलते हुए मैंने अधिक से अधिक फुल चुनने का यत्न किया परन्तु अपने गंभीर एवं नित्य व्यक्तिगत संतोष के लिए मेरा सम्पूर्ण विश्वास इसीपर आश्रित था और मैं जिस सुखी जीवन का स्वाद लेता था और उसकी निश्चितता के लिए अपने को बधाई देता था, वह किसी स्थायी एवं दूरस्थित वस्तु में निहित था—ऐसी स्थायी एवं दूर की वस्तु जिसकी ओर कुछ-कुछ बढ़ने का अनुभव तो हो किन्तु पूर्ण उपलब्धि से वह समाप्त न हो जाए···। किन्तु समय आया जब मैं इस स्थिति से इस प्रकार जग गया मानो स्वप्न से जगा होऊं। यह घटना 1826 ई० के शरद् की है। मैं कुछ अससाई मनःस्थिति में था, जैसा कि हर आदमी कभी न कभी होता है।···इसी मानसिक गठन में मुझे ऐसा लगा कि मैं अपने से सीधा सवाल करूं : 'मान लो कि तुम्हारे जीवन की समस्त इच्छाएं पूरी हो गई, या तुम संस्थाओं अथवा लोगों की राय में जो कुछ परिवर्तन देखना चाहते हो वे इसी क्षण पूर्णतः सम्पादित हो जाएं तो क्या यह तुम्हारे लिए महान आनन्द एवं सुख की बात होगी?' और एक प्रभावशाली आत्म-चेतना ने स्पष्ट उत्तर दिया, 'नहीं।' इसपर मेरा कलेजा बैठ गया और जिस नींव पर मेरे समस्त जीवन की रचना हुई थी वह धसककर बैठ गई। पता चला कि इस लक्ष्य के निरन्तर अनुसरण में ही मेरा सारा आनन्द था। अब लक्ष्य आकर्षित नहीं करता-सुन्दर नहीं लगता, फिर साधनों में पुनः दिलचस्पी कैसे हो सकेगी? ऐसा लगता है, जैसे जीने के लिए मेरे पास कुछ शोष नहीं रहा।" जे० एस० मिल ने अनुभव किया कि उसे 'मानवी कल्याण की प्रमुख आवश्यकताओं में व्यक्ति की आन्तरिक संस्कृति को उचित स्थान देना चाहिए'।

उस अरस्तु के प्रति न्याय नहीं करता जिसका मत है कि सबसे पवित्र एवं कम से कम स्वार्थपूर्ण सन्तोष, जो मनुष्य को ज्ञात है वह है ज्ञान के लिए ज्ञान प्राप्त करना। शुद्ध ज्ञान का आनन्द अक्षय है। यह स्वयं ईश्वर की क्रियाशीलता में, विशुद्ध चिंतन के उसके नित्य जीवन में भाग लेना है।[1]

मानवतावाद धर्म के उन रूपों के प्रति एक उचित विरोध है जो लौकिक एवं पवित्र में भेद करते हैं, काल एवं नित्य का विभाजन कर देते हैं तथा आत्मा एवं देह के ऐक्य को खण्डित करते हैं। धर्म या तो सब कुछ है या कुछ नहीं है। प्रत्येक धर्म को मानव की मर्यादा तथा मानव-व्यक्तित्व के अधिकारों के प्रति पर्याप्त आदर-सम्मान रखना चाहिए। यदि हम धर्म का तिरस्कार करेंगे, उसकी निन्दा करेंगे तो हम उपर्युक्त बातों की रक्षा भी नहीं कर सकते। जैसा कि सुकरात से मिलने आए हुए भारतीय ने कहा था : "यदि हम ईश्वर के विषय में नहीं जानते तो मनुष्य के विषय में भी कुछ नहीं जान सकते।"[2] जो कुछ सत्यतः मानवीय है उसकी पूर्णता धर्म है। आज मानवतावाद एक आत्मा की खोज में है।

5. राष्ट्रवाद

धर्म का कबाइली या सांघिक (ट्राइबल) रूप बहुत प्रारंभिक समय से मिलता है। उस समय धर्म का कार्य अपने अनुयायियों को देशभक्तिपूर्ण वश्यता में प्रशिक्षित करना था। (इज़राइल) ईश्वर के रूप में याहवा उन लोगों की राष्ट्रीय चेतना, इज़राइल की आशाओं और आकांक्षाओं का प्रतिनिधि था। यहूदी एक बड़े परिवार, एक फिर्के के सदस्य थे : "ओ यरूशलम! यदि मैं तुझे भूलूं तो मेरा दाहिना हाथ अपनी कुशलता भूल जाए। यदि मैं तुझे न याद रखूं तो मेरी जिह्वा मेरे तालू में चिपट जाए—ओ यरूशलम? यदि मैं अपने प्रधान सुख के भी ऊपर तुझे न रखूं।[3] प्रत्येक यूनानी गांव में कोई विशेष वृक्ष, स्रोत या मन्दिर होता था जो वहां के किसी देवता या नायक के प्रति अर्पित होता था। वह देवता या नायक ही उनकी रक्षा करता था। जापान में धर्म का प्रयोग राज्य को संगठित एवं दृढ़ करने में किया जाता है। मुहम्मद एक धर्म और एक राष्ट्र के संस्थापक हैं। दुर्बल एवं परतन्त्र देशों में राष्ट्रीयता स्वयं धर्म बन गई है। आत्मसम्मान की प्राथमिक भावना को जागरित करके यह भ्रमित एवं संघर्षशील जातियों को रचनात्मक कार्य की ओर प्रेरित करती है। वह उन्हें आत्मविश्वास एवं ऐक्य की

1. 'निकोमैचियन एथिक्स', अध्याय 10, 7-8।

2. वे जो ईश्वर को अस्वीकार करते हैं, मानव की श्रेष्ठता को अस्वीकार करते हैं। क्योंकि निश्चय ही अपने शरीर से मनुष्य पशु-तुल्य है; और यदि वह अन्तर से, आत्मा से ईश्वर-तुल्य नहीं है तो वह नीच, घृणास्पद प्राणी है।"—बेकन।

3. 'साम' 137 : 5-6।

भावना देती है, तथा अपने देश का एक मिशन है,एक नियुक्त कार्य है इसमें उनका विश्वास पैदा करती है।

वे लोग भी, जो अपने को धार्मिक कहते हैं, राष्ट्र-राज्य (नेशन-स्टेट) की प्रशंसा करते नहीं अघाते। लगभग सभी देशों में, शिक्षण संस्थाओं में सिखाया जाने-वाला धर्म शितो मत का स्थानीय संस्करण-मात्र ही तो है जिसमें झंडे की सलामी और राष्ट्रगीत का गायन सम्मिलित है। किसीने कहा था : "इंग्लैंड का एक धर्म है; उसका धर्म इंग्लैंड है।"

राष्ट्रवाद एक राजनीतिक धर्म है जो मनुष्यों के हृदयों एवं आकांक्षाओं में उथल-पुथल कर देता है और उन्हें इस प्रकार सेवा एवं आत्मत्याग की ओर प्रेरित करता है कि आधुनिक समय में किसी विशुद्ध धार्मिक आन्दोलन ने वैसा नहीं किया। यह अधिकृत स्वर में बोलता है और हमारे मनोवेगों को स्पर्श करता है। राष्ट्रों का दावा है कि वे संसार में दैवेच्छा की सर्वोच्च अभिव्यक्ति हैं।[1] जर्मन ईसाइयों ने स्वीकार किया कि "हिटलर के माध्यम से ईसा हमारे बीच शक्तिमान हो गए। इसलिए राष्ट्रीय समाजवाद (नेशनल सोशलिज्म) आचरण या कर्म में व्यक्त क्रियाशील ईसाइयत है।"[2]

धर्म को उदार, सार्वदेशिक और सब मानव वर्गों तथा मानवीय परिस्थितियों में प्रयुक्त किए जाने योग्य होना चाहिए। राष्ट्रवाद इस भावना पर आघात करता है। जब तक कोई धर्म किसी वर्ग, श्रेणी या राष्ट्र की कार्यपरिधि से बाहर नहीं निकलता तब तक उसका यह दावा स्वीकार नहीं किया जा सकता कि वह सन्मार्ग का अनुसरण कर रहा है। किसी समूह की, भले वह राष्ट्र ही क्यों न हो, पूजा ईश्वर को राष्ट्रीयता की एक उपाधि-मात्र बनाकर छोड़ देती है। जब कोई राष्ट्र अपने को देवी, ईश्वरीय, मान लेता है और उसका यह विश्वास बन सकता है कि अपने सत्य से केवल वही सबका रक्षण कर सकता है तथा केवल वही संसार को ऊपर उठाने में सक्षम है तब शक्ति और उपनिवेशों की चाह का प्रादुर्भाव होता है।

6. साम्यवाद

जिस विराट् ऐतिहासिक घटना-चक्र ने एक ही पीढ़ी में पुरानी व्यवस्थाओं को ध्वंस कर दिया, परस्पर बिलकुल विषम समाजों में क्रान्ति कर दी, विश्व-भर में अब तक ज्ञात राजनीतिक, आर्थिक एवं सैनिक शक्ति के सर्वोच्च पुनर्विभाजन को संपादित किया, जो लगभग आधी दुनिया में सफल हो चुका है और शेष संसार

1. तुलना कीजिए, 'रेसेशनल' में किपलिंग की सुविख्यात पंक्तियां हैं : "हमारे पूर्वजों का ईश्वर, इमारी सुदूर तक विस्तृत युद्ध-रेखा का प्रभु, जिसके भयंकर हाथ के नीचे हम अपने तमाल एवं पाइन से भरे उपनिवेश को वशीभूत किए हुए हैं।"

2. ए० फायरी के 'क्रॉस ऐंड स्वस्तिका' (1938), पृष्ठ 12 पर उद्धत।

के लिए चुनौती के रूप में आया है उसे समझने और उसका अध्ययन करने की आवश्यकता है। हमें उसकी बौद्धिक अन्तर्वस्तु, उसके नैतिक कार्यक्रम, उसके सामाजिक भावावेग को जानने का प्रयत्न करना चाहिए। आज दुनिया में बहुतेरे ऐसे आदमी हैं जो साम्यवाद की गति रोकने को उत्सुक हैं किन्तु ऐसे बहुत कम हैं जो जानते हों कि वह चीज़ क्या है जिसके विरोधी वे हैं। हम किसी दावे को इन्कार नहीं कर सकते, हम किसी धारणा को मिटा नहीं सकते जब तक हम जान न लें कि वह धारणा, वह दावा, वह अपील क्या है। बिना उसे जाने उसकी प्रेरणा के विरुद्ध हम कोई दूसरा आकर्षण भी उपस्थित नहीं कर सकते। जासूसी कहानियां, मध्य-रात्रीय गिरफ्तारियां, अफवाह-भरे मुकद्दमे, पिछले साम्यवादियों द्वारा अनुताप-प्रकाश—उन साम्यवादियों द्वारा जो निष्ठा से लेकर स्वप्नभंग, सैनिक हस्तक्षेप, लोकसमाज के काफी बड़े-बड़े अंशों के विनाश को सहन कर भी जीवित रहे—यदि हमें इतना ही कहना है तो हम वस्तु के मूल तक नहीं पहुंच सकते।

मार्क्सवादियों का विश्वास है कि उन्होंने मनुष्य की प्रकृति के एक वैज्ञानिक दृष्टिकोण का विकास कर लिया है। एक सामाजिक प्राणी के रूप में मनुष्य की प्रकृति का निर्णय उस ढंग पर होता है जिस ढंग पर जीवन की आवश्यक वस्तुओं का उत्पादन होता है। उसकी चेतना उसकी सामाजिक स्थिति का ही एक कार्य है। उसकी मनःस्थिति उन आर्थिक सम्बन्धों की नींव पर खड़ी एक श्रेष्ठ रचना है जिसके द्वारा जीवन की आवश्यकताओं की पूर्ति होती है। विभिन्न दार्शनिक मत वे विचारधाराएं हैं जो परिस्थिति-विशेष में कुछ विशेष हितों की रक्षा के लिए विकसित कर ली गई हैं। उत्पादन के साधनों में परिवर्तन के साथ-साथ वर्गों में परिवर्तन होता है। आज श्रमिकों एवं पूंजीवादियों के दो वर्ग हो जाने के कारण राज्य वर्ग-नियंत्रण, वर्ग-शासन का एक ऐसा साधन बन गया है जिसके द्वारा एक वर्ग दूसरे को अपने प्रभुत्व में रखता है। धर्म वह अफीम है जिसके द्वारा नियंत्रित और शासित वर्ग के सदस्यों को मूर्च्छित तथा संतुष्ट दासता की स्थिति में रखा जाता है। संक्रमणकाल में, उत्पादन के साधनों के विकास में वर्ग-संघर्ष अवश्यंभावी है। जब यह स्थिति समाप्त हो जाएगी तो एक वर्गहीन समाज का जन्म होगा, जिसमें कोई शोषण न होगा तथा राज्य की भी आवश्यकता नहीं रह जाएगी। उस समाज में सबकी आवश्यकताएं पूर्ण की जाएंगी, पूरा न्याय होगा तथा स्वतन्त्रता के लिए भरपूर क्षेत्र रहेगा। इतिहास की वर्तमान अवस्था में हम इस लक्ष्य की ओर बढ़ रहे हैं। साम्यवादी दल के सदस्य, जो इस लक्ष्य-साधन के लिए सचेष्ट हैं, भविष्य की ओर ले जानेवाली यात्रा के नेता हैं।

साम्यवाद धर्म की निंदा इसलिए करता है कि वह मान लेता है कि वह एक प्रकार का निरतिशयी आदर्शवाद है जिसका स्वर्ग ऐतिहासिक प्रक्रिया की सीमा के बाहर है। यदि धर्म सांसारिक विषयों में कोई दिलचस्पी लेता है तो ऐसा वह केवल

धनिकों एवं बलवानों की सुविधा के लिए करता है। साम्यवादी आदर्श इहलौकिक है और जिस पुरस्कार का यह आश्वासन देता है वह इसी धरती पर उपभोग करने के लिए है। यह धैर्य एवं दैवेच्छा का उपदेश नहीं देता;एक नये समाज की रचना में यह श्रम एवं यत्न, संघर्ष एवं बलिदान की पुकार है। इसकी आशाओं एवं सिद्धान्तों में से चाहे अनेक काल्पनिक और दारुण हों पर साम्यवाद जो कुछ तेरे पास है उसे बेचकर गरीबों को दे दे'—इस सिद्धान्त पर आश्रित एक नये आदर्श की ओर लड़खड़ाता हुआ बढ़ रहा है। यह एक ऐसा सिद्धान्त है कि हम सब उसकी प्रशंसा करते हैं पर उसके अनुसार आचरण करने की परवाह नहीं करते। इसकी अपील या प्रेरणा विस्तृत है। बुद्धिवादी एक ऐसी जीवन-प्रणाली से ऊब चुके हैं जो असह्य रूप से शिथिल और बेजान दिखाई देती है क्योंकि उसकी कोई मांग ही नहीं। इसलिए वे इसकी ओर आकर्षित होते हैं। सारे समय रुपया-पैसा पैदा करते रहना कोई बड़ा उत्साहवर्धक पेशा नहीं है। श्रमिकों को समझाया जाता है कि वे अपने उदास एवं नीरस, दीन एवं रुद्ध जीवन से बच सकते हैं। साम्यवाद एक ऐसी दुनिया से बच निकलने का रास्ता बताता दिखाई देता है, जो निष्ठारहित है, जो युग की बीमारी को समझती नहीं, न जिसमें उसपर विजय पाने का संकल्प ही है। जो लोग भय एवं महत्त्वाकांक्षा, कुटिलता एवं निराशा से पीड़ित हों उनको यह एक ऐसा निमित्त प्रदान करता है जो मृत्यु में भी जीवन फेंकने की क्षमता रखता है।

आत्मसंस्कार की प्रेरणा का दमन नहीं किया जा सकता। चूंकि परम्परावादी धर्म अपूर्ण हैं, दूसरे तरीके, दूसरे रास्ते निकाले जाते हैं—कला एवं संगीत, नृत्य तथा अन्य जनरंजक बातें। पलायन के इन तरीकों में साम्यवाद सबसे शक्तिमान है। तरुणों और तरुणियों को पुनः पता लग रहा है कि किसी कर्तव्य के लिए भक्ति में, निष्ठा में एक आनन्द, एक विह्वलता, एक उत्फुल्लता है जिसके आगे सुविधा, सुख एवं आत्मभोग का जीवन निष्क्रिय एवं स्वादहीन लगता है। एक वर्ग से जुड़ जाने एवं प्रयाण-गीतों की धुन पर कदम उठाकर चलने में हम आत्मयंत्रणा से बच जाते हैं और वैयक्तिक ज़िम्मेदारियों से छूट जाते हैं।

साम्यवाद में धर्म के सब लक्षण हैं,[1] यद्यपि वह पूर्णतः धर्मनिरपेक्ष एवं मानवतावादी होता है। यह मनुष्य एवं प्रकृति के एक स्पष्ट दर्शन को पूर्ण मानकर उसकी शिक्षा देता है। यदि हम एक विशेष प्रकार की राजनीतिक एवं आर्थिक क्रान्ति कर लेते हैं तो सामान्य कल्याण अपने-आप आ जाएगा। यह अच्युत होने का दावा करता है और लोगों पर अपनी कट्टरता लादता है। यह सिर्फ दुनिया की

1. जॉन मिडिलटन मरे यहां तक कहते हैं कि "आज के पाश्चात्य जगत् में साम्यवाद ही एकमात्र जीवित धर्म है।"—'दि नेसेसिटी ऑफ कम्युनिज्म' (1932), पृ० 111।

कोरी तार्किक व्याख्या-मात्र नहीं है क्योंकि न्याय के लिए इसकी अपील में एक धर्म की सम्पूर्ण प्रबलता है। यह एक ऐसे विश्वास से संचलित होता है जो धर्म-निष्ठा की भांति ही गंभीर है और लोगों से कहता है कि इसके आदर्श की प्राप्ति के लिए कोई बलिदान भी बहुत नहीं है।

प्रत्येक सच्चे धर्म में क्रान्तिकारी चुनौती का स्वर होता है। यह स्वर स्थापित धर्मों से मिट गया है। वे केवल औपचारिक होकर रह गए हैं। साम्यवाद ने इस स्वर को पकड़ लिया है। लेनिन की मृत्यु पर स्तालिने की उक्ति सुविदित है : "हे साथी लेनिन, हम तुम्हारी शपथ लेते हैं कि हम सारी दुनिया के श्रमिकों की एकता को बढ़ाने और दृढ़ करने में अपने प्राणों की परवाह न करेंगे।"

मार्क्स, एंजेल्स, लेनिन और स्तालिन पर साम्यवादियों का भरोसा हमें धार्मिक जन की शास्त्रपाठ की निर्भरता की याद दिलाता है। सच पूछें तो साम्यवाद के इतिहास में शायद ही कोई ऐसी स्थिति रही हो जिसका समानान्तरण ईसाईधर्म के इतिहास में न प्राप्त हो। इसमें भी हमें समाधियों, पवित्र ग्रंथ, सिद्धान्त, नीरस भाष्य, सम्प्रदाय-भेद, शहीद, नास्तिक, विशुद्धीकरण, संत, पापी तथा वर्तमान आंसुओं की घाटी में दूर स्वर्ग का दर्शन होता है। इसकी प्रणालियां एवं अनुशासन हमें बलात् कुछ धर्म-संप्रदायों की याद दिलाते हैं। धर्म की भांति ही इसका भी विश्वास है कि दुनिया आज प्रलय के तट पर खड़ी है और इतिहास असह्य रूप से धीमी गति से चल रहा है। धरती पर सत्य एवं न्याय की स्थापना अविलम्ब, निस्सन्देह एवं बिना किसी समझौते के होनी चाहिए। स्व० निकोलस बर्दिएव एक धार्मिक तत्त्वज्ञानी थे; उन्हें रूसी साम्यवाद को आन्तरिक ज्ञान था। वे लिखते हैं कि साम्यवादी दृष्टिकोण धर्म के प्रति इतना विरोधी इसलिए है कि वह स्वयं ही धर्म बनना चाहता है।'[1] वे कहते हैं : "यह कैथोलिक एवं ऑर्थोडॉक्स संप्रदायों के अनुकरण पर बना है परन्तु उनके प्रतिकूल सांचे वाला है।"[2] साम्यवाद ईश्वर-रहित विश्वास है; यह नास्तिकता का धर्म है।

जब हम साम्यवाद की एक ऐसी बुराई के रूप में निन्दा करते हैं जो दूर-दूर तक बढ़ रही है, असाम्यवादी जगत् के लिए बाहर से एक खतरा बन गई है और अंदर से उसे खोखला कर रही है तथा पाश्चात्य सभ्यता के महान मूल्यों को नष्ट करने पर उतारू है, तब हम इस बात का अनुभव नहीं करते कि जो उदारवाद पाश्चात्य सभ्यता का एक अंगभूत तत्त्व है उसके मूल्यों के संगत विकास का ही वह दावा करता है। साम्यवाद लॉक, मांटेस्क्यू तथा रूसो के अठारहवीं सदी के यूरोप की उदारवादी परम्परा की एक तार्किक श्रृंखला है। इन सुधारकों ने ऐसे

1. 'दि ओरिजन ऑफ रशियन कम्यूनिज़्म' (1937), पृ० 191
2. 'एक्यूमेनिकल रिव्यू' सं० 1 (1948), पृष्ठ 23।

सामाजिक पुनर्गठन की वकालत की थी जिसमें हर आदमी अपने विचारों के अनुसार अपना जीवन बिता सके–शर्त इतनी ही थी कि वह दूसरों के भी वैसा ही करने के अधिकार का सम्मान करे। न्याय एवं समानता की धारणा से ही वे सामाजिक विरोध उद्‌भूत हुए 'जिन्होंने पाश्चात्य समाज को हिला दिया, उसे नया रूप दिया और अब तक उसके ढांचे को झकझोर रहे हैं'। 'कम्युनिस्ट घोषणापत्र' के द्वितीय खण्ड के अन्तिम पैरा में साम्यवादी आदर्श को 'एक ऐसा एसोसियेशन या संघ, जिसमें प्रत्येक सदस्य का स्वतंत्र विकास सबके स्वतंत्र विकास की शर्त है' बताया गया है और पूर्व तथा पश्चिम के सब उदारवादी विचारक इसे स्वीकार करते हैं।[1]

इस तरह समाज का परिवर्तन करना कि मनुष्यों का जीवन समृद्ध, स्वतंत्र एवं सुखी हो, 'सब ईश्वर की संतानें हैं'—इस धर्म-सिद्धान्त का ही तार्किक परिणाम है। साम्यवाद विकसित इसलिए हुआ कि धार्मिक जनों ने अपनी ज़िम्मेदारी छोड़ दी। फ्वेरबाख पर प्रसिद्ध अन्तिम निबन्ध में कहा गया है कि "दार्शनिकों ने दुनिया की व्याख्या भिन्न रूप में की; पर मुख्य बात है उसे बदलने की।" साम्यवाद जो करना चाहता है वह यही है। वह दुनिया को बदलना चाहता है, और ईसाईधर्म तथा धर्मनिरपेक्ष मानवतावाद ने जो व्याख्याएं दी हैं वह सिर्फ उन्हींको लेकर सन्तुष्ट नहीं रह जाता। साम्यवाद को एक ईसाईमत-विरोध या नास्तिकता कहा जा सकता है, क्योंकि वह ईसाईधर्म-मूढ़ता या कट्टरता के विरुद्ध भले ही हो, पर निश्चित रूप से ईसाई-सत्य एवं ईसाई-सिद्धान्तों के विरुद्ध नहीं है। न्यायपूर्ण समाज-व्यवस्था धर्म के लिए एक कामना-मात्र बनकर रह गई, किन्तु साम्यवाद में उसे पूर्ण करने का गंभीर यत्न मिलता है। कोई आदमी मार्क्स के 'कैपिटल' को पढ़कर सामाजिक अन्याय के प्रति उसके ज्वलन्त रोष एवं दीन-दुःखियों तथा दलितों को ऊपर उठाने के लिए उसकी सच्ची चिन्ता से प्रभावित हुए बिना नहीं रह सकता।[2] साम्यवाद धर्माचरण की त्रुटियों या दोषों पर दिया गया एक फैसला

1. एक अप्रकाशित डायरी में लॉर्ड ऐक्टन लिखते हैं : "हम मार्क्स में दोष ढूंढ़ सकते हैं, पर वह आता कहां से है?—आदम स्मिथ, माल्थस, रिकॉर्डो, एन० टी० (न्यू टेस्टामेंट), प्लेटो, धर्मपितागण, कैनन ला (धर्मनियम), (सर टॉमस) मूर और धर्मयाजकगण से।"—कैम्ब्रिज यूनिवर्सिटी लाइब्रेरी, अतिरिक्त पांडुलिपियां 5638, 'टाइम्स लिटरेरी सप्लीमेंट', मई 28, 1954, पृष्ठ 345 पर उद्धृत।

2. बर्दिएव लिखते हैं : "रूसियों ने अपनी विशिष्ट मनोवृत्ति के अनुकूल, पूर्व-इतिहास में अज्ञात प्रयोग की वेदिका पर चलने के लिए अपने को भेंट कर दिया। उन्होंने कतिपय विचारों के अन्तिम निष्कर्षों को प्रदर्शित कर दिया। वे एक रहस्यमयी जाति के लोग हैं जो किसी समझौते पर—एक 'मानवतावादी राज्य' पर रुक नहीं सकते थे। वे या तो ईसा के भ्रातृत्व' को सच्चा बना सकते थे या फिर ईसा-विरोधी भ्रातृत्व को स्वीकार कर सकते थे। यदि एक का राज्य नहीं चलता तो दूसरे का चलना ही चाहिए। एक भयप्रद प्रबलता के साथ रूसी लोगों ने अपना चुनाव सम्पूर्ण संसार के सामने रख दिया है।"—'दि एण्ड ऑफ आवर टाइम' (1933)।

है। जैक्स मेरिटेन लिखते हैं : "मुख्यतः अपने ही सिद्धान्तों के प्रति बेवफा एक ईसाई-जगत् के दोषों से ही साम्यवाद पैदा होता है—इसकी उत्पत्ति के पीछे इन दोषों के प्रति गहरा विरोध या रोष है; केवल ईसाई-जगत् के ही विरुद्ध नहीं वरन् —यहीं है इसका दुःखान्त नाट्य (ट्रेजिडी)—स्वयं ईसाइयत के विरुद्ध जो ईसाई-जगत् के बहुत आगे जाता है।"[1]

1948 में ईसाई धर्माचार्यो (बिशपों) के लैम्बेथ सम्मेलन ने ईसाई-जातियों से अनुरोध किया कि वे समझें कि साम्यवाद में ऐसे तत्त्व हैं जो वर्तमान समाज एवं अर्थ-व्यवस्था पर सत्य निर्णय-रूप हैं।'[2] रूस ने 1917 की क्रान्ति को वैयक्तिक स्वतन्त्रता, कुशल गरीबों के लिए अवसर एवं राष्ट्रीय अल्पमतों की मुक्ति के उदय के रूप में देखा।

उन्नीसवीं शती के सभी उग्र विचारकों में यह एक सामान्य धारणा मिलती है कि राजनीतिक सत्ता दमनकारी और निश्चित रूप से बुरी है। मार्क्स के लिए वह आलसी एवं सुविधाप्राप्त लोगों के हाथ का एक अस्त्र है जो श्रमिकों के शोषण में इसका उपयोग करते हैं। किन्तु राजनीतिक संघर्ष के समय यह एक आवश्यक बुराई है। जब श्रमिक इसपर अधिकार कर चुकेंगे और समाज के ढांचे को बदलने में इसका उपयोग कर चुकेंगे, केवल तभी यह बुराई दूर होगी, इसके पहले नहीं।[3]

1. 'टू. ह्य मनिज्म' अंग्रेजी अनुवाद (1938), पृष्ठ 33 पर प्रो० जॉन मैकमरे लिखते हैं कि आचरण में साम्यबाद स्वयं ईसाइयत से भी अधिक सच्चा ईसाई है। वे कहते हैं : "यदि हम कथनी को एक ओर रख दें और जीवन के साम्यवादी मार्ग के रूप में व्यक्त मनोवृत्ति पर विचार करें तो हमें इसपर आश्चर्य होने लगता है कि इसमें कोई ऐसी विचित्र धार्मिकता है जो अपने को ईसाई कहने वाले समाजों में नहीं पाई जाती।...मैं यह अनुभव किए बिना नहीं रह सकता कि साम्यवाद ने ईश्वर में वास्तविक निष्ठा के उस सारतत्त्व को लिया है जिसे आज के ज़माने में संघटित ईसाईधर्म अधिकांशतः खो चुका है।"—क्रियेटिव सोसायटी' (1935), पृ० 22, फुटनोट।

2. पच्चीसवां और छब्बीसवां प्रस्ताव।

3. एंजेल्स लिखते हैं—"जब समाज का कोई वर्ग अधीनता में रखे जाने के लिए नहीं रह जाएगा...दमन के लिए, दलित रखने के लिए ऐसी कोई चीज़ नहीं रह जाएगी जो विशेष दमनकारी शक्ति का निर्माण कर सके या जिसके लिए एक राज्य की आवश्यकता हो। समस्त समाज के प्रतिनिधिरूप में जब राज्य, अपने प्रथम कानून से समाज के नाम से उत्पादन के साधनों पर अधिकार कर लेता है तो वहीं राज्य के रूप में उसका अन्तिम स्वतन्त्र कार्य भी होता है।...व्यक्तियों की सरकार को स्थान वस्तुप्रबन्ध और उत्पादन-क्रम का नियन्त्रण ले लेता है। राज्य को समाप्त नहीं किया जाता, वह स्वयं मुरझाकर झड़ जाता है।"—ऐण्टी-ड्यूरिंग 3, 2, मार्क्स का अनुसरण करते हुए लेनिन कहते हैं : "केवल साम्यवादी समाज में, जब पूंजीपतियों का प्रतिरोध पूर्णतः नष्ट कर दिया जाता है, जब पूंजीपति लुप्त हो जाते हैं, जब कोई वर्ग नहीं रह जाता है।...तभी, केवल तभी पूर्ण लोकतन्त्र, निरपवाद लोकतन्त्र, संभव एवं मूर्त हो सकता है। और केवल तभी स्वयं लोकतन्त्र भी मुरझाकर समाप्त हो जाएगा—उसकी समाप्ति इस

अराजकता की प्रवृत्ति और सुरक्षा की आवश्यकता, दोनों का मेल बैठना ही चाहिए। जब ज्ञान की वृद्धि होती है तभी उद्योग में पूर्णता आती है और तभी मनुष्यों को वे भौतिक एवं आध्यात्मिक साधन प्राप्त होते हैं जो उन्हें स्वतन्त्र समाजों के सदस्य के रूप में जीवन बिताने का अवसर देते हैं। तभी हिंसा की आवश्यकता एवं शोषण का अन्त हो जाता है। राज्य का लोप मानवात्मा की स्वतन्त्रता की वृद्धि के लिए है। मार्क्स का आदर्श समाज समान लोगों का समाज है, जहां एक भी आदमी दूसरे पर अपनी इच्छा लादने के लिए बलप्रयोग नहीं कर सकता। उसने बूर्जुआ (पूंजीवादी) लोकसत्ता की आलोचना इसलिए की कि ऐसे समाज में मनुष्य के अधिकार एक लघु अल्पमत के हाथ में सुविधारूप बनकर रह जाते हैं। केवल एक वर्गहीन समाज में ही प्रत्येक मनुष्य इतना स्वतन्त्र होगा कि श्रेय-सम्बन्धी अपने विचारों के अनुसार अपने जीवन का सर्वोत्तम उपयोग कर सकेगा। यदि समाज की भौतिक संपदा उन लोगों द्वारा समाज के हित के लिए नियन्त्रित कर ली जाए जो उसके प्रति उत्तरदायी हैं तो ऐसे समाज का निर्माण संभव है।

हमें साम्यवाद के समाज-दर्शन में, और साम्यवादी देशों द्वारा सिद्धान्त की पूर्ति के लिए अपनाई गई प्रणाली में भेद करना ही चाहिए क्योंकि कोई भी राजनीतिक मत, जब वह आचरण में आता है, तो अपरिवर्तित नहीं रह सकता।

यह दुर्भाग्य की बात थी कि मार्क्स ने अनुभव किया कि नये समाज की स्थापना एक दीर्घकालिक, उग्र एवं समझौता-रहित संघर्ष के बिना नहीं हो सकती। 1848 के 'कम्यूनिस्ट घोषणापत्र' के अनुसार, "साम्यवादी इस तथ्य को छिपाने से घृणा करते हैं कि उनके उद्देश्यों की पूर्ति समस्त वर्तमान सामाजिक स्थितियों का बलपूर्वक निराकरण करने से ही हो सकती है। इसीलिए मार्क्स ने आतंक एवं हिंसा का उपयोग करने को बढ़ावा दिया। जो लोग इस आदर्श को नरम और कम व्यथापूर्ण तरीकों से प्राप्त करना चाहते थे उन्हें मार्क्स स्वप्नदर्शी तथा अपने को विज्ञानसम्मत कहता था। वह उग्र एवं ज़ोरदार कार्रवाई करने का पक्षपाती क्रांतिकारी था, जबकि समाजवादी सुधारक थे। वैज्ञानिक को स्वप्नदर्शी से अलग करने वाली चीज़ उसकी क्रांतिकारी लगन थी। किन्तु हम किसी हिंसक क्रान्ति के बिना भी एक वर्गहीन समाज की स्थापना कर सकते हैं। किसी क्रान्ति की प्रकृति का निश्चय उन आदमियों द्वारा होता है जो उसके नियन्ता होते हैं। लार्ड ऐक्टन उग्र

सरल तथ्य के कारण होगी कि पूंजीवादी गुलामी से मुक्त होकर लोग धीरे-धीरे सामाजिक जीवन के उन प्रारम्भिक नियमों का पालन करने के अभ्यस्त हो जाएंगे जिन्हें हम सदियों से जानते रहे हैं, और जिन्हें हजारों वर्ष से सूक्तियों के रूप में दोहराया जाता रहा है। तब वे लोग बिना किसी ज़ोर-ज़बर्दस्ती के, बिना किसी अधीनता की भावना के, ज़बर्दस्ती के लिए बनाए गए उस यंत्र के बिना, जिसे राज्य कहते हैं, इन नियमों के अभ्यस्त हो जाएंगे।" क्रिस्टोफर हिल, 'लेनिन ऐंड रशियन रेवोल्यूशन' (1947), पृष्ठ 110।

सुधारक नहीं थे। उन्होंने क्रान्ति को 'प्रगति की आधुनिक प्रणाली' कहा है। इसका कार्य है 'पुरातन का बोझ हटा देना' और 'दुनिया को मृतों के शासन से बचा लेना'। हम रक्तहीन क्रान्तियां कर सकते हैं। आधुनिक साम्यवाद की प्राधिकारवादी या सर्वनियन्त्रणवादी प्रकृति अनुदार, असंस्कृत, बल्कि यहां तक कहा जा सकता है कि मार्क्स के मत के भी प्रतिकूल है।

हिंसा तभी आवश्यक होती है जब सुविधाप्राप्त वर्ग कानून के शासन का त्याग कर देते हैं और हिंसा का आश्रय लेते हैं।[1] पश्चिमी यूरोप के बूर्जुआ (पूंजीवादी) प्रजातन्त्र श्रमिकों को उससे ज्यादा अवसर दे रहे हैं जितना उन्हें दुनिया के और भागों में कभी प्राप्त रहा है। आज जिन देशों ने संसदीय लोकतन्त्र को अपना लिया है वहां श्रमिकों की अवस्था अन्य स्थानों की अपेक्षा ज्यादा अच्छी है। वे उससे ज्यादा अच्छे आवासों में रहते हैं, ज्यादा अच्छा खाते हैं, ज्यादा अच्छा पहनते हैं, उससे ज्यादा शिक्षित हैं जिनना वे कभी थे। जब तक सम्पूर्ण श्रेणियों के न्यायपूर्ण दावों को स्वीकार नहीं किया जाता तब तक कोई समाज स्वतन्त्र एवं सुरक्षित नहीं रह सकता। जब माक्र्स एवं एंजेल्स तरुण थे, तब बूर्जुआ लोकतन्त्र उससे कहीं कम श्रमजीवी (प्रोलेतेरियन) थे जितने वे आज हैं।

साम्यवादी उतने ही बुरे दिखाई पड़ते हैं जैसे बुरे से बुरे धार्मिक कट्टर मतवादी हैं—वे जो सदा अपने धर्मग्रन्थों की दुहाई देते रहते हैं। यदि वे अपने बंद दिमागों को खोल दें तो अनुभव करेंगे कि उनके इस विश्वास के लिए कोई वैज्ञानिक साक्ष्य नहीं है कि समाजों के सांस्कृतिक एवं आर्थिक ढांचे केवल उत्पादन की शक्तियों के स्वरूप से निर्णीत होते हैं, या यह कि युद्ध के प्रमुख कारण आर्थिक हैं, अथवा समाजवाद विविध रूपों से, जिनमें से हरेक का प्राधिकारवादी, सर्वसत्तावादी, होना ज़रूरी नहीं, विकसित नहीं हो सकता। आज की बदलती हुई दुनिया में हम एक कठोर कट्टरता का समर्थन या बचाव नहीं कर सकते। हमें वैज्ञानिक, वस्तुवादी, खुले दिमाग का एवं अपने दृष्टिकोण तथा पहुंच में, सर्जनात्मक बनना ही पड़ेगा। हमें संसदीय लोकतन्त्रों की प्रगतिशील प्रवृत्तियों पर, जो सुविधाप्राप्त वर्गों की अपेक्षा श्रमिकों के लिए अधिक अनुकूल है, विचार करना ही पड़ेगा। यह फतवा देना सम्पूर्ण तथ्यों के विरुद्ध जाना है कि श्रमिकवर्ग बिना लड़ाई के अपने अधिकारों को नहीं प्राप्त कर सकता और ज़ोर-ज़बर्दस्ती ही एक ऐसी दाई है जो

1. एंजेल्स लिखते हैं : "हम 'क्रान्तिकारी' 'विद्रोही', विद्रोह के गैरकानूनी तरीकों की अपेक्षा कानूनी तरीकों पर ज्यादा फल-फूल रहे हैं। शांति और कानून का समर्थक दल···अपने ही द्वारा उद्भूत कानूनी स्थितियों के नीचे खत्म होते जा रहे हैं। वे ओडिलान बैरट के शब्दों में निराश होकर चीखते हैं—'वैधिकता ही हमारी मृत्यु है,' तब हम इस वैधिकता के आश्रय में सुदृढ मांश-पेशियां एवं गुलाबी कपोल प्राप्त कर रहे हैं और ऐसे दीख रहे हैं जैसे सदा बने रहेंगे।"—जॉन प्लेमेनाट्ज : 'जर्मन मार्क्सिज्म ऐण्ड रशियन कम्युनिज्म' (1954), पृष्ठ 166।

नये समाज को जन्म दिला सकती है। जो साम्यवादी क्रान्तिकारी समाजवाद का समर्थन करते हैं वे यह भूल जाते हैं कि शांतिमय क्रान्तियां भी सम्भव हैं और किसी मतवाद के लिए सामान्य लोगों के भय, आशा एवं घृणा का दुरुपयोग करना विवेकसम्मत नहीं है।

यद्यपि साम्यवाद सामाजिक न्याय की समस्याओं का स्पष्ट वर्णन करता है किन्तु उसने व्यक्ति के अधिकारों की उपेक्षा करके घातक भूल की है। यद्यपि सम्पूर्ण समाज-व्यवस्थाओं को विश्वव्यापी सामाजिक परिवर्तन की आवश्यकता की चुनौती स्वीकार करनी ही पड़ेगी किन्तु उन सबको व्यक्ति के प्रति न्याय एवं उदारता का व्यवहार करना ही चाहिए। सर्वाधिकारवादी व्यवस्थाओं में व्यक्ति के अधिकारों का दमन एवं दलन होता है।

केवल इसलिए कि हमारे यहां एक वर्गहीन समाज है, यह नहीं सिद्ध होता कि सब लोग सजातीय या समस्वभावी हैं और उनके हितों का प्रतिनिधित्व एक दल द्वारा किया जा सकता है। एकदलीय व्यवस्था का निर्माण उन दो प्रकार की विषमताओं की रक्षा करने के उद्देश्य से हुआ है जो पैदा होती हैं और अपने को दृढ़ करती जा रही हैं। रूस ने समाज के सब वर्गों के बीच सामान्य भ्रातृत्व का विकास नहीं किया है। वहां अब भी सामाजिक बाड़े या खाइयां हैं। ज़ारशाही युग की भांति आज भी वहां शिखर पर एक सुविधाप्राप्त वर्ग है और नीचे की ओर ऐसे श्रमिकों एवं किसानों के समूह हैं जो स्वतन्त्रता एवं न्याय के अर्थ से बेखबर हैं और अपना विकास करने के साधनों से हीन हैं। यह एकाश्म (मोनोलिथिक)—एक ही पत्थर से निर्मित—राज्य है, जहां सब प्रकार की शक्तियां—आर्थिक, राजनीतिक यहां तक कि धार्मिक भी, सामाजिक पिरामिड के शिखर में जाकर विलीन हो जाती हैं, जहां थोड़े-से आदमी सब कुछ जानते हैं, सब कुछ करते हैं और सब निर्णय कर लेते हैं। यह स्थिति उस मानवीय आदर्श की पूर्ति नहीं करती जो मार्क्स की दृष्टि में था। यदि हमें विश्वास दिलाया जाता है कि जीवन एक अर्थहीन दुर्घटना है और हम लोग अपार, ठंडे काले अंतरिक्ष में खानाबदोश की तरह घूम रहे हैं, हमारी मानवता किसी भी प्रकार के भाव या महत्त्व से रहित है तो हम अपने तात्त्विक अधिकारों के छीन लिए जाने की कोई परवाह नहीं करते।

कल्याणकारी राज्य श्रमप्रधान (प्रोलेतेरियन) हो सकते हैं। इसी प्रकार साम्यवादी राज्य बूर्जुआ (पूंजीजीवी मध्यवर्गीय) हो सकते हैं। पुराने विभेद अपना महत्त्व खोते जा रहे हैं। संसदीय लोकतंत्र काण्ट द्वारा निर्दिष्ट दो सिद्धान्तों की पूर्ति करते हैं—जिस कानून को हम अपने लिए बनाते हैं उनका पालन ही स्वतन्त्रता है, और किसी भी मनुष्य को अपने स्वार्थ के लिए इस्तेमाल करना नैतिक दृष्टि से गलत है। किसी एकाश्म (मोनोलिथिक) राज्य में इन सिद्धान्तों का रक्षण नहीं किया जाता। यदि साम्यवाद को स्वतन्त्रता एवं मानवता के उन

सिद्धान्तों के प्रति सच्चा रहना है जिनकी घोषणा वह करता है तो शासन-प्रणाली में परिवर्तन करना आवश्यक है। जब हम खुले एवं विहित विरोध की आज्ञा नहीं देते तो गुप्त आन्दोलन उठ खड़े होते हैं। व्यक्ति की अरक्षा सबसे आपत्तिजनक और भयावह है। एक आदमी आज मंत्री और कल बंदी हो सकता है। वह एक प्रधान द्वारा सम्मानित और दूसरे द्वारा अनादृत होता है। ज्यों-ज्यों जीवन-मान बढ़ता जाएगा और लोग शिक्षित तथा अपने लिए स्वयं सोचने योग्य होते जाएंगे, त्यों-त्यों वे एकाश्म राज्य के प्रति आलोचनापूर्ण होते जाएंगे और उसकी रक्षा करने में असमर्थ होंगे।

सोवियत रूस में एक संभावनाजनित बेचैनी है। वर्तमान शासकों को इसका पता है और विरासत में जो चीज़ उन्होंने प्राप्त की है उसकी मर्यादा का ध्यान रखते हुए, व्यक्ति के अधिकारों के रक्षण एवं निष्पक्ष न्याय के क्षेत्र में सुधार के लिए वे सचेष्ट हैं।

साम्यवादियों ने व्यक्ति के बारे जो दृष्टिकोण ग्रहण किया है वह उसे गुलाम या कठपुतली बना देता है। हिगेल के अनुसार, व्यक्ति की चेतन इच्छा उसकी यथार्थ इच्छा के सामने, जो उसकी राष्ट्रीय संस्कृति से निर्मित होती है, अपदार्थ है, महत्त्वहीन है। इसमें राष्ट्रीय संस्कृति को राज्य की इच्छा से एक कर दिया गया है और राज्य की कार्रवाइयां इतिहास की द्वन्द्वात्मकता के नियमों से शासित होती हैं। मार्क्स ने इस विचार को उलट दिया है और इसके लिए दूसरी व्याख्या प्रस्तुत की है। वे कहते हैं : "मनुष्यों की चेतना उनके अस्तित्व का निश्चय नहीं करती बल्कि उनका सामाजिक अस्तित्व उनकी चेतना को निश्चित करता है।"

समाज-सुधार की अपनी चिन्ता में मार्क्स सम्पूर्ण बुराई और अपूर्णता का कारण बाह्य बुरी स्थितियों के मत्थे मढ़ देता है। अतीत में मनुष्य की नैतिक स्थिति बुरी थी क्योंकि सामाजिक व्यवस्था बुरी थी। यह एक वर्ग का गठन था जिसमें मानव-जाति का महान समूह केवल इसलिए जी पाता था कि वह उत्पादन के साधनों के स्वामियों को अपना श्रम बेच देता था और ये स्वामी श्रमिकों की आवश्यकताओं का शोषण करते थे। वे प्रत्येक श्रमिक को, प्राप्त धन में से इतना ही देते थे जितने से वह जीवित और सामान्य दृष्टि से सक्षम रह सके; शेष सब वे अपने उपभोग के लिए ले लेते थे। यदि हम इस व्यवस्था को हटाकर उसके स्थान पर साम्यवाद को प्रतिष्ठित कर देते हैं तो धनी और गरीब दोनों की सहायता करते हैं। धनी लोग अपनी शेखियां, प्रमाद, स्वार्थ तथा असभ्यता छोड़ देंगे और गरीबों से उनके अज्ञान, दासता और अपमान का खात्मा हो जाएगा।

यह ठीक है कि मनुष्य समाज में बुद्धिसम्मत एवं सदाचारशील बनता है किन्तु इससे यह निष्कर्ष नहीं निकलता कि निजी सम्बन्धों की अपेक्षा सामाजिक हित या स्वार्थ अधिक महत्त्वपूर्ण हैं। पौधा बिना मिट्टी, हवा और पानी के नहीं जी सकता किन्तु वह इन सबसे कुछ भिन्न होता है। हम सदा अभिनय के लिए

तैयार सामाजिक प्राणी-मात्र नहीं हैं। मनुष्य की आत्मा, हृदय एवं मस्तिष्क में जो कुछ होता है, वहां जो बनता और बिखरता है वह मनुष्य के जीवन के लिए महत्त्वपूर्ण है। हमें आत्मा की छिपी गहराइयों की, जिनसे सब प्रकार की महान कला, विज्ञान और साहित्य का जन्म होता है, कद्र करनी ही चाहिए। मार्क्स के लिए व्यक्ति समाज से अधिक महत्त्वपूर्ण है, और वही समाज सर्वोत्तम सुगठित है जिसमें प्रत्येक सदस्य एक परिपूर्ण एवं स्वतन्त्र जीवन बिताने में समर्थ है। यदि हम इस आधारमूलक लक्ष्य को भुला देते हैं तो हमारी निष्ठा के लिए योग्य पदार्थ कहकर हमारे सामने जो कुछ रखा जाता है, वह संकलित मानवीय शक्ति की प्रतिमा-मात्र रह जाएगा।

ऐसी बहुतेरी सामाजिक बुराइयां हैं जो परिस्थिति की उपज हैं—भद्दापन, गंदगी, बीमारी एवं पोषणहीनता। किन्तु सम्पूर्ण बुराइयां आर्थिक स्रोत से ही नहीं उत्पन्न होतीं। मानव-हृदय के आवेग, मानवीय वेदना के प्रति निष्ठुर उदासीनता, दूसरों पर अधिकार करने की कामना, बुराई के ये सूत्र हमारे निर्माण में बुने-भिदे होते हैं। मौलिक पाप का सिद्धान्त धर्मवेत्ता का आविष्कार नहीं है। मानव-प्रकृति की सहज कठोरता को बाह्यावरण के परिवर्तनों से वश में नहीं किया जा सकता। मार्क्सवादी आशा पूर्णतः भौतिक है और रहस्यवृत्ति से सर्वथा रहित है। मनुष्य केवल समझने और निर्माण करने के लिए ही नहीं है वरन् आश्चर्य एवं प्रशंसा करने के लिए भी है। विज्ञान हमें शक्ति देते हैं, दृष्टि नहीं; बल देते हैं, अनुशास्ति (सैंक्शन) नहीं। मनुष्य केवल देह और मस्तिष्क नहीं है; वह आत्मा भी है।

व्यक्ति के नाम पर ही मार्क्स ने पूंजीजीवी मध्यवर्गीय बूर्जुआ समाज की आलोचना की। इसलिए पूंजीवादी समाज को अपनी सुविधाएं सुरक्षित रखने की व्यस्तता की दांभिक अभिव्यक्ति के रूप में व्यक्ति के अधिकारों की बात करते सुनकर आश्चर्य होता है। सम्पूर्ण प्रगति व्यक्तिगत प्रयत्नों से ही होती है। निर्णायक आविष्कारों का मूल स्रोत व्यक्ति ही है। यदि उन्हें स्वतंत्रता न प्राप्त होगी तो प्रगति भी रुक जाएगी।

जब हम साम्यवादियों पर दोषारोपण करते हैं कि उनकी सरकारें लाखों मनुष्यों को कठोर श्रम का दण्ड दे रही हैं तो वे आरोप को अस्वीकार करते हैं, या फिर यह कहकर स्वीकार कर लेते हैं कि यह संक्रान्तिकाल की एक कठोर आवश्यकता है। हम अण्डों को तोड़े बिना आमलेट नहीं बना सकते। पर यदि वे विश्वास करते हों कि जहां कानून एवं सत्य का सम्मान नहीं है वहां लोग उन स्थितियों को सहन करते रहेंगे तो वे निरी कल्पनाशून्यता का प्रदर्शन करेंगे।

साम्यवाद का एक दावा यह है कि वह अन्तर्राष्ट्रीय है। यह कहता है कि विभिन्न राष्ट्रों के श्रमिकवर्गों में उससे अधिक हित-साम्य है जितना एक ही राष्ट्र

के विभिन्न वर्गों में है। हमारा लक्ष्य कोई धूमिल, अस्पष्ट विश्व-नागरिकतावाद नहीं है। किसी भी अन्तर्राष्ट्रीय समाज की रचना राष्ट्रों के आधार पर होगी। सामान्यतः पिछले दो महायुद्धों में श्रमिकों ने अपने-अपने देश को धोखा नहीं दिया। जब उन्होंने जन-भावना में भाग नहीं लिया और बाहरी आदेश को स्वीकार किया तब वे देशद्रोह के जुर्म में दण्डित हुए। जर्मन साम्यवादियों पर नाज़ियों की सरलतापूर्ण विजय का कारण केवल उनकी निष्ठुर प्रणाली को नहीं माना जा सकता। यह इसलिए भी हुआ कि लोगों ने समझ लिया कि जर्मन साम्यवादी विदेशों से नियंत्रित हो रहे हैं।

त्रातस्की और स्तालिन का विरोध साम्यवाद की अन्तर्राष्ट्रीय प्रकृति को लेकर ही था। त्रातस्की अनुभव करते थे कि रूस में यथार्थ समाजवाद होने के पूर्व कम से कम कुछ ज्यादा उन्नत पड़ोसी देशों में श्रमिक क्रान्ति का होना आवश्यक है। इस विचार के विरुद्ध स्तालिन का कथन था कि चाहे और पड़ोसी देश पूंजी-जीवी बूर्जुआ व्यवस्था वाले हों तो भी एक देश समाजवादी रह सकता है; हां, इतना है कि समाजवादी देश किसी पूंजीवादी विश्व में सुरक्षित नहीं रह सकता।

यदि रूसियों ने अपने ऊपर लदे भार को विनम्र भाव से सहन कर लिया तो यह केवल इसलिए कि उनको विश्वास दिलाया गया कि यदि रूस जल्दी शक्तिमान नहीं हुआ तो विदेशियों के आगमन का शिकार हो जाएगा। एक समाजवादी राष्ट्र के निर्माण में जनता की देशभक्ति-भावना का उपयोग किया गया। फिर सोवियत रूस एवं युगोस्लाविया के बीच कोई वैचारिक अन्तर नहीं है। यूगोस्लाविया अपनी स्वतंत्रता का सम्मान करता है और अपने को किसी विदेशी राज्य के उपनिवेश के रूप में बरते जाने से इन्कार करता है। साम्यवादी राज्य अपने को बराबर, न कि अधीनस्थ, रूप में बहते जाने की इच्छा रखता है। चीन में साम्यवाद इसलिए लोकप्रिय है कि लोग उसे विदेशी नहीं अनुभव करते। राष्ट्रीयता अब भी एक प्रबल भावना है।[1] विदेशों से आगत विचार चाहे जितने शक्तिमान और उपजाऊ हों किन्तु उनकी जड़ें भूमि में तभी सुदृढ़ हो सकती हैं और वहां की जलवायु के अनुकूल हो सकती हैं जब वे देश की आवश्यकताओं की पूर्ति कर सकें। दूसरों से उधार लिए हुए कार्यक्रमों के अनुसार, केवल मांग पर हम समाजों का विकास नहीं कर सकते।

1. द्वितीय विश्व-युद्ध में रूस के प्रवेश के बाद कैण्टरबरी के आर्चबिशप ने कहा था : 'यह उल्लेखनीय है कि युद्ध के आरम्भ होते ही मास्को एवं दूसरे स्थानों में हजारों व्यक्ति गिरजाघरों में प्रार्थना करने के लिए एकत्र हुए।" आगे उन्होंने कहा : "यह हो सकता है कि अपनी धरती की रक्षा और उससे पैदा होने वाली एकता के कारण सोवियत शासन में एक नई धार्मिक सहिष्णुता, धर्माभिरुचि का, जो रूसी जनता के हृदयों में सदा गहरी जमी रही है, आविर्भाव हो।"

यदि हम साम्यवाद के प्रसार को रोकना चाहते हैं तब हमें युग की महान सामाजिक एवं राजनीतिक समस्याओं का समाधान करना ही होगा। जिन देशों में जटिल सामाजिक व्यवस्थाएं तथा अर्थ-गठन के उन्नत प्रकार विकसित हो चुके हैं वे सामान्यतः साम्यवाद के प्रति दयालु नहीं हैं। जो लोग सामूहिक कष्टों से पीड़ित हैं वे उच्चतर वस्तुओं की आशा दिलाने वाले किसी सुधार-आन्दोलन का अनुसरण करने को तैयार हो जाएंगे। यदि कोई उदार परम्परा पहले से ही स्थापित होगी तो वे सामाजिक लोकतन्त्र के ढंग पर उसे विकसित करेंगे। वे सुधारक पूंजीवाद की जगह लोकतान्त्रिक समाजवाद की स्थापना करेंगे, जैसा कि इंग्लैण्ड में है। जहां कोई उदार परम्परा नहीं होती, जैसा कि रूस में, वहीं सर्वाधिकारवादी आन्दोलन सफल होते हैं।

धर्म तो चाहता है कि हम मानव की उच्चतर अन्तःप्रेरणाओं–विवेक, सहकार, प्रेम न कि भय, स्वार्थ और घृणा—को जागरित करें। फिर भी हम देखते हैं कि क्रान्तिकारी आन्दोलन अपनी जीवन-शक्ति प्रेम से नहीं, घृणा की उत्तेजनाओं से प्राप्त करते हैं। यह घृणा मानव-प्राणियों के किसी समूह के प्रति संचालित की जाती है और उन्हें बलि का बकरा चुना जाता है; जैसे यहूदी, ईसाई, पूंजीवादी या साम्यवादी। यद्यपि साम्यवादी और गैर-साम्यवादी दोनों के सामाजिक जीवन के अन्तिम लक्ष्य प्रायः एक-से हैं और दोनों साधन एवं साध्य की परस्पर-निर्भरता में विश्वास करते हैं किन्तु दोनों का साधन-साध्य के पारस्परिक सम्बन्ध के विषय में एक मत नहीं है। हां, दोनों मानवीय सुखों की भाषा में ही खर्चे का, प्रयत्नों का अनुमान लगाते हैं।

धर्म मानता है कि मानव-प्रकृति कितनी ही विकृत हो गई हो, वह सदा सत्शक्ति की, भलाई की प्रेरणा की ओर उन्मुख होगी। ईसा की कहानी संसार द्वारा निरतिशय श्रेय—भलाई के तिरस्कार की, अस्वीकार की कहानी है। ईसा ने भले ही पृथ्वी पर स्वर्ग-राज्य की स्थापना के लिए अपने शिष्यों को सैनिक बल का नेतृत्व करने से मना कर दिया हो किन्तु ईसाई-राज्य, जिन्हें मानवीय विषयों में एक न्यायपूर्ण व्यवस्था स्थापित करने की जिम्मेदारी मिली है, शरीर-बल का प्रयोग करने से विरत नहीं किए गए हैं। जो सन्त आत्माओं पर विजय प्राप्त कर उन्हें स्वस्थ करने से सम्बन्धित हैं, वे हिंसक साधनों का आश्रय नहीं लेते क्योंकि ये साधन आध्यात्मिक साध्यों की पूर्ति में समर्थ नहीं। इस अपूर्ण जगत् में सदा यह सम्भव नहीं कि हम आदर्शपूर्णता से युक्त कर्म-योजना का पालन कर सकें। साम्यवादी एवं गैर-साम्यवादी, दोनों प्रकार के राज्य इस विषय में एकमत हैं कि आक्रमण के लिए हमें सैनिक बल का प्रयोग नहीं करना चाहिए। वे यहां तक मानते हैं कि आक्रमण के निराकरण के लिए भी हमें अनिवार्यतः आवश्यकता से अधिक बल का प्रयोग नहीं करना चाहिए।

मुख्य प्रलोभन के रूप में निर्दयता कोई नई चीज़ नहीं है; उसमें निहित विस्तार एवं खतरे नये ज़रूर हैं। तार्किक दृष्टि से बात करें तो आतंक फैलानेवाले आन्दोलन के अंशरूप में किसी मनुष्य को गोली मार देने और सैनिक अभिप्राय से किसी नगर को नष्ट कर देने में, प्रकार का नहीं केवल मात्रा का भेद है। जब हम मान लेते हैं कि सुविधा या अर्थसाधकता की दृष्टि से बल-प्रयोग किया जा सकता है तब साध्य-साधन के बीच एक भ्रम पैदा हो जाता है। साम्यवादी एवं गैर-साम्यवादी राज्यों के बीच इस विषय पर जो भेद है वह केवल मात्रा का है, सिद्धान्त या आकांक्षा का नहीं।

जो ईश्वरीय ज्योति के सहारे इस धरती पर जी रहे हैं उन्हें इन गम्भीर घड़ियों में सन्नद्ध होकर स्पष्ट कर देना चाहिए कि सुविधा या अर्थसाधकता का किंचित् स्पर्श भी आत्मा के शुद्ध तत्त्व को विषाक्त कर देता है। अन्धकार की एक किरण ज्योति के सम्पूर्ण विश्व को निगल जाने के लिए काफी है। अपनी कट्टरता की उत्तेजना में हम भूल जाते हैं कि नैतिक दृष्टि से हिंसा का बड़ा ही पतनकारी प्रभाव उसका प्रयोग करने वालों और जिनपर प्रयोग किया जाता है, उन दोनों पर पड़ता है। सामूहिक जन-सुषुप्ति और वर्गों की उदासीनता के कारण निराश होकर सर्वाधिकारवादी व्यवस्थाएं उन अन्तिम लक्ष्यों को भूल जाती हैं जिनकी ओर मानव जाना चाहता है, और साधन को साध्य का रूप दे देती हैं। शक्ति के लिए शक्ति प्राप्त करने की साधना की जाती है। सार्वदेशिक सदाचार वा नीति को सुदूर भविष्य के लिए छोड़ दिया जाता है और वर्ग-संघर्ष पर आधारित एक संक्रान्तिकालीन नीति को केन्द्रीय महत्त्व के स्थान पर स्थापित कर दिया जाता है। एक वर्गहीन युग के सार्वदेशिक सदाचार या नीति का उपयोग हम विरोधियों के कार्यों की निन्दा करने में तो करते हैं पर साथ ही संक्रान्तिकालीन नीति द्वारा क्रान्तिकारियों के कार्यों का औचित्य भी सिद्ध कर देते हैं। जो व्यवस्थाएं सर्वाधिकारवादी सर्वसत्तावादी नहीं हैं वे भी अपनी उत्तेजना में इस संक्रान्तिकालीन नीति को स्वीकार कर लेती हैं।

संसार के लोगों में एक-दूसरे से बड़ा साम्य है। हमें गलत और सही के भेद को इतना सरल नहीं मान लेना चाहिए। अक्सर इस दुनिया को काले और गोरेक्षेत्रों में विभाजित किया जाता है—इन दोनों के बीच जैसे और रंग न हों। ये क्षेत्र पिछले एक या दो युद्धों में बड़ी तेजी से बदले हैं। जो क्षेत्र काला मान लिया गया है वह पूरी बुराई का प्रतिनिधि बताया जाता है, और हम अपने को गुणवान मानकर कहते हैं कि जो चीज़ निरतिशय बुरी है उससे हमें कोई सरोकार नहीं रखना चाहिए।

यह मानिकीवाद (मैनीकीज्म) है जो जगत् का नियंत्रण करने वाले दो सिद्धान्तों में विश्वास करता है—परमेश्वरी शक्ति और शैतानी शक्ति। यह दूसरी शक्ति भी, उसके विचार से, समान रूप से क्रियाशील, स्वतंत्र और अनिवार्य है।

परन्तु सत्य यह है कि द्वैत हरेक की प्रकृति में ही निहित है। हमारे भीतर जो निम्न तत्त्व हैं वही शैतान के आश्रयस्थान हैं। हमारी उत्पीड़क व्यस्तता, साम्यवाद के पक्ष या विरोध में हमारी कट्टरता—ये सब शैतान के ही प्रलोभन हैं। मानवता के प्रति हमारा प्रेम, शान्ति एवं सहयोगात्मक जीवन के लिए हमारी चिन्ता, हमारे अन्दर जो दैवी, ईश्वरीय, तत्त्व हैं उन्हींकी अभिव्यक्तियां हैं। ईश्वर एवं शैतान हम सबके अन्दर संघर्षरत हैं। मानव-हृदय ही उनकी युद्धभूमि है। "यदि हम कहते हैं कि हममें पाप नहीं है तो अपने को धोखा देते हैं और तब सत्य हमारे अन्दर नहीं है।"[1] किसी भी मानवी संस्था या व्यक्ति में हम विशुद्ध, अमिश्र पाप—क्रियाशील, जान-बूझकर किया गया, घातक पाप नहीं देख सकते। हमें गलती, असावधानी, अहंकार, चालाकी, आकांक्षा, अभिमान, नीचता, मूर्खता के दर्शन होते हैं। हम और हमारे शत्रु सब इन त्रुटियों के शिकार हैं।

ईसा के तीन प्रलोभनों के संदर्भ में विचार करें तो साम्यवाद की अपर्याप्तता स्पष्ट हो जाएगी। संसार के अधिकांश जन रोटी तथा भौतिक सुरक्षा की चिन्ता में व्यस्त रहते हैं। यदि ईसा किसी आर्थिक क्रान्ति के नेता होते तो लोग उन्हें स्वीकार करते किन्तु मनुष्य केवल रोटी के सहारे जीवित नहीं रहता। यदि उन्होंने चमत्कार दिखाए होते तो वे समूहों की भक्ति प्राप्त कर सकते थे किन्तु वे अपनी चमत्कारिक शक्ति के प्रदर्शन से भीड़ को आकर्षित करना नहीं चाहते थे। यदि उन्होंने हिंसा का सहारा लेकर इस दुनिया के राज्य को पराभूत करने की स्वीकृति दी होती, और इस प्रकार मानव-जाति को एक महान समाज में परिवर्तित करना चाहते तो बहुसंख्यक जनता उनका अनुगमन करती। उन्होंने शक्ति की पूजा नहीं की, न हिंसा को स्वीकार किया। उन्होंने भौतिक सुखों, धार्मिक अधीनता या अन्धविश्वास और विश्व-प्रभुत्व पर मानवात्मा की स्वतन्त्रता को तरजीह दी।

साम्यवादी समाज में इसी मानवात्मा या मानवी अन्तःप्रेरणा को कोई अवसर प्राप्त नहीं। जब हम दल में सम्मिलित होते हैं तो दलगत एवं समूहगत भावना आवश्यक आह्लाद, आन्तरिक शक्ति एवं अपनी सार्थकता की एक झूठी अनुभूति प्रदान करती है। हम दल के विषय में भी उसी प्रकार उत्तेजित हो उठते हैं जैसे लड़ाइयों के विषय में होते हैं। यह हमें एक ऐसा सामान्य या सर्वनिष्ठ कार्य प्रदान करता है, एक ऐसी बाहरी चीज़ देता है जिसके लिए हम जी सकते हैं और मर सकते हैं—वह है एक नये धार्मिक जीवन का आह्लाद, एक नये धर्मयुद्ध की वीर भावना। यह शान्ति किसी आन्तरिक शक्ति का परिणाम नहीं वरन् एक लक्ष्य के प्रति आत्मसमर्पण का परिणाम है।

1. 1 'जॉन' 1 : 8।

साम्यवाद में सत्यानुसरण के लिए बहुत कम गुंजाइश है; व्यक्तिगत सचाई और आध्यात्मिक पूर्णता के लिए कोई भावावेग नहीं; मानव-जीवन की अन्तः-स्थता के प्रति कोई निष्ठा नहीं। राजनीतिक या धार्मिक किसी भी प्रकार का सर्वाधिकारवाद हो, उसमें आत्मक्षय के बीज छिपे रहते हैं। कुछ समय के लिए वह भले ही मनुष्यों के मन से भय, संशय एवं अनिश्चितता की भावना दूर कर दे परन्तु कोई स्थायी परिणाम नहीं पैदा कर सकता। यह तभी तक सुरक्षा प्रदान करता है जब तक दूसरे प्रभावों के प्रति हमारा मानस-कपाट बन्द है। हमारे मस्तिष्क एवं अन्तःप्रेरणाएं चाहे जितने अपूर्ण हों किन्तु वे सदा के लिए उस बुद्धि की आलोचनात्मक क्रियाशीलता का विरोध करने में सफल नहीं हो सकते, जो प्रत्येक मतवाद के विषय में प्रश्न करती है कि क्या यह सत्य है, और जो प्रत्येक पुरोहित एवं अधिनायक के बारे में पूछती है कि क्या वे आवश्यक हैं। व्यक्तिगत सचाई पर आक्रमण का अनिवार्य परिणाम होगा—साम्यवादी निष्ठा का ह्रास।

हम अपने कार्य में चाहे जितने कुशल हों, हम अपने जीवन में चाहे जितने आराम से हों, साम्यवादी योजना में हम अन्दर से खोखले हैं। कभी-कभी यह सवाल पूछा जाता है—क्या देहावसान के बाद भी आत्मा जीवित रहती है? इस प्रश्न का उत्तर चाहे जो हो पर इसमें तो कोई सन्देह नहीं कि जब शरीर जीवित रहता है तभी आत्मा प्रायः मर चुकी होती है।

साम्यवाद का दूसरा प्रधान दोष यह है कि जब कि धार्मिक लोग, उनका आचरण जो भी हो, विश्वास करते हैं कि शत्रुओं-सहित सम्पूर्ण मनुष्यों के प्रति प्रेम-भाव होना चाहिए, साम्यवादी शत्रुओं के प्रति घृणा और अत्यन्त निर्दय व्यव-हार करने का उत्तेजन देते हैं। धर्म एक सार्वदेशिक सदाचार या नीति की घोषणा करते हैं। प्रत्येक व्यक्ति, उसका वर्ग एवं राष्ट्रीयता जो भी हो, ईश्वर की प्रतिमा या प्रतिच्छवि है। अपने महत्त्व में आध्यात्मिक प्रेम सार्वदेशिक है। अभाग्य-वश, धर्मों ने भी मनुष्यों को दो समूहों में विभक्त कर दिया—यहूदी एवं जेंटाइल, ईसाई एवं गैर-ईसाई। इन्होंने निष्ठा न रखनेवालों के प्रति संघर्ष एवं घृणा का प्रसार किया। इसी सिद्धान्त पर साम्यवादी भी संसार को दो भागों में विभक्त करते हैं—एक जो उनके अपने समान प्रकाश में हैं; दूसरे जो अन्धकार में हैं; हम शत्रु से समझौता नहीं कर सकते; हम शैतान से कोई बात कैसे कर सकते हैं। हमें उसे पराजित करना ही होगा और उसका खात्मा कर देना होगा—यह रुख गलत और क्रूर है। जब मार्क्स पूंजीवाद, पूंजीजीवी वृत्ति की निन्दा करता है तब वह सदाचार या नीति के सार्वदेशिक मान को स्वीकार करता है—अर्थात् पूंजीवाद मनुष्यों को मानवता-रहित कर देता है; उन्हें मनुष्यों से वस्तुओं में, केवल आर्थिक प्रगति के यंत्र-रूप में, बदल देता है। आर्थिक शोषण की निन्दा करने तथा समाज

के समाजवादी ढांचे की मांग करने में मार्क्सवाद एक ऐसे मान को ग्रहण करता है जो प्रत्येक के लिए विहित है। यदि एक समाजवादी समाज मनुष्य को समाज-यंत्र का एक पुर्जा बना देता है तो मार्क्सवाद को इसकी भी निन्दा करनी पड़ेगी, नहीं तो उसके पूंजीवाद की निन्दा करने का कारण भी लुप्त हो जाएगा। मार्क्स-वादियों के लिए यह सोचना गलत है कि बुर्जुआवर्ग बुरा है और सर्वहारावर्ग अच्छा है। ये लोग मनुष्य के ऊपर वर्ग को महत्त्व देते हैं। यह हमारी महत्त्वाकांक्षा है कि सम्पूर्ण समाज को एक मानवीय जाति में बदल दें। पर जो चीज़ साम्यवाद को धर्म का विद्रूप बनाकर छोड़ देती है वह है मानव-जीवन की पवित्रता की, उसकी सचाई एवं अन्तःकरण की, उसके बौद्धिक एवं नैतिक मूल्यों की, तथा उसके प्रेम की सार्वदेशिक संहिता का तिरस्कार।

साम्यवादियों को अनुभव करना चाहिए कि मार्क्स की रचनाएं एक विशेष ऐतिहासिक सन्दर्भ में लिखी गई थीं और उनकी सार्थकता सर्वकाल के लिए नहीं है। चूंकि परिस्थिति और सन्दर्भ में अत्यधिक परिवर्तन हो गया है, प्रणाली में भी तीव्र परिवर्तन अपेक्षित हैं। जब दोनों प्रणालियों में तीव्र परिवर्तन हो जाएंगे—साम्यवाद में व्यक्तिगत स्वतन्त्रता का समावेश हो जाएगा; और लोकतन्त्र, राष्ट्र में तथा राष्ट्र-राष्ट्र के बीच, न्याय के लिए लड़ने को तैयार हो जाएंगे—तो वर्तमान संघर्ष समाप्त हो जाएगा।

7. सर्वसत्तावाद

जब श्रद्धा का स्थान कट्टरता ले लेती है तब वह कट्टरता केवल आज्ञापालन चाहती है। सत्ता की कामना के लिए संशयवाद को कोई अवसर नहीं। धार्मिक निष्ठ के साथ आलोचनामूलक विद्वत्ता की चूल मिलाने के यत्न को घातक कह-कर हटा दिया जाता है। हमें मूल चाहिएं और हम उन्हें तब तक प्राप्त नहीं कर सकते जब तक उन परम्पराओं का पालन न करें जो हमें किसी पवित्र धर्मग्रन्थ या स्थापित चर्च द्वारा प्राप्त हुई हैं। सामाजिक शैथिल्य के युग में धार्मिक अनु-दारता की प्रशंसा की जाती है। पुरातन का लोप हो गया है ; नया अभी बीज-रूप में है। मानव-जीवन का कुछ भी आज विहित नहीं है। सिवा ईश्वरीय वाणी के, जो तब भी बच रहेगी जब स्वर्ग के सम्पूर्ण पदार्थ लुप्त हो जाएंगे और आकाश को पत्रिका की भांति लपेट लिया जाएगा, हम मानसिक शान्ति और कहां पा सकते हैं? कब्र के इस छोर पर, जहां युद्ध और युद्ध की अफवाहों, बन्दी-कैम्पों तथा हाइड्रोजन बमों का बोलबाला है, जब कोई आशा नहीं है तब हम अपना विश्वास एक ऐसे राज्य पर, जो स्वर्ग में है, और एक ऐसी शक्ति पर, जो वहां सुरक्षित रूप से ले जाने का जिम्मा लेती है, केन्द्रित करने को बाध्य हैं।

जब हम एक एकमेववादी सम्प्रदाय को ग्रहण करते हैं तब हम स्वतन्त्र

आत्माओं को जन्म नहीं दे सकते वरन् कट्टरतापूर्ण स्त्री-पुरुषों को ही पैदा कर सकते हैं। एक ऐसी सत्ता के लिए श्रद्धा, जो स्वतंत्र शोध का वर्जन करती हैं, स्वयं धर्म को एक अन्धविश्वास में बदल देती है। उदाहरणतः मार्मनों को लीजिए। उनका विश्वास है कि पालमीरा, न्यूयॉर्क के जोसफ स्मिथ के यहां एक देवदूत का आगमन हुआ। देवदूत ने उन्हें सुनहली तख्तियों का एक सेट दिखाया और बताया कि कोलम्बस के पूर्व अमरीका के निवासी यहूदियों के वंश में पैदा हुए थे। इतना ही नहीं, उन्होंने एक जोड़ा सुनहले चश्मे के सहारे उन तख्तियों को पढ़ भी दिया। इस चश्मे ने उस सुन्दर हिब्रू, लिपि को अंग्रेजी अक्षरों में बदल दिया। उसमें एक ही बार भगवद्‌वाणी का प्रकाश हुआ, और उसमें सम्पूर्ण जीवन की समस्याओं के पूर्ण उत्तर, एक दल एवं एक नेता, सब कुछ मिल जाते हैं।

जब हम विवेक का तिरस्कार करके निष्ठा की मांग करते हैं तब उन अधिनायकों के हाथ में खेलते हैं जो हमें विश्वास करने के लिए निश्चित धर्म और आचरण-संहिता देने का दावा करते हैं। कार्ल बार्थ ने 1938 में ऑक्सफोर्ड में एक व्याख्यान दिया था। उसमें कहा था : "जर्मनी के ईसाई चर्च को आदेश दिया गया था कि जो कुछ 1933 में हुआ उसे वह दैवी प्रकाश के रूप में मान ले और उसे भविष्य में उतनी ही गम्भीरता से ग्रहण करे जितनी गम्भीरता से वह ईसा मसीह में ईश्वर के अवतरण की बात मानता और कहता रहा है।" चूंकि एक सर्वाधिकारवादी धर्म न तो उदार हो सकता है, न लोकतांत्रिक, इसलिए वह सरलता से राजनीतिक सर्वाधिकारवाद का सहायक और दोस्त हो जाता है।[1] ये सर्वसत्तावादी धर्म व्यक्तिगत स्वातन्त्र्य और निजी सचाई के मूल्यों की परवाह नहीं करते।

भगवद्‌गीता का आरम्भ वीर की आचरण-संहिता के पालन के इन्कार करने के साथ होता है। उसका कहना है कि उसके आचरण का निर्णय उसीके द्वारा होना चाहिए। अपना ही त्याग करने की अपेक्षा, आवश्यक होने पर वह समाज का त्याग करने को तैयार था।[2] अर्जुन को केवल अभ्यासवश या सत्ता के आदेश

1. 1943 में आर्चबिशप विलियम टेम्पल ने लिखा था : "मैं समझता हूं कि धर्म की एक सर्वसत्तावादी संस्था, सब मिलाकर देखें तो, सदा ही सर्वसत्तावादी राजनीति के साथ खड़ी होने को बाध्य है।" देखिए, एफ० ए० आयरमांगर की पुस्तक 'लाइफ ऑफ विलियम टेम्पल' (1948), पृ० 419। सेमेटिज़्म के विरोध में कार्ल बार्थ का हाल का वक्तव्य भी इस चेतावनी की ओर इशारा है : "सेमेटिज़्म का विरोध ठीक है ···इज़रायल बुरी जाति है।"—'द नॉलेज ऑफ गॉड' (1937), पृ० 6•। संयुक्त राज्य अमरीका के एक ईसाई पादरी ने ही 1915 में इस नारे के साथ 'कू क्लाक्स क्लॉन' को फिर से चलाया था : "प्रोटेस्टैण्ट ईसायत और गोरों की प्रभुता।"—'इनसाइक्लोपीडिया ब्रिटानिका' (1946), भाग 13 में 'कू क्लाक्स क्लॉन' पर लेख देखिए।

2. 18 : 63।

पर काम नहीं करना था। उसे अपनी ईमानदारी की रक्षा करनी ही चाहिए और यह देखना चाहिए कि उसके निर्णय उसके अपने निर्णय हों। मुक्तात्माओं में निजी ईमानदारी का भावावेग सुख-भोग की अपेक्षा अधिक शक्तिमान होता है।

इस विषय पर आधुनिक अमर ग्रंथ दास्ताएवस्की का 'दि लीजेण्ड ऑफ दि ग्रैण्ड इनक्विज़िटर'[1] है। यह 'ग्रैण्ड इनक्विज़िटर' लक्ष-लक्ष जनता को दासत्व-पूर्ण आज्ञापालन का सुख प्रदान करता है। उनसे स्वतन्त्रता का बोझ यह कहकर हटा लेता है कि यह उनकी शक्ति के बाहर की चीज़ है। स्वतन्त्रता एक बोझ की भांति है इसलिए मनुष्य को उसे दूसरे कंधों पर रखकर प्रसन्न होना चाहिए, किंतु यह उसे अपनी मानवता के कारण नहीं करना चाहिए। दास्ताएवस्की के लिए आत्मा की स्वतन्त्रता का त्याग ईसा-विरोधी प्रलोभन है। सर्वसत्तावाद इसी ईसा-विरोध के सिद्धान्त पर आश्रित है। धर्मशिक्षक विश्वास दिलाने की चेष्टा करते हैं, वे विवश नहीं करते। सर्वसत्तावादी धर्मों में स्वयं ही उनके ह्रास का बीज निहित होता है। कुछ समय तक वे मानव-मन से भ्रम, संशय और अनिश्चितता की भावना भले ही दूर कर दें किन्तु वे स्थायी परिणाम नहीं पैदा कर सकते। वे तभी तक हमें सुरक्षा दे सकते हैं जब तक हमारे मस्तिष्क अन्य प्रभावों की ओर उन्मुख नहीं होते।

सर्वसत्तावादी धर्म और अनात्मवाद दोनों परस्पर-प्रतिकूल छोरों पर स्थित हैं किन्तु दोनों अंधविश्वास के शिकार हैं। वे स्वतन्त्र मानव, उत्तरदायी अभिनेता को अस्वीकार करते हैं। वे स्वतःप्रवृति (इनीशियेटिव) को समाप्त कर देते हैं और मनुष्य को उसकी मानवता से रहित करने की चेष्टा करते हैं। सर्वाधिकारवाद के आत्यंतिक रूपों में तो, फिर चाहे वे धार्मिक हों या राजनीतिक, मानव-प्राणियों को ऐसे यन्त्रों के रूप में परिवर्तित करने की वृत्ति है जो उद्दीपन को ग्रहण करते हैं—कठपुतलियां, जिन्हें नेताओं के आदेश पर त्याग एवं कष्ट सहने के लिए विवश किया जाता है।[2]

8. संशय एवं विश्वास

हमने धर्म के जिन विकल्पों पर विचार किया है उनसे हमारी चिन्ता दूर नहीं होती क्योंकि वे हमें एक संकलित पूर्ण, एक राजनीतिक दल, एक धर्म-सम्प्रदाय का सदस्य बनाकर हमारे भय का गला घोंट देते हैं और हमें साहस प्रदान करते हैं।

1. 'दि ब्रदर्स करामजोव'; 'दि पज़ेस्ड' में 'रेवोल्यूशनरी क्लब' भी देखिए।
2. 1870 ई० में जब एक नये मतवाद की घोषणा हुई तो लॉर्ड ऐक्टन ने कहा था कि "मुझे समझ में नहीं आता कि पोप यदि अपना धर्म बदलते हैं तो मुझे अपना धर्म क्यों बदलना चाहिए?"

संशय एवं निराशा से निरन्तर एवं क्रियात्मक संघर्ष द्वारा ही उनपर विजय प्राप्त की जा सकती है। जब हम एक भीड़ के अन्तर्गत होते हैं तो यथार्थ का पूरी तरह और स्वतन्त्र रूप से सामना करने वाले मुक्त मानव नहीं रह जाते। हम एक ऐसे युग में रह रहे हैं जो अपनी अक्षमता के प्रति तीव्र रूप से चैतन्य है और मनमानी क्षतिपूर्तियों की ओर सचेष्ट है। जब हम चैतभंग (नर्वस ब्रेक-डाउन) की सीमा को स्पर्श करनेवाले तीव्र आत्मपरीक्षण से पीड़ित होते हैं तब अपनी प्रकृति को स्थिरता प्रदान करनेवाली किसी भी शक्ति का स्वागत करने को तैयार हो जाते हैं। हमारे सुख के लिए जो कोई किसी प्रकार का आभास देता है, हमारी पूजा के लिए मूर्ति प्रदान करता है उसीकी बात हम सुनने लगते हैं। कोई मानसिक विकृति इस सीमा तक नहीं जाती कि उसके अनुयायी न प्राप्त हो सकें। कोई कार्य इतना मूर्खतापूर्ण नहीं कि मनुष्य उसके लिए जीवन देने को तैयार न हों। हमारे युग का संतापकारी दृश्य इसका अनात्मवाद नहीं है वरन् इसका विश्वास है—अन्धविश्वास के वे अद्भुत प्रकार, जिन्हें ग्रहण करने को वह तैयार है। अनात्मवादी बहुत हैं पर अविश्वासी थोड़े ही हैं। विश्वास का युग सदा हमारे साथ है। उस विश्वास का केवल विषय-परिवर्तन होता है। हम एक धर्म छोड़ते हैं, पर दूसरे को ग्रहण कर लेते हैं। नये धर्म कुछ ऐसी चीज़ों पर निर्मित हुए हैं जो सत्य की जिज्ञासा की अपेक्षा अधिक आधारभूत हैं। यह है निष्ठा की, विश्वास की, धर्म की आकांक्षा। हम इस आवश्यकता को स्वीकार करने में चाहे जितनी आनाकानी करें पर हम कुछ निश्चितता, कोई ऐसा दृष्टिकोण चाहते अवश्य हैं जो जीवन को कोई सार्थकता दे और उसे एक विवेकपूर्ण एवं आकर्षक लक्ष्य प्रदान करे। किन्तु ये नई वफादारियां तुच्छ एवं प्रादेशिक हैं तथा ऐसे नये आभास पैदा करती हैं जिनके कारण नये संकटों का आविर्भाव होता है तथा सनक-भरी विश्व-थकान की नई लहरें पैदा होती हैं।

जब मनुष्य वेदना की चरमसीमा में होता है तभी ईश्वर के सबसे निकट होता है। तभी, तब तक नहीं, हमें अत्यंत मर्मभेदी मानवी पुकार सुनाई देती है : "वे प्रभु को उठा ले गए ' ' 'हमें पता नहीं, उन्हें कहां रखा है?" हम कहां जाएं? किस ईश्वर को नैवेद्य चढ़ाएं?[1] किसके पास शाश्वत जीवन की वाणी है? यह आर्त पुकार धार्मिक कट्टरवादियों के होंठों से नहीं निकलती क्योंकि वे तो अपनी राय के विषय में आश्वस्त तथा पूर्णतः विश्वासशील होते हैं। वे तो समझते हैं कि उन्होंने ईश्वर को अपना ऋण चुका दिया है। ये तो दुःखी लोग ही हैं—वे जो सन्देह की घाटी से गुज़रे हैं तथा जिनका कोई सहारा नहीं है। वे ही उस वेदना को व्यक्त करते हैं जिसे कार्ल जैस्पर्स 'ईश्वर के लिए ईश्वर से भावोद्वेगपूर्ण

1. कस्मै देवाय हविषा विधेम।

लड़ाई' कहता है।[1] इसमें बड़े से बड़े लोग अनस्तित्ववादी निराशा से ग्रसित रहे हैं। यह एक ऐसी संक्रान्तिकालिक अवस्था है जिससे सच्ची आत्माएं भाग नहीं सकतीं। ईश्वर के विरुद्ध ईश्वर की रक्षा करने के उपक्रम में वे निराशा की चरम-सीमा पर पहुंच जाते हैं।

यदि हम चाहते हैं कि अनिश्चितता की यह वर्तमान स्थिति अराजकता में जाकर न समाप्त हो तो हमें एक तत्त्वज्ञान, एक पथदर्शन, एक आशा की आवश्यकता पड़ेगी ही। जितने लोग हैं, सबके मन में उथल-पुथल है; सब एक नये प्रकाश की प्रतीक्षा में हैं। इससे पता चलता है कि कदाचित् हम एक नवीन जीवन की सीमा पर हैं। हम एक ऐसे धर्म-संदेश की खोज में हैं, जो विशेष प्रकार का हो, सार्वदेशिक रूप से विहित हो, पर्याप्त एवं प्रामाणिक हो—ऐसा जिसमें सत्य के नूतन ज्ञान की समझ हो, जिसमें एक जागरित सामाजिक भावावेश हो। यही आज की धार्मिक स्थिति की प्रमुख विशेषताएं हैं। विश्वास करना कठिन हो सकता है किन्तु विश्वास की आवश्यकता से पलायन संभव नहीं। हमें वर्तमान संघर्षरत एवं उठती मानवता के लिए एक बुद्धिसम्मत धर्म की योजना करनी ही होगी, ऐसे धर्म की जो मनमाने मतवाद या हिचकिचाहट-भरे निषेधों से मनुष्य की मुक्तात्मा का उपहास करनेवाला न हो—ईश्वर का एक नवीन दर्शन, जिसके नाम पर हम उन आश्चर्यजनक सम्प्रदायों के विरुद्ध संघर्ष कर सकते हैं जो आज मनुष्यों की आत्माओं पर अपना प्रभुत्व स्थापित करने के लिए होड़ कर रहे हैं।

1. 'दि पेरेनियल स्कोप ऑफ फिलॉसफी', अंग्रेजी अनुवाद (1950), पृष्ठ 43। और भी देखिए, 'एक्लेजियास्ट्स'।

चौथा अध्याय

यथार्थ की खोज में

1. वैज्ञानिक दृष्टि

धर्म-विचारक ईश्वर के अस्तित्व के प्रमाण प्रस्तुत करते हैं। हम इन्हें उपनिषद् में, बौद्धमत में, प्लेटो एवं अरस्तू में देख सकते हैं। संत टॉमस एक्विनास के पंच प्रमाण तो सुप्रसिद्ध ही हैं।[1] काण्ट ने अपने ईश्वरीय विश्वास का आधार मानवीय अन्तः-करण तथा हिगेल ने मानवीय ज्ञान की प्रकृति पर रखा है। धर्म को हमारी सत्य-प्रेरणा को संतोष करना ही चाहिए। ईश्वर सत्य है। वह सत्यस्वरूप है। वह सत्य-स्वभाव वाला है। गांधीजी ईश्वर सत्य है, ऐसा न कहकर 'सत्य ही ईश्वर है', यह कहा करते थे। यह वक्तव्य तपोब्रह्म के उपनिषद्-पाठ पर एक टीका है। सच्ची और श्रद्धामयी चिन्तना स्वयं ईश्वरीय है। बुद्ध ज़ोर देकर कहते हैं कि प्रमाण पर आधारित विवेक ही सत्य के लिए हमारा एकमात्र पथदर्शक है। वे हमसे अनुरोध करते हैं कि किसी धर्मग्रन्थ को प्राचीन होने के कारण या उसके लेखक के प्रति सम्मान के कारण ही हम उसपर विश्वास न करें। प्रत्येक मनुष्य को अपने लिए स्वयं विचार करना चाहिए और स्वयं ही अनुभव भी करना चाहिए। ईसा मसीह ज़ोर देते हैं कि सत्य की प्रेरणा हमारे अन्तर् में है और वही हमें मुक्त करेगी।[2] जब ईसा में अपने सम्पूर्ण अस्तित्व के साथ ईश्वर को प्रेम करने को कहते हैं तब उनका आशय यही रहता है कि हम ईश्वर को अपनी प्रज्ञा के साथ, जो हमारे अस्तित्व का प्रधान अंग है, प्यार करें। हमसे विवेकयुक्त, न कि भावात्मक, प्रेम की आशा की जाती है।

जहां ईश्वर की भावना है वहां स्वतन्त्रता है, मुक्त होकर चिन्तन एवं आचरण करने की स्वतन्त्रता। सभी परिस्थितियों में सत्य असत्य से अधिक मूल्यवान है। यदि सत्य हमारे सामने अद्भुत, विचित्र रूप में आता है; यदि उसके कारण हमारे मार्ग में कठिनाइयां पैदा होती हैं–ऐसी कठिनाइयां, जो हमारे प्रियतम विश्वासों का त्याग करने को हमें विवश कर देती हैं—तो भी अन्तिम परिणाम मानवात्मा के लिए

1. तुलना कीजिए, 'एप्रोचेज़ टु गॉड', जैक्स मैरिटेन रचित 'वर्ल्ड पर्सपेक्टिव्स', भाग 1।
2. 'जॉन' 14 : 17।

या संसार के श्रेय के लिए कभी हानिकारक नहीं हो सकता। मनुष्य की तीर्थयात्रा सत्य के लिए सनातन शोध के रूप में रही है—चिरन्तन खोज, प्राप्ति, एवं पुनः खोज के लिए प्रयत्न। इसी प्रकार हम विकसित होते हैं और अपने अनुभव में वृद्धि करते हैं। चाहे हम वैज्ञानिक हों या धार्मिक, सत्यान्वेषण के लिए पूर्णतः प्रतिश्रुत हैं। विज्ञान कोई भावावेश नहीं है, न धर्म ही कोई मतवाद है। विज्ञान हमें जो सत्य देता है, वह धर्म में भी बहुत अधिक गहराई लाएगा।[1]

यदि विज्ञान मस्तिष्क के ऊपर इस तरह छा जाता है कि जिज्ञासा और खोज का अपना कार्य ही छोड़ देता है तो वह सत्य की भावना के विपरीत है। यदि वह अपने अनुयायियों पर से स्वतन्त्र चिन्तन का बंधन हटा लेता है और उन्हें खुला छोड़ देता है तो फिर एक अंधविश्वास-मात्र होकर रह जाता है। उन्नीसवीं शताब्दी के मध्य भाग के लगभग विज्ञान भी उतना ही कट्टर हो गया था जितना कोई भी धार्मिक मतवाद हो सकता है। उसने मान लिया था कि विश्व एवं उसके भीतर की प्रत्येक वस्तु एक विस्तृत यंत्र के रूप में है जिसमें की हर चीज़ ठोस भौतिक अंशों के रूप में परिवर्तित हो सकती है। ऐसी यांत्रिक व्याख्या से स्वभावतः मस्तिष्क एवं आत्मा के मूल्यों की वृद्धि की सत्य संभावना दूर रह जाती है।

यांत्रिक दृष्टिकोण विज्ञान का तथ्य नहीं, वैज्ञानिक की खोज है। उदाहरण के लिए, साम्यवाद को लें। वह अपने को विज्ञान पर आधारित बतलाता है और घोषणा करता है कि कहीं कोई ईश्वर नहीं है। विज्ञान उसके इस दावे की पुष्टि नहीं करता। वह ईश्वर के अस्तित्व को वैसे ही प्रमाणित या अप्रमाणित नहीं करता जैसे वह सूर्यास्त के सौन्दर्य या हैमलेट की महत्ता को प्रमाणित या अप्रमाणित नहीं करता।

वैज्ञानिक कार्य-कलाप के दो पहलू होते हैं : तथ्यों का आविष्कार तथा दूसरे ज्ञात तथ्यों का हवाला देते हुए उनकी व्याख्या करने के बौद्धिक सांचे का निर्माण। तथ्य प्रामाणिक होते हैं जबकि व्याख्याएं अस्थायी होती हैं। फिर तथ्य मूल्यों का निर्णय नहीं हैं। जब हम सब मिलाकर तथ्यों की व्याख्या करने का प्रयत्न करते हैं एवं उनके अर्थ तथा मूल्य पर निर्णयों की घोषणा करते हैं तब हम विज्ञान की सीमा के बाहर चले जाते हैं। वैज्ञानिक मस्तिष्क गौण कारणों से सन्तुष्ट हो जाता है;

1. अलबर्ट श्वोत्ज़र ने इसे बड़े प्रबल रूप से व्यक्त किया है : "यह विचार को निर्बन्ध होकर अपनी यात्रा करने दिया जाए तो उसे किसी भी बात के लिए तैयार रहना पड़ेगा, यहां तक कि बौद्धिक प्रत्यक्षवाद तक भी पहुंच सकते हैं। किन्तु हमारी कर्मेच्छा को चाहे अनन्तकाल तक और निरर्थक ही जगत् एवं जीवन-सम्बन्धी प्रत्यक्षवादी विचारधारा से युद्ध करना पड़े तो भी वह उस स्थिति से तो अच्छा ही रहेगा जिसमें अपने बारे में विचार करने से बार-बार इन्कार किया जाए क्योंकि यह स्वप्नभंग कम से कम यह तो बताता है कि हम जो कुछ कर रहे हैं उसके सम्बन्ध में स्पष्ट हैं।"—'डिके ऐण्ड रेस्टोरेशन ऑफ सिविलिज़ेशन्स' (1947), पृष्ठ 104।

तत्त्ववादी और दार्शनिक अन्तिम कारणों की मांग करते हैं। कारणों की अनन्त मालिका कोई व्याख्या प्रस्तुत नहीं करती।

दर्शन की भांति धर्म भी, सब मिलाकर हमारे अनुभव की व्याख्या करने का प्रयत्न-मात्र है। अनुभव विविध प्रकारों का होता है। उसका सम्बन्ध दृश्य जगत् से होता है। वह प्राकृतिक विज्ञानों के आधार पर, प्रकृति के अध्ययन से सम्बन्धित हो सकता है; वह व्यक्तियों-सम्बन्धी दुनिया तक, सामाजिक विज्ञानों, मानस-शास्त्र तथा इतिहास द्वारा उनके विचारों, भावनाओं आकांक्षाओं एवं निर्णयों के अध्ययन तक सीमित हो सकता है; फिर उसका सम्बन्ध केवल मूल्यों के उस जगत् से भी हो सकता है जिसका अध्ययन साहित्य, दर्शन एवं धर्म द्वारा किया जाता है। हमें इन विविध प्रकार के अनुभवों की व्याख्या करके, अपने पथ-दर्शन के लिए, एक सम्बद्ध सांचे का निर्माण करना चाहिए। प्रकृति, आत्मा एवं ईश्वर-सम्बन्धी हमारी धारणाएं भी मर जाती हैं, यदि उनकी जड़े अनुभवों के अन्दर दृढ़ नहीं होतीं। अनुभव की व्याख्या में हम विवेक एवं तर्क की प्रणालियों का उपयोग करते हैं। सत्य को पाने का यही एकमात्र मार्ग है। कोई प्रस्थापना या प्रतिज्ञा ऐसी नहीं जो धर्म के लिए तो ठीक और तर्क के लिए गलत हो। थॉमस की धारणा के अनुसार सत्य एक है और ऊपर से परस्पर-प्रतिकूल दिखाई पड़नेवाले विचार परस्पर-सम्बद्ध या अनुकूल किए जा सकते हैं। अन्तःकरण की, आत्मा की जितनी भी पिपासाएं हैं, जिनमें सत्य-ज्ञान की पिपासा भी शामिल है, उनका समाधान करने की आवश्यकता है। जब हम संसार को समझने में असमर्थ थे और उन प्राकृतिक शक्तियों की दया पर जीते थे जिनका क्रिया-कलाप हमारे ज्ञान की सीमा एवं नियंत्रण के परे था, तब हमने संसार को अपने कल्पनाप्रसूत देव-देवियों से भर दिया था—वे देव-देवी जो परितुष्ट एवं अनुकूल किए जा सकते थे। जैसे-जैसे प्रकृतिविषयक हमारे ज्ञान में वृद्धि होती गई, हमें विज्ञान की अपनी सफलताओं पर गर्व हुआ और हमने मान लिया कि आज तक जो कुछ भी हो चुका है या होगा, 'प्रथम नीहारिका के अणुओं से लेकर विज्ञान की प्रगति के लिए स्थापित आंग्ल-परिषद् की कार्रवाई तक की सम्पूर्ण प्राकृतिक एवं अनिवार्य विकास-यात्रा की व्याख्या' विज्ञान कर देगा,[1] जबकि प्रथम अवस्था में यथार्थता को, सत्य को एक पहले से ही प्राप्त एवं अपरिवर्तनीय पदार्थ मान लिया गया था और समझा जाता था कि इस यथार्थता और उसके द्वारा नियोजित शर्तों के प्रति आत्मार्पण ही मानव का कर्त्तव्य है। दूसरी अवस्था आई तो अपनी कामनाओं के अनुसार यथार्थ-बोध को नियंत्रित करके उसे अपनी इच्छाओं के अनुकूल बनाने के मानव के सामर्थ्य को स्वीकार

1. विज्ञान की प्रगति के 'ब्रिटिश एसोसियेशन' के 1874 के अधिवेशन में प्रोफेसर टाइनडाल का अध्यक्षकीय भाषण।

किया गया। प्रथम अवस्था में मनुष्य के अपने ऊपर नियंत्रण करने और प्रकृति को आत्मार्पण करने पर अधिक बल दिया गया; दूसरी अवस्था में पदार्थ के प्राविधिक नियंत्रण पर अधिक ज़ोर दिया जाने लगा। पहली में ज्ञानप्राप्ति एवं आत्मनियंत्रण की आवश्यकता मुख्य थी; दूसरी में ऐसे ज्ञान का अर्जन करने की आवश्यकता प्रमुख हो गई जिसके द्वारा मनुष्य अपने पर्यावरण एवं परिस्थिति पर काबू पा सके।

यह पुरातन विश्वास अभी कुछ समय पहले तक प्रचलित था कि यदि वैज्ञानिक अनुसंधान को स्वतंत्र रूप से कार्य करने दिया जाए तो अंधविश्वास नष्ट हो जाएगा, रहस्य पर से पर्दा उठ जाएगा और मनुष्य न केवल दुनिया का वरन् अपना भी स्वामी बन जाएगा। किन्तु अब इस धारणा को वैज्ञानिक तक छोड़ चुके हैं। अब के वैज्ञानिक बड़ी नम्रता, दीनता की भावना के साथ अपना काम करते हैं। उन्हें यह बोध है कि जगत् के आश्चर्यों एवं रहस्यों के आगे बेचारा मानव एक अज्ञानी प्राणी है जो न यह जानता है कि वह कहां से आया है और न यह कि कहां जा रहा है। वैज्ञानिकों को निश्चय नहीं है कि वे कोई बात निश्चित रूप से जानते हैं। ज्ञान के क्षेत्र में प्रगति का हर कदम एक महत्तर अज्ञात को उद्घाटित करता है। वह इन महत्त्वपूर्ण प्रश्नों का कोई उत्तर नहीं देता कि क्या अस्तित्व का कोई अर्थ है, जीवन का कोई अभिप्राय है, और क्या वस्तुओं की प्रकृति में ही औचित्य निहित है। काण्ट ने, जो ब्रह्माण्ड की नियमित व्यवस्था में श्रद्धा रखता था, अनुभव किया कि प्राकृतिक नियम मूल्य या कर्तव्य के विषय में प्रायः मौन हैं। उसके विचार से प्रत्यक्ष जगत् जैसे प्रकृति के नियमों से शासित है, वैसे ही साध्यों का भी एक राज्य है जो एक अलंघनीय नैतिक नियम के अनुसार व्यवस्थित एवं क्रमबद्ध है। लुड्विग विटजेनस्टीन भी स्वीकार करता है कि पदार्थ विज्ञान अन्तिम या सनातन मूल्यों का प्रदर्शन करने में असमर्थ है। वह कहता है : "हम अनुभव करते हैं कि यदि सम्पूर्ण संभव वैज्ञानिक प्रश्नों के उत्तर दे दिए जाएं तो भी हमारी जीवन्त समस्याएं अस्पृश्य ही रह जाती हैं।"[1] जीवन विज्ञान ये अधिक विस्तृत है और मानवीय खोज विविधरूपी है।

केवल इसलिए कि हम तर्क में विश्वास करते हैं, यह निष्कर्ष नहीं निकलता कि सामने आने पर हमें किसी रहस्य को स्वीकार नहीं करना चाहिए।[2] हां; इस रहस्य का वर्णन करते समय ऐसा न होना चाहिए कि जिसे सकारण सिद्धज्ञान कहा जाता

1. 'ट्रेबटाटस लॉजिको फिलासोफिकस', 3, 52।

2. जे० ई० सी० मैकटेगार्ट : "एक ऐसा रहस्यवाद है। जो समझ से ही आरम्भ होता है और तभी उस सीमा तक उससे दूर हट जाता है, जिस सीमा तक वह दृष्टिकोण अपने को अन्तिम नहीं प्रदर्शित कर सकता किन्तु ऐसा भी वह अपनी सीमा के परे की किसी वस्तु की धारणा के निमित्त ही करता है।"—स्टडी इन हिगेलियन कॉस्मोलॉजी' (1901), पृष्ठ 292।

है उसके और धार्मिक सत्य के बीच कोई संघषं उपस्थित हो। धार्मिक यथार्थता में विश्वास रखने के लिए तार्किक प्रमाण हम भले ही न दे सकें किन्तु उसे विवेक-सम्मत तो सिद्ध किया ही जा सकता है। तर्कशुद्ध ज्ञान स्वयं हमें विधि या विज्ञान के राज्य से आश्चर्य, रहस्य या धर्म के राज्य में ले जा सकता है।

जीवन का सबसे स्पष्ट तथ्य उसकी क्षणभंगुरता, अनित्यता है; उसकी नाश-मानता है। संसार की प्रत्येक वस्तु का अन्त है—लिखित शब्द, खुदा हुआ पत्थर, रंजित चित्र, वीरतापूर्ण कार्य सब एक न एक दिन समाप्त हो जाते हैं। हमारे विचार एवं कार्य, हमारे यशस्वी कृत्य, हमारी आर्थिक व्यवस्थाएं, हमारी राज-नीतिक संस्थाएं, हमारी महान सभ्यताएं सब इतिहास के एक अंग हैं और काल के नियम के अधीन हैं। हो सकता है कि जिस धरती पर हम रहते हैं वह भी एक दिन, सूर्य के बूढ़े एवं परिवर्तित होने पर, मानवीय बस्तियों के योग्य न रहे। सब वस्तुएं रूपान्तर और काल के अधीन हैं। अस्तित्व एवं क्षणभंगुरता दोनों को एक-दूसरे से बदला जा सकता है।[1]

हर तरह की भारतीय विचारधारा में काल आवागमन के प्रतीकरूप में मिलता है। जगत् काल-चक्र और जन्म-मृत्यु-चक्र के रूप में वर्णित है। दर्शन के लिए प्रश्न यह है कि क्या यह सर्वभक्षी काल, यह संसार ही सब कुछ है, या इस काल के बाहर भी कुछ है। यह संसार, यह घटनाओं की अबाध यात्रा, स्वयंप्रेरित, स्वयंजीवी और स्वयंसिद्ध है, या इसके परे एवं इसमें अन्तर्हित, इसके पीछे खड़ा और इसे स्फूर्ति देने और सबको परस्पर आबद्ध रखने वाला कुछ और भी है?

इसके पहले कि हम इस प्रश्न का उत्तर देने का यत्न करें, हमें इस संसार के उपक्रम की प्रमुख बातों की ओर ध्यान देना होगा। सबसे स्पष्ट जो विशेषता हम इसमें पाते हैं वह इसकी सुव्यवस्थितता है। यह जागतिक उपक्रम अज्ञेय अव्यवस्था या अराजकता के रूप में नहीं है। वह कुछ निश्चित विधियों-नियमों द्वारा शासित है। हम संयोजन कर सकते हैं और भविष्य बता सकते हैं, अनुभव से सीख सकते हैं, विश्वसनीय ज्ञान प्राप्त कर सकते हैं और भावी लक्ष्यों को अनुसंधान कर सकते हैं। प्रकृति की निश्चित व्यवस्था में कोई हस्तक्षेप नहीं है, इसलिए हम उन विधि-नियमों को समझ सकते हैं जो जगत् का नियमन करते हैं। यदि जगत् नियम-कानून-रहित होता, यदि सूर्य का उदय और बीज का उद्भव तथा विकास अनिश्चित होते तो संसार का चलना कठिन होता और हमारा जीवन एक दुःस्वप्न हो जाता। संसार

1. "जहां तक मानव का सवाल है उसके दिन तृण-तुल्य, उपवन के फूल की तरह हैं। इसी रूप में वह खिलता है। उसपर से हवा निकल जाती है, और फिर वह समाप्त हो जाता है। फिर वह स्थान उसे न देख पाएगा।"—'साम' 103 : 15, 16।

"मृत्यु जीव का क्षितिज है।"—हीडेगर।

अर्थहीन नहीं है। उसमें एक कानून है; एक सांचा है, एक ढंग है जिसके अनुसार वस्तुएं गतिमान हैं। न्यूटन एवं काण्ट जैसे महान विचारक इस जागतिक व्यवस्था के सौन्दर्य से प्रभावित हुए थे।

इससे यह निष्कर्ष निकलता है कि प्राकृतिक आपदाएं भी, जिनके कारण कभी-कभी बड़ा संकट उपस्थित हो जाता है, कुछ नियमों की क्रियाशीलता के ही परिणाम हैं। यदि प्राकृतिक नियमों के क्रियान्वय के परिणाम को अन्यथा कर देने वाली जादुई बातें होती रहें तो ज्ञात एवं औचित्यपूर्ण आचरण असम्भव हो जाएगा। प्रकृति की अपनी एक लय है और वह मानव के जीवन के लिए भी आवश्यक है।

यह जगत् व्यवस्था एवं शान्ति की पुनरुक्ति-मात्र नहीं है; यह भविष्य की ओर प्रगतिशील है। जागतिक उपक्रम में हम अस्तित्व की अनेक स्तर-मालिकाओं का उदय देखते हैं; यह भी देखते हैं कि इनमें से हरएक अपने ही नियमों के अधीन चल रहा है, फिर भी पिछली मालिका के सदस्यों से प्रगति भी करता जा रहा है। तैत्तिरीय नामक एक प्रारम्भिक उपनिषद् में ब्रह्माण्ड के उपक्रम में सत् के पांच स्तरों का वर्णन मिलता है—'अन्न' या पदार्थ (भूत), 'प्राण' या जीवन, 'मनस्' या जैव मन, 'विज्ञान' या मानवीय प्रज्ञा और 'आनन्द' या आध्यात्मिक मोक्ष।[1] इनमें गुण-भेद हैं। प्रत्येक स्तर के अपने नियामक सिद्धान्त या कानून हैं जो उसीपर लागू होते हैं। उच्चतर स्तर के नियम निम्नस्तर के नियमों को निरस्त नहीं करते वरन् उसमें कुछ और नया जोड़ते हैं जो गुण में उनसे पृथक् होता है। द्वन्द्वात्मक आदर्शवाद (हिगेल) या द्वन्द्वात्मक भौतिकताद (मार्क्स) तक प्रगति के तथ्य को स्वीकार करते हैं। इतिहास अग्रगामी गति है, घटनाओं का अनन्त पुनरावर्तन नहीं। उपनिषद् के अनुसार, जगत् का उद्देश्य ऐसे प्राणियों की रचना करना है जिनमें मनस् एवं विज्ञान मिलकर आनन्द की सिद्धि कर सकें। जब ब्रह्म-लोक (आत्मराज्य) की स्थापना हो जाएगी तब जागतिक उपक्रम की विजय एवं सिद्धि हो जाएगी। इस ईश्वर-राज्य, इस ब्रह्मलोक का आश्वासन हमें ज़रथुस्त्र, सुकरात एवं ईसा जैसे हरिजन दे गए हैं।

ईसाई धर्म-सिद्धान्त भी इस संसार को ईश्वर के राज्य के लिए तैयारी के रूप में देखता है। यह संसार मानव-जाति के लिए पूर्णता प्राप्त करने की एक प्रशिक्षण-शाला है। हर्बर्ट स्पेंसर तक को संसार के दैवी लक्ष्य में विश्वास था। "आदर्श मानव का अन्तिम विकास निश्चित है—उतना ही निश्चित जितना कोई भी ऐसा निष्कर्ष, जिसमें हम पूर्ण विश्वास रखते हों–जैसे यह कि सब आदमी मरते हैं।"

1. लॉयड मार्गन इन सीढ़ियों का निर्देश करते हैं: परमाणु अणु श्लेषाभीय इकाई (कोलोयडल युनिट), कोशिका, बहुकोशीय जीवाणु और जीवाणु-समाज।

उनके लिए "प्रगति कोई आकस्मिक घटना नहीं है वरन् एक आवश्यकता है। जिसे हम बुराई एवं अनैतिकता या सदाचारहीनता कहते हैं उनका लोप होना ही चाहिए।" "इतना निश्चित है कि मनुष्य को पूर्ण होना पड़ेगा।" सैमुएल अलैक्ज़ेण्डर हमें बताते हैं कि देश-काल (स्पेस-टाइम), वह सांचा जिससे यह ब्रह्मांड विकसित हुआ है या ढला है, अपनी आन्तरिक आवश्यकता के कारण चेतना के उच्च स्तरों को जन्म देता है। इसने मानव-प्राणियों का विकास किया है और यही दैवी मनुष्यों का विकास करेगा। ह्वाइटहेड, जो ईश्वर को 'परिपूरित आदर्श सामञ्जस्य' के रूप में मानते हैं, ब्रह्माण्ड का अभिप्राय 'ऐहिक विश्व में मूल्योपलब्धि' बताते हैं।

कोई भी दार्शनिक प्रयत्न हो, उसकी एक व्याख्या के अन्तर्गत विविध जड़ एवं चेतन स्तरों का समावेश होना चाहिए। उसे जगत् के प्रगति-क्रम के तथ्य, उसकी व्यवस्थितता, उसके विकास पर ध्यान रखना चाहिए। अस्तित्व के जो गुण हैं—व्यवस्था, विकास, साभिप्रायता—वे सब एक दार्शनिक आहार चाहते हैं।

यह अस्तित्व है क्यों ? किसी भी वस्तु की सत्ता ही क्यों है ? यदि सब वस्तुएं विलुप्त हो जाएं तब पूर्ण शून्यता रह जाएगी। यदि वह शून्यता व्यवस्था न करती या उसमें स्वयं अस्तित्व की सम्भावना न होती तो किसी भी वस्तु की सत्ता न होती। संसार का अस्तित्व अपूर्ण एवं अस्थिर है और जो कुछ भी अपूर्ण है वह स्वयं अपने-आप या अपने सहारे रह ही नहीं सकता क्योंकि जिस सीमा तक वह अपूर्ण है उस सीमा तक वह अस्तित्वरहित है। उपनिषदें हमें संसार के अपूर्ण अस्तित्व से सर्वोच्च एवं परिपूर्ण अस्तित्व की ओर ले जाती हैं—उस पूर्णेश्वर की ओर जो सर्वत्र है, ऊपर, नीचे, दूर, हर दिशा में है, जिसका केन्द्र सर्वत्र है, छोटे से छोटे अणु में भी, वह जिसकी परिधि कहीं नहीं है क्योंकि वह सम्पूर्ण मापों के परे, सर्वत्र फैला हुआ है। संसार के अस्तित्व का अर्थ है—सत् की प्राथमिकता। इस तथ्य का, कि अस्तित्व है और उसका आरम्भ है, अर्थ ही यह है कि कोई ऐसी चीज़ है जिसने स्वयं अस्तित्व ग्रहण नहीं किया है। आधारभूत सिद्धान्तशून्यता का आदि रात्रि नहीं, परिपूर्ण सत्ता है। सत्ता का अर्थ प्रत्येक संभव निषेध का त्याग और शुद्ध स्वीकृति है। वह आत्मलीन परमात्मा है। वह अस्तित्व एवं अनस्तित्व के परे, एक सर्वेश्वरी सत्ता, एक जागतिक सत्य है। ईश्वर ने मूसा को मिस्र भेजा कि वहां जाकर वे अपने बन्धुओं की रक्षा करें। मूसा ने ईश्वर से पूछा : "यदि वे मुझको पूछेंगे कि उनका नाम क्या है तो मैं उनसे क्या कहूंगा ?" ईश्वर ने उत्तर दिया : "तुम उनसे कहोगे, 'मैं जो हूं वह हूं।' "[1]

1. 'एक्सोडस', 3 : 13-14। मोहेनजोदड़ो के शिलालेख का अर्थ लगाते हुए फादर हेरास कहते हैं : "ईश्वर का स्वयंभाव ईश्वर के नाम 'इरुवान' से ही भिन्न है जिसका अर्थ

यदि असत्, अनस्तित्व न हो तो कोई अस्तित्व, कोई सत्ता, कोई अभिव्यक्ति भी नहीं होगी। सत् केवल आत्मरत रहेगा और विकास, कोई अभिव्यक्ति नहीं होगी। यह असत् है जो सत् को अपनी अटल आत्मलीनता में विचलित कर उसे अभिव्यक्त होने को प्रेरित करता है। यह असत् है जो ईश्वर को शक्ति-रूप में प्रकट करता है। सत् की भूमिका एवं असत् के सिद्धान्त बिना कोई ईश्वरीय संदेश सम्भव ही नहीं हैं। जब हम कहते हैं कि कोई वस्तु 'है' तब हमारा आशय यही होता है कि वह सत् में भाग लेती है किन्तु स्वयं सत् नहीं है।

सत् को ऐसे निर्विषयरूप में समझा जाता है जिसका सामना अप्रतीति करती है—शुद्धात्मा का सामना अनात्मा करती है। अब अनात्मा के सागर में तैरती हुई आत्मा साकार ईश्वर हो जाती है। आत्मा परमात्मा है। ईश्वर को प्रकृति या माया की अनुभूति होती है जिसे वह नियन्त्रित करता है। वह आत्मा है और अनात्मा भी है; अहुरमज्द, जीवन का स्वामी और पदार्थ का सृजनकर्ता। शंकर कहते हैं कि सब पदार्थ सद्-असद्-आत्मक हैं। बोहमे ने इसे यह कहकर प्रकट किया है कि सब वस्तुएं एक 'अस्ति' और 'नास्ति' में मूलबद्ध हैं। जगत् का यह क्रम सत् द्वारा असत् पर सनातन विजय एवं नियन्त्रण है। इसलिए सत् अपने अन्तर में असत् को भी धारण करता है। सत् अपने को सर्जनात्मक जगत् में सिद्ध करता है और अपने असत् पर हावी हो जाता है।

असत् उस सत् पर आश्रित है जिसका निषेध करता है। असत् शब्द स्वयं ही असत् पर सत् की दार्शनिक प्राथमिकता को व्यक्त करता है। यदि पहले सत् न हो तो कोई असत् नहीं हो सकता। साकार ब्रह्म प्रथम निश्चय है जिससे अन्य सब निश्चय उद्भूत होते हैं। सत् अपने अन्दर स्वयं को और जो उसके प्रतिकूल या विरुद्ध है उस असत् दोनों को रखता है। असत् सत् का ही अंश है। यह उससे अलग नहीं किया जा सकता। जब कहा जाता है कि ईश्वर में शक्ति है तब उसका यही अर्थ है कि सत् असत् के प्रतिरोध को पराजित कर लेगा। यह असत् के विरुद्ध स्वयं को सिद्ध, प्रमाणित, करता है। हिगेल कहते हैं कि परम धारणा (एबसोल्यूट आइडिया) को अस्तित्व की ओर और अस्तित्व को पुनः परम धारणा की ओर खींच ले जाने की शक्ति ही निषेध या नकार है। इस उपक्रम में परम धारणा स्वयं को परम मानस या आत्मा के रूप में मूर्त करती है।

हम मानते हैं कि यह जगत् 'है'; हम जानते हैं कि इसका एक विशेष स्वभाव है। परन्तु यह जगत् वही क्यों है जो यह है, कुछ दूसरा क्यों नहीं? दूसरे जगत् की जगह यही जगत् क्यों है? यदि यह जगत् परमात्मा या परमचेतना की एक

है: 'वह जो रहता है।' "—'प्रस्तरलेखों के अनुसार, मोहेनजोदड़ो के लोगों का धर्म', 'जर्नल ऑफ यूनिवर्सिटी ऑफ बॉम्बे', भाग 5, पृष्ठ 3।

जैव अभिव्यक्ति हो तो परमात्मा को इस जगत् के रूपों के अधीन होना पड़ेगा। यह संभावनाओं के असीम राज्य में से ईश्वर का कोई स्वतन्त्र, स्वेच्छा चुनाव नहीं होगा। यदि यह ईश्वर की स्वतन्त्र पसन्द होती तो इसका मतलब यह होता कि ईश्वरीय सर्जन-क्रिया इस संसार से इस रूप में सम्बद्ध नहीं है कि इस जगत् के परिवर्तन ईश्वर की अभेदता को प्रभावित कर सकें। ईश्वर सर्वतन्त्र स्वतन्त्र है क्योंकि वह स्वयंभू है। यह जगत् उस परमेश्वर की स्वतन्त्रता की, आनन्द की अभिव्यक्ति है।

जगत् इस अर्थ में कोई घटना या आकस्मिकता नहीं है कि वह हेतुक रूप से अनिर्णीत है। स्वतन्त्रता का आशय यह है कि निर्णयकारी कारण अन्ततः आवश्यक नहीं हैं। यह दिया गया है; तर्क द्वारा यह परम सत्ता के स्वभाव से नहीं निकाला जा सकता। हम इसे अबौद्धिकता या परमात्मा की स्वतन्त्रता का एक रहस्य, चाहे जो कह सकते हैं। अरस्तु का कथन है कि ईश्वर ही चालक है और उसकी उपस्थिति के बिना जगत् में कोई गति ही नहीं हो सकती। वह संसार के लिए आकांक्ष्य, काम्य, होने के कारण ही गति करता है परन्तु स्वयं अचल रहता है। जगत् के परिवर्तन उसके स्वभाव को प्रभावित नहीं कर पाते। सर्जना आत्मसंज्ञापन (सेल्फ़-कम्यूनिकेशन) का कार्य है और यह आत्मसंज्ञापन ईश्वरीय जीवन की वस्तु है।

हिगेल परम सत्ता (ऐब्सोल्यूट) को जागतिक उपक्रम में देखते हैं। चाहे हम कहें कि आत्मा गति में स्वयं अपनी सिद्धि कर रही है या कहें कि पदार्थ आत्मा की दिशा में गतिमान होकर अपने प्रति चैतन्य हो जाता है, बात एक ही है। हिगेल का अनुसरण करते हुए स्वर्गीय प्रोफेसर पिंगल पैटीसन ने विचार किया कि जगत् ईश्वर के प्रति सजीव है; वह कोई आकस्मिक घटना से उत्पन्न नहीं है। हिगेल का दृष्टिकोण इस अर्थ में सर्वेश्वरवादी ठहरता है कि आध्यात्मिक सत्य एवं व्यक्त जगत् के बीच वह पर्याप्त ऐक्य में विश्वास रखता है। निर्विकल्प सत्ता (ब्रह्म) संपूर्ण द्वित्व और इस द्वैत की सम्पूर्ण माध्यमिक अभिव्यक्तियों के परे चली जाती है। निर्विकल्प ब्रह्मसत्ता के रूप में परमात्मा के साथ कोई वस्तु एकरूप नहीं हो सकती। अस्तित्व के इस जगत् में ही परमात्मा का स्वभाव समाप्त नहीं हो जाता। यह एक सम्भावना है जो इस जागतिक उपक्रम में पूरी की जा रही है। जब जागतिक उपक्रम अपने निर्दिष्ट लक्ष्य पर पहुंच जाता है तब वह परम सत्ता के काल एवं अवकाशरहित जीवन में निमग्न हो जाता है। सर्वेश्वरवादी दृष्टिकोण ही परम ब्रह्म या परम सत्ता को समाप्त कर देता है और उसे ससीम के रूप एवं आकार से आबद्ध कर देता है।

जगत् में एक व्यवस्था, एक क्रम है और यह सम्पूर्ण व्यवस्था एक मानस की अभिव्यक्ति है, अतः यह जगत् एक परम चिति (सुप्रीम माइण्ड) की अभिव्यक्ति है। इस जगत् में साध्य के लिए जो साधनों का सहारा लिया जा रहा है वह केवल

संयोग की बात नहीं है, वह एक नियंत्रक एवं संघटनकारी मन का द्योतक है।[1] हम यह तो नहीं जानते कि भूत-जगत् में जीवन का आविर्भाव किस प्रकार हुआ या जीव में मन का प्रवेश कैसे हो गया। जब हमारे अनुभव इन्द्रियगम्य हैं तब हमें ज्ञान कैसे होता है? हमारी इन्द्रियां जगत् से जो कुछ प्राप्त करती हैं उनका हम एक अर्थ, एक व्याख्या कैसे करते हैं? आब्ट वोग्लर ने जो कुछ संगीत के लिए कहा है वह सम्पूर्ण सृष्टि के लिए सत्य है : "मैं नहीं जानता कि इसे छोड़ मानव को ऐसा कोई और भी वरदान मिला है कि तीन स्वरों से वह चौथे का नहीं वरन् आकाश के एक तारे का निर्माण कर देता है।"

यदि दर्शन विविध स्थितियों का वर्णन न करके उनकी व्याख्या भी देने का यत्न करता है तो वह किसी ऊर्ध्ववृत्ति (नीसस[2]) की बात करता है (लॉयड मार्गन एवं अलेक्जेण्डर) अथवा 'होलिज्म'[3] (स्मट्स) की ओर प्रवृत्त होता है। यह एक ऐसे ऐकिक अभिकरण (यूनिटरी एजेंसी) की ओर संकेत करता है जो अपने विविध व्यक्त रूपों में भी ज्यों का त्यों रहता है। यह संघटना के विविध स्तरों पर अपने को व्यक्त करता है और उसका समाहार आध्यात्मिक मुक्ति में, जो जागतिक उपक्रम का लक्ष्य है, होता है। यदि प्राथमिक सत्ता भी सर्जनकारी न हो तो हम जगत् की सक्रिय एवं सर्जनात्मक प्रकृति की भी व्याख्या नहीं कर सकते। ह्वाइटहेड ने कहा है : "जिसे लोग ईश्वर—बुद्धिसंगत धर्म का परमेश्वर कहते हैं वह एक वास्तविक किन्तु पारलौकिक सत्ता है जिसके द्वारा केवल सर्जना की अनिर्णीतता निर्णीत स्वतन्त्रता में परिणत होती है।"[4]

यदि क्रम, व्यवस्था एवं गति या जागतिक सिद्धान्त, जिसे यूनानी 'लोगोस' कहते थे, क्रियाशील न हो तो जागतिक उपक्रम एक रूपहीन अराजकता में बदल जाए तथा जगत् एक निश्चल पिण्ड-मात्र रह जाए। इस ब्रह्मसत्ता तथा जागतिक उपक्रम के बीच दैवी संसूचन दुभाषिये या मध्यस्थ का काम करता है। एक कार्यशील जीवन्मय ईश्वर की प्रतिज्ञा या परिकल्पना से ही जागतिक व्यवस्था एवं प्रगति की व्याख्या की जा सकती है। प्रकृति एवं इतिहास के समस्त उपक्रमण,

1. फ्रांसीसी शरीरशास्त्री गेली ने कहा था : "विभिन्न वैज्ञानिकों ने हमारे सामने जो तथ्यों का पुंज लाकर रख दिया है वह असाधारण, अद्‌भुत, अज्ञेय का प्रमाण देता है। मैं तो उसे जीवन-सम्बन्धी परमाश्चर्यकारी सूचना मानता हूं।"

2. यथार्थता का वह सिद्धान्त जिसके कारण अस्तित्व के उच्चतर स्तरों का आविर्भाव होता है तथा आराध्यदेव की विशेषताओं की उपलब्धि सम्भव होती है। —अनुवादक

3. जेनरल स्मट्स द्वारा प्रतिपादित यह दार्शनिक सिद्धान्त की प्रकृति, विशेषतः विकास-क्रम, में निर्णयकारी भागे सम्पूर्ण जीव वा जीवाणु लेते हैं, न कि उनके निर्माणक अंश। —अनुवादक

4. 'साइंस ऐण्ड मॉर्डन वर्ल्ड' (1926), पृ० 90।

ऋषियों के अन्तर्ज्ञान का स्फुरण, ज्ञानियों का ज्ञान, कलाकार की प्रतिभा तथा कारीगर या शिल्पी का कौशल सब आत्मा के कर्तत्व के कारण ही हैं। भगवद्गीता हमें बताती है : "जो भी विभूति अथवा ऐश्वर्य तथा सत्त्व एवं शौर्य से युक्त है उन्हें मेरे ही तेजांश से उत्पन्न हुआ समझो।"[1] जो लोग धरती पर ईश्वरीय राज्य का उद्घाटन करना चाहते हैं उन सबकी विभूतियां परमात्मा से ही उद्भूत होती हैं। इस जगत् के अस्तित्व का कारण सत् ही है; इसका स्वभाव, जिसके कारण व्यवस्थित प्रगति होती है, चित् एवं आनन्द है।

यह सवाल कि इस संसार में बुराई और अपूर्णता का अस्तित्व क्या धार्मिक दृष्टिकोण के साथ मेल खाता है, विश्वासियों के लिए बड़ी चिन्ता और परेशानी का कारण रहा है। प्रादुर्भूत वस्तुओं में अपूर्णता का तत्त्व रहता है। यदि ऐसा न हो तो ईश्वर और उसकी सृष्टि में भेद करना संभव न होगा। अपूर्णता वर्तमान जगत् का एक पहलू है। हम यह नहीं कह सकते कि केवल सुख-सुविधा का जगत् ही ईश्वरीय शासन (प्रॉविडेंशल गवर्नमेंट) के अनुकूल है। यदि मानव-जीवन का अभिप्राय बुराई (पाप) एवं ब्यथा का प्रतिरोध करना तथा अनिश्चय एवं संशय पर नियन्त्रण स्थापित करना है तो यह संसार उसके लिए असुविधाजनक नहीं है। जीवन की अनित्यता ही उसे मूल्य, सम्मान एवं सौन्दर्य प्रदान करती है। यदि इस जीवन का अभिप्राय नैतिक एवं आध्यात्मिक मूल्यों का प्रादुर्भाव ही है तो दुःख एवं कठिनाइयों से बचना सम्भव नहीं है। कीट्स ने एक पत्र में लिखा था : "तुम देखते नहीं कि संकट एवं व्यथा की दुनिया बुद्धि के प्रशिक्षण एवं उसे आत्मरूप देने के लिए कितनी ज़रूरी है।" शोक एवं कष्ट का प्रतीक क्रास ही मुक्ति का भी चिह्न है।

ईश्वर संसार को अपने नियन्त्रण में रखता है। अन्त में धरती की स्थूलता दूर हो जाएगी और ईश्वर का तात्पर्य पूरा होगा। यही हिन्दुओं का ब्रह्मलोक, ईसा- इयों का स्वर्ग-राज्य और मुसलमानों को बहिश्त है। ब्रह्मलोक इस संसार से भिन्न कोई दूसरा लोक नहीं है; वह केवल मुक्तिप्राप्त संसार है। जब सूफी एर रज़ी ने कहा था कि 'बहिश्त साधक शिष्य का कारागार है, जब कि संसार विश्वासी का कारागार है, तब उनका तात्पर्य यही था कि बहिश्त परम अव्यक्त सत्ता की अभि- व्यक्ति या समीकरण हैं। यह निरुपाधि सत्ता की एक जागतिक प्रतिच्छाया, एक सौपाधिक अवस्था है। जिसका आदि है, उसका अन्त अवश्य होगा, फिर चाहे वह कोटि-कोटि वर्ष तक रहे। इतिहास व्यापक क्षितिज से आवृत है; काल नित्य है।

आगामी राज्य को, परलोक को, इस संसार के राज्य से पृथक् करना गलत

1. यद्यद्विभूतिमत्सत्त्वं श्रीमदूर्जितमेव वा।
तत्तदेवावगच्छ त्वं मम तेजोंऽषसम्भवम् ॥10-41॥

है। दोनों के बीच की पृथक्‌ता कृत्रिम है। डब्ल्यू०आर० इंज के अनुसार, ईसाइयत ऐसी कोई आशा नहीं दिलाती कि एक निर्दिष्ट कालावधि में मनुष्य अवश्य ही पूर्ण हो जाएगा।[1] एडविन बेवन हम लोगों से कहते हैं कि यह कल्पना करने से बचो कि हम लोगों के लिए कभी इतिहास की अवधि में ईश्वरीय राज्य की निकटता प्राप्त करना सम्भव होगा। प्रगतिशील निकटता की धारणा उन्नीसवीं शती की सामान्य विकास-धारणा के साथ आई ' 'प्रारंभिक चर्च में इस प्रकार की निकटता या उपसादन का विचार नहीं था।" "ईसाईधर्म में केवल ईश्वरीय, स्वर्गीय आशा की अनिवार्यता है ऐसा कोई आश्वासन नहीं दिया जा सकता कि इतिहास की समाप्ति होने के पहले धरती की वस्तुएं पहले से अधिक अच्छी हो जाएंगी।"[2] सदा से ईसाई-प्रयत्न यही रहा है कि मानव-समाज को ईश्वरीय सांचे के सारूप्य में ला दिया जाए। यदि यह संसार ईश्वरीय अभिप्राय का इलहाम (अभिव्यक्ति) है तो ज्यों-ज्यों समय बीतता जाए, यह इलहाम, यह अभिव्यक्ति अधिकाधिक व्यापक होती जानी चाहिए। संत पाल एक ऐसे प्रगतिशील विकास की अवधि की आशा करते हैं जिसका अन्त वेदना एवं संकट के द्वारा सृष्टि के तात्पर्य की पूर्ति में हो।[3] इंज भी इतना मानते हैं कि "ऐसी अन्तर्हित हेतुकता हो सकती है जो मानव-जाति के जीवन को उस पूर्ण विकास की ओर ले जा रही हो जिस तक अभी पहुंच नहीं हो पाई है।" सब मिलाकर, उनकी शिकायत यथार्थता पर प्रगति की धारणा लागू करने के विरुद्ध है। यथार्थता या सत्यता के क्षेत्रों के अन्तर्गत ही प्रगति संभव एवं संभवनीय है।

यद्यपि प्रोफेसर अर्नाल्ड टोयनबी सभ्यताओं की वर्तुल गति के सिद्धान्त को मानते हैं परन्तु उनका सुझाव है कि "सभ्यताओं का ह्रास एवं विखण्डन, धर्म के स्तर पर महान वस्तुओं के लिए सीढ़ियों का काम दे सकता है।"[4] ईसाई, बौद्ध एवं मुसलमान अपने-अपने विश्वासों द्वारा मानव-जाति के धर्मसंस्कार की आशा से कार्य करते हैं। ये लोग तथा वे दर्शन-सिद्धान्त, जो सृजनात्मक विकास के ऊर्ध्व-स्तर की एक के बाद एक मालिका में विश्वास रखते हैं, इतिहास की प्रगति को स्वीकार करते हैं। इस जागतिक उपक्रम का एक अभिप्राय है। जो कुछ वह है हम उसकी झांकी पा सकते हैं; जिस दृश्य भ्रान्ति से हम घिरे हुए हैं उसका अर्थ समझ सकते हैं।

जब हम जागतिक सिरे से कार्य आरम्भ करते हैं तो एक ऐसी परम सत्ता की

1. 'दि आइडिया ऑफ प्रोग्रेस' (1920)।
2. 'दि किंगडम ऑफ गॉड हिस्ट्री' (1938), ऑक्सफोर्ड सम्मेलनमाला, पृष्ठ 66।
3. 'कारिथियंस 12 : 4-27; 'रोमंस' 12 : 45; 'कोलोसियस' 2: 19। 'इफेशियंस 4 : 4-16 भी देखिए।
4. 'सिविलिज़ेशन ऑन टायल' (1948), पृ० 240 पृष्ठ 25 का फुटनोट भी देखिए।

परिकल्पना तक पहुंचते हैं जो अपने स्वभाव में सत्, चित्, स्वातन्त्र्य, शक्ति और शिव है। ब्रह्म असीम सम्भावनाओं का आश्रयस्थान है और सृजनात्मक पक्ष में, इनमें से एक सम्भावना को साधना के लिए, स्वतन्त्र रूप से, चुन लिया जाता है। सर्जन की शक्ति सत् के स्वभाव के बाहर नहीं है। यह उसमें कहीं बाहर से प्रवेश नहीं करती। यह सत् में ही है; उसीके अन्दर प्रच्छन्न है। जब हम सर्जनात्मक पक्ष पर बल देते हैं तब उस परम सत्ता या परब्रह्म को ईश्वर कहा जाता है। ब्रह्म एवं ईश्वर दोनों एक हैं। ब्रह्म असीम सत् एवं सम्भावना के संदर्भ में आता है और ईश्वर सर्जन की स्वतंत्रता के अर्थ में प्रयोग किया जाता है। इस जगत् पर जगदाधिपति (हिरण्यगर्भ) का आधिपत्य है, और वह ब्रह्म का ही प्रकाश (मैनीफेस्टेशन) है।[1] जगत् एक ऐसा अवतार है जिसका मांस या शरीर एकेश्वरभावना है।[2] अनवतरित ईश्वर, अवतारधारी ईश्वर से अधिक व्यापक है। परम स्रष्टा ईश्वर एवं हिरण्यगर्भ या जगदाधिपति को अलग-अलग नहीं समझना चाहिए। वे एक ही परम सत्ता के दर्शन के विविध प्रकार हैं।[3] केन्द्रस्थ अज्ञेय अन्य सब वस्तुओं को सम्बद्ध एवं ज्ञेय बनाता है। निर्विकल्प ब्रह्म कोई कल्पना-भावना-मात्र नहीं है। वह कोई बंजरत्व नहीं है वरन् सम्पूर्ण विविधता का स्रोत है। वह अत्यन्त ठोस रूप में सत् है और अपने अन्दर सत् के प्रत्येक प्रकाश को लिए हुए है।[4] जिस जगत् में हम रहते हैं वह परिवर्तन के अधीन है। यह संसार अस्तित्व का स्रोत तथा स्राव एवं सम्भव (बिकमिंग) का क्षेत्र है। यह वह स्थान भी है जहां हमें जीवन का अर्थ समझने का अवसर मिलता है। जब तक हम ज्ञान के अगले तट तक नहीं पहुंचते तब तक हमें धारा में ही बहना होगा। इस संसार की सभी वस्तुएं यद्यपि असत् एवं परिवर्तनशील हैं, फिर भी उनमें यथार्थता का तत्त्व है क्योंकि सबमें सत् निहित है।[5] हम इस जगत् में सनातन रूप से रह सकते हैं क्योंकि यह ब्रह्म के ही प्रकाश का एक रूप है।

1. तुलना कीजिए, जॉन 14:28 : "क्योंकि वह पिता (ईश्वर) मुझसे बड़ा है।"

2. ईश्वर शब्द ('लोगोस') ईसा के ऐतिहासिक व्यक्तित्व की सीमा के परे जाता है: वह सृष्टि के आरम्भ तक पहुंचता है। जॉन 1: 1-11।

3. देखिए, 'प्रिंसिपल उपनिषद्स' (1954) पृष्ठ 57-68; 'दि फिलासफी ऑफ सर्वपल्ली राधाकृष्णन्' (1952), पृष्ठ 26-47।

4. ईसाई त्रैत (ट्रिनिटी) सिद्धान्त एक ऐसे ऐक्य का प्रतीक है जिसमें अनेकता है।

5. तुलना कीजिए, एफ० एच० ब्रैडले : "हम संसार का कोई ऐसा निम्न प्रदेश नहीं खोज सकते जिसमें परम सत्ता का निवास न हो। कहीं भी कोई छोटे से छोटा एवं आंशिक ऐसा तथ्य नहीं है जो जगत् के लिए निरर्थक हो। कोई धारणा चाहे कितनी ही मिथ्या हो, उसमें सत्य अवश्य है; और कोई अस्तित्व कितना ही क्षुद्र हो उसमें यथार्थता होती ही है। फिर जहां भी हम यथार्थता अथवा सत्य की ओर संकेत कर सकते हैं वहीं परम सत्ता का अखण्ड जीवन-प्रवाह है।"—'अपियरेंस ऐण्ड रियलिटी' (1925), पृष्ठ 467।

अस्तित्व के इस जगत् के रूप पर किंचित् विचार करने से ही ज्ञात होता है कि हम सब लोगों से ऊंची एक सत्ता अवश्य है जिसके गुण महिमा और शक्ति ही नहीं वरन् प्रेम और भलाई भी हैं।

निर्विकल्प ब्रह्मसत्ता का केवल संकेत किया जा सकता है, उसकी कल्पना-मात्र की जा सकती है परन्तु उसका वर्णन नहीं किया जा सकता; ईश्वर एक परम व्यक्तिरूप में माना जाता है। निश्चय ही वह अपने द्वारा उत्पन्न की गई वस्तुओं से बड़ा है। वह व्यक्तिरूपी (पर्सनल) है पर उस अर्थ में नहीं जिस अर्थ में हम व्यक्तित्व की, निजत्व (पर्सनैलिटी) की व्याख्या करते हैं। उसमें मनुष्यों में पाए जानेवाले सम्पूर्ण सद्गुण हैं किन्तु एक दूसरे अर्थ में। वह भला है, विवेकवान है, पर उस तरह का भला एवं विवेकवान नहीं जैसे हम हैं।[1] हमें ईश्वर के लिए विभिन्न नामों का प्रयोग कर सकते हैं परन्तु उसकी शक्तियां एक हैं और समान है।[2]

2. मानवीय संकट

यह जगत् वही नहीं है जो वैज्ञानिक यंत्रों की सहायता से हमारी इन्द्रियां हमें दिखाती हैं। हमें केवल प्रभु के अंतरंग का ही नहीं, बल्कि मानव के अन्तर्जगत् का भी ज्ञान होना चाहिए। उपनिषद् की शिक्षा 'आत्मा को जानो' (आत्मानं-विद्धि), यूनानियों का आदेश 'अपने को जानो' सब आत्मज्ञान की महत्ता प्रदर्शित करते हैं। प्रारम्भ से ही धर्म-विचारकों ने व्यक्ति के कम्पन (वाइब्रेशन), उसकी गोपनगतियों का पता लगाने की चेष्टा की और उसकी अस्पष्ट चिन्ताओं का अनु-सरण करने का यत्न किया। मनुष्य स्वयं अपने लिए एक रहस्य है। सुकरात ने इसे अनुभव किया और प्लेटो ने अपनी रचना 'फेडरस' में अत्यन्त प्रभावशाली रूप से इसे व्यक्त किया। मनुष्य सदा उससे अधिक है जितना वह अपने बारे में सोच पाता है। जब वह अपने को एक पदार्थ के रूप में देखता है तब वह अनुभव करने वाला, द्रष्टा, चैतन्य है जो अपने को जानता है। इस प्रकार मनुष्य सदा अपने से ऊपर जाता है। आत्मा विचारों की कल्पना, अर्थ की सिद्धियों तथा कष्ट एवं आनन्द के अनुभवों के परे जाती है। फिर भी यह सोचना एक भ्रम-मात्र है कि मानव-व्यक्ति अपने को ठीक-ठीक उस रूप में जान-समझ सकता है जैसा वह सच-मुच है। प्लेटो उन तत्त्वज्ञानियों का मज़ाक उड़ाता है जिनका विश्वास था कि 'वे देवताओं की भांति ऊपर से मानव-जीवन का दर्शन कर सकते हैं।'[3]

1. सामिस्ट कहता है: "जिस ईश्वर ने हमें श्रवणशक्ति दी, क्या वह बहरा है? जिस ईश्वर ने हमें देखने को आंखें दीं, क्या वह अन्धा है?"
2. महाद्देबानामसुरत्वमेकम्। ऋग्वेद, 3 : 55।
3. 'सोफिस्ट'।

मनुष्य एक भौतिक जीव से अधिक है। मानसशास्त्र दैहिकी का विस्तार-मात्र नहीं है। मानव-प्रकृति का एक भाग ऐसा है जो वस्तुनिष्ठ नहीं है; यह अवस्तुनिष्ठ (नान-ऑब्जेक्टिव) पहलू ही मनुष्य को इस प्रकृति-जगत् में अप्रतिम बनाता है। मनुष्य केवल नैसर्गिक वृत्ति का प्राणी नहीं है, न वह मस्तिष्क का एक केन्द्र-मात्र है। वह दैहिकी, मानसशास्त्र या समाजविज्ञान के विषय के रूप में जो कुछ बनता है वहीं तक समाप्त नहीं हो जाता।

धार्मिक चेतना की वृद्धि के लिए जो विविध सिद्धान्त प्रचारित किए जाते हैं—आत्मवादी, ऐन्द्रजालिक तथा समाजशास्त्रीय, वे सब इस विषय में एकमत हैं कि धर्म मनुष्य के भय एवं ऐकान्तिकता पर विजय पाने का एक उपाय है। पर हमें यह भय है क्यों? ऐकान्तिकता की, अकेलेपन की, यह भावना क्यों है? क्या यह भयग्रस्त व्यक्ति ही जागतिक उपक्रम का अन्त है या उसकी कोई और नियति है?

जहां तक भारतीय विचारकों का सवाल है, धर्म का प्रश्न मनुष्य की बौद्धिक प्रकृति, अपने को जानने की उसकी विशेष प्रक्रिया तथा जिस संसार में वह रहता है उससे सम्बद्ध है। चेतना एवं चुनाव मनुष्य को और प्राणियों से भिन्नता प्रदान करते हैं। चेतना चुनाव द्वारा नैतिक उत्तरदायित्व तक पहुंचाती है। मनुष्य अविद्या से पीड़ित है। इस अविद्या से काम का जन्म होता है। मनुष्य पीड़ित या पतित अवस्था में है। उसने अपने को पशुस्तर से धीरे-धीरे विकसित किया है और अपने अन्दर ऐसी आत्मचेतना को विकसित कर लिया है जो अप्रसन्न, निरानन्द एवं खण्डित है। बुद्ध कहते हैं—जीवन दुःख है। हम कर्म अथवा आवश्यकता द्वारा शासित विश्व में रहते हैं।

(आदम-हौवा के) पतन का प्रतीकत्व[1] भी इसी सत्य को प्रकट करता है। मनुष्य ज्ञान-वृक्ष का फल चखता है। परिणाम उसका पतन है। मनुष्य की विद्या में बौद्धिक ज्ञान आगे की ओर एक उछाल है किन्तु उसे पतन इसलिए कहा गया है कि वह मानव-जीवन में एक दरार, एक अन्तर पैदा करता है; उसके प्राकृतिक क्रम में एक रोक, एक व्यवधान आता है। पाप-पुण्य के ज्ञान-वृक्ष का फल खाने के बाद आदम एवं हौवा को ज्योंही यथार्थता के एक नये रिश्ते में प्रवेश करने का ज्ञान हुआ, उसी क्षण वे भयग्रस्त हो गए। वे भयग्रस्त इसलिए हुए कि विद्या या नवीन ज्ञान ने उनके ऊपर जो उत्तरदायित्व डाल दिया, कहीं वे उसकी पूर्ति करने में समर्थ न हों। उनकी अवस्था को पतन की अवस्था कहा गया है क्योंकि वे एक ऐसी खोई चीज़ का अनुभव कर प्रकाश की खोज कर रहे थे जिसकी एक अस्पष्ट झलक-मात्र उन्हें मिली थी। 'सृष्टि का आरम्भ' (जेनेसिस) की कथा को शाब्दिक अर्थ में नहीं ग्रहण करना चाहिए। यह एक कल्पित कथा या प्रतीक है

1. 'जेनेसिस 2।

जिसमें पतन के पूर्व एवं बाद की आदम की अवस्था का विरोध दिखाया गया है। प्रथमावस्था में मानवीय जीवन के लिए ईश्वर की आकांक्षा है; दूसरे में मानव के आदेश-भंग द्वारा, उस आकांक्षा के विच्छिन्न हो जाने के कारण, उसके वास्तविक जीवन की झांकी है।

प्रत्येक जीवधारी अपने ढंग पर पूर्ण है; अपने जीवन-चक्र के अन्दर वह अपने को पूरित कर लेता है। निस्सन्देह वह मृत्यु के अधीन है परन्तु उसे इसका पता नहीं। यह (मृत्यु का) विचार ही मनुष्य में भय एवं एकाकीपन की भावना पैदा करता है। यह भावना उसे उसकी अपर्याप्तता का निदर्शन कराती है और विकास के लिए उसकी आवश्यकता को व्यक्त करती है। बौद्धिक चेतना का उदय उसकी पूर्णता एवं निर्दोषता की प्रारम्भिक अवस्था की समाप्ति की सूचना देता है।[1] मनुष्य अरक्षा की भावना से पीड़ित है। वह विदीर्ण और परेशान होकर पूछता है: मुझे इस मृत्यु से कौन बचाएगा? जीवन की अनिश्चितता और आत्मरक्षा की प्रेरणा में संघर्ष होता है। भौतिक जगत् में जो जड़ता या मूर्छा है, जैव जगत् में जो आत्मरक्षा है, मानवस्तर पर आकर वही निरन्तर बने रहने की कामना का रूप धर लेती है। सभी प्राणी आत्मरक्षण या जीवन-वृद्धि की ओर प्रवृत्त हैं। जो कुछ उन्हें नष्ट करने आता है उसका विरोध वे प्राणपण से करते हैं। सवाल यह है : मनुष्य मृत्यु और शुन्यता या अस्तित्वहीनता का अन्त कर देगा या शून्यता और अस्तित्वहीनता मनुष्य का अन्त कर देगी?

मरण-भय के निराकरण की चेष्टा में ही मानव ने, प्रत्येक युग में, ऐसे सूत्रों एवं हेत्वाभासों का आविष्कार किया जो उन दूरस्थ लोकों से सम्बन्धित हैं जहां मृतत्माएं सदा निवास करती हैं। प्रागैतिहासिक 'नानडरताल' मानव भी अपने मृतकों को दफन करता था। उसके अन्तिम निर्वाण की धारणा उसके लिए असहनीय थी। मृतक मृतक नहीं हैं। जगत् के परे कोई स्थान है जहां मृतक रहते हैं। वे जगेंगे और भूख का अनुभव करेंगे; उन्हें अपनी साज-सज्जा करनी होगी, अपनी रक्षा करनी होगी। इसलिए भोजन, शरीर रंगने के लिए रंग, आभूषण एवं शस्त्र मृतक के साथ रखे जाते हैं। जब हमारे प्रियजन हमसे ले लिए जाते हैं, हम उनकी स्मृतियों को अपने हृदय में संजोकर रखते हैं और विश्वास करते हैं कि वे दूसरे किसी जगत् में जी रहे हैं। हम मानते हैं कि मृत्यु किसी दूसरी दुनिया में

1. "मानव केवल एक नरकट या नरकुल जैसा स्वभाव में दुर्बलतम है किन्तु यह विचारवान् नरकट है। उसे कुचलने के लिए सम्पूर्ण जगत् के अस्त्र ग्रहण करने की आवश्यकता नहीं है; एक भाप, जल की एक बूंद उसे मारने के लिए काफी है। किन्तु जगत् उसे कुचल दे तो भी मारने वाली चीज़ से वह श्रेष्ठ ही रहेगा क्योंकि वह जानता है कि वह मर रहा है और उस सुविधा एवं लाभ का भी उसे ज्ञान है जो जगत् को उसके ऊपर प्राप्त है किन्तु उसी जगत् को इसका कुछ भी ज्ञान नहीं है।"—पैस्कल, 'पेंसीज', 398।

पुनर्जन्म है।

प्लेटो के लिए दर्शन मृत्यु पर चिन्तन है। हीडेगर के लिए अध्यात्मविद्या इस अनुभूति के साथ चलती है कि मनुष्य 'अस्तित्व की तीव्र अरक्षा-भावना' से पीड़ित है। वह जगत् में फेंक दिया गया है; उसीको पकड़े हुए है, यह भूलकर कि वह असत् है, शून्य है। यह एक महान भ्रम है कि हम इस संसार में शान्तिपूर्वक रह सकते हैं। हीडेगर के विचार से सम्पूर्ण अस्तित्व, सम्पूर्ण जीवन काल-धर्म से, ऐतिहासिक प्रवृत्ति से प्रभावित है। वह दो भयानक विश्वासों से आतंकित है—मृत्यु एवं क्षण-भंगुरता[1], तथा मृत्यु-भय। हीडेगर कहते हैं कि जिस क्षण जीवन समाप्त होने लगता है, मनुष्य को जीवन की तीव्रतम वास्तविकता का ज्ञान होता है। वे पूछते हैं कि अपने सत्स्वभाव और उससे प्रादुर्भूत सम्पूर्ण निष्कर्षों के बावजूद क्या यह सम्भव है कि काल में हमारे अस्तित्व एवं ऐसी निश्चितता के लिए, जो हमारी आत्मा को मौलिक शान्ति प्रदान कर सके, स्थान है। "ऐहिकता स्वयं अपने को वास्तविक भय के अर्थ-रूप में व्यक्त करती है।" मानवीय अनुभव चिन्ताओं से आच्छन्न है। भय के उत्तेजक क्षणों में, अवकाश एवं काल के जगत् में फेंक दिए जाने के प्रलयंकर अनुभव में, मनुष्य को लगता है, मानो वह किसी रहस्यमय शून्य की ऐसी तिमिराच्छन्न भूमि में पड़ा है जो गणितीय शून्य-मात्र नहीं है बल्कि उससे कुछ ज्यादा धनात्मक या सत्य है। जब मनुष्य इस 'सर्वशुन्यता' (नथिंगनेस) को अपने सम्पूर्ण भार के साथ अनुभव करता है तब वह अत्यन्त गम्भीर अशान्ति एवं चिंता की अनुभूति से, 'जीवन की तीव्र अरक्षितता' से पीड़ित होता है। अनस्तित्व के साथ यह संघर्ष, शून्यता का यह भय, आध्यात्मिक धारणा उतनी नहीं है जितनी एक मानसिक स्थिति है—एक अन्तःस्थिति जो भय की भावना को उत्तेजित करती है और धार्मिक अनुसंधान की ओर ले जाती है।

आत्मचेतना में नैतिक स्वतंत्रता निहित है। मानव-प्राणी वे मौलिक, अप्रतिम सृजनात्मक आत्माएं हैं जो काल एवं अवकाश के जगत् की आवश्यकताओं से बंधी नहीं हैं। यह कहना कि मनुष्य को स्वतन्त्रता है, इस बात की पुष्टि करने के समान है कि उसमें एक ऐसा तत्त्व वर्तमान है जो अनिवार्यतः पराधीन नहीं है। कर्ता कर्म से श्रेष्ठ है। नित्यता ही अपने को कालान्तर्गत स्वतन्त्र निर्णयों में व्यक्त करती है। स्वतन्त्रता के उपयोग द्वारा मनुष्य अपने को दैवी स्तर तक उठा सकता है या फिर पाशविक जीवन तक गिरा सकता है। वह अपने को शाश्वतता तक

1. निकोलस बर्दिएब लिखते हैं : "मैं इस तथ्य को कभी न मान सकूंगा कि काल का कोई सनातन प्रवाह है और प्रत्येक क्षण दूसरे आगामी क्षण द्वारा निगल लिया जाता है या उसमें जाकर नष्ट हो जाता है। काल के इस भयानक पक्ष ने मुझे अत्यधिक और अकथनीय व्यथा दी है। लोगों से, वस्तुओं से, स्थानों से अलग होना मेरे लिए दुःख का वैसा ही भयप्रद स्रोत रहा है जितना स्वयं मरण है।"—"ड्रीम ऐण्ड रियलिटी' (1950), पृष्ठ 29।

विस्तृत या फिर नगण्यता तक संकुचित कर सकता है। यदि हम सत्कार्य करने के लिए विवश स्वचालित यन्त्र-मात्र हैं तो हमारे आचरण में कोई गुण, कोई गरिमा नहीं हैं। जब हमें गलती करने की स्वतन्त्रता हो फिर भी हम गलती न करें, ठीक तरह कार्य करें तब हमारे लिए प्रशंसा की बात है।

मनुष्य के लिए, जीने का अर्थ सम्भव को अस्तित्व प्रदान करना है। प्रत्येक क्षण हम भविष्य से, जो सम्भव का क्षेत्र है, चुनते हुए अपना निर्माण करते हैं। जब हम सर्जनात्मक रूप में जीते हैं तब हम असत् की शक्तियों को वश में कर लेते हैं और अपने अन्दर के सत् की पुष्टि करते हैं। स्वतंत्र चुनाव दासत्व से मुक्ति है। यह भूतकाल का प्रलंबन नहीं है। यह एक उछाल है, विकास नहीं। मनुष्य का अस्तित्व रहता है क्योंकि उसे स्वतन्त्रता है। अस्तित्व रखने का अर्थ है—भीड़ से बाहर निकलकर खड़ा होना, आप अपने में होना; अपना निर्माण करने और फिर से निर्माण करने के निश्चित तात्पर्य की पूर्ति। मनुष्य की कोई प्रकृति नहीं है; एक इतिहास ज़रूर है। सार्त्र के विचार से मानव-प्राणी में अन्य वस्तुओं से तीव्र अन्तर है। वस्तुएं उतनी ही हैं जो वे हैं। वे अपने-आपमें पूर्ण हैं। उसकी भाषा में एक वस्तु अपने-आपमें बद्ध है, जब केवल मनुष्य आत्मा की ओर गतिमान है। टॉमस एक्विनास के अनुसार उसमें एक उद्देश्य की मर्यादा है।

स्वार्थपूर्ण महत्त्वाकांक्षा और अनासक्त प्रेम दोनों का उद्‌गम मनुष्य की स्वतंत्र इच्छा ही है। यद्यपि मनुष्य के अस्तित्व का सच्चा कानून प्रेम अर्थात् जीव-मात्र से सामंजस्य का सम्बन्ध स्थापित करना ही है किन्तु वह प्रायः इस नियम के विरुद्ध विद्रोह करता है। एक उद्धत आत्मपुष्टि, जो उसे आत्मदास्य की ओर ले जाती है, स्वतन्त्रता के दुरुपयोग की वृत्ति, जो अपना ही नाश कर लेती है, उसपर सवार हो जाती है। स्वतन्त्रता के दुरुपयोग की सम्भावना एक तथ्य बन जाती है। स्वतन्त्रता का उपयोग वह स्वेच्छाचारिता विकसित करने में करता है। यह स्वेच्छाचारिता बुराई को जन्म देती है। अच्छे होने का अर्थ है संम्पूर्ण बुराई की सामर्थ्य रखना किन्तु सामर्थ्य रखकर भी कोई बुराई न करना। बुराई या पाप स्वतन्त्रता का आवश्यक परिणाम नहीं है। यह उसके दुरुपयोग का परिणाम है। दोष हमारे देवताओं या नक्षत्रों में नहीं है, स्वयं हमारे अपने अन्दर है। हम उत्तर-दायी प्राणी हैं, जो संकल्प कर सकते हैं, इच्छा होने पर अच्छे या उचित को चुन सकते हैं और गलत या पाप को अस्वीकार कर सकते हैं। हम बाह्य शक्तियों के, जो हमारे शरीर पर नियन्त्रण रखती हैं और हमारी आत्मा का शासन करती हैं, शिकार नहीं हैं।

युरिपीडीज़ के 'ट्रोड्स' (983-97) के अनुसार, जब हैलेन ऐफ्रोदीते के हाथ में विवश शिकार के रूप में होने के कारण, अपने आचरण को उचित बताती है, हेक्यूबा उसकी बातों को अमान्य कर देता है और घोषित करता है कि पेरिस

के सौन्दर्य के कारण और ट्राय में वैभव एवं विलासिता का जीवन बिताने की सम्भावना के कारण हेलेन ने स्वेच्छा से मेरे साथ जाना पसन्द किया था। हेक्यूबा हेलेन से कहता है : "साइप्रस ने नहीं, तुम्हारे अपने हृदय ने तुम्हें पेरिस के सामने नत कर दिया था।"

मानव को भले-बुरे का ज्ञान है। वह जिस सीमा तक मानवीय होता है उस सीमा तक उसे भलाई या बुराई, पुण्य या पाप करना ही पड़ेगा। यदि वह अपनी स्वतन्त्रता का उपयोग किए बिना बहता फिरता है, स्वयंचालित यन्त्र की भांति कार्य करता है तो वह मनुष्य नहीं रह जाता। सामान्य निश्चित क्रम को आत्म-समर्पण करने की अपेक्षा बुरा करना भी अच्छा है क्योंकि उस अवस्था में हम अपनी मनुष्यता का प्रमाण उपस्थित करते हैं।

किर्केगार्ड के अनुसार स्वतन्त्रता का तथ्य इस चिन्ता, इस भय को जन्म देता है कि कहीं हम अपनी स्वतन्त्रता का दुरुपयोग न करें। स्वतंत्रता का तथ्य यद्यपि मनुष्य को पशुओं के ऊपर स्थान देता है तथापि उसके साथ ही वह उसे चिन्ता या आशंका से भी पूर्ण कर देता है। उसे पतन की सम्भावना की चेतना बनी रहती है क्योंकि अपनी आत्मा में वह जानता है कि खुद उसकी प्रकृति या स्वभाव में तथा उस स्वभाव की रचना करने वाली शक्ति में असम्बद्धताएं मौजूद हैं। किर्केगार्ड इन्हीं असम्बद्धताओं या असंगतियों को निराशा और 'मृत्यून्मुखी अस्वस्थता' कहता है। सार्त्र के लिए मनुष्य वही है जिसका वह संकल्प करता है: "जो कुछ वह अपने को बनाता है उसके अतिरिक्त वह और कुछ नहीं है।" जब सार्त्र कहता है : "मानव का सार उसका अस्तित्व है," तब वह प्रतिपादन करता है कि मानव की कोई तात्त्विक प्रकृति नहीं है। वह जो कुछ है वही अपने को बनाता है परन्तु उसे खोज नहीं पाता। मनुष्य वही है जो कुछ वह अपने को बनाता है। यही तात्त्विक बौद्ध-धर्म है। जब अद्वैत वेदान्त एक सनातन अपरिवर्तनीय आत्मा की बात कहता है तो उसका अर्थ सर्वात्मा से होता है जो निष्क्रिय है। वैयक्तिक आत्मा में तो नित्य परिवर्तन हो रहा है। मनुष्य में ऐसा कुछ भी नहीं है जो मनुष्यकृत न हो।

सार्त्र मानवीय स्वतन्त्रता के तथ्य का हवाला देता है और उसपर निराशा के दर्शन की रचना करता है। जब हम इस दुनिया में आते हैं तो चुनाव करने के लिए विवश होते हैं; स्वतन्त्र होने में हम दण्डित हैं। सार्त्र हर तरह के निश्चयवाद (डेटरमिनिज्म) का विरोध करते हैं और इसकी पुष्टि करते हैं कि मानव इस अर्थ में पूर्ण स्वतन्त्र है कि उसका प्रत्येक काम पूर्णतः मौलिक है। वह किसी प्रयोजन पर निर्भर नहीं करता, न किसी अतीत से सम्बद्ध है। वह स्वयं का भविष्य में प्रक्षेप करने में अपनी एकमात्र सार्थकता पा जाता है। मनुष्य स्वयं ही अपना नियम-कानून है। उसने स्वतन्त्र रहने को चुना नहीं : वह तो स्वतन्त्र होने-रहने को नियतिबद्ध था और है। हमें यन्त्रणा इसलिए होती है कि निर्णय करना पड़ता

है। सार्त्र के अनुसार यह यन्त्रणा तब और भारी हो जाती है जब यह अनुभव होता है कि हममें से हरएक केवल अपने लिए नहीं बल्कि सबके लिए चुनाव करता है। आत्मा अकेली नहीं है वरन् दूसरों के साथ अनेक सम्बन्धों के जाल में बंधी है। जैस्पर्स के विचार से हम इस संसार में संसूचन-निरत आत्माएं (सेल्व्स इन कम्यू-निकेशन) हैं। सार्त्र के मत से हमारी पसन्द वहीं तक महत्त्वपूर्ण है जहां तक वह क्षणिक नहीं है बल्कि जीवित रहकर हमारे अस्तित्व का ही अंग बन जाती है। हमें कोई ऐसा चुनाव नहीं करना चाहिए जिसे हम उन दूसरी आत्माओं के लिए उचित न समझते हों जो हमारी जैसी ही स्थितियों में हों या हो सकती हों। इन सबको पढ़कर हमें काण्ट के सिद्धान्त की याद आ जाती है कि हमें कार्य इस रूप में करना चाहिए मानो हमारा प्रत्येक कर्म, सब मनुष्यों के लिए अनिवार्य, एक सार्व-देशिक नियम का आधार हो।

मनुष्य बौद्धिक रूप से अरक्षा-भावना से और नैतिक रूप में आशंका से पीड़ित है। आत्मविश्लेषण के क्षणों में वह अपने अतीत की परीक्षा करता है; उसका मन मर जाता है; वह अपने बारे में अविश्वस्त होकर कभी इधर, कभी उधर भटकता है। वह कटु तथा बहुत अस्वस्थ हो उठता है। रहस्य की भावना उसे डराती है; उसे लगता है कि वह बहुत दुर्बल, अयोग्य, शिथिल, अज्ञानी, बुरा एवं अपवित्र हो गया है। यह दुःखी प्राणी, जिसका हृदय गुप्त वेदनाओं से जीर्ण एवं खण्डित है, भयानक रूप से अकेला होकर बाहरी शक्तियों से नहीं, अपने ही साथ लड़ रहा है।[1] यह विभाजित, खण्डित, विदीर्ण, भय से दलित, अपने साथ संघर्षरत प्राणी निराशा के बोझ से दब जाता है। इस विभाजन से बड़ा और कोई दुःख नहीं है।

पैस्कल के शब्द सुविदित हैं : "यह मनुष्य कैसी विचित्र कल्पना है! कैसा नावीन्य! कैसा दानव! कैसी विशृंखलता! कैसा परस्पर-विरोध! कैसा विलक्षण! सब वस्तुओं का निर्णायक, विचारपति! कैसा कापुरुष! धरती का कीड़ा, सत्य का आगार, अनिश्चितता एवं भ्रम का गर्त; जगत् का गौरव एवं मल!"

मानव की आत्मचेतना, बुराई-भलाई का विवेक, स्वतन्त्रता एवं चिन्ता, जो असत् के लक्षण हैं, ये सब मिलकर उसे आध्यात्मिक सुरक्षा एवं निश्चिंतता, सामञ्जस्य एवं साहस की, जो असत् पर सत् के विजय के परिणाम हैं, कामना करने के लिए बाध्य करते हैं। असत् को ज्ञान भय, आशंका एबं असामञ्जस्य पैदा करता है, और ये अवस्थाएं, जो मानव-चेतना के स्तर के अन्तर्गत हैं, असत् के पक्ष में प्रमाणरूप हैं। यह असत् सत् द्वारा विजित होने को आतुर है। धर्म की प्यास, अखण्डता-अभिन्नता के लिए चेष्टा, एक भिन्न जीवन की खोज—इन

1. 'पेंसीज़', 434।

सबसे प्रकट होता है कि मनुष्य को चेतना के ही मार्ग से आगे बढ़ना है। उसे द्वैत, खण्डित, चेतना की सीमाओं के पार जाना ही पड़ेगा। ईश्वर द्वारा भुला दिए जाने की भावना स्वयं ईश्वर की उपस्थिति की गवाही है। इस संसार की संदिग्धता उस पार के किसी लोक की ओर इंगित करती है। काल के अन्तर्गत शाश्वत जीवन की आकांक्षा है।

आत्मचित् बुद्धि की भ्रान्तियों एवं स्वतन्त्रता के दुरुपयोग के कारण पतन होता है। उद्धार का मार्ग बुद्धि के परे जो प्रेरणा है उस तक पहुंचना और स्वतन्त्रता का उचित उपयोग करना है। प्रेम के कानून का अपने-आप पालन करने में ही स्वतन्त्रता का उचित उपयोग होता है। एक ऐसा यथार्थ है जो तर्क के ढांचे से कहीं गहरा है। यह मानव के अस्तित्व के मूल में है और इसीके कारण मनुष्य प्रकृति का अतिक्रमण कर जाता है। हम मुमुक्षु हैं, साधक हैं, तीर्थयात्री हैं जिनका इस धरती पर कोई स्थायी निवास या नगरी नहीं है और जिस नगरी में जाना है। उसके लिए हम निरन्तर चल रहे हैं। यथार्थता के दबाव के कारण ही हमारे अन्दर अशान्ति पैदा होती है। उपनिषद् की वाणी है :

असतो मा सद्गमय।
तमसो मा ज्योतिर्गमय।
मृत्योऽर्मा अमृतं गमय।

अर्थात् "असत् से मुझे सत् की ओर ले चल, अंधकार से मुझे प्रकाश की ओर ले चल, मृत्यु से मुझे अमृत की ओर ले चल।"[1] "ईसाई स्तोत्र-रचयिता (सामिस्ट) कहते हैं : "मैं अपने अंतरतम से तुझे पुकारता हूं।" यह खींचतान, यह अशान्ति ही मानव-जीवन को इतना दिलचस्प बनाती है। एकहार्ट का कथन है : "आत्मा की पूर्णता उस जीवन से मुक्ति में निहित है जो पूर्णजीवन का अंश और उसीमें सन्निविष्ट है। हे परमेश्वर! हम तुझसे विनय करते हैं कि हमें इस खण्डित जीवन से निकलने और उस संयुक्त जीवन को पाने में हमारी सहायता कर।"[2]

मानवीय आत्मा (सेल्फ) सत्य आत्मा (सेल्फ) नहीं है। यह संभावित आत्मा है—आत्मा को जो होना चाहिए और जो वह हो सकती है। ज्ञेयतथ्यरूप इस आत्मा के साथ, संभावनारूप एक आत्मा आध्यात्मिक आत्मा है। यह आत्मा विकसित होकर आध्यात्मिक आत्मा में परिवर्तित हो सकती है। मनुष्य केवल वैज्ञानिक ज्ञान का विषय नहीं है। वह सत् में निमग्न है। वह ब्रह्माण्ड की सृजनात्मक अन्तर्भावना में भाग लेता है।[3] किर्केगार्ड के अनुसार जीवात्मा (सेल्फ)

1. 'बृहदारण्य उपनिषद्', 1 : 3, 28।
2. 'इवांस', अंग्रेज़ी अनुवाद, 1; पृष्ठ 207।
3. 'लाइफ ऑफ एपोलोनियस' (3: 18) में फ़िलास्ट्रेट्स लिखता है कि एक बार एपोलोनियस की भेंट भारत से आने वाले दो पंडितों से हुई। उसने उन लोगों से पूछा, "आप क्या

अस्वस्थता और निराशा से मुक्त होकर तब स्वास्थ्य एवं पूर्णता-लाभ करती है जब 'वह अपनी ही पूर्णात्मा से सम्बन्ध स्थापित कर उस शक्ति में पारदर्शक रूप से अधिष्ठित हो जाती है जिसने उसका निर्माण किया था'। स्वतन्त्रता के बिना व्यक्तित्व के पुनरैक्य की संभावना नहीं है। स्वतन्त्रता के प्रति मनुष्य की इस चेतना में एक ऐसी संगति है जिसकी उपेक्षा वैज्ञानिक तर्कों द्वारा नहीं की जा सकती। स्वतन्त्रता की यह चेतना काल एवं अवकाश के जगत् का अतिक्रमण कर जाने वाली आध्यात्मिक यथार्थता के साथ निश्चित रूप से सम्बद्ध है।

मानवीय प्रकृति में अपार शक्यताएं या प्रभविष्णुताएं हैं, जब कि जागतिक उपक्रम का कोई पूर्वनियत लक्ष्य नहीं है। स्वतन्त्र चुनाव करने की शक्ति हमें भविष्य के लिए आशा प्रदान करती है। हम संसार की पुनर्रचना कर सकते हैं। हमारे चरित्र में जो दोष या मानस में जो त्रुटियां हैं उन्हें हम दूर कर सकते हैं : यदि हम वैसा करने का यत्न करेंगे तो जगत् की शक्तियां हमारी सहायता करेंगी। हम अपनी चेतना में मानव-विकास की प्रक्रिया का संचालन कर सकते हैं। प्रकृति मानव-व्यक्ति में ही अपनी पूर्णता प्राप्त करती है क्योंकि वही सर्जनात्मक प्रक्रिया का निर्माता है। वह जगत् का अप्रतिम प्रतिनिधि है जिसमें प्रकृति की अचेतन सर्जना चेतन सर्जना बन जाती है। अन्तर्विरोधों का अर्थ यह है कि वह विध्वंसकारी शक्तियों का सामना कर सकता है और उनपर विजय प्राप्त कर शान्ति पा सकता है। मानव-प्राणी एक ऐसे अप्रवेश्य एकान्त में बहुत समय तक नहीं रह सकते जो उन्हें उन्हींकी व्यथापूर्ण कामनाओं का बंदी बनाकर रखता है। विरोध, कलह एक अवस्था है; कोई मंज़िल नहीं है; अन्तिम गंतव्य नहीं है। वह है, किन्तु नष्ट होने, पराजित होने के लिए है। यह आशा एवं उपलब्धि के बीच हल न हो सकी खींचतान का प्रतीक है।

भारतीय विचारधारा हमें अपने को बन्धनमुक्त करने का आदेश देती है। हमें संसार से, अशान्तिपूर्ण काल-सीमित जीवन से मोक्ष या शाश्वत जीवन में जाना है। जब तक हम उस अभेद-जीवन को प्राप्त नहीं करते, हमें अवसर मिलते रहेंगे। कर्म के नियम से शासित संसार-सिद्धान्त इस बात पर बल देता है कि प्रत्येक प्राणी को अपना लक्ष्य प्राप्त करने के लिए अनेक अवसर मिलते हैं। प्रत्येक

अपने को जानते हैं?" दोनों हिन्दुओं ने उत्तर दिया, "हम जो सब कुछ जानते हैं इसका कारण यही है कि हम अपने को जानते हैं। यदि हमें पहले आत्मज्ञान न प्राप्त हुआ होता तो हम यह ज्ञान प्राप्त करने में कभी सफल न होते।" उनके उत्तर पर चकित हो एपोलोनियस ने फिर प्रश्न किया, "आप क्या सोचते हैं कि आप क्या हैं?" उन्होंने उत्तर दिया, "हम देव हैं।" उसने पूछा, "क्यों?" उनका जवाब था, "इसलिए कि हम सत्पुरुष हैं। सत्कार्य के द्वारा हम ईश्वर से ऐक्य की स्थापना करते हैं।"

प्राणी अपने कर्मों एवं प्रवृत्तियों का परिणाम है और अपने संकल्प-बल द्वारा वह इन कर्मों एवं प्रवृत्तियों का परिशोधन कर सकता है।

जब तक हम अपनी यात्रा के अन्त या मंजिल पर नहीं पहुंचते तब तक हम कर्म के कानून से बंधे हैं, जिसका अर्थ यह है कि हमारी आकांक्षाएं एवं कर्म हमारी प्रगति का नियंत्रण करते हैं। हमारी वर्तमान अवस्था हमारे अतीत का परिणाम है और अब हम जो कुछ करेंगे वह हमारे भविष्य का निर्धारण करेगा। मृत्यु एवं पुनर्जन्म इस क्रम में बाधक नहीं। अपनी वर्तमान स्थिति के लिए हम स्वयं जिम्मेदार हैं; हमें ईश्वर या अपने पालकों या वर्तमान समाज-व्यवस्था को दोष देने की आवश्यकता नहीं है।[1] जैसे हम जो कुछ आज हैं उसके लिए स्वयं ज़िम्मेदार हैं, वैसे ही भविष्य में जो होंगे, उसे स्वयं ही निर्मित कर सकते हैं। हम अपनी वर्तमान अवस्था में सड़ने के लिए नहीं हैं। यदि हममें साहस एवं निश्चय है तो हम अपने भविष्य को एक नये सांचे में ढाल सकते हैं। कर्म नियतिवाद या भाग्यवाद नहीं है।[2] यदि हम अपनी आकांक्षाओं में सच्चे और अपने यत्नों में पक्के हैं तो इससे कोई अन्तर नहीं पड़ता कि हम सफल होते हैं या नहीं। जो कुछ भी प्रगति हम करते हैं वह मूल्यहीन नहीं है। बाह्य परिणाम जो भी हों, आन्तरिक उन्नति तो होती ही है।

भविष्य की सामग्री अनिश्चित है। हम महत्ता, मूल्य, सत्य, सौन्दर्य या फिर इनके प्रतिकूल वस्तुएं पैदा कर सकते हैं। इसकी जिम्मेदारी मनुष्य की अपनी है, इसीलिए मानवीय स्वातन्त्र्य प्रकृति की सीमा के परे किसी वस्तु की सत्यता को स्पर्श करता है। यह प्रकृति फिजूल या अर्थहीन नहीं हो सकती क्योंकि यह मूल्यों की रचना को संभव बनाती है। संसार में एक नैतिक व्यवस्था है और प्रत्येक मनुष्य अपने कर्मों के लिए उत्तरदायी है। उसकी अन्तर्दृष्टि और सत्याचरण का तब तक बराबर विकास होता जाएगा जब तक वह मनुष्य पूर्णता नहीं प्राप्त कर लेता। अपने ज्ञान एवं प्रकृति के विकास के लिए अवसरों की श्रृंखला का यह सिद्धान्त हिन्दू, जैन एवं बौद्ध धर्मों के केन्द्रीय सिद्धान्तों में से एक है। इसको

1. महाभारत का कहना है कि हमें दण्ड देने वाला कोई बाहरी जज या न्यायाधीश नहीं है, हमारी अन्तरात्मा ही है :

न यमं यम इत्याहुः आत्मा वै यम उच्यते।
आत्मा संयामितो येन यमस्तस्य करोति किम्।।

2. बुद्ध कहते हैं : "ओ पुरोहितो! यदि कोई कहता है कि मनुष्य को अपने कर्मों के अनुसार ही फल पाने का अधिकार है तब तो कोई धार्मिक जीवन रह ही नहीं जाता, न दुःख के पूर्ण शमन के लिए अवसर ही बच पाता है। पर यदि कोई कहता है कि मनुष्य को उसके कर्मों के अनुसार पुरस्कार मिलता है तब उस हालत में धर्मजीवन संभव है और दुःख के सम्पूर्ण शमन का अवसर भी है।"—अंगुत्तरनिकाय, 3 : 99, 1।

अन्य धर्मावलम्बियों, जैसे केल्ट एवं टीटन लोगों, अनेक यहूदी एवं मुसलमान सूफियों, कतिपय प्राथमिक ईसाई धर्मोपदेशकों तथा बाद के नास्तिकों में से भी, अनुयायी प्राप्त हुए। पाइथागोरस, इम्पेडोक्लीज़, प्लेटो, प्लाटिनस और लेसिंग अनेक जीवनों में से होकर व्यक्ति के क्रमिक विकास में विश्वास रखते थे। काण्ट तर्क करता है—चूंकि पूर्ण गुणों एवं आनन्द के बीच सामंजस्य की साधना का आदर्श एक जीवन में सिद्ध नहीं हो सकता, इसलिए हमें असीम प्रगतिपूर्णता के ध्येय को एक के बाद एक आगे बढ़ानेवाले कार्यों के द्वारा सिद्ध कर सकते हैं।

घटनाओं की आकस्मिकता एवं मृत्यु-चिन्ता से उत्पन्न अरक्षा-भावना आत्मा को दोष एवं पाप करने की ज़िम्मेदारी से उत्पन्न आशंका, जीवन की रिक्तता एवं निरर्थकता की भावना से उत्पन्न अशान्ति एवं असामंजस्य से मुक्त कर देती है। पतन की भावना मनुष्य में उस ईश्वरीय तत्त्व की साक्षी है जो उसके प्रबुद्ध चेतन में पूर्णतः व्यक्त होने के लिए संघर्ष कर रहा है। अपनी सत् स्थिति से उसके दूर हट जाने को, उसकी अविद्या को दूर करना होगा और उसकी जगह विद्या की स्थापना करनी होगी। यह विशुद्ध बौद्धिक कार्य नहीं है। हममें जो ईश्वर-तत्त्व है उसके प्रति विद्रोह सबसे बड़ा पाप है। मनुष्य अज्ञान में है और अज्ञान में ही पाप की उत्पत्ति होती है।

यद्यपि जागतिक प्रक्रिया के अध्ययन से हम एक परम ब्रह्म की सत्यता तक पहुंचते हैं, मानवीय अनुभव के विश्लेषण से ईश्वर मानव के निकट आ जाता है। यदि ईश्वर और मानवीय आत्मा दोनों पूर्णतः भिन्न होते हैं तो कोई तर्कपूर्ण विवाद या मध्यस्थता ईश्वर की सत्यता तक हमें न ले जा पाती। मानवों के लिए ईश्वर के प्रति चेतना उतनी ही मौलिक देन है जितनी आत्मचेतना है। जिस प्रकार आत्मचेतना की श्रेणियां हैं वैसे ही ईश्वर के प्रति चेतना की भी श्रेणियां हैं। अधिकांश लोगों में यह धूमिल एवं भ्रान्त होती है। केवल प्रबुद्ध आत्माओं में ही यह पूर्णतः व्यक्त होती है।

3. धर्म : सत्यानुभव के रूप में

जब हम संसार के और मानवात्मा के प्रत्यक्ष अनुभव-सम्बंधी आंकड़ों पर विचार करते हैं तब हम ऐसी परम सत्ता की धारणा की ओर जाने को बाध्य होते हैं जो शुद्ध या निरुपाधि सत्य एवं मुक्त क्रिया है और जो मानव की अन्तरात्मा में निवास करती है। जब तक हम वस्तुनिष्ठ एवं आत्मनिष्ठ दोनों प्रकार के उदाहरणों से प्राप्त आंकड़ों के अनुसार तर्क करते हैं तब तक यह कहा जा सकता है कि परम सत्ता चिन्तन की एक आवश्यकता और एक उपकल्पना-मात्र है, फिर चाहे वह कितनी ही संगत हो। अन्तिम सत्य की प्रकृति के विचार की स्पष्ट अभिव्यक्ति उसकी अनुभूति से बिल्कुल भिन्न है। चाहे उसका स्वागत कितना ही सख्यपूर्ण हो, एक

विचार या धारणा तब तक मानस में अपरिचित या अजनबी-सी रहती है जब तक उसपर हमारे निजी अनुभव की स्वीकृति की छाप नहीं लग जाती। केवल तर्क के सहारे हम ईश्वर के अस्तित्व को इस रूप में नहीं प्रदर्शित कर सकते कि उससे मुमुक्षु या श्रद्धालु को सन्तोष हो। तर्क केवल विचार का संकेत देते हैं एवं उसकी अन्तर्वस्तु का निश्चय करते हैं और मानव के आन्तरिक मितव्यय में उसके कार्य-कलाप का वर्णन करते हैं। किन्तु एक बड़ी प्राचीन एवं व्यापक परम्परा है कि हम परम सत्ता को प्रत्यक्ष पहचान सकते हैं। काल एवं दूरी से विभक्त कितने ही लोगों ने परम सत्ता के अनुभव का व्यक्तिगत प्रमाण दिया है जो हमें विनम्र तथा शिष्ट बनाता है और बहुत दूर ले जाता है। इस प्रत्यक्ष अनुभूति को ही टॉमस एक्विनास ने 'काग्नीशियो डाई एक्सपेरिमेंटेलिस', अर्थात् अनुभव-ज्ञान कहा है।

प्रत्येक वस्तु का ज्ञान हमें अनुभव से ही होता है। यहां तक कि गणित जैसा अमूर्त विज्ञान भी कथित नियमितताओं के अनुभव पर आश्रित है। धर्म-दर्शन का आधार धर्मानुभव होना ही चाहिए। ईश्वर के अस्तित्व का अर्थ इस सत् का वास्तविक या सम्भवित अनुभव ही है। यदि ज्ञान का विश्वसनीय मान अनुभव ही है तो हमें अपनी ईश्वर-भावनाओं को तब तक ज्ञान-रहित ही मानना पड़ेगा जब तक वे ईश्वरानुभव तक न पहुंचती हों।

एक पुराने संस्कृत श्लोक में कहा गया है कि ईश्वर की वास्तविकता का बल-पूर्ण कथन परोक्षज्ञान है और ईश्वर की वास्तविकता का अनुभव प्रत्यक्ष ज्ञान है।[1] वैदिक ऋषियों के 'अहं ब्रह्मास्मि' (मैं ब्रह्म हूं), अपनी दिव्यता के सम्बन्ध में ईसा के शब्द कि 'मैं सत्य हूं', अल्-हल्लाज के 'अनहलक', सबमें एक पारिवारिक सादृश्य है। टॉमस एक्विनास 'अधिप्राकृतिकता द्वारा प्राप्त ज्ञान' की बात करते हैं। किसी भी नैतिक गुण—जैसे साहस या धैर्य—सम्बन्धी बातों का निर्णय करने के दो मार्ग हैं। कोई इन गुणों का सैद्धान्तिक, वैचारिक या बौद्धिक ज्ञान प्राप्त करके भी इनसे रहित हो सकता है, जब कि दूसरे में उसके संकल्प एवं आकांक्षा की अपनी शक्ति के कारण स्वयं ये गुण उपस्थित होते हैं। उनमें वे गुण मूर्त हो उठते हैं और अपनी ही सत्ता में उसका उन गुणों से अभेद हो जाता है। हम ईश्वरीय सत्ता का ज्ञान धर्मशास्त्र द्वारा प्राप्त कर सकते हैं; और उसका ज्ञान निजी अनुभव द्वारा भी प्राप्त कर सकते हैं।[2] जैसाकि सूडो-डायोनीशियस ने कहा था—हम सत्य का ज्ञान ही प्राप्त नहीं करते, उसका अनुभव करते हैं। हिगेल के प्रति किर्केगार्ड के विरोध का कारण हिगेल द्वारा प्रतिपादित सत्य की इस धारणा में

1. अस्ति ब्रह्मेति चेद् वेद परोक्षं ज्ञानमेव तत्,
अहं ब्रह्मेति चेद् वेद प्रत्यक्ष ज्ञानमस्ति तत्।
2. 'सुम्मा थियोलॉजिका', 2.2 : 45, 2; 1 : 1, 6, 3।

था कि वह पदार्थनिष्ठ संगति (आब्जेक्टिव वैलिडिटी) का दावा करने वाली एक विस्तृत कल्पनात्मक प्रणाली है। किर्केगार्ड के मत से सत्य को बौद्धिक प्रयास से नहीं पाया जा सकता, वैयक्तिक जीवन में उसकी धारणा एवं अनुभव से ही वह प्राप्त हो सकता है। तार्किक मध्यस्थता या साधन नहीं बल्कि अन्तर्मुखी होना ही आध्यात्मिक सत्य है। सत्य अस्तित्वमूलक, जीवनमूलक है। इसे जानने के लिए हमें उसीके अन्तर्गत रहना पड़ेगा। इसे हमारे अस्तित्व का ही अंश, वैयक्तिक गहराई का स्रोत बन जाना चाहिए। जब किर्केगार्ड कहते हैं कि आत्मनिष्ठता (सब्जेक्टिविटी) सत्य है तब उनका यह मतलब नहीं होता कि मनुष्य ही सब वस्तुओं का माप है। उनका अभिप्राय इतना ही है कि जब तक साधक निजी रूप से सत्य को नहीं प्राप्त कर लेता तब तक सत्य सत्य नहीं है।

आध्यात्मिक अनुसंधान ज्ञानी कर्ता को आध्यात्मिक सत्ता में भाग लेने पर बल देता है,—इसमें ज्ञान के विषय का स्पर्श एवं आस्वाद होना चाहिए। हम सत्य को देखते हैं, अनुभव करते हैं एवं उसका स्वाद लेते हैं। यह स्वयं सत्ता का तुरन्त परिचय प्राप्त करना है। यह भागीदारी द्वारा, स्वयं के नवीनीकरण द्वारा अनुभव प्राप्त करना है। हम इसे सर्वभावेन पकड़ने की चेष्टा करते हैं। ईसा प्रथम देवादेश (कमांडमेंट) की व्याख्या इस प्रकार करते हैं: "ओ इज़राइल, सुनो! हमारा प्रभु परमेश्वर एक ही है; तुम अपने प्रभु ईश्वर को अपने समस्त हृदय से, अपने सम्पूर्ण अन्तःकरण से, अपने सम्पूर्ण मन और सम्पूर्ण शक्ति से प्यार करो।"[1] सत्य यथार्थता का वह दर्शन है जो किसीके समस्त अस्तित्व को सन्तुष्ट कर देता है। यह पूर्ण मानव द्वारा ही ग्रहण किया जाता है।

यह प्रत्यक्षानुभूति मानवता जितनी ही पुरानी है और किसी एक जाति या धर्म में सीमित नहीं है। इस प्रकार के अनुभव की सूचना केवल आध्यात्मिक एवं धार्मिक जगत् में ही नहीं, कला एवं प्रकृति-सान्निध्य में भी प्राप्त होती है। किसी महान प्रेम में, सर्जनात्मक कला में, दार्शनिक प्रयास में, अत्यधिक आनन्द एवं तीव्र वेदना के क्षणों में सत्य, सौन्दर्य और शिव के सामने हम परिवर्तनशील जगत् के ब्योरेवार स्पर्श से ऊपर उठकर अभेदत्व एवं नित्यता के अनुभव में प्रवेश करते हैं। अन्तर्दृष्टि के इन क्षणों में जब विषय और विषयी, वस्तुनिष्ठ एवं आत्मनिष्ठ एक अभेदावस्था में विलीन होकर एक हो जाते हैं तब हम प्रेम एवं घृणा के परे एक ऐसी दुनिया में पहुंच जाते हैं जहां पार्थिव अनुभवों की सीमा धुंधली पड़ जाती है और काल स्थिर होकर खड़ा रह जाता है। पार्थिव परछाइयों के पार प्रकाश का एक जगत् है जहां पहुंचकर मस्तिष्क के उद्धत प्रश्नों का समाधान हो जाता है और हृदय की यंत्रणाएं समाप्त हो जाती हैं। इस सत्यता का अनुभव करना, इसमें

1. 'मार्क' 12 : 26-30।

रहना ही मोक्ष अथवा शाश्वत जीवन है। यह सीमाबद्धता, आंशिकता, अस्थिरता, अविद्या एवं बन्धन से मुक्ति है। यह आनन्द एवं पवित्र स्वस्थता की स्थिति में रहने के लिए पुनर्जन्म ग्रहण करना है।

मोक्ष, निर्वाण या ईश्वरीय राज्य की कल्पना हमारे वर्तमान अस्तित्व के बाद की या उससे कहीं दूर की नहीं है। स्वर्ग का राज्य मृत्यु के बाद का विश्रामस्थल नहीं है, न वह कोई ऐसा पदार्थ है जो किसी दिन धरती पर उतरेगा। यह तो चेतना का परिवर्तन, एक आन्तरिक विकास, एक तीव्र रूतान्तर है। आध्यात्मिक मुक्ति वह शक्ति है जिससे हम संसार के परे हो जाते हैं, फिर भी उसे श्रेष्ठ रूप दे सकते हैं। यहां और अभी हम शाश्वत जीवन प्राप्त कर सकते हैं।

अपनी प्राकृत दृष्टि के कारण, आधुनिक मस्तिष्क ऐसे रूपांतर एवं नवीनीकरण के उदाहरणों को संशय एवं अविश्वास के साथ देखता है। किन्तु पुनर्जन्म एवं नवीनीकरण अधिप्राकृतिक (सुपरनेचुरल) या अप्राकृतिक नहीं है। वह इस निष्ठा या विश्वास की तार्किक परिणति है कि इस संसार की व्यवस्था को भेदकर उसके अन्दर प्रवेश करनेवाली यथार्थता का एक और क्रम भी है। वह इस संसार की व्यवस्था के भीतर ही उसका शोधन एवं नवीनीकरण करने, उसका संचालन करने एवं उसे प्रकाशपूर्ण बनाने के लिए सदैव कार्यरत है।

अनुभव तुरन्त की सहज स्फूर्ति पर आधारित होता है पर इससे यह निष्कर्ष तो नहीं निकलता कि वह अवैध है। यह सहज स्फूर्ति तर्क एवं विवेक द्वारा समर्थित है; वे उसका विरोध नहीं करते। ज्ञान एवं विज्ञान (विज़डम) साथ-साथ चलते हैं; जैसा भगवद्गीता कहती है—हमारा लक्ष्य 'ज्ञानं विज्ञानसहितम्' है। उपनिषद् के सत्य ध्यान के परिणाम हैं, फिर भी वे तर्क शुद्धरूप में उपस्थित किए गए हैं। उपनिषदें अनुसंधान या मीमांसा पर ज़ोर देती हैं।

व्यक्तित्व को बुद्धि एवं सहज स्फूर्ति, कामना एवं संकल्प, सहज प्रवृत्ति एवं संवेग का एक मिश्रण माननेवाली धारणा भ्रममूलक है। ऐसी अलग-अलग क्षमताएं (फैकल्टीज़) नहीं हैं। वे सब अदृश्य श्रेणियों द्वारा एक-दूसरे से मिली हुई हैं। हम विचार-क्षेत्र में बुद्धि एवं सहज प्रेरणा का भेद कर सकते हैं किन्तु वास्तव में उन्हें एक-दूसरे से पृथक् नहीं कर सकते। सब प्रकार के ज्ञान में हमारा सम्पूर्ण व्यक्तित्व कार्य करता है। उसकी विभिन्न शक्तियां विभिन्न प्रकार के विषयों के सम्बन्ध में कार्यशील होती हैं। जब प्लेटो कहते हैं कि केवल पूर्णतः यथार्थ ही पूर्णतः ज्ञात हो सकता है तब उनके कथन का अभिप्राय यही होता है कि 'यथार्थ' का ज्ञान प्राप्त करने में केवल बुद्धि नहीं वरन् सम्पूर्ण व्यक्तित्व काम करता है। जब हम भौतिक वस्तुओं के परिचित क्रम या आध्यात्मिक जगत् के स्वभाव को जानना चाहते हैं तब हमारे मस्तिष्क की विभिन्न शक्तियों का उपयोग किया जाता है। विज्ञान घटनाओं के प्राकृतिक क्रम को देखता है, जब दर्शन एवं धर्म हमसे अन्तर्भावना की बात

करते हैं।

बुद्धि एवं अभेद अन्तर्दृष्टि का सम्बन्ध वैसा ही है जैसा अंग का अंगी (संपूर्ण) से होता है। अभेद अंतर्दृष्टि हमारे सामने नित्यता, कालहीनता को व्यक्त करती है जिसमें काल एवं इतिहास सम्मिलित हैं। सत्य इंद्रिय एवं बुद्धिग्राह्य वास्तविकता का प्रतिबिम्ब-मात्र नहीं है। यह आत्मा की अन्तरतम सत्ता द्वारा अनुभूत सर्जनात्मक रहस्य है। यह कोई कर्ता द्वारा कर्म या आत्मा द्वारा वस्तु के जानने का प्रश्न नहीं है। इसमें यह अनुभूति सम्मिलित है कि गहराई में आत्मनिष्ठ एवं वस्तुनिष्ठ, द्रष्टा एवं दृश्य, एक ही हैं—उससे कहीं अधिक एक, जितना कोई भौतिक तुलना स्पष्ट कर सकती है।[1]

विचित्र मानसिक स्वभाव वाले व्यक्तियों में आध्यात्मिक अनुभूति बड़े भावावेग तथा असामान्य लक्षणों, जैसे मूर्च्छा एवं विहलता, स्वयंप्रेरित वाणियों एवं दृष्टियों, के साथ प्रकट होती है। और भी कुछ अनुभव प्रबल भावावेग से पूर्ण होते हैं। स्फूर्ति (इंसपिरेशन) के सम्पूर्ण कार्य ऐसे आदमियों द्वारा होते हैं जो अपने को अभिभूत (पज़ेस्ड) प्राणी के रूप में अनुभव करते हैं।[2] किन्तु केवल भावनात्मक उत्तेजना ही पर्याप्त नहीं होती। यह अनुभव व्याधिमूलक (पैथालॉजिकल) नहीं है, यद्यपि इसके साथ कुछ अस्वस्थतासूचक लक्षण हो सकते हैं। महान ऋषिगण मानसिक रूप से स्वस्थ होते हैं। कभी-कभी स्नायविक व्याघात प्रकट हो सकते हैं किन्तु वे आकस्मिक होते हैं। मूर्च्छित या जड़ अवस्था से जीवन्मय और अज्ञान से

1. एकहार्ट कहते हैं: "ज्ञाता एवं ज्ञात एक ही हैं। सरल मनुष्य कल्पना करते हैं कि वे ईश्वर को इस रूप में देखें मानो वे यहां खड़े हैं और वह वहां खड़ा है। पर ऐसा नहीं। ईश्वर और मैं, हम दोनों ज्ञान में एक ही हैं।"

2. 'आयोन' में प्लेटो लिखते हैं: "महाकाव्यों के कवि, सभी अच्छे महाकवि अपनी सुन्दर कविताओं की रचना कला के द्वारा नहीं, बल्कि इसलिए करते हैं कि भावाभिभूत एवं भाव-विवश होते हैं। यही बात गीतिकाव्य के अच्छे कवियों के विषय में भी सत्य है। जैसे पूजा में रत कोरीबेंट लोग जब नृत्य करते होते हैं तब अपने होश में नहीं होते वैसे ही गीतिकाव्यकार जब मधुर सुरीले गीतों की रचना करते हैं तो होश में नहीं रहते।'''कवि हलका और पंखवाला हो जाता है; वह पवित्र होता है और जब तक वह भावावेश में नहीं होता, अपने होश-हवास के बाहर नहीं चला जाता तथा उसमें तर्क-बुद्धि समाप्त नहीं हो जाती, तब तक उसमें कोई आविष्कार या नूतन रचना नहीं होती। जब तक वह इस अवस्था को नहीं पहुंचता तब तक कोई आदमी कविता करने या भविष्य-कथन करने योग्य नहीं होता।" 534।

'फेडरस' में वे लिखते हैं : "जो अपनी आत्मा में सरस्वती के उन्मद स्पर्श के बिना कविता के द्वार पर आता है और विश्वास करता है कि उसे प्रवेश मिल जाएगा, या जो भ्रमवश विश्वास कर लेता है कि केवल कला उसे कवि बना सकती है, वह बाहर ही रह जाता है और सब कुछ चौपट कर देता है। पागल की कविता के आगे संगत तर्क शून्य में विलीन हो जाता है।" 245

ज्ञान का मार्ग ही ऐसा है कि मानसिक प्रणाली को आघात लगता है। समस्त शरीर का खतरा उठाए बिना हम चेनन एवं अचेतन के सामान्य सम्बन्ध को समाप्त नहीं कर सकते। बाधाओं के अकस्मात् तोड़ दिए जाने पर मस्तिष्क की अतिशय विह्वलता मानसिक सन्तुलन को आघात पहुंचा सकती है। वैदेहिकता, आनन्दातिरेक, प्रलाप, उत्तेजना—ये सब आध्यात्मिक अनुभव के लिए अनिवार्य नहीं हैं। ये छद्म स्रोतों से उद्‌भूत हो सकते हैं। वास्तविक वरदान कम्पन और पुलक नहीं वरन् सत्यानुभूति है।

आध्यात्मिक अनुभूति में रचनात्मक तत्त्व उसकी मनोवैज्ञानिक सह-सामग्री नहीं है बल्कि वह आन्तरिक परिवर्तन है जो शांति, आनन्द, जीवन्त सतर्कता तथा प्रेमल वेदना इत्यादि अन्तःकरण के फलों में, उपलब्धियों में, अपने को व्यक्त करता है। स्वयं अपने और सत्य के अन्तिम स्रोतों के बीच आदान-प्रदान का एक उच्च सम्बन्ध स्थापित हो जाने के साथ एक नये प्रकार के जीवन का विकास होता है। इस अनुभव का एक क्रियात्मक मूल्य है क्योंकि यह आत्मा की गहराई में पड़ी शक्तियों—बुद्धि, भावना और संकल्प को संग्रथित कर देता है और सम्पूर्ण व्यक्तित्व को एकत्व प्रदान करता है। सामान्य स्त्री-पुरुषों में मस्तिष्क एवं चरित्र की नूतन विशेषताएं प्रकट हो जाती हैं, ऐसी विशेषताएं जो अपने अन्दर ईश्वरीय ज्योति को प्रकाशित करती हैं।

एक ऐसी शक्ति है जो पकड़ती है 'ऐसे अशान्त मस्तिष्कों को, ऐसी आकार-शील कल्पनाओं को जो उससे ज्यादा बोध प्राप्त कर लेती हैं जितना ठण्डी बुद्धि कभी भी ग्रहण कर सकती है।'[1]

1. सच सीदिंग ब्रेन्स,
सच शेपिंग फैंटेसीज़, दैट एप्रिहेंड
मोर दैन कूल रीजन एवर कॉम्प्रिहेंस्ड।
—शेक्सपियर, 'मिड्समर नाइट्स ड्रीम', 5 : 1 !

पांचवां अध्याय

आध्यात्मिक जीवन और जीवित धर्म

समस्त धर्म ऐसे ऋषियों या द्रष्टाओं के निजी अनुभवों पर आधारित हैं जिन्हें परिवर्तन एवं आवागमन की इस दुनिया की परिधि में और उसके बाहर भी एक असीम आध्यात्मिक सत्ता की उपस्थिति का प्रत्यक्ष बोध था। परम सत्ता अथवा परमेश्वर के साथ एकत्व की, मिलन की निजी अनुभूति मानव-जाति के समस्त धर्मों की एक सामान्य विशेषता रही है और उसकी श्रृंखला कभी नहीं टूटी।

1. हिंदूधर्म

प्राचीन काल से ही भारतवासी ईश्वर के प्रत्यक्ष अनुभव के रूप में धर्म-भावना से अत्यन्त प्रभावित रहे हैं। विद्या, दृष्टि और बोध ही उपनिषद् का लक्ष्य है। यह एक नये प्रकार का चिन्तन है जिसमें सम्पूर्ण मानव, न कि केवल उसकी बुद्धि, का योग है। ब्रह्मानुभव प्रत्यक्ष एवं क्रियात्मक रूप से सत्य में भाग लेना है। वह अपनी सत्ता की गहराई में, अतीन्द्रिय सत्य के साथ पूर्ण अभेदत्व की पुष्टि है। इस अभेदत्व या एकत्व का ज्ञान चेतना के ऊर्ध्वतम स्तरों पर सहज स्फूर्ति से होता है। यह अनुभव स्वतःप्रमाण है, स्वयंसिद्ध है।

उपनिषदें अन्तरात्मा एवं परमात्मा अथवा ब्रह्म की एकता की पुष्टि करती हैं। "यदि एक मनुष्य दूसरे देव की पूजा-उपासना करता है, यह सोचते हुए कि वह एक है और उपास्यदेव दूसरा है, तब वह सत्य को जानता ही नहीं।" फिर कहा गया है: "जो सबमें रहता है और सबके अन्दर है, जिसे सब प्राणी नहीं जानते पर सब प्राणी ही जिसकी देह हैं, वही तुम्हारी आत्मा है, तुम्हारे अन्तर् का शासन करने वाली अमर आत्मा।"

यदि मनुष्य अपने अन्दर के अमर को नहीं पहचान पाता तो वह कर्म के, आवश्यकता के, अधीन हो जाता है। वह एक कठपुतली बन जाता है जिसे अदृश्य शक्तियां इधर-उधर खींचती रहती हैं। वह कुछ नहीं करता, किन्तु उसे कुछ न कुछ होता रहता है। मनुष्य एक जटिल जीव है। अखण्डता का बोध एक ऐसे पदार्थ के स्वामित्व की अनुभूति के कारण होता है जो सम्पूर्ण परिवर्तनों तथा अनुकरण या शिक्षण द्वारा अर्जित यांत्रिक अभ्यासों के बीच भी अपरिवर्तित रहता है। मनुष्य

विश्वास करता है। कि वह वही व्यक्ति है क्योंकि उसका नाम वही पहले से चला आने वाला नाम है, उसमें वही पहले से चले आ रहे दैहिक संवेदन हैं, उसकी वही पुरानी आदतें एवं प्रवृत्तियां हैं। यदि वह सर्वात्मा को अपने अन्दर पहचानता है तो एक नवीन मुक्ति के आधार पर कार्य करना प्रारम्भ करता है।

भगवद्‌गीता में ब्रह्म का चिन्तन परमेश्वर की भक्ति में मिश्रित हो गया है। आध्यात्मिक सिद्धि अथवा परम सत्ता के सम्बन्ध, ब्रह्म-संस्पर्श अथवा कृष्णार्जुन-संवाद—परमेश्वर से सम्पर्क, यही लक्ष्य है। जीवात्मा चूंकि ईश्वरांश[1] है अतः वह अपने आश्रय-स्थान परमेश्वर की ओर लौट आती है। भगवद्‌गीता में प्रार्थना और भक्ति पर बहुत बल दिया गया है। ईश्वरीय प्रसाद से आत्मा रूपाभासों एवं धारणाओं को पारकर अपनी आकांक्षा के अन्तिम साध्य का स्वाद पाती है।[2]

वैष्णवधर्म में राम एवं कृष्ण को केन्द्र बनाकर जो सिद्धान्त विकसित हुए उनमें परमेश्वर की साधना भक्ति एवं प्रेम के द्वारा ही बताई गई है। रामानन्द, तुलसीदास, चैतन्य, तुकाराम तथा महाराष्ट्रीय सन्तों एवं मीराबाई इत्यादि ने एक निजी आन्तरिक अनुभव द्वारा ईश्वर का सान्निध्य प्राप्त करने पर ज़ोर दिया है। साधक की उपमा एक ऐसे बच्चे से दी गई है जिसकी मां खो गई हो। तुकाराम कहते हैं : "बच्चा जब अपनी मां को नहीं देखता तो रोता-चीखता एवं विकल हो जाता है अथवा जैसे मछली पानी से दूर कर दिए जाने पर तड़पती है, तुका कहता है कि, वही हालत मेरी है।"

माणिक्कवासगर तथा दक्षिण के शैव संत शिवरूप में ब्रह्म की उपासना करते हैं तथा भक्ति द्वारा उसका सान्निध्य प्राप्त करना चाहते हैं।

कबीर, नानक तथा सिख गुरु भी भक्ति-सम्प्रदाय के ही हैं। कबीर कहते हैं : "जब सुनता हूं कि पानी में भी मीन प्यासी है तब मुझे हंसी आती है। तुम अशांत होकर वन-वन घूमते हो जब कि सत्य स्वयं तुम्हारे अन्दर छिपा पड़ा है।···सत्य यहां है! चाहे बनारस जाओ या मथुरा, जब तक तुम अपनी आत्मा में ईश्वर को न खोज एवं पा लोगे तब तक सम्पूर्ण संसार तुम्हारे लिए निरर्थक बना रहेगा।"

वे साधक से कहते हैं—"तुम्हारे प्रभु पास ही हैं; तब भी तुम उन्हें पाने को ताड़ पर चढ़े जा रहे हो।"

रामकृष्ण, देवेन्द्रनाथ ठाकुर, रमण महर्षि हमारे आधुनिक आध्यात्मिक

1. ममैवांशो जीवलोके जीवभूतः सनातनः। 15 : 7।

2. शंकर-रचित बताए जानेवाले एक श्लोक में कहा गया है कि आत्मसाक्षात्कार का सरलतम मार्ग ईश्वर-भक्ति है :

मोक्षसाधनसामग्र्यां भक्तिरेव गरीयसी।
स्वस्वरूपानुसंधानं भक्तिरित्यभिधीयते॥

ऋषियों में से हैं।

हिन्दूधर्म का लक्ष्य मानव-जाति को नवीन रूप देना है, मानव-प्रकृति का आध्यात्मिक रूपान्तरण करना है। धर्म वस्तुतः पुनर्जन्म, 'द्वितीयं जन्म' है। यह द्वितीय जन्म-ग्रहण अन्तःस्थ मानव से सम्बन्धित है। इसका मतलब नया हो जाना तथा बोध के उच्चतर स्तर पर पहुंचना है। मनुष्य काल एवं नित्यता के दो सम-स्तरों पर खड़ा है। दोनों के बीच का अन्तर गुणात्मक है। काल का संख्यात्मक विस्तार नित्यता का उद्‌भव नहीं कर सकता। 'नास्त्यकृतः कृतेन' उपनिषद् का वचन है। किसी भी परिणाम में हो, संसार का अनुभव हमें शाश्वत की झांकी नहीं करा सकता। हमारी चिन्तना को काल के परे, सत्य के एक दूसरे ही स्तर पर ले जाना होगा।

योगसूत्र में आध्यात्मिक जीवन-साधन के लिए प्रार्थना तथा ध्यान आदि के स्थान का विस्तारपूर्वक वर्णन किया गया है।

हिन्दू, बौद्ध, जैन, सिख, ईसाई एवं इस्लाम इत्यादि भारतीय धर्मों के पूरे इतिहास में जीवन के नवीकरण तथा अतीन्द्रिय चेतना की प्राप्ति पर उससे ज्यादा जोर दिया गया है जितना साकार ईश्वर की उपासना पर—यद्यपि आस्तिक धर्मों में उसका भी बड़ा महत्व है। आज भी बहुतेरे जन ऐसी चेतना प्राप्त कर लेने का लक्ष्य सामने रखते हैं जिसमें वस्तुपरक एवं आत्मपरक दोनों एक अभेदावस्था में विलीन हो जाते हैं। आनन्द-विह्वल अवस्था में व्यक्तिगत आत्मा को ऐसा अनुभव होता है जैसे आराध्य की सत्ता, उपस्थिति ने उसपर आक्रमण करके उसे चारों ओर से अपने अन्दर डुबा लिया है और वह इस अनुभूति से नाच उठता है कि जिसे सदा से खोज रहा था वही आज मिल गया है।

2. ताओवाद

लाओ-त्से (छठी शताब्दी ई० पू०) से भी पहले चीनी लोग 'ताओ' को ऐसी परम सत्ता के रूप में मानते थे जो स्वर्ग की सीमा के परे तथा उससे भी ऊंची थी और काल के आरम्भ तक व्यक्त ईश्वर के पूर्व भी जिसका अपना अस्तित्व था। यह नित्य, अपरिवर्तनशील, सर्वव्यापक सिद्धान्त है; सम्पूर्ण विकास जिसकी अभिव्यक्ति है। यह समस्त अस्तित्व का आदि कारण है; यही स्वयं स्रष्टा एवं सृष्टि दोनों में अपने को व्यक्त करता है। यह सम्पूर्ण दृश्य-प्रपंच का मूल है; यह वह सिद्धान्त है जिसके सहारे सम्पूर्ण प्रकृति व्यवस्थित एवं शासित होती है। ताओ वह आदिस्रोत है जिससे सब वस्तुएं उद्‌भूत होती हैं, यह वह लक्ष्य है जिसकी ओर सब वस्तुएं प्रभावित हैं।

इस सिद्धान्त का वर्णन किसी नाम के द्वारा नहीं किया जा सकता। यह एक मार्ग—'ताओ' है। हम निषेधात्मक, नकारात्मक शब्दों द्वारा इसके बारे में कुछ

कह सकते हैं, जैसे यह कि वह रंगरहित, शब्दरहित, पदार्थरहित या अभौतिक है। इस ताओ से उस महाशक्ति का जन्म होता है जो जगत् का भौतिक कारण है। उससे दो प्राथमिक तत्त्व आविर्भूत होते हैं—यांग एवं यिन, नर और मादा, प्रकाश एवं छाया। फिर इनसे स्वर्ग (आकाश), पृथ्वी और मनुष्य का जन्म होता है तथा इनकी पारस्परिक क्रिया-प्रतिक्रियाओं से फिर अन्य जीव जन्म पाते हैं।

ताओ मनुष्य में वर्तमान है, यद्यपि वह सामान्यतः अव्यक्त है। यदि हमें पुनः अपनी शान्ति एवं स्थिरता प्राप्त करनी है तो ताओ की खोज में निकल पड़ना चाहिए।

चीनी ग्रन्थ 'ताओ तेह-चिंग' हमें उस शून्यता एवं कामना के निर्वाण की स्थिति प्राप्त करने का महत्त्व बताता है। केवल इसी तरह ताओ प्राप्त किया जा सकता है। लाओ-त्से कहते हैं : "जो कोई पार्थिव वासनाओं से सदा के लिए रहित हो गया है केवल वही ताओ के आध्यात्मिक सार-तत्त्व को प्राप्त कर सकता है।" पूर्ण आत्मोत्सर्ग इसकी आवश्यक शर्त है। हमें सम्पूर्ण पूर्वाग्रहों, पूर्वधारणाओं को छोड़ना होगा, बौद्धिक चेतना को एक ओर रख देना होगा और विचार एवं भावना के प्रत्येक द्वार को ताओ के प्रवेश के लिए खोल देना होगा। यह वही अवस्था है जिसे रेचन या शुद्धि की अवस्था कहते हैं।

ताओधर्मी आकांक्षा का लक्ष्य ताओ से एकत्व प्राप्त करना है—वह अवस्था जिसमें मनुष्य संसार के विधि-नियमों द्वारा लगाई सीमाओं से मुक्त होकर ताओ का अनुकूल वाहन बन जाता है। जब यह एकत्व सिद्ध हो जाता है, हम स्थिरता और शान्ति प्राप्त कर लेते हैं। त्से-शिया कहते हैं : "जो मनुष्य ताओ से सामंजस्य स्थापित कर लेता है वह बाह्य पदार्थों से भी घनिष्ठ स्वैरैक्य की स्थिति में प्रवेश कर जाता है और उनमें से कोई भी उसे हानि पहुंचाने या उसके मार्ग में बाधा डालने में समर्थ नहीं होता।"

वास्तविक गुण अन्तर् में ताओ की स्वप्रसूत अभिव्यक्ति है, न कि नैतिक आदेशों का कृत्रिम पालन। फूल अर्थात् गुण तभी स्वतः खिल पड़ते हैं जब मूल ताओ उपस्थित रहता है।

सभीको ताओ की गुप्त शक्ति प्राप्त है, इसलिए प्रत्येक को दूसरों के प्रति सहानुभूति का आचरण करना ही चाहिए। "भले के प्रति मैं भला हो आऊंगा, पर जो बुरे हैं उनके प्रति भी भला ही रहूंगा क्योंकि इससे उन सबको भी मैं भला बना सकूंगा।"

ज़ेन बौद्धधर्म में ध्यान पर बहुत जोर दिया गया है। चीन के ताओ एवं बौद्ध धर्मों में अनेक रहस्यवादी संत हो गए हैं।

3. यहूदी धर्म

हिब्रुओं या यहूदियों को ईश्वर-वाणी ईशदूतीय या पैगम्बरी चेतना में सुनाई देती है। निजी अनुभव के कारण शास्त्रीय वचन जीवित सत्य बन जाते हैं। गिरि-शृंग पर बैठे मूसा एवं गुफास्थित एलिजाह का ईश्वर-प्रणिधान इसके उदाहरण हैं। निर्गमन-ग्रन्थ (बुक ऑफ एक्सोडस—इंजील) के तृतीय अध्याय में हमें बताया गया है कि "स्वयं ईश्वर या ईश्वर का फरिश्ता मूसा के सामने एक झाड़ी के बीच से अग्निशिखा के रूप में प्रकट हुआ। मूसा ने देखा कि झाड़ी जल रही है किन्तु वह जली नहीं। तब मूसा ने कहा ; मैं एक ओर हटकर इस महान दृश्य को देखूंगा कि झाड़ी क्यों नहीं जलती। तब प्रभु ने उन्हें झाड़ी के बीच से पुकारकर बुलाया और कहा : खबरदार, इधर न बढ़ो; अपने पैरों से जूते अलग कर दो क्योंकि जहां तुम खड़े हो वह पवित्र भूमि है। तब मूसा ने अपना मुंह छिपा लिया क्योंकि उसे ईश्वर की ओर देखने में भय लगता था।" ईसायाह ने ईश्वर का जिस प्रकार दर्शन किया उससे परम सत्ता की सर्वसमावेशकता प्रकट होती है और हमें भगवद्गीता के विश्वरूप की याद आ जाती है।[1] यह जगत् ईश्वर का अबाधित प्रकाश है। ईश्वर के लिए मानवात्मा में जो अतृप्य प्यास है। वह ईसाई स्तोत्रकार (सामिस्ट) के इस उद्गार में प्रकट हुई है: "स्वर्ग में मेरा तुम्हारे सिवा और क्या है? इस धरित्री पर सिवा तुम्हारे कोई ऐसा नहीं है जिसकी कामना मैं करूं।"[2] "अहा! मैंने तुम्हें अक्षर प्रेम के साथ चाहा है और इसीलिए तुम्हारी प्रेमपूर्ण कृपा के सहारे मैंने तुम्हें अपने पास खींच लिया है।"[3]

जब प्लेटो एवं अरस्तु के ग्रन्थों के साथ यहूदीधर्म के तत्त्वज्ञान का अध्ययन किया गया तब उससे यहूदी और यूनानी विचारधाराओं के एक अद्भुत समन्वय का आविर्भाव हुआ जिसके प्रमुख ग्रन्थ फीलो की पुस्तकें, 'सालोमन का विवेक' और यूसेबियस द्वारा सुरक्षित अरिस्टोब्यूलस की स्फुट रचनाएं हैं। अरिस्टोब्यूलस ईश्वर-सम्बन्धी यहूदी सिद्धान्त की पुष्टि करता है कि वह एकसाथ ही अनुभवातीत और अन्तर्यामी है। वह जगत् से बड़ा है, उससे भिन्न है, फिर भी अपने बोध से, विवेक से वह जगत् में कार्यशील है। यह जगत् उसीसे निकला है किन्तु उससे अलग इसका कोई अस्तित्व नहीं है। ईश्वर अपने स्वर्ग में है किन्तु फिर भी 'यह धरती उसका चरणाश्रय है'।

पवित्र ईश्वर अपवित्र मनुष्यों के सम्पर्क में नहीं आ सकता, किन्तु उसके फरिश्ते आ सकते हैं। फरिश्ते ईश्वर से उद्भूत हैं, वे देव से निकले अंश हैं। प्रज्ञा

1. 11।
2. 'साम' 73 : 25।
3. 'जेरेमिया' 31: 3।

को 'लोगोस' के रूप में व्यक्त किया गया है, "क्योंकि वह ईश्वरीय शक्ति का श्वास है, सर्वशक्तिमान की महिमा से निःसृत है इसलिए कोई अपवित्र वस्तु उसमें नहीं गिर सकती। वह अक्षर ज्योति की प्रभा है; वह ईश्वर-शक्ति का निष्कलुष दर्पण तथा उसकी अच्छाई की प्रतिमा है। चूंकि वह केवल एक है, वह सब काम कर सकती है। अपने अन्दर रहते हुए भी वह सब वस्तुओं को नवीन कर देती है; सर्वकालों में पवित्रात्माओं में प्रवेश करके उन्हें ईश्वर का मित्र तथा दूत बना देती है क्योंकि ईश्वर केवल उसीको प्यार करता है जो प्रज्ञावान होते हैं।"[1] "प्रज्ञा के साथ एकस्वरता प्राप्त कर लेना ही अमरता है।"[2]

फीलो स्वयं में स्थित ईश्वर एवं व्यक्त ईश्वर दोनों में तीव्र भेद करता है। स्वयं में स्थित ईश्वर विशुद्धात्मा है; वह अज्ञेय, इन्द्रियातीत, जगद्-बाह्य है। व्यक्त ईश्वर मनुष्य एवं जगत् में समाया हुआ है—सर्वव्यापक एवं सबको पूर्ण कर देने वाला। अपने फरिश्तों के ज़रिये ईश्वर जगत् में हस्तक्षेप करता है। फीलो के लिए जगत् दैवी शक्तियों से पूर्ण है। एक अर्थ में वे ईश्वरीय अभिव्यक्तियां हैं तथा दूसरे अर्थ में आध्यात्मिक कोटि के शरीरधारी प्राणी हैं, अशरीरी आत्माएं हैं। इन शक्तियों की विविध श्रेणियां हैं। इन सबके ऊपर—शीर्षस्थान पर 'लोगोस' है जिससे अभेदात्मकता का सिद्धान्त बनता है। आकाश एवं धरती अपने भौतिक प्रादुर्भाव के पूर्व इसी 'लोगोस' में निहित थे। ईश्वर इस 'लोगोस' के द्वारा ही कार्य करता है और यह 'लोगोस' कुछ शक्तियों के द्वारा कार्य करता है जिन्हें 'लोगोई' कहते हैं।

रब्बीनी रहस्यवाद की अभिव्यक्ति मध्ययुगीन कब्बाला में हुई जिसकी सबसे प्रसिद्ध रचना 'जोहार' है। इसके अनुसार जगत् ईश्वर का साकार रूप है। वह ईश्वर तो सब लक्षणों से परे है और केवल निषेधात्मक रूप में ही उसका वर्णन किया जा सकता है। जगत् का उस ईश्वर से केवल माध्यमों द्वारा ही सम्पर्क स्थापित होता है। ये माध्यम ईश्वर से ही निःसृत हैं और इनकी संख्या दस है। प्रथम अभिव्यक्ति 'ऐक्य' है जिसका विश्लेषण नहीं किया जा सकता, फिर भी जिसके अन्तर्गत सब कुछ है। यह आदि-ईश्वरीय विचार या संकल्प है जो ईश्वर से निकलता है और जिसमें असीम विस्तार एवं अनन्त विविधतासहित जगत् की योजना अन्तर्हित रहती है। विवेक एवं बुद्धि दूसरे-तीसरे निस्सरण हैं। इनके बीच भी एक प्रकार का रिश्ता है। विवेक पिता है, नर—वह सक्रिय सिद्धान्त या तत्त्व है, जो सब चीज़ों का सर्जन करता है और उन्हें रूप एवं माप प्रदान करता है। बुद्धि माता है—अप्रतिरोधक, ग्रहणशील। इनके मिलन से जिस पुत्र की उत्पत्ति होती

1. 'विज़डम ऑफ सोलोमन' 7 : 25।
2. वही, 8: 17।

है वह तर्क (रीज़न) है जिसमें पिता-माता दोनों के गुण मिलते हैं।[1] शेष सात सिद्धान्त ये हैं : दया, न्याय, सौन्दर्य, विजय, कीर्ति, आधार एवं राजत्व। 'जोहार' प्रार्थना की गहरी आध्यात्मिकता तथा भौतिक जगत् में परिवर्तन लाने की शक्ति पर बल देता है। मध्ययुगीन यहूदी पाण्डित्य के प्रमुख व्याख्याता मैमन थे। वे सब निषेधात्मक मार्ग पर ही जोर देते हैं। इस सम्बन्ध में स्पिनोज़ा का 'नीतिशास्त्र' (एथिक्स) धार्मिक जीवन के लिए अत्यन्त महत्त्व की वस्तु है।

4. यूनानी धर्म

प्राचीन यूनानी धर्म में दो प्रकार की विचारधाराएं मिलती हैं—होमरीय (होमरिक) एवं रहस्यात्मक (मिस्टिक)। इल्यूशीयनीय धर्म में दर्शनकर्ता ही सर्वोच्च दीक्षित व्यक्ति है। वह स्वयं सब बातें देखता है और अपनी ही आंखों से देखे प्रमाणों के कारण अपनी युक्ति के विषय में विश्वस्त होता है। दीक्षित व्यक्ति कोई बात नहीं सीखता वरन् समुचित तैयारी के बाद, एक अनुभव से गुजरता है। इल्यूसिस के विषय में कोई धर्मसिद्धान्त नहीं है। कवि सोफोक्लीज़ एक चित्रकार पोलीग्नोटस परलोक के सुख को केवल उन्हीं लोगों के लिए सीमित मानते हैं जो इल्यूसिस के रहस्य-ज्ञान के लिए दीक्षित किए गए हैं। सिसरो यह मत प्रकट करता है कि एथेंस ने इल्सूसिस के रहस्यों से अच्छी और किसी बात की उद्भावना नहीं की—यह बात जीवन को व्यवस्थित तथा सभ्य बनाने एवं मृत्यु में आशा प्रदान करने, दोनों में सत्य है।[2]

डायोनीशीय रहस्यों के साथ तीव्र हर्षोन्माद तथा कई जंगली रीतियों के प्रमाण मिलते हैं। किन्तु जब वे आर्फियस के नाम के साथ संयुक्त हो जाते हैं तब उनका एक महत्त्वपूर्ण पक्ष (पहलू) प्रकट होता है। आर्फीय समाजों में सामान्यतः डायोनिसस की उपासना प्रचलित थी, यद्यपि कभी-कभी और देवता भी उसका स्थान ले लेते थे। जो ईश्वर से सान्निध्य स्थापित करने के लिए उत्कण्ठित रहते थे तथा मानसिक शान्ति एवं परिस्थिति के आघातों के बीच आशा और विश्वास-पूर्ण स्थान प्राप्त करना चाहते थे वे ही रहस्यात्मक धर्मों की ओर आकर्षित होते थे।

प्लेटो एवं प्लाटिनस में दोनों धाराएं मिल जाती हैं। प्लेटो के लिए जीवन का लक्ष्य है : "ईश्वर सदृश होना।" "सच्ची धर्मशीलता ईश्वर का साथी कार्य-कर्ता बन जाता है।"[3] पालीन एपिस्टिल्स तथा चतुर्थ धर्मोपदेश (फोर्थ गास्पेल) में हमें दीक्षा एवं संसर्ग (कम्यूनियन) की रीतियों पर रहस्यात्मक धर्मों के प्रभाव

1. ये तीनों सांख्यदर्शन के पुरुष, प्रकृति एवं महत् या बुद्धि से मिलते-जुलते हैं।
2. 'डी लेगीबस', 2, 14।
3. 'यथाईफो'।

दृष्टिगत होते हैं। आर्फीय तथा इल्यूशीय रहस्यों के अनेक बौद्धिक तत्त्व ईसाइयों के ज्ञेयवादी (नास्टिक) सम्प्रदायों द्वारा ग्रहण कर लिए गए हैं।

प्लाटिनस (205-270 ई०) कहता है कि उसका सिद्धान्त नया नहीं है। "यह धर्म-सिद्धान्त नवीन नहीं है; अत्यन्त प्राचीन काल से लोग इसको मानते रहे हैं, यद्यपि स्पष्ट रूप से इसे कभी विकसित नहीं किया गया। हम केवल प्राचीन ऋषियों के दुभाषिये होने की इच्छा रखते हैं तथा स्वयं प्लेटो का प्रमाण देकर यह दिखाना चाहते हैं कि उन लोगों की वही राय थी जो हमारी है।"[1] पोरफाइरी के अनुसार जब तक प्लाटिनस उसके सम्पर्क में रहा उस अवधि में चार अवसरों पर (प्लाटिनस को) ईश्वरानुभव हुआ। उसके मित्र चिकित्सक युस्टोकियस ने उसके इन अन्तिम शब्दों को सुना था : "इसके पहले कि मेरे अन्दर स्थित ईश्वरीय तत्त्व निकलकर जगत् में निहित ईश्वरीय तत्त्व में मिलाकर एक हो जाए, मैं तुम्हारी प्रतीक्षा कर रहा था।"

परम सत्ता अस्तित्व के, जीवन के, परे है। यह जीव के परे जागरितावस्था में रहती है।[2] हम इसे शुभ नहीं कह सकते; यह तो पूर्णत्व है। यह सुन्दर नहीं, सौन्दर्य है।[3] प्लाटिनस ईश्वरत्व एवं ईश्वर में भेद करता है। जिस ईश्वर की हम उपासना करते हैं वह अभिव्यक्ति है, प्रकाश है; अभिव्यक्तिकर्ता, प्रकाशकर्ता नहीं। अभिव्यक्ति के प्रकाश (रेवेलेशन) के स्रोत को व्यक्त नहीं किया जा सकता। बुद्धि का लक्ष्य वह परम एकेश्वर है; संकल्प का, इच्छा का लक्ष्य शुभ या भलाई है; प्रेम एवं प्रशंसा का लक्ष्य सौंदर्य है। जैसा कि डब्ल्यू० आर० इंज कहते हैं : "परम (एबसोल्यूट) होना ही चाहिए—यह न्याय का, तर्क का निष्कर्ष है; वह होगा ही—यह नीति का, सदाचरण का निष्कर्ष है; 'वह है'—यह प्रेम-निमग्न आत्मा का आविष्कार है।"[4] हम परम सत्ता को इसलिए जान सकते हैं कि हम स्वयं भी अपनी गहराई में वही परम हैं। हम परमात्मा (अल्टिमेट स्पिरिट) को "असंगत तर्क द्वारा नहीं, वरन् किसी ऐसे आध्यात्मिक संसर्ग द्वारा, जिसके बारे में हम बाद में तर्क कर सकते हैं, उस समय नहीं, देख पाते हैं। हमें विश्वास करना ही होगा कि जब आत्मा अकस्मात् एक प्रकाश की झलक पाती है तब उसने सचमुच देखा है। हमें विश्वास करना ही पड़ेगा कि जब ईश्वर निमंत्रणदाता के गृह में आता है और उसे जीवन देता है तब वह उसमें उपस्थित है· · ·आत्मा का सच्चा ध्येय उस ज्योति का स्पर्श करना और किसी दूसरे प्रकाश के द्वारा नहीं, उसी प्रकाश के द्वारा उसे

1. ईनियड्स' 5 : 1, 8।
2. 'ईनियड्स' 5 : 3-13। 8 : 17।
3. वही, 6 : 7-8।
4. 'इनसाइक्लोपीडिया ऑफ रिलीजन ऐण्ड एथिक्स', भाग 9, पृष्ठ 315 पर 'निओ-प्लेटोनिज्म' लेख देखिए।

पकड़ रखना है—ठीक उसी तरह जैसे हम सूर्य को उसके ही प्रकाश के अतिरिक्त अन्य किसी प्रकाश द्वारा नहीं देख सकते।"[1] यह आनन्द-विह्वलता की स्थिति एक बहुमूल्य दृश्य है और आध्यात्मिक विकास के शिखर पर पहुंचकर ही प्राप्त होती है। पारफाइरी, आयमब्लिकस और प्रोक्लस ने प्लाटिनस के पश्चात् नव-प्लेटो-वाद को विकसित किया।

5. ज़रथुस्त्री धर्म

यद्यपि ज़रथुस्त्रियों (पारसियों) की संख्या थोड़ी है किन्तु ज़रथुस्त्र की गाथाओं में निहित विचार गम्भीर एवं अपनी महत्ता में सार्वदेशिक हैं। कहा जाता है कि स्वयं ज़रथुस्त्र ने धरतीमाता की इस प्रार्थना पर जन्म ग्रहण किया था कि पाप के नियन्त्रण एवं निर्मूलन में वे मानव-जाति की सहायता करें। अहुर-मज़्द कहते हैं कि वही 'एकमात्र ऐसे थे जो हमारी सम्पूर्ण आज्ञाओं का पालन करते थे'। कहा जाता है कि जब ज़रथुस्त्र अहुर-मज़्द के विधि-नियमों पर ध्यान-मग्न थे तब शैतान ऐंग्रो-मैन्यू ने इस शर्त पर उन्हें समस्त जगत् का एकाधिपत्य प्रदान करने का प्रलोभन दिया कि अहुर-मज्द में उनकी जो निष्ठा है उसे वे तिलां-जलि दे दें। ज़रथुस्त्र ने प्रसिद्ध श्लोक 'अहुर-वैर्य का पाठ शुरू किया और पापात्मा भाग खड़ा हुआ। यह कथा एक ऐसे आध्यात्मिक संकट की बात कहती है जिससे मिथ्या के विरुद्ध सत्य एवं औचित्य का मार्ग चुनने पर ज़रथुस्त्र को गुज़रना पड़ा था। मनुष्य की प्रकृति में ही द्वैत है। बुराई की, पाप की शक्तियां मनुष्य के बाहर नहीं, अन्दर ही हैं। जब कहा जाता है कि मनुष्य को पापात्माओं, प्रेतात्माओं ने अभिभूत कर रखा है तब इसका अर्थ यही होता है कि वह दुष्प्रेरणाओं एवं दुविचारों के प्रभाव में है। चूंकि वह इन प्रभावों के अनुकूल हो जाता है इसलिए उसका विकास रुक जाता है। बुरी शक्तियां, स्वप्रेम, द्वेष, अभिमान, एकमात्र सत्य के बाह्य रूपों को समझने में अज्ञान—इन सबको सामूहिक रूप से ही शैतान या पापात्मा कहा जाता है। ज़रथुस्त्र ने शैतान को पराजित कर दिया, इसका आशय यही है कि वे इन शक्तियों के आगे झुके नहीं। उनके आचरण से प्रकट होता है कि मनुष्य स्वयं अपने भाग्य का नियन्ता है। पापात्मा का, जिसे 'ओल्ड टेस्टामेण्ट' (पुरानी धर्म-पुस्तक) के आधुनिकतम संस्करणों में शैतान कहा गया है, उत्तर-कालिक अवेस्ता के ऐंग्रो-मैन्यु से बड़ा सादृश्य है।

अहुर-मज्द परमेश्वर है; वह चेतन और जड़ का स्वामी तथा वह ईश्वर है जिससे पुरुष एवं प्रकृति दोनों का उद्भव हुआ है। उसके साथ छः पवित्र अमर हैं जो पिता-पक्ष व माता-पक्ष की तीन-तीन किरणों से सम्बद्ध हैं। ये वस्तुतः परम

1. 'ईनियड्स', 5 : 3, 17।

सत्ता के अंग या उससे निःसृत तत्त्व हैं। 'आशा' पहली किरण है। यह ईश्वर के उस संकल्प का प्रतिनिधित्व करती है जिसने जगत् की योजना की। यह सत्य एवं धर्मशीलता की प्रतिनिधि है। दूसरी है 'वोहु-मनो' जो परम सत्ता या परमेश्वर के प्रेम का प्रतीक है। तीसरी है 'क्षत्र' जो परमेश्वर की सर्जन-क्रिया की प्रतिनिधि है। चौथी 'आर्मैती' परम के मातृत्व-पक्ष—प्रेम एवं ग्रहणशक्ति का प्रतीक है। वह अन्तराधिवासी भावना है। 'होरवतात' वह आदर्श है जो प्रत्येक मानव में वर्तमान है—आध्यात्मिक विकास का तत्त्व। अन्तिम 'अमेरततात' अमरता का, शक्ति का तत्त्व है। ये छहों शक्तियां पृथक् सत्ताएं नहीं हैं वरन् परमेश्वर का अखंड अंग हैं।

ज़रथुस्त्र घोषित करते हैं कि इस परमेश्वर में मिलकर एक हो जाना ही सर्वोच्च आदर्श है और इस तक पहुंचने का मार्ग अशा है जिससे हम मस्तिष्क, हृदय एवं आत्मा की पवित्रता प्राप्त करते हैं। "अशा द्वारा हमें तुम्हारी झलक प्राप्त हो, हम तुम्हारे निकट आ सकें और तुममें पूर्णतः निमग्न हो जाएं।" "केवल एक ही मार्ग है—अशा का मार्ग। और सब मार्ग मिथ्या हैं।" (यस्ना 60, 12; 71, 11)।

अवेस्ता की अशा और वैदिक ऋत् एक ही शब्द के दो रूप हैं और भारतीय आर्यों एवं ईरानियों के पृथक् होने के पहले ही इनके अन्तर्हित अर्थ का उनमें पूर्ण विकास हो चुका था। सर्वोच्च तत्त्व अहुर-मज्द अपरिवर्तनीय नियमों के अनुसार, जो उसकी इच्छा व्यक्त करते हैं, कार्य करता है। अशा के नियमों के अनुसार ब्रह्माण्डीय उपक्रम अपनी परिणति की ओर प्रगति कर रहा है। सन्तजन ही अशा की सर्वोच्च प्रज्ञा को समझते हैं और उसकी भावना के अनुसार काम करते हैं। केवल परमेश्वर के प्रेम से किए गए कार्य ही हमें आनन्द देते हैं, न कि स्वार्थवश किए गए कार्य। स्वार्थरहित कर्म ही वह मार्ग है जिसपर चलकर मानव-प्राणी अपने आध्यात्मिक कल्याण को प्राप्त करते हैं और संसार की प्रगति में सहायक होते हैं।

ज़रथुस्त्र धर्म में जो प्रेम है वह पशु-जगत् को भी अपने अंक में ले लेता है। प्रत्येक मास की 2, 12, 14 तथा 21 इन चार तिथियों को कट्टर ज़रथुस्त्री मांसाहार नहीं करते। कुछ तो ऐसे हैं जो वर्ष के पूरे ग्यारहवें महीने में किसी प्रकार का मांस ग्रहण नहीं करते।

ज़रथुस्त्र का आश्वासन है कि जो उनकी शिक्षाओं का अनुगमन करेंगे उन्हें शाश्वत जीवन प्राप्त होगा। यह एक रहस्य है जिसे वे मुमुक्षु के सामने रखते हैं। पुण्य-पाप, भलाई-बुराई का द्वन्द्व जागतिक उपक्रम के अन्त तक चलता रहेगा। इसके बाद बुराई की शक्तियों का पूर्ण विनाश हो जाएगा और श्रेय की, औचित्य की सर्वशक्तिमत्ता सदा के लिए स्थापित हो जाएगी। ज़रथुस्त्र का प्रबल विश्वास

है कि जगत् का पुनर्जन्म एवं उद्धार होकर रहेगा। अहुर-मज्द को जानने और उसके विधि-नियम अशा के अनुसार आचरण करने के लिए साधक को प्रार्थना एवं ध्यान द्वारा अपनी प्रकृति को पूर्णता तक पहुंचाना होगा। जब हम लक्ष्य तक पहुंच जाएंगे तब शान्ति एवं ऐक्य की सिद्धि हो जाएगी।

6. बौद्धधर्म

बुद्ध कोई नवीन मार्ग बताने का दावा नहीं करते। "मैंने प्राचीन मार्ग को देखा है—उस पुरातन पथ को जिसपर पिछले प्रबुद्ध जन चल चुके हैं। मैं उसी पथ का अनुसरण कर रहा हूं।"[1] बुद्ध ने बोधि अथवा ज्ञान की बात कही है। यह पूर्ण, केवल सत्य के साथ तुरन्त का अतार्किक सहज प्रेरणाजनित सम्बन्ध है। यह केवल सैद्धान्तिक ज्ञान नहीं है। यह वह ज्ञान है जो कामना की जड़ों को काट देता है और जीव की प्रकृति पर एकाग्र वा केन्द्रित होने का परिणाम है। यह सावधानी का एक सत्कार्य है, योनिशः मनसिकार।

मूर्त जगत् में आत्मा नहीं मिलती। प्रत्येक वस्तु जो ज्ञान का विषय है, अनत्ता है, अनात्मभाव है। परन्तु वस्तुनिष्ठ जगत् से दूर तण्ह या कामना के प्रभाव से मुक्त, शोक एवं दुःख से परे भी एक स्थिति है।[2] हम बाह्य आडम्बरों से उसे नहीं पा सकते।[3] अज्ञानावस्था में मनुष्य अपनी वास्तविक प्रकृति को भूल जाता है, और वह जो नहीं है वही अपने को समझने लगता है। इस सम्पूर्ण दृश्य जगत् के परे जो सत्य है उसे उसको जानना ही चाहिए। "ऐसे बनो कि आत्मा तुम्हारा दीपक बन जाए—आत्मा ही तुम्हारा एकमात्र आश्रय हो; विधि (लॉ) ही तुम्हारा दीपक एवं एकमात्र आश्रय हो।"[4]

प्रज्ञा प्रकाश की कोई ऐसी स्थिति नहीं है जिसमें कोई वस्तु प्रकाशित होने के लिए न हो; वह कोई ऐसा दर्पण नहीं जिसमें कोई प्रतिबिम्ब न पड़े। यह तो ऐसी चेतना है जो वस्तुनिष्ठता-आत्मनिष्ठता (ऑबजेक्ट-सब्जेक्ट) के भेदों को पार कर जाती है। और जिसे माण्डूक्य उपनिषद् तुरीय कहती है। यह आकस्मिकता से मुक्ति की अवस्था है। बौद्धग्रन्थों में प्रायः एक 'अज्ञात' (अनुत्पन्न), अकारण एवं सनातन का तथा उस ओर जाने वाले मार्ग का वर्णन आता है। निर्वाण का पथ नैतिक पथ है। उपनिषद् की ही भाव-धारा के अनुकूल बुद्ध भी केवल रीतिवाद का, कर्मकाण्ड का विरोध करते हैं तथा अन्तरनुशासन पर ज़ोर देते हैं। "यदि केवल चोगा या वस्त्र-विशेष पहनने से लोभ, द्वेष इत्यादि नष्ट हो जाते तब

1. संयुत्तिनिकाय, 2 : 106।
2. अशोकं विरजं पदम्—इतिवुत्तक, 51।
3. न सो उपाधिसु सारमेति।—सुत्तनिपात, 364।
4. दीर्घनिकाय, 2 : 101।

तो बच्चे के जन्मते ही उसके स्नेही एवं कुटुम्बीजन उसे चोगा पहनने को बाध्य करते और कहते—'आओ ओ भाग्यशाली ! आओ, चोगा पहिन लो', क्योंकि इसे पहनते ही लोभी अपना लोभ तथा विद्वेषी अपना द्वेष छोड़ देंगे।"[1]

उपनिषद् की भावना के अनुकूल ही बुद्ध हमसे अपने को काल की सीमा से मुक्त होने को कहते हैं। अपने को कामनाओं से मुक्त करके हम ऐसा कर सकते हैं। यदि हम तण्ह या लालसा की ज्वाला को भोजन देने से इन्कार कर दें तो ईंधन के अभाव में आग स्वयं बुझ जाएगी। निर्वाण क्रोध, लोभ, वासना से मुक्त होने का ही नाम है। यह विनाश नहीं है। यह शाश्वत, स्थित, अनन्त आनन्द की स्थिति है। बुद्धि, स्वाधीनता एवं आत्मस्फूर्ति दृष्टि की स्पष्टता तथा स्थिर आनन्द की वृत्ति पर ज़ोर देते हैं।

निर्वाण की प्रकृति पर कल्पना के घोड़े दौड़ाने से बुद्ध के इन्कार का यह अर्थ नहीं कि वह कुछ नहीं है, बल्कि यह है कि वह परिभाषा से परे है। तर्क का आश्रय लेकर बुद्ध ने कुछ तात्त्विकीय प्रश्नों का, जिन्हें उन्होंने निरर्थक समझा, उत्तर देने से इन्कार कर दिया। उन्होंने साधिकारिता (अथॉरिटी) के या प्रमाणग्रन्थों के सिद्धान्त को अमान्य कर दिया क्योंकि किसी दूसरे के अधिकार या प्रमाण के कारण मान्य सत्य का, जो निजी यत्न से सिद्ध या प्रमाणित न हुआ हो, कोई महत्व नहीं है।

महायान बौद्धधर्म में उपासक एवं परमेश्वर का सम्बन्ध निष्ठा एवं प्रार्थना पर आधारित है। उपासक को दैवी या ईश्वरीय बुद्ध से पथदर्शन, कृपा एवं सहायता प्राप्त होती है। सभी प्रकार के बौद्धधर्म में विचारों की एकाग्रता एवं ध्यान की प्रणाली पर बल दिया गया है।

7. ईसाईधर्म

ईसा का निजी अनुभव प्रत्यक्ष ज्ञान का एक महान उदाहरण है। उनके कार्य एवं वचन ईश्वर के साथ उनके सख्यभाव की तीव्र भावना से भरे हुए हैं। बदली हुई अंग-भंगी तथा यरूशलेम की यात्रा के पूर्व इनका रूपान्तरित आकार एवं मुख, जिनपर उनके निजी अनुभव की छाप थी, एक गहरे आध्यात्मिक परिवर्तन के द्योतक हैं। जब ईसा बैपटिस्ट संत जॉन के विषय में कहते हैं कि यद्यपि वे मानवों में सबसे महान हैं किन्तु स्वर्ग के धन्य लोगों में से सबसे क्षुद्र भी धरती के बड़े से बड़े आदमी से बड़ा है, तब उनका आशय यही होता है कि जिसने सत्य को स्वयं देखा है वह उससे बड़ा है जो उसके विषय में तर्क करता है पर जिसे प्रत्यक्ष अन्तज्ञान नहीं है। हमें बौद्धिक दृष्टिकोण को पार करके और ऊपर उठना होगा और अन्तःस्थ, अधिसामाजिक तथा आध्यात्मिक यथार्थताओं का अनुभव करना होना।

1. 'फर्दर डायलाग्स ऑफ दि बुद्धा' (1926), भाग 1, पृष्ठ 200।

ईसा एक अन्तर्मुखी नवीनीकरण, एक आन्तरिक परिवर्तन की मांग करते हैं। स्वर्ग का राज्य अन्तरिक्ष में स्थित कोई स्थान-विशेष नहीं है वरन् वह एक मानसिक स्थिति है। वह राज्य यहीं, इसी समय वर्तमान हैं। "पश्चात्ताप कर, स्वर्ग का राज्य सामने रखा है।" सत्य की उपलब्धि से ही स्वातंत्र्य वा मुक्ति का मार्ग प्रकट होता है। ईसा आन्तरिक पूर्णता प्राप्त करने, मानव का संभवनीय विकास करने की बात कहते हैं। जब वे हमें पश्चात्ताप करने को कहते हैं तब उनका अभिप्राय प्रायश्चित या दुःख-प्रकाश से नहीं होता वरन् एक आन्तरिक क्रान्ति से होता है। अंग्रेज़ी का 'रिपेंटैंस' शब्द जिस यूनानी शब्द 'मेटा-नोइया' का अनुवाद है। उसका अर्थ है—अपनी चेतना को सामान्य आयामों से परे उठा ले जाना। यह अन्तर्मानव का परिवर्तन है। जब ईसा कहते हैं कि "अपने को बदल दे और लघु शिशुओं के रूप में हो जा,"[1] तब उनका मतलब यही होता है कि हमें वस्तु-जगत् से, इन्द्रियों की निद्रा की स्थिति से जागना चाहिए। मुर्दे को पुनः जीवित होना ही चाहिए। हमें अपने विद्वेषों एवं घृणाओं के बंधन से छूटकर आत्मारूप में लौट आना चाहिए। "जब तक तू अनुताप नहीं करता, स्वर्ग के राज्य में प्रवेश नहीं कर सकता।" हमें अपनी निम्नप्रकृति को दबाते हुए इन्द्रियनिग्रह एवं आत्मनियन्त्रण द्वारा जीवन के उच्चतर स्तर तक पहुंचना होगा।

"तुम्हें फिर ऊपर से पैदा होना होगा।" यह प्राकृतिक, दैहिक जन्म नहीं है; यह एक आध्यात्मिक पुनर्जन्म है। मनुष्य की सम्पूर्ण प्रकृति का उचित पुनरुद्धार ही मुक्ति का अभिप्राय है। कानून या विधि आध्यात्मिक है। संत पाल लिखते हैं : "इससे मैं स्वयं मन में ईश्वरीय नियम का पालन करता हूं किन्तु मांस से, देह से, पाप के कानून का।" "क्योंकि मैं अन्तःस्थ मानव का अनुसरण कर ईश्वर के नियम-कानून में आह्लाद का अनुभव करता हूं।"[2]

जो मुक्त हो जाता है वह विधि-विधान से ऊपर उठ जाता है। "विश्राम (सैबैथ) मनुष्य के लिए बना है, मनुष्य विश्राम के लिए नहीं।"[3] प्रेम ही विधि-विधान की परिणति है।

धर्म-रहस्य गुरु से शिष्य को प्राप्त होता है। ईसा में यह आध्यात्मिक प्रज्ञा थी पर उसकी शिक्षा वे सर्वसाधारण को, बिना किसी भेदभाव के, नहीं देते थे। "जो पवित्र है उसे कुत्तों को मत दे दो, न अपने मोती शूकरों के सामने फेंको, नहीं तो वे उसे अपने पांवों से कुचल डालेंगे और फिर उलटकर तुम्हें ही फाड़ खाएंगे।"[4]

1. 'मैथ्यू' 18 : 3।
2. 'रोमंस' 7 : 25; 22।
3. 'मार्क' 2 : 27।
4. 'होली घोस्ट' पर लिखित अपने ग्रन्थ में संत बेसिल चर्चा करते हैं: "एक गुप्त एवं रहस्यपूर्ण परम्परा की, जो हमारे समय तक चली आई है, तथा एक गुप्त धर्मादेश की, जिसका

ध्यानयुक्त प्रार्थना तथा तपस्याचरण के द्वारा आत्मा की पुनर्रचना ही सच्चा धर्म है। ईसा का तीस वर्ष का मौन तथा चालीस दिन तक मरुभूमि में मौन आध्यात्मिक सिद्धि की तैयारी-मात्र है। ईसा मानव-पुत्र थे, पर वे ईश्वरपुत्र भी थे। उनका संसर्ग स्वर्गीय एवं धारित्रिक दोनों स्तरों पर था। मनुष्य के रूप में वे हरेक प्रलोभन में पड़े। अन्तिम क्षण तक वे प्रलुब्ध रहे। "मेरे प्रभु! तुम मुझे क्यों भूल गए हो?" वे तीव्र वेदना भोगते रहे। ईसा मनुष्यों के सामने एक उदाहरण थे क्योंकि उन्होंने आन्तरिक द्वन्द्वों, संशयों एवं प्रलोभनों से लड़ते हुए अपने को ऊपर उठाया। आन्तरिक विकास की सीढ़ी पर चढ़ते हुए उन्हें न जाने कितना कष्ट उठाना पड़ा।

अवतार कोई ऐतिहासिक घटना नहीं जो दो हज़ार पूर्व घटी हो। जो कोई भी अपनी नियति को पूर्ण करने के मार्ग में होता है उन सबके जीवन में यह घटना बार-बार घटित होती है। मीस्टर एकहार्ट धर्म का लक्ष्य 'मानव की आत्मा में ईश्वर का जन्म' बताता है। ईश्वर का सबसे बड़ा अभिप्राय जन्म है। वह तब तक सन्तुष्ट नहीं होगा जब तक कि हमारे बीच उसके पुत्र का जन्म न हो जाए। आत्मा भी तब तक सन्तुष्ट नहीं होगी जब तक यह पुत्र जन्म नहीं ले लेता।"[1] यहां जन्म का अर्थ ईश्वराभिव्यक्ति, ईश्वरसिद्धि, है।

जब कहा जाता है कि मानव-पुत्र फिर आएगा तब इसका अभिप्राय यही होता है कि जब सत्य थककर नष्ट हो जाएगा, जब आत्मा के उच्च स्तरों से जगत् के सम्बन्ध का विच्छेद हो जाएगा, जब वह हिंसा एवं भौतिकता में पतित हो जाएगा तब सत्य को एक नये रूप में प्रकट होना पड़ेगा। एक ही अतीन्द्रिय सत्य, विभिन्न स्थितियों के अनुरूप होने के लिए किंचित् परिवर्तित रूप में आता है। कभी वह एक पक्ष पर जोर देता है, कभी दूसरे पर। जब विप्लव, अस्तव्यस्तता, का ज़माना आता है, जब सत्यशीलता शिथिल पड़ जाती है तब सत्यात्मा को हमारे बीच आना ही पड़ता है। प्रत्येक ईश्वराभिव्यक्ति मानव-पुत्र का ही पुनरागमन है। वह ईश्वर का, परमात्मा का मानवरूप ग्रहण करके, मानवीय प्रलोभनों

पालन हमारे पूर्वज बिना विवाद के करते आए, और हम भी उनके मौन की सरलता में विश्वास करते हुए आज तक उसका पालन करते जा रहे हैं। वे लोग समझते थे कि हमारे पवित्र रहस्यों के लिए उचित सम्मान एवं भक्ति बनाए रखने में मौन की कितनी आवश्यकता है और एक धर्मत्व को, जिससे ऐसी गूढ़ बातें हों जिनका चिन्तन करना निम्न कोटि के मानवों के लिए विहित नहीं है, लिखित रूप देना विवेक-सम्मत नहीं था।" संत डेनीज़ के अनुसार "मुक्ति केवल प्रबुद्ध या दैवत्वावधान आत्माओं के लिए ही संभव है और हम ईश्वर के साथ साम्य तथा ऐक्य प्राप्त करने की जो चेष्टा करते हैं उसके अतिरिक्त यह प्रबुद्धता या देवत्व-प्राप्ति और कुछ नहीं है।"

1. 'सर्मन' 12।

को ठुकराते हुए, अपने को ऊपर उठाना, पुनः व्यवस्था कायम करना तथा मानवीय विकास के अवरुद्ध मार्ग का उद्घाटन करना है। ये अभिव्यक्तियां, ये अवतार मानव-प्रज्ञा को निम्न स्तर से उच्च स्तर पर ले जाने में सहायक होते हैं।

संत पाल को ईश्वर का प्रत्यक्ष ज्ञान था, तभी उन्होंने कहा : "अब हम एक दर्पण में धुंधला-सा देख रहे हैं परन्तु आमने-सामने हैं।" अनेक पदों में संत पाल ने ईश्वरीय उपस्थिति के अनुभव का वर्णन किया है।[1] उनमें मानवात्मा एवं परमात्मा के अन्तःसम्बन्धों की बड़ी सजीव चेतना थी। 'ईसा में समाविष्ट होकर जीना ही' उनका उद्देश्य था। हम ईश्वरीय स्वभाव में भाग लेते हैं। यदि हम अपने को फिर से नवीन कर लेते हैं और फिर से ऐसा जीवन जीते हैं जिसमें ईश्वर की अभिव्यक्ति होती है, तो समझो हम बच गए। संत पाल की सम्पूर्ण शिक्षा तुरन्त की आवेष्टनकारी ईश्वरीय उपस्थिति पर निर्भर है, जिसमें हम जीते हैं, चलते-फिरते हैं और अपना अस्तित्व सुरक्षित रखते हैं। संत पाल ईसाइयों से अपना मन, हृदय, बदलने को कहते हैं : "अपने में वही मानस बनाओ जो ईसामसीह में था।" "यदि कोई आदमी ईसा में अवस्थित है तो समझो, वहां एक नई सृष्टि हुई है। देखोगे कि सब कुछ नया हो गया है।" देवदूतत्व प्राप्त करने के पूर्व संत पाल ने तीन साल मरुस्थल में बिताए। हमें संत पाल की एवं अन्य ईसाई रचनाओं में दैवी झलक पाने, स्वप्न देखने और 'होली घोस्ट' (परमात्मा) द्वारा वरदान पाने के प्रसंग मिलते हैं।

संत पाल के समय में जो रहस्यात्मक प्राच्य धर्म रोमन साम्राज्य पर आक्रमण कर रहे थे उनके प्रभावों के संकेत भी मिलते हैं। संत पाल ने 'क्रासारूढ़ ईसामसीह'-सम्बन्धी अपने सामान्य उपदेशों एवं उस दैवी ज्ञान में विभेद किया है जिसे ईश्वर ने कालारंभ के पहले ही हमारे कल्याण एवं श्रेय के लिए रचा, वह ज्ञान जो गुप्त है और जो केवल परिपक्व लोगों के लिए है; वह ज्ञान जो हम लोगों के सामने उसे व्यक्त करता है 'जिसे किसी आंख ने देखा नहीं, किसी कान ने सुना नहीं, न किसी मानव-हृदय ने जिसकी उद्भावना की है'।[2] संत पाल के लिए ईसा के सेवक 'ईश्वर के रहस्यों के प्रबंधक हैं'।[3]

संत जॉन प्लेटो से अत्यधिक प्रभावित हैं। उनके लिए दो संसार हैं—सच्चा एवं यथार्थ जगत् जो ऊपर है, तथा अंधकार एवं छाया का जगत्। ईसा शाश्वत रूप से ईश्वर के हैं और उनमें सत्य एवं नित्य जीवन प्रतिफलित है। ईसा इस संसार में आत्मजगत् के स्वभाव एवं ईश्वरीय ज्योति को व्यक्त करते हैं। जॉन के

1. 'गलेशियंस' 1: 15, 16; 2 : 20; 4 : 6; 2, कारिंथियंस 3 : 18; 4 : 6, 12 : 1-4; 'रोमंस' 8 : 2. 16। 'एफीशियंस' 3 : 14-21।

2. 1 कारिंथियंस 2 : 9।

3. 1 कारिंथियंस 4 : 1।

लिए ईसा ब्रह्माण्ड में अन्तर्भूत ईश्वरीय ज्ञान हैं। ईसा का कार्य समस्त ब्रह्माण्ड के लिए महत्त्व रखता है। 'लोगोस' का सिद्धान्त भी इस बात पर जोर देता है कि सम्पूर्ण जगत् अपनी परिणति को प्राप्त करता है और ईसा के द्वारा अपनी पूर्णता को लौट रहा है।[1] "वे अदृश्य ईश्वर का प्रतिरूप (इमेज) हैं; सम्पूर्ण सृष्टि में प्रथमजात हैं···सम्पूर्ण वस्तुएं उनके द्वारा और उनके लिए ही उत्पन्न हुई हैं।"[2] जागतिक उपक्रम संघर्ष एवं विजय का उपक्रम है। प्रतिकूल शक्तियों पर विजय सम्पूर्ण ब्रह्माण्ड की विजय है। और यह विजय एक नूतन सम्बन्ध, ईश्वर एवं जगत् के बीच सामञ्जस्यपूर्ण सम्बन्ध को जन्म देती है।

सिकन्दरिया के धर्मतत्त्ववादी क्लीमेण्ट (215 ई०) एवं आरोजेन (251 ई०) ने स्वयं ईसाईधर्म को रहस्य-धर्म अथवा 'सच्चा ज्ञेयवाद' (नास्टिसिज्म) कहने में हिचकिचाहट नहीं की, यद्यपि बाद में वे धर्मद्रोही और नास्तिक घोषित किए जाकर तिरस्कृत हुए।[3] फीलो से क्लीमेण्ट ने यह विचार ले लिया कि ईश्वर की खोज अंधकार में करनी चाहिए।[4] निष्ठा एवं भावमग्नता के द्वारा ही उस तक पहुंचा जा सकता है। "विश्लेषण द्वारा आदिज्ञान की ओर जाते हुए (गहराई, चौड़ाई, लम्बाई एवं स्थिति को दूर कर एक शक्त्यणु को छोड़ते हुए तथा बाद में पदार्थ को भावरूप में बदलते हुए) यदि हम ईसा की अपारता में अपने को निमग्न कर दें तो उससे हम पवित्रता के कारण उनकी विशालता की ओर बढ़ते जाएंगे और किसी अंश में सर्वशक्तिमान ईश्वर का ज्ञान प्राप्त कर सकेंगे—यह ज्ञान तो नहीं कि वह क्या है, पर यह ज्ञान कि वह क्या नहीं है।"[5]

ओरीजेन बार-बार ध्यान का हवाला देता है और इन्द्रिय तथा मन के ऊपर उठकर एक अनिर्वचनीय झलक पाने की बात करता है। उसने बड़ी तपस्या का जीवन बिताया था और उसका दावा था कि कोई भी इन्द्रिय-निग्रह एवं यम-नियम-पालन द्वारा ईश्वर एवं आध्यात्मिक वरदानों का संसर्ग प्राप्त कर सकता है।

चौथी शताब्दी में आरण्यकवृत्ति व मठ-वास के विकास के साथ मूर्ति के बिना प्रार्थना एवं ध्यान को महत्त्व दिया गया। इस आन्दोलन के जनक संत एंथोनी कभी-कभी सारी-सारी रात आनन्दोन्माद की अवस्था में रहते थे और उन्होंने भी प्रार्थना के लक्ष्य के विषय में यह दिव्य तथा अधिमानवी निर्णय दिया : "वह प्रार्थना पूर्ण नहीं है जिसमें मनुष्य अपने को और अपनी प्रार्थना को समझने का

1. तुलना कीजिए, तैत्तिरीय उपनिषद् 3।
2. 'कोलोज़ियंस' 1 : 15-16।
3. देखिए, ई० सी० डेविक : दि क्रिश्चियन ऐटिट्यूड टु अदर रिलीजंस' (1953), पृष्ठ 121।
4. 'स्ट्रोमैटा' 1 : 2;5 : 12।
5. वही, 5 : 11।

होश रखता है।"[1]

संत आगस्टाइन का यह कथन कि 'तूने हमें अपने लिए पैदा किया है और हमारा हृदय तब तक अशान्त रहेगा जब तक तेरे अन्दर उसे विश्राम नहीं मिलता,' बड़ा प्रसिद्ध है। उनके धर्म का हृदय, उनके धर्म का तत्त्व, उनके निजी अनुभव से, मानवात्मा एवं ईश्वर के प्रत्यक्ष सम्बन्ध से निकला है। वे प्रायः रहस्यात्मक अन्तर्दृष्टि का हवाला देते हैं : "अरे! अभी हमने एक आन्तरिक माधुर्य का आनन्द लूटा। अहा! अब अपने मस्तिष्क के शिखर पर पहुंचकर एक क्षणिक झलक में कुछ ऐसा देखा है जो अपरिवर्तनीय है।"[2]

चतुर्थ शताब्दी में थेबायड में अनेक ध्यानियों का पता लगता है। रोम के पतन के पश्चात्, संत बेनेडिक्ट (543 ई०) तथा उनके द्वारा प्रार्थना एवं धर्मकार्य में हज़ारों शिष्यों को प्राप्त होनेवाले अभ्यास के उठा लिए जाने के कारण, ईसाई धर्म खूब पनपा। संत बेनेडिक्ट ध्यानात्मक प्रार्थना के लिए संसार-त्याग, आज्ञा-पालन, मौन एवं विनम्रता पर ज़ोर देते हैं जिनके कारण संन्यासी पूर्ण उदारता की स्थिति तक पहुंच जाएगा।[3]

सूडो-डायोनीशियस (पांचवीं शती का अन्त) तथा संत ग्रेगोरी महान् (छठी शती का अन्त) दोनों का मध्ययुग पर बड़ा प्रभाव पड़ा है। अपने ग्रन्थ 'मिस्टिकल थियोलॉजी' (रहस्यात्मक ब्रह्मविद्या) में सूडो-डायोनीशियस दार्शनिक एवं रहस्यात्मक दृष्टिकोण में भेद करता है। दार्शनिक दृष्टिकोण हमें एक निराकार, भावरूप विचार देता है; रहस्यात्मक दृष्टिकोण आत्मा को बुद्धि के स्तर के ऊपर ले जाकर आराध्य से एक कर देता। रहस्यात्मक ऊर्ध्वगति का 'प्रच्छन्न रहस्यात्मक मौन के अधिदीप्त (सुपर-ल्यूसेंट) अन्धकार में प्रवेश'[4] कहकर वर्णन किया गया है।

ध्यानाभ्यास के सम्बन्ध में सूडो-डायोनीशियस ने निम्नलिखित सलाह दी थी जिसका पालन सम्पूर्ण मध्ययुग में किया जाता रहा : "और तू प्यारे टिमोथी, रहस्यात्मक ध्यान के एकाग्र अभ्यास में, अपनी चेतना और अपनी बुद्धि-क्रिया दोनों को पीछे छोड़ दे; इसी प्रकार इन्द्रियों तथा बुद्धि द्वारा ज्ञात सब वस्तुओं को भी भूल जा। और भी जो चीजें हैं या नहीं हैं उनका ध्यान छोड़कर अजाने अपने को यथाशक्ति उसके साथ जोड़ ले जो सब प्राणियों एवं सब ज्ञान के परे है, क्योंकि वह विशुद्ध रूप में मुक्त एवं परमेश्वर है। तब तू सबसे अनावृत होकर और सब बन्धनों से छुटकर दैवी अन्धकार की किरण की ओर प्रेरित किया जाएगा।"

1. कैसियन, 'कोलेशन' 9 : 31।
2. 'ऑन साम' 41 : 10।
3. 'रेग०', 7।
4. 'मिस्टिकल थियोलॉजी' 1।

संत ग्रेगोरी महान आगस्टाइन से बहुत प्रभावित हैं। उनके लिए कर्मशील जीवन से ध्यानावस्थित जीवन कहीं ऊंचा है। ईसा का जीवन ऐसे दोनों जीवनों के सामञ्जस्य का उदाहरण है जहां कर्मधारा मानस की शान्ति एवं स्थिरता में बाधक नहीं है। ध्यानावस्थित जीवन की शर्तों में शान्ति, स्थिरता, अनासक्ति, निरतिशय आत्मनियंत्रण तथा ईश्वर एवं पड़ोसी के प्रति प्रेम है।

क्लैर्वो के संत बर्नर्ड (बारहवीं शती) का आध्यात्मिक धर्म-साधना के इतिहास पर बड़ा प्रभाव पड़ा है। वे कहते हैं: "मैं स्वीकार करता हूं कि ईश्वरवाणी मेरे पास आई है, बार-बार आई है, किन्तु उसके, प्रियतम के, बार-बार मेरी आत्मा में प्रवेश करने के बावजूद मुझे कभी उनके आने का होश नहीं रहा है। मैंने अनुभव किया है कि वे उपस्थित हैं; मुझे याद है कि वे मेरे साथ रहे; कभी-कभी मुझे पूर्वसंकेत भी हुआ है कि वे आवेंगे परन्तु कभी उनके आने और जाने की चेतना मुझे नहीं रही है।" यह बताने के बाद कि वह इन्द्रियों के द्वार से नहीं आता, वे कहते हैं : "वह चिन्मय एवं शक्ति से पूर्ण है और ज्योंही उसने मुझमें प्रवेश किया, मेरी निद्रित आत्मा को गतिशील कर दिया तथा मेरे हृदय को, जो जड़ता की स्थिति में था और पत्थर की भांति कठिन था, उद्बुद्ध, कोमल और प्रेरणामय कर दिया।"[1]

संत विक्टर के रिचर्ड (1173) वाद एवं तर्कयुक्त दार्शनिक मार्ग तथा उस ध्यानात्मक आचरण में भेद करते हैं जहां चित्त अपनी सीमा के बाहर चला जाता है और सत्य को निरावरणरूप में देखता है।

तेरहवीं शती ने आध्यात्मिक धर्म की एक महान लहर का उमड़ना देखा। संत बोनावेंतुरा (1274) कहते हैं : "मैं इतना तो मानता हूं कि मनश्चक्षु को इस प्रकार ईश्वर पर केन्द्रित एवं स्थिर किया जा सकता है कि वह उसके सिवा और कुछ भी देख न पाये, फिर भी वह उस प्रकाश की महिमा को देख या ग्रहण न कर सकेगा बल्कि उठकर एक गहन अंधकार में जा पड़ेगा। और, जैसा कि डायोनीशियस कहता है, उस ज्ञान में वह सब वस्तुओं से छूटकर ऊर्ध्वस्थिति में पहुंच जाएगा। डायोनीशियस इसे 'ज्ञानपूर्ण अज्ञान' कहता है। इस प्रकार के ज्ञान के लिए स्नेह को प्रज्वलित कर दिया जाता है। यह बात उन लोगों को भली भांति विदित है जिन्हें आनन्दोन्माद का कुछ आभास है। मेरी सम्मति में ज्ञान की इस प्रणाली का अनुसरण प्रत्येक साधुपुरुष को इसी जीवन में करना चाहिए।"[2] "यदि तुम पूछते हो कि यह कैसे होता है तो विद्वत्ता की नहीं प्रभु का अनुग्रह प्राप्त करने की, बुद्धि की नहीं संकल्प की, अध्ययन एवं समझ की नहीं प्रार्थना में रोने की

1. 'सर्मन ऑन दि माउण्ट', कैटिंकल 74 : 5, 6, 7।
2. 'कम्युनियन इन सेंट', 2 : 23, 2, 3।

चेष्टा करो।"[1]

डोमीनिकन अलबर्टस मैगनस (1280) अन्तर्जप, मन को सब मिथ्याभासों तथा चित्रों से रहित एवं नग्न कर देने पर ज़ोर देता है। उसके मत से ऐसा होने पर ही मन को ईश्वर में शान्ति एवं स्थिरता प्राप्त होती है। संत टॉमस एक्विनास (1274) ईश्वर के मंगल स्वर्गीय दर्शन में विश्वास करते हैं। उनके विचार से इस तरह ईश्वर का दर्शन उसीके सहारे किया जा सकता है। दुष्ट वा दृश्य पदार्थ भी वही है और देखने का साधन भी वही है। आशीर्वादप्राप्त लोग ऐसी साधना में भाग लेते हैं जिसमें ईश्वर बिना किसी माध्यम के अपने को जनाता है। ये लोग ईश्वर के साथ संयुक्त, अभिन्न, हो जाते हैं क्योंकि ईश्वर के लिए किया कर्म ही पवित्र कर्म है।

'सुम्मा कोंट्रा जेंटाइल्स' के चौथे भाग के आरम्भ में संत टॉमस एक्विनास ईश्वरीय विषयों-सम्बन्धी तीन प्रकार के मानवीय ज्ञान की चर्चा करते हैं: 'इनमें प्रथम तो वह ज्ञान है जो तर्क के, बुद्धि के प्राकृतिक प्रकाश से आता है।' इसमें तर्क प्राणियों के साधन से ऊपर ईश्वर तक जाता है। दूसरा 'ईश्वरीय वाणी या उसके ही प्रकाश या अभिव्यक्ति के रूप में अवतरित होता है।' तीसरा ऐसे ही मानव-मन के लिए सम्भव है 'जो प्रभु द्वारा प्रकाशित या व्यक्त बातों के प्रति सहज प्रेरणा की पूर्णता को पहुंच चुके हों।' संत आगस्टाइन का अनुसरण करते हुए टॉमस एक्विनास ने स्वीकार किया कि मंगल दर्शन मूसा एवं संत पाल को प्राप्त हुआ था। यह दर्शन ही वह ध्येय है जिसके लिए मानव का निर्माण हुआ है; यही उसका पुरस्कार है। स्वयं संत टॉमस एक्विनास को ईश्वर का प्रत्यक्ष अनुभव प्राप्त हुआ था तभी तो उन्होंने शिष्य रेजीनाल्ड से कहा था कि उन्होंने जो कुछ आज तक लिखा है वह सब ईश्वर-दर्शन की विभूतियों के समक्ष बिलकुल व्यर्थ है।

बारहवीं शती में फ्लोरिया के जोशीम ने मनुष्य की कहानी को तीन श्रेणियों में देखा। पहली श्रेणी पिता की, विधि (लॉ) के शब्दार्थ की है जहां हमें केवल सुनना और उसका पालन करना है। दूसरी पुत्र की है; यहां हम तर्क एवं आलोचना भी करते हैं; परम्परा की व्याख्या होती है; प्रमाण का विस्तार किया जाता है। तीसरी श्रेणी आत्मा की, अन्तर्भावना की है जिसमें हम प्रार्थना करते हैं, भजन गाते हैं, ध्यान करते हैं और अन्तःस्फूर्ति प्राप्त करते हैं।[2]

दांते (1265-1321) में हमें मध्यकालिक विश्व की सबसे परिपूर्ण अभिव्यक्ति मिलती है। 'डिवाइन कॉमेडी' धर्मयात्री की प्रगति का चित्र है। इसे 'कॉमेडी' इसीलिए कहा गया है कि यह सुखान्त है। किन्तु मुक्ति का पथ पाप एवं प्रायश्चित्त

1. 'इटिनैरियम'।
2. देखिए, जेरल्ड हर्डकृत 'दि एटर्नल गास्पेल' (1948), पृष्ठ 6।

के नरक से होकर गुजरता है। ईश्वर तक पहुंचने की यात्रा तीन श्रेणियों में पूर्ण हुई है—(1) बुद्धि एवं तर्क का स्वाभाविक प्रकाश जो मार्ग के उस भाग से प्रभावशाली होता है जहां वर्जिल पथदर्शक है,—नरक के द्वार से परिशोधनशाला (पर्गेटरी) के शिखर तक; (2) अनुग्रह की, करुणा की ज्योति, जो पथदर्शी बीट्रिस की मूर्ति के रूप में, आगे परिशोधनशाला के शिखर से दूसरे स्वर्गस्थ शिखर तक, ले जाती है और वहां स्वर्ग के महान पाटल-पुष्प में अपना स्थान ग्रहण करने के लिए दांते को छोड़ देती है; और (3) वह यशःज्योति, जो संत बर्नर्ड की प्रार्थना पर अवतरण आरम्भ करती है और पथिक के लिए सुलभ होती है तथा अन्तिम दर्शन प्राप्त करने के लिए ऊपर की ओर गतिमान होती है।

इनके अतिरिक्त और भी महान रहस्यवादी हुए—संत हिल्डेगार्ड (1179), मेशटाइल्ड्स-द्वय (तेरहवीं शती), फालिनो की एंजेला (1309), नार्विच की जूलियेन (1412), इनकी रचनाओं का आध्यात्मिक जीवन पर गहरा प्रभाव पड़ा। सीना की संत कैथराइन (चौदहवीं शती) छः वर्ष की आयु में ही एक दिन एकाएक विश्व-उद्धारक की स्वर्गीय झलक पाकर प्रबुद्ध हो उठी थीं। इस अनुभव ने बाद के उनके सम्पूर्ण जीवन को प्रभावित किया और उन्हें आनन्दोन्माद एवं वैराग्य के मार्ग पर डाल दिया।

इंग्लैंड में भी हमें मार्जरी कैम्प (1290), हैम्पोल के रिचर्ड रोले (1349), वाल्टर हिल्टन (1396) जैसे रहस्यवादी मिलते हैं। हिल्टन कार्थूशिया के निवासी थे और रोले से बहुत अधिक प्रभावित थे। इनका ग्रन्थ 'दि स्केल ऑफ परफेक्शन' बहुत प्रसिद्ध है; इसी प्रकार 'क्लाउड ऑफ अननोइंग' भी ध्यानयुक्त प्रार्थना के लिए एक अच्छी पुस्तिका है।

जर्मनी में मीस्टर एकहार्ट (1327), जिन्होंने पूर्ण विनय एवं नम्रता के साथ निन्दा सहन की,[1] तपस्वी कवि-स्वभाववाले हेनरी सूसो (1366), महान धर्मोपदेशक टालर (1361) एवं उसके शिष्य राइज़ब्रोक प्रसिद्ध हुए हैं। लगभग 1350 में 'थियोलॉजिया जर्मैनिका' (जर्मन ब्रह्मज्ञान) निकली; उसने वहां के धर्म-जीवन पर बड़ा प्रभाव डाला। यह एवं टॉमस-ए-कैम्पिस की 'इमीटेशन ऑफ क्राइस्ट' (ईसा की प्रतिकृति) पुस्तक मध्ययुगीन रहस्यवाद के महान काव्य हैं। लूथर ने 'थियोलॉजिया जर्मैनिका' का अध्ययन किया था तथा धर्मानुभव के उसके विवरणों से ज्ञात होता है कि वैयक्तिक मुक्ति का मार्ग धर्म के तत्त्वार्थ में आध्यात्मिक

1. "एकहार्ट में डायोनीशीय धारा, जो प्रोक्लस एवं अरबों द्वारा प्रायः नव-अफलातूनी तत्त्वों से और भी पुष्ट हो गई थी, सर्वोच्च विकास पर पहुंच गई है; वह धार्मिक निष्ठा की अन्तिम सीमाओं को पार कर गई है तथा उसने मध्ययुगीन तत्त्वज्ञान को विकास के ऐसे बिंदु पर पहुंचा दिया है जो वेदान्त के शुद्ध अद्वैतवाद से बहुत दूर नहीं रह जाता।"—क्रिस्टोफर डासनकृत 'मेडीवल एसेज' (1953), पृष्ठ 108।

अन्तर्दृष्टि का उपयोग है। पैरासेल्सस की मृत्यु 1545 ई० में हुई। उसे भी सम्पूर्ण निसर्ग में व्याप्त विश्वजीवन (परमात्मा) का प्रत्यक्ष अनुभव था। उसके विचार से मनुष्य इस जीवन का एक अविच्छेद्य अंग है।

जैकब बोहमे (1575-1624) कहते हैं कि उन्हें अपने जीवन में तीन बार ऐसे अवसर आए जब वे आनन्दोन्माद की स्थिति में निमग्न हो गए। यह स्थिति कई-कई दिनों तक चलती रही जिसमें उन्हें ऐसा अनुभव होता था मानो वे दैवी ज्योति से घिर गए हैं। दूसरे अवसर पर तो उन्हें ऐसा जान पड़ा मानो प्रकृति उनके सामने अनावृत हो गई हो और वे सब वस्तुओं के हृदय में, केन्द्र में, आराम से बैठे हों। तीसरे अनुभव के विषय में बोहमे ने लिखा : "मेरे लिए फाटक खुल गया तथा चौथाई घण्टे के अन्दर मैंने जो कुछ देखा और जाना वह उससे कहीं अधिक था जितना कई साल लगातार विश्वविद्यालय में रहने पर जान या देख सकता था।" जिसे बोहमे 'उनग्रुण्ड', 'मिस्टीरियम मैग्नम' या मुक्ति-महागर्त कहकर पुकारते हैं वही सम्पूर्ण अस्तित्व का आधार है और वह काल एवं अवकाश के परे है। यह आदिनीरवता है। अभिव्यक्ति या अभिप्रकाशन (मैनीफेस्टेशन) के लिए हमें परस्पर-प्रतिकूल तत्त्वों एवं उनके संघर्षरत होने की आवश्यकता पड़ती है।

पैस्कल की मृत्यु के बाद उसकी वास्कट के अस्तर में सिला एक चर्मपत्रक मिला जिसमें कुछ अस्पष्ट ड्राइंग थी। इस ड्राइंग में एक ज्वलन्त क्रॉस बना था और उसके चतुर्दिक् निम्नलिखित कुछ शब्द लिखे थे, निजी अनुभव की स्मृति बनाए रखने के लिए :

1654 के शुभ वर्ष में, सोमवार, 23 नवम्बर को, जो संत क्लीमेंट, पोप, मार्टियर तथा दूसरे शहीदों का दिन है;

संत क्रिसोगोनस, मार्टियर एवं दूसरों की यह संध्या! संध्या के साढ़े दस बजे से मध्य रात्रि के आध घंटे बाद तक

आग

अब्राहम के ईश्वर, ईज़ाक के ईश्वर, जैकब के ईश्वर। तत्त्वज्ञानियों और विद्वानों के नहीं।

निश्चय। आनन्द। विश्वास। भावोद्वेग। दर्शन। आनन्द।

जगत् तथा ईश्वर-बाह्य समस्त बातों की विस्मृति।

जगत् ने तुझे नहीं जाना था, किन्तु मैंने तुझे जान लिया है।

आनन्द! आनन्द! आनन्द! आनन्द के आंसू!

हे मेरे ईश्वर! क्या तुम मुझे छोड़कर चले जाओगे?

देखो, अब मैं तुमसे कभी जुदा न होऊं।'[1]

1. डोम कुथबर्ट बटलर कृत 'वेस्टर्न मिस्टिसिज्म' (1922), पृष्ठ 15।

जॉर्ज फॉक्स (1624-1691) बोहमे के प्रभाव में आए और उन्हें भी एक आध्यात्मिक अनुभव हुआ जिसने उन्हें उल्लेखनीय अन्तर्दृष्टि एवं शक्ति प्रदान की। हरेक मनुष्य में 'ईश्वर की ज्योति' या बीज है। जब पाप-वृत्तियों पर आत्मा विजयी हो जाती है और ईश्वरीय आदेशों का पालन करती है, तब वह 'अन्तर्मुखी ज्योति' का साधन या अस्त्र बन जाती है। मौन उपासना एवं स्वार्थ-निग्रह द्वारा हम ईश्वरीय प्रसाद पाते हैं और पवित्र हो जाते हैं।

विलियम लॉ (1686-1761) बोहमे तथा इंग्लिस्तानी अफलातूनियों (प्लेटोनिस्ट्स) व्हिचकोट, स्मिथ, मोर तथा कडवर्थ से अत्यन्त प्रभावित था। उसकी रचनाओं से उसकी धार्मिक अन्तर्दृष्टि तथा अदृश्य सत्ता के साथ उसके प्रत्यक्ष अन्तर्मुख सम्बन्ध की चेतना का पता लगता है।

सत्रहवीं शती के अंग्रेज़ी कवियों जॉन डोन, जॉर्ज हर्बर्ट, टॉमस ट्राहर्न, हेनरी वागन पर प्राचीन रहस्यवाद का गहरा प्रभाव है। विलियम ब्लेक (1757-1828) भी इसी प्रकार की चित्तवृत्ति का था। उसकी रचनाएं अमरीका के इमर्सन की भांति ही रहस्यात्मक हैं। उन्नीसवीं शती में वर्ड् सवर्थ, कॉलरिज, टेनीसन एवं ब्राउनिंग की रचनाओं में, गंभीरतम आत्मजीवन के प्रति अन्तर्दृष्टि एवं निजी अनुभवों के प्रमाण पाए जाते हैं।

जां गर्सन (1429) ने रहस्यात्मक ब्रह्मानुभूति पर एक ग्रन्थ लिखा और रहस्यात्मक प्रेरणा को 'मनःशिखर' संज्ञा दी। कूज़ा के निकोलस (1464) ने अपने विचार नवप्लेटोवाद पर ही आधारित किए हैं तथा बेनेडिक्टाइन ब्लोसियस (1565) ने प्रार्थना की ऐसी विधि का समर्थन किया है जो 'बिना किसी मध्यम के ईश्वर-मिलन' तक पहुंचा देती है।

सोलहवीं शती के रहस्यवाद के दो महान लेखकों का जन्म स्पेन में हुआ—संत थेरेसा (1582) एवं क्रॉस के संत जॉन (1591)। संत थेरेसा ने हमें एक संत के अन्तरनुभवों के बड़े सजीव वर्णन दिए हैं। उन्होंने मनोवैज्ञानिक प्रभावों के अनुसार, प्रार्थना की कोटियों में, अन्तर किया है। अपनी सबसे प्रथम रचना 'जीवन' में उन्होंने लिखा है कि ध्यान में आत्मा की शक्तियां स्वाभाविक एवं मुक्त रूप से भाग लेती हैं; स्मरण, अथवा मौन प्रार्थना, में इच्छाशक्ति ईश्वर से सान्निध्य-लाभ करती है जब कि कल्पना एवं बुद्धि इस मिलन में सहायक या बाधक बनने के लिए स्वतन्त्र रहती हैं। पूर्णार्पण में ये सब शक्तियां एक में मिल जाती हैं—पूर्ण एकत्व में। मुश्किल से यह क्रम आध घण्टे चलता है। इसके साथ हर्षोन्माद एवं विह्वलता का अनुभव भी होता रहता है। 'स्पिरिच्युएल कैंसिल' (आध्यात्मिक गढ़) में आध्यात्मिक उद्वाह या मिलन को शोध का लक्ष्य बताया गया है।

क्रास के संत जॉन संत थेरेसा के एक शिष्य थे। उनका कहना है कि हर्षोन्माद एवं विह्वलता का कारण शारीरिक दुर्बलता है। अपनी रचना 'एसेंट ऑफ माउण्ट

कार्मेल' (कार्मेल गिरि पर आरोहण) में उन्होंने ध्यानयोग के जीवन के तप-पक्ष का विवेचन किया है। वे पूर्ण संन्यास एवं आत्मविरति की मांग करते हैं। जिसे वे 'इन्द्रियों की निशा' कहते हैं वह आत्मा को ऐन्द्रिय भक्ति से दूर ले जाती है तथा एकान्त एवं शान्ति की इच्छा उत्पन्न करती है। ऐसी अवस्था में आत्मा बिना किसी विशेष ज्ञान को धारण किए ही अपने को ईश्वर के हाथों में छोड़ देती है। 'इन्द्रियों की निशा' के बाद अन्तरात्मा की, स्पिरिट की, निशा आती है जिसमें ईश्वर आत्मा के ऊर्ध्वांश को विनीत, परिशुद्ध तथा परिष्कृत करता है और उस पूर्ण ऐक्य या मिलन के लिए उसे तैयार करता है जिसका वर्णन क्रॉस के संत जॉन ने 'दि स्पिरिच्युएल कैण्टिकल' (अध्यात्मगीत) तथा 'दि लिविंग फ्लेम ऑफ लव' (प्रेम की सजीव ज्योतिशिखा) नामक रचनाओं में किया है।

सले के संत फ्रांसिस (1622) ने ध्यानात्मक प्रार्थना का अच्छा वर्णन किया है। मोलिनो (1696) एवं मदाम गायोन (1717) दोनों मौनवाद के विषय में भयावह असंतुलन में पड़ गए और उन्होंने ध्यानयोगियों तथा रहस्यवादियों को कल्पना के घोड़े दौड़ाने वाले कमज़ोरदिमाग अस्वस्थ व्यक्तियों के रूप में ग्रहण कर लिया।

परिव्राजक क्वेकर † जॉन उलमैन ने अपनी 'डायरी' में लिखा है : "एक ऐसा सिद्धान्त या तत्त्व है जो पवित्र है और मानव-हृदय में रख दिया गया है। विभिन्न स्थानों एवं कालों में इसके विभिन्न नाम रहे हैं। इतने पर भी पवित्र है और ईश्वर से उद्भूत है। यह गंभीर एवं अन्तर्मुखी है; किसी धर्म-प्रणाली में सीमित नहीं है, न किसी धर्म-प्रणाली से बहिष्कृत है। इसमें हृदय पूर्ण सचाई में रहता है। जिनके भी अन्दर यह जड़ पकड़ता है एवं विकसित-पल्लवित होता है, चाहे वे किसी जाति के हों, वे परस्पर बन्धु हो जाते हैं।"

रूसियों की धार्मिक भावना भी रहस्यात्मक ढंग की है तथा रूसी गिरजों में जिस प्रकार की उपासना का विकास हुआ है उससे रहस्यात्मक अनुभूतियां पनपती हैं। धर्म का लक्ष्य ईश्वर को सर्वव्यापक ऐक्य के रूप में अनुभव करना है।

मुहम्मद की रहस्यात्मक प्रकृति को उनके देशबन्धुओं के बहुदेववाद से धक्का लगा। वे एकान्त आश्रयों में जाकर उपासना करते रहे तथा इस तरह उन्होंने अपने सुधारप्रधान धार्मिक विचारों का विकास किया।

8. इस्लाम : तसव्वुफ

इस्लाम का केन्द्रीय तत्त्व ईश्वर की उपासना तथा उसे एकमात्र परमेश्वररूप

† क्वेकर : 'सोसायटी ऑफ़ फ्रेंड्स' नामक एक अन्तर्राष्ट्रीय मानवसेवार्थ निर्मित संस्था के सदस्य। —अनुवादक।

में मानना है। मुहम्मद को लगता था कि धर्म के शहीदों, संतों एवं देवदूतों में विश्वास करके, ईश्वर के एकत्व को, जिसका प्रमाण कुरान में मिलता है, ईसाइयों ने शिथिल कर दिया है। त्रैत (ट्रिनिटी) † के रहस्य एवं अवतार ईश्वरीय एकत्व का खण्डन कर देते हैं। अपनी स्पष्ट बुद्धि से प्राच्य ईसाइयों ने तीन समदेवों का आविर्भाव किया तथा ईसा को ईश्वर-पुत्र के रूप में परिवर्तित कर दिया। मुहम्मद ने मनुष्यों एवं मूर्तियों, नक्षत्रों एवं ग्रहों की उपासना को इस सिद्धान्त की दृष्टि से अमान्य कर दिया कि जो उदित हुआ है उसका अस्त होगा; जो पैदा हुआ है वह मरेगा। जो दूषणीय है, उसका ह्रास एवं नाश भी निश्चित है। मुहम्मद के लिए ईश्वर एक असीम एवं शाश्वत आत्मा है, जिसका कोई आकार नहीं, कोई स्थान-विशेष नहीं, जो निर्विषय है, जिसकी समानता कहीं नहीं है। वह हमारे परम गोपनीय विचारों में उपस्थित है पर वह अपनी प्रकृतिवश उपस्थित है, और अपने ही द्वारा सम्पूर्ण नैतिक एवं बौद्धिक पूर्णताओं को प्राप्त करता है। जब अज्ञात तत्त्व से हम काल एवं अवकाश, गति एवं पदार्थ, चेतना एवं विचार की सम्पूर्ण धारणाओं को अलग कर देते हैं तब जो बच जाता है, वही ईश्वर है। मुहम्मद एवं उनके अनुयायी ऐक्यवादी हैं। उनकी शिकायत है कि ईसाई धर्मादेशों की ऐक्यभावना गिरजाघरों के भव्य समारोहों में विलीन हो जाती है। ईश्वर के अतिरिक्त अपने धर्मपुरोहितों या पादरियों एवं संन्यासियों को भी अपना स्वामी मानने के लिए मुहम्मद ईसाइयों की भर्त्सना करते हैं।

धर्मविद्या के जानकार जो भी कहें, मुहम्मद पुरानी परम्परा के एक द्रष्टा या ऋषि थे। कुरान एक ऋषि का ग्रन्थ है। सूफी परम्परा मुहम्मद को ही अपना संस्थापक या आदिप्रवर्तक मानती है और ईश्वर के वैयक्तिक अनुभव पर बल देती है। सूफी एकान्तवादी थे; वे एकान्त स्थानों में आश्रय लेते थे और अपनी जीविका के लिए अपने भक्तों पर निर्भर करते थे। तसव्वुफ का विश्वास है कि जगत् में केवल एक परम सत्ता है; वह अज्ञेय है। उसके नामरूपों द्वारा ही हम उसका कुछ ज्ञान प्राप्त कर सकते हैं। विशुद्धात्मा नामरूपरहित है; जब वह अपनी निर्विकल्प अव्यक्तता को छोड़कर व्यक्त होता है तभी उसे नामरूप दिए जाते हैं।

जो परमात्मा या ब्रह्म सब गुणों एवं सम्बन्धों से रहित होता है उसे सूफी जीली 'अल्-अमा' (तम) कहते हैं। तीन श्रेणियों से गुजरने पर उसमें चेतना का विकास होता है। प्रथम स्थिति एकत्व की है; दूसरी में अन्य पुरुष वह की भावना (वह-ता = ही-नेस) है; तीसरी में 'मम-त्व' की 'अहं-ता' (आई-नेस) की, प्रथम

† ट्रिनिटि : पिता, पुत्र तथा पवित्रात्मा (फादर, सन ऐण्ड होली घोस्ट) की त्रिमूर्ति का ईसाई सिद्धान्त।—अनुवादक।

पुरुष की भावना है। इस उपक्रम से परमात्मा सम्पूर्ण चिन्तन का विषय बन जाता है तथा सर्वास्तित्व को अंक में समेटे हुए, अपने को विशेष गुणों से युक्त ईश्वर-सत्ता के रूप में व्यक्त करता है। यह दृश्य जगत् उसी परम ब्रह्म की अभिव्यक्ति है। इब्नअल्-अरबी कहते हैं : "हमें ईश्वर की आवश्यकता अपने ही अस्तित्व के लिए है; जबकि उसे हमारी आवश्यकता इसलिए है कि वह अपने लिए अपने को व्यक्त करे।"

मानवात्मा, जो इस देह के पिंजरे में 'बन्दी' है, उस परमेश्वर का ही अंश है। जब वह मांस से, देह से मुक्त हो जाती है तो अपने उद्‌गम को फिर से पा लेती है। यद्यपि सब हस्तियां परम सत्ता के ही किसी न किसी गुण को व्यक्त करती हैं, मानव-प्राणी वह सूक्ष्म ब्रह्माण्डतत्त्व है जिसमें सब गुण, सब विशेषताएं मिलकर एक हो गई हैं। परमेश्वर मानव में अपने प्रति चैतन्य होता है। पूर्ण मानव, ईश्वर-दूत या संत में ईश्वर और मनुष्य एक हो जाते हैं। यह पूर्ण मानव ही सृष्टि का अन्तिम कारण है।

तसव्वुफ सिद्धान्त के बीज कुरान में मिलते हैं—"अल्लाह के चेहरे (सत्यता) के अतिरिक्त और सब वस्तुएं 'हालिक' (नाशमान) हैं।"[1] "पृथ्वी पर हरेक 'फानी' है, पर तेरे प्रभु का यशस्वी मुख शाश्वत है।"[2] "जिधर भी तुम निगाह करो, अल्लाह का चेहरा है।"[3] मनुष्य की पहुंच के परे और बहुत ऊंचा अल्लाह का अप्रतिम व्यक्तित्व, सम्पूर्ण सर्जित प्राणियों में प्रतिफलित एक सत्यात्मा में साकार हुआ। वह मनुष्य की सच्ची आत्मा है जिसे वह आनन्दोन्माद आत्मविसर्जन में अपनी वैयक्तिक चेतना खो देने पर पाता है। 'फना' एक अतीन्द्रिय स्थिति है और सम्पूर्ण वासनाओं एवं कामनाओं का निवारण करके ही उसे प्राप्त किया जा सकता है। यह हमें बौद्धिक 'निर्वाण' एवं उसके मार्ग का स्मरण दिलाती है। सूफी ध्यानस्थ होकर अपने अन्दर ही परम सत्ता की उपलब्धि करते थे।

खुरासान के बायज़ीद कहते हैं : "मैं एक-एक ईश्वर के पास गया, यहां तक कि वे मेरे अन्तर् में मुझसे ही बोल पड़े—'अरे! तू ही मैं हूं?' निश्चय ही मैं ईश्वर हूं, मेरे सिवा दूसरा ईश्वर नहीं है। इसलिए मेरी उपासना कर। मेरी जय हो! मेरी शान, कितनी महान।"

सबसे बड़े सूफियों में से एक—अल्-हल्लाज—ने, जो अपने विश्वासों के कारण सूली पर चढ़ा दिये गये, आत्मानुभव की जागरूकता के विषय में लिखा है। इसे 'तफरीद' कहते हैं। जब हम प्रत्येक वस्तु से अपने को हटा लेते हैं तभी आत्मोन्मुख होते हैं। वे उस स्थिति का वर्णन करते हैं जब जीव आत्मा के सुख से अलग कर दिया जाता है; वे उस स्थिति का भी वर्णन करते हैं जिसमें ईश्वर

1. 28 : 88।
2. 4 : 26।
3. 2 : 109।

आत्मा को अपने में मिला लेता है। उनके विचार से वेदना ऐसी वस्तु नहीं जिससे भाग खड़े होने की ज़रूरत हो; उलटे यह तो वह साधन है जिससे आत्मा दैवी पद प्राप्त करती है।

अल्-हल्लाज का वक्तव्य कि 'मैं ही सत्य हूं' (अनलहक) उपनिषद् की उक्ति 'अहं ब्रह्मास्मि' की प्रतिध्वनि है। दार्शनिक चिंतन की अपेक्षा, निजी अनुभवों के फलस्वरूप ही ये सत्य सूफियों को प्राप्त हुए। नव-प्लेटोवाद तथा हिन्दू एवं बौद्ध विचारधाराओं के प्रभाव के कारण ये लोग इस्लाम की भी एक रहस्यवादी व्याख्या प्रस्तुत करने की ओर अग्रसर हुए होंगे।

रहस्यवादी बसरा-रबिया के विषय में एक कथा कही जाती है : "एक दिन चंद सूफियों को रबिया मिली। वह दौड़ रही थी और एक हाथ में आग और दूसरे में पानी लिए हुए थी। उन सूफियों ने उससे कहा, 'ओ आगामी संसार की देवी! तुम कहां जा रही हो तथा जो एक हाथ में आग और दूसरे में पानी लिए हो इसका क्या मतलब है?' उसने उत्तर दिया, 'मैं बहिश्त (स्वर्ग) में आग लगाने और दोज़ख (नरक) को जलमग्न करने जा रही हूं, जिससे ये दोनों पर्दे धर्मसाधकों की आंखों के सामने से हट जाएं और उन्हें उनका लक्ष्य ज्ञात रहे, और खुदा के बन्दे उसे बिना किसी आशा या भय के देख सकें।'[1] जब स्वर्ग की आशा या नरक का भय न रह जाएगा तब क्या होगा? हाय! तब कोई अपने ईश्वर की उपासना करना या उसकी आज्ञा मानना न चाहेगा।" हमें ईश्वर से खुद उसके लिए ही प्रेम करना चाहिए। रबिया तो पैगम्बर मुहम्मद तक के प्रति प्रेम नहीं रख पाती थी क्योंकि

1. तुलना कीजिए, इब्राहीम आदम : "हे प्रभु! तू जानता है कि मेरी आंखों में आठों स्वर्गों का मूल्य उससे अधिक नहीं है जितना एक कुटकी या पिस्सू के पंख का है। इससे वह सम्मान बहुत अधिक है जो तूने मुझे दिया है। तेरा प्रेम, या जो घनिष्ठता तूने मुझे अपने नाम की स्मृति के रूप में दी है, या तेरे यश की महिमा पर केन्द्रित मेरा ध्यान, अथवा सब वस्तुओं से तेरे द्वारा ही प्राप्त मुक्ति, यह सम्मान स्वर्ग के सम्मान से कहीं महान है।"

अत्तार इब्राहीम आदम की एक उक्ति उद्धृत करके टिप्पणी करता है : "आनन्द का द्वार खुलने के पूर्व साधक के हृदय पर और सामने पड़े तीन पर्दों को हटाना ही होगा। पहला तो यह कि यदि उसे दोनों आलमों का राज्य स्थायी रूप से दिया जाए तो भी उसे खुशी न हो क्योंकि जो कोई किसी सर्जित वस्तु के मिलने पर उत्फुल्ल होता है तो समझना चाहिए कि उसमें अब भी प्रलोभन शेष है। और लोभी मनुष्य (ईश्वर ज्ञान से) बहिष्कृत है। दूसरा पर्दा यह है कि यदि दोनों लोक उसकी मुट्ठी में हों और बाद में उससे ले लिए जाएं तो उसे अपनी अकिंचनता के लिए दुःख-शोक न हो क्योंकि यह लक्षण क्रोध का है और जो कोई क्रोध में है वह पीड़ित होगा। तीसरी बात यह है कि वह किसी प्रशंसा या अनुकूलता से फूल न उठे क्योंकि जो कोई इस प्रकार फूल उठता है वह निम्न भावनाओं वाला है। ऐसा आदमी सत्यावरण में फंसकर रह जाता है (सत्य नहीं देख पाता)। मुमुक्षु को अत्यन्त उच्चाशयी होना चाहिए।"

—ब्राउन : 'लिटरेरी हिस्ट्री ऑफ पार्शिया', भाग 1, पृष्ठ 425।

उसका ईश्वर-प्रेम उसे इस पूर्णता के साथ निमग्न किए हुए था कि उसके हृदय में किसी भी प्राणी के लिए न प्रेम था, न घृणा थी।

सूफियों ने अनुभव किया कि उनकी धर्म-साधना ईश्वरीय विधि (लॉ) के अनुकूल है, यहां तक कि अपनी साधना के एक पक्ष के रूप में इसे उन्होंने उसमें शामिल भी कर लिया। जो ईश्वरीय सत्ता का ध्यान करता है वह वैसा अन्तर्मुखी एवं बहिर्मुखी, एक एवं अनेक, दोनों रूपों में करता है। विधि सत्य की अभिव्यक्ति है। जब हम ईश्वर के शाश्वत जीवन में प्रवेश करते हैं तब हम ईश्वर के कार्यों में भी सम्मिलित होते हैं। एक ओर हम ऐक्य की इस स्थिति में, ईश्वर में एवं ईश्वर के साथ, रहते हैं, तो दूसरी ओर अपने कर्तव्यों का पालन करने के लिए इस दृश्य-प्रपंच में भी उतर आते हैं।

यहूदी, ईसाई एवं इस्लामी रहस्यवाद ईश्वर की आस्तिक अवधारणा को नियतिवादी एवं अपर्याप्त मानता है।

9. आधुनिक प्रवृत्तियां

विभिन्न धर्मों में पैदा हुए ऐसे अनेक बड़े विचारक हैं जो आध्यात्मिक धर्म की इस महान परम्परा की ओर उन्मुख हैं। एफ०एच० ब्रैडले ने 'अपियरेंस ऐण्ड रियलिटी' (प्रतीति एवं सत्य) की भूमिका में लिखा है : "एक ओर हमारी कट्टर धर्म-भावना तथा दूसरी ओर हमारा साधारणस्तरीय भौतिकवाद···दोनों मुक्त पर संशयालु जिज्ञासा के सूर्य-प्रकाश में प्रेत-छाया की भांति नष्ट हो जाते हैं।" ब्रैडले फिर कहते हैं: "धर्म में जो कुछ आता है उससे ज्यादा यथार्थ और कुछ नहीं है। इस प्रकार के तथ्यों की बाह्य अस्तित्व की वस्तुओं से तुलना करना विषय का उपहास करना होगा। जो आदमी धार्मिक चेतना से अधिक ठोस यथार्थता की मांग करता है वह नहीं जानता कि दरअसल वह चाहता क्या है।"[1] उसकी दृष्टि से यथार्थता एक अनुभव है जो आत्म-अनात्म के भेद से पहले आता है। वह ऐसे किसी भी अनुभव के पूर्व आती है जिसे हम अपने अनुभव के रूप में जानते हैं। ब्रैडले कोई अहंवादी या भौतिक ज्ञान को मिथ्या मानने वाला (सालिपसिस्ट) नहीं है क्योंकि आत्म एवं अनात्म का भेद केवल अनुभूत ऐक्य के अन्दर ही आता है। यथार्थता एक ऐसा अनुभव है जो सब सम्बन्धों के ऊपर उठ जाता है। यथार्थता हमारे सम्पूर्ण अस्तित्व को सन्तुष्ट कर देती है।[2]

1. 'अपियरेंस ऐण्ड रियलिटी', पृष्ठ 449।

2. प्रोफेसर सी०ए० कैम्पबेल अपने लेख 'दि मेटाफीज़िक्स ऑफ ब्रैडले' (चर्च क्वाटरली रिव्यू, अप्रैल-जून 1950, पृष्ठ 41) में लिखते हैं : "मैं समझता हूं कि ब्रैडले का आत्मिक समाज (कम्यूनिटी ऑफ स्पिरिट) किसी धर्म के कट्टर धर्मवादियों की अपेक्षा सब धर्मों के महान रहस्यवादियों के साथ ही अधिक मिलता है।"

बर्गसां ने ईश्वर या परम सत्ता के साथ आत्मा के मिलन की बात लिखी है। आत्मा "एक अपरिभाषेय सत्ता की उपस्थिति का अनुभव करती है...इसके बाद असीम आनन्द, एक सर्वमग्नकारी हर्षोन्माद, एक सर्वस्व-विकम्पनकारी विह्वलता का आगमन होता है। ईश्वर का आगमन हो चुका है तथा आत्मा उसमें समाहित है। अब कोई रहस्य नहीं रहा; समस्याएं लुप्त हो गई हैं; अन्धकार दूर हो गया है; प्रत्येक वस्तु प्रकाश की धारा में तैर रही है...विचार एवं विचार के लक्ष्य की दूरी नष्ट हो गई है क्योंकि जिन समस्याओं के कारण यह दूरी थी और खाई आ गई थी, उन सबका लोप हो गया है। प्रेमी एवं प्रियतम के बीच तीव्र बिछोह सदा के लिए समाप्त हो गया है। ईश्वर सामने है और आनन्द असीम हो गया है—आत्मा विचार एवं अनुभूति के अन्दर ईश्वर में मग्न हो गई है।"[1] अकस्मात् संसार की चिन्ताएं दूर हो गई हैं—वे भार एवं चिन्ताएं जो हमारे दैनिक जीवन को निरन्तर इस प्रकार दबाती हैं कि हमें पता भी नहीं चलता। हम कट्टर विश्वास एवं अविश्वासों से बच गए हैं। यदि धर्म को अनुर्बर एवं जड़ नहीं होना है तो उसे पौराणिकता एवं परम्परा से ऊपर उठना होगा और 'ईश्वर के लिए प्यासी' आत्मा पर ज़ोर देना होगा। यह नया स्वभाव, यह नई भावना मानव-जाति के जीवित धर्मों में दिन-दिन बढ़ रही है।

सच्चा धर्म वह नहीं है जो हमें बाहर से प्राप्त होता है या जो पुस्तकों एवं उपदेशकों से मिलता है। यह मानवात्मा की उठान है जो किसीके अन्दर उस वस्तु को अनावृत या प्रत्यक्ष कर देती है जो उसके जीवन के रक्त से निर्मित हुआ रहता है। जो लोग इस विचारधारा का अनुगमन करते हैं, वहीं ऋषि हैं, द्रष्टा हैं। वे एक ही कुटुम्ब के अंग हैं, भले वे एक-दूसरे से कितनी ही दूरी पर रहते हों। वे समस्त धरती पर बिखरे-फैले, एक अनावृत, असंघटित जाति के, आत्मा के अदृश्य सम्प्रदाय के, सदस्य हैं। वे इस जगत् में वह सिद्धि पा लेते हैं जो मानव के लिए है। उनके जीवन असीम स्पष्टता, प्रामाणिकता, सत्यनिष्ठा एवं सर्वजीव-प्रेम से पूर्ण होते हैं।

1. 'दि टू सोर्सेज ऑफ मौरैलिटी ऐण्ड रिलीजन', अंग्रेज़ी अनुवाद (1938), पृष्ठ 196-197।

छठा अध्याय

धार्मिक सत्य और प्रतीकवाद

1. आत्मविद्या का सिद्धान्त

विभिन्न धर्मों के ऋषियों के वैयक्तिक अनुभव में हमें ऐसे लक्षण मिलते हैं जो जाति तथा भौगोलिक सीमाओं में आबद्ध नहीं, और जो किंचित् परिवर्तन के होते हुए, आध्यात्मिक जीवन के सम्बन्ध में आश्चर्यजनक सादृश्य उपस्थित करते हैं। प्रत्यक्ष आध्यात्मिक अनुभव एक मानसिक स्थिति है तथा अनुभव से ही प्राप्त आत्मविद्या-सिद्धान्त (मेटोफीज़िकल डॉक्ट्रिन) से स्वतन्त्र है। अनुभव की यथार्थता आत्म-विद्या-सिद्धान्त के सच या झूठ होने पर निर्भर नहीं करती। फिर भी अनुभव का एक संज्ञानी या बोधक मूल्य है। इसमें परम सत्ता, मानवात्मा एवं जगत् की आध्यात्मिक अवधारणा तथा परमेश्वर से एकत्वसिद्धि या मिलन के अर्थ एक मार्ग की भी बात आती है। अभिव्यक्ति में विविधताएं होती हैं; जो लोग एक ही धर्म को मानते हैं उनमें भी विविधताएं, भिन्नताएं पाई जाती हैं। किन्तु चाहे हम हिन्दू ऋषियों को लें, बौद्ध उपदेशकों को लें, सुकरात, अफलातून, अरस्तु एवं प्लाटिनस जैसे यूनानी विचारकों को लें, या फिर ईसाई रहस्यवादियों और सूफियों को लें, इनमें पाई जानेवाली समानता आश्चर्यजनक है।

जब हम अनुभव पर विचार करते हैं तब हम तात्कालिकता के क्षेत्र को छोड़ देते हैं तथा अनुभव एवं जिसका अनुभव किया गया है उसके बीच भेद करने लगते हैं। किन्तु हम मूलभूत एकता को उस दार्शनिक चिन्तन के द्वारा फिर से प्राप्त नहीं कर सकते जो प्रत्यक्षानुभव की व्याख्या करता है। अनुभव को शब्दों में व्यक्त नहीं किया जा सकता। फिर भी जैसे हम अनित्य और नित्य संसारों में रहते हैं वैसे ही हमें उनके परस्पर-सम्बन्ध को भी समझना और अनित्य की शब्दावली में नित्य का अर्थ व्यक्त करना चाहिए।

व्याख्या या भाषान्तर अनुभव के लिए कभी पर्याप्त नहीं होता। जैसे सब प्रकार का ज्ञान आत्मनिष्ठ एवं वस्तुनिष्ठ के द्वैत की पूर्वकल्पना करके चलता है, वैसे ही हम मनुष्य की अन्तरात्मा अथवा अन्तिम सत्ता के स्वभाव को संज्ञान या बोध (कॉगनिशन) का संभावित विषय नहीं बना सकते। जीव की पदार्थरूप में

कल्पना करना, यथार्थता के साथ बलात्कार करना तथा वस्तुनिष्ठ एवं आत्मनिष्ठ के बीच एक दरार, एक खाई उत्पन्न करना है। जीवात्मा की परिभाषा नहीं की जा सकती, न उसको दिखाया जा सकता है। उसका केवल आभास दिया जा सकता है, संकेत दिया जा सकता है। फिर भी हम जीवात्मा को एक पदार्थरूप में सोचते हैं क्योंकि इतनी सदियों से आत्मविद्या जीवात्मा का ही विज्ञान रहा है। प्राथमिक जीव (डेटम) का विशदीकरण किया जा सकता है परन्तु उसका वर्णन नहीं किया जा सकता। यहीं बताने के लिए कि यह ज्ञान का विषय नहीं है, अनेक ऋषियों ने परमात्मा या ब्रह्म के स्वभाव के विषय में कुछ कहने से इन्कार कर दिया। वे घोषणा करते हैं कि ब्रह्म एक रहस्य, एक गुप्त भेद है। जितना ही अनिर्वाच्य के रूप में उसका अनुभव किया जाता है उतना ही मालूम पड़ता है कि वह असंदिग्ध है। इस प्रकार का ज्ञान किसी विश्वास या तर्क के उपक्रम से नहीं उद्भूत होता। दोनों का खण्डन न करते हुए भी यह दोनों के परे जाता है। हम बिना शब्द या वाणी के भी संसर्ग स्थापित कर सकते हैं—एक ऐसी अतीन्द्रिय चेतना प्राप्त कर सकते हैं जो सब प्रतिमूर्तियों एवं धारणाओं को पार कर जाती है—"एकाकी की एकाकी की ओर उड़ान।"

अनेक ऋषि मौन श्रद्धा में ही सन्तोष कर लेते हैं और वाणी का आश्रय लेने से इन्कार करते हैं। वे उसका वर्णन शब्द-ध्वनि के बिना ही करते हैं। बाह्व अपने शिष्य वाष्कलि से कहते हैं कि आत्मा शान्त, नीरव है, "शान्तोऽयम् आत्मा।" संत आगस्टाइन कहते हैं : "ईश्वर को अकथ्य भी नहीं कहा जा सकता क्योंकि ऐसा करना उसके विषय में कोई निश्चय प्रकट करने के बराबर है। वह शुद्ध नीरवता है, शब्दध्वनिहीन शून्य।" "यदि तुम पूर्ण हो तो ईश्वर के विषय में बकवास न करो," यह एकहार्ट का कथन है।[1]

1. रुडोल्फ ओटोकृत 'मिस्टिसिज़्म, ईस्ट ऍण्ड वेस्ट' (1932), पृष्ठ 7 में कैसियन अनुभव की अकथनीयता का वर्णन करते हैं : "वह सम्पूर्ण मानवी चिन्तन का अतिक्रमण कर जाता है और व्यक्त होता है वाणी की किसी ध्वनि से नहीं, किसी जिह्वासंचार एवं शब्दोच्चार से नहीं वरन् उस स्वर्गीय प्रकाश के समावेश से ज्योतित मन से, जो किसी मानवी एवं सीमित भाषा में वर्णन नहीं करता बल्कि एक विशाल फव्वारे की भांति अपने उद्गार को उंडेल देता है तथा काल के अत्यन्त सूक्ष्म अंश में ईश्वर से ऐसी अवर्ण्य बड़ी-बड़ी बातें कह जाता है कि जब वही मन अपनी सामान्य स्थिति में लौट आता है तब उन बातों को कह नहीं पाता।"—'कोल्लेशन' 9, 25, डोम कुथबर्ट बटलर कृत 'बेनेडिक्टाइन मोनाकीज्म', द्वितीय संस्करण (1924), पृष्ठ 79 में उद्धृत। शिव-स्तुति करते हुए एक श्लोक में कहा गया है :

महिम्नः पारं ते परमविदुषो यद्यसदृशी
स्तुतिर्ब्रह्मादीनामपि तदवसानास्त्वयि गिरः।
अथावाच्यः सर्वः स्वमतिपरिणामावधि गृणन्
समाप्येष स्तोत्रे हर निरपवादः परिकरः ॥—महिम्नस्तोत्र।

परम सत्ता पदार्थ के मिश्रण से रहित विशुद्धात्मा है। उसमें परिवर्तन या रूपान्तर की कोई सम्भावना नहीं। उसे नाशमान, अनित्य वस्तुओं या प्रवहमान घटनाओं में नहीं प्राप्त किया जा सकता। वह इस स्थान एवं इस काल से बिल्कुल परे है, सदा के लिए उन सब चीज़ों से ऊपर है जिन्हें देखा जा सकता है, जिनकी कल्पना की जा सकती है, जो ज्ञात या नामधारी हैं। हम परम सत्ता, ब्रह्म या परमेश्वर के विषय में केवल नकारात्मक रूप में ही कुछ कह सकते हैं। परम सत्ता, जिससे मिलने के लिए, एक हो जाने के लिए जीवात्मा सचेष्ट है, उन सब चीजों से ऊपर एवं उनके परे है जो सीमित एवं ठोस हैं। उसे किन्हीं उपाधियों से सम्बद्ध करना उसे सीमित करना है। हम सम्पूर्ण सीमित वस्तुओं का निराकरण करके ही असीम आत्मा के एकत्व एवं परिपूर्णता को सुरक्षित रख सकते हैं। हम केवल 'यह नहीं, यह नहीं' (नेति नेति) कह सकते हैं।

जैसा कि ताओ तेह-चिंग कहते हैं : "जिस नाम का नामांकन किया जा सकता हो वह वास्तविक नाम नहीं है।" यद्यपि ईश्वर में जीवात्मा सन्निविष्ट है पर अपने अपार रूप में ईश्वर उससे परे है। वह अद्वैत है; प्रत्येक प्रकार के निश्चय एवं पुष्टीकरण के परे है। संत क्लीमेण्ट कहते हैं : "ईश्वर की खोज अन्धकार में की जानी चाहिए।"[1] पुनः सूडो-डायोनीशियन कहते हैं: "इस अन्धकार से, जो प्रकाश के परे है, हम प्रार्थना करते हैं कि हम वहां पहुंचकर, दृष्टिशक्ति एवं ज्ञान का लोप करके, न देखने और न जानने के तथ्य द्वारा ही, उसे देख एवं जान सकें जो दृष्टि एवं ज्ञान के परे है। यही असली दृष्टि और ज्ञान है।"[2] "यह दैवी अंधकार वह अस्पर्श्य प्रकाश है जिसमें ईश्वर का निवास बताया जाता है। जो न देखकर और न जानकर भी ईश्वर को देखने और जानने की क्षमता रखता है वही इस ऊर्जा में प्रवेश करता है क्योंकि वह वस्तुतः उसीमें है जो दृष्टि एवं ज्ञान के ऊपर है।"[3]

संत ग्रेगरी पलामाज़ के अनुसार हम ईश्वर की परिभाषा सत् के रूप में भी नहीं कर सकते क्योंकि वह 'प्रत्येक नाम के, जिसका नामांकन किया जा सकता है, परे है।' संत टॉमस के मत से "ईश्वर-सम्बन्धी मानव-ज्ञान की अन्तिम उपलब्धि इतना ही जान लेने में है कि हम उसे नहीं जानते, या यह अनुभव कर लेने में है कि उसके विषय में हम जो कुछ सोचते-समझते हैं उसे भी वह पार कर जाता है।"[4] "अपनी ज्ञान की भाषा में हम इतना ही जानते हैं कि ईश्वर अज्ञात है।"[5] एकहार्ट

1. 'स्ट्रोमैटा', 1, 2; 5: 12।
2. 'मिस्टिकल थियोलोजी', 2।
3. 'लेटर्स', 5।
4. 'दि पोटेंशिया', 7: 5 एड० 14।
5. 'इन बोटियम द त्रिनितेत', 1 : 2 एड० 2।

उपनिषद्-वाणी की पुनरुक्ति करते जान पड़ते हैं : "ईश्वर किसी भी वस्तु के असमान है और किसी भी वस्तु के समान नहीं है। वह सत्ता के परे है। वह शून्य है।" "ईश्वर स्वयं सत् है, अप्रतिम है, अपरिवर्तनीय है, उपाधि-रहित है; इस या उस किसी भी रूप से रहित है।"

निषेधात्मक वर्णनों से हमें यह संशय नहीं होना चाहिए कि वह परम सत्ता, परमेश्वर, निषेधवाची है। वह तो समस्त सास्तित्व वस्तुओं का आधार है। इसीलिए उसे परस्पर-विरोधी उपाधियां दी जाती हैं। परम सत्ता को कभी-कभी अधिनिजत्वमय परमेश्वर या साकार ईश्वर के रूप में देखा जाता है। इस रूप में वह सब साधकों पर अपना प्रेम एवं अनुग्रह उंडेलता है। परम ब्रह्म, अतीन्द्रिय एवं अव्यक्त सत्ता का आध्यात्मिक आदर्श, आस्तिक दर्शन-प्रणालियों में ईश्वर का आदर्श हो जाता है। ध्यान का स्थान प्रार्थना ले लेती है; ज्ञान का स्थान प्रेम ले लेता है; मोक्ष की जगह स्वर्ग का जीवन आ जाता है। धार्मिक अनुभव में हमें परम ब्रह्म का ज्ञान तथा ईश्वर से वैयक्तिक मिलन दोनों प्राप्त होते हैं। दोनों में एक-दूसरे का त्याग नहीं है। भारत के प्रसिद्ध अद्वैतवादी विद्वान शंकर ने आध्यात्मिक अभेद एवं वैयक्तिक संसूचन की बात कही है। पुरातन एवं नवीन धर्मादेश (टेस्टामेण्ट) भी वैयक्तिक शब्दावली में धार्मिक समागम की बात कहते हैं। यद्यपि भारतीय धर्म में वैयक्तिक पक्ष भी मिलता है परन्तु उसमें सर्वोच्च यथार्थता को परब्रह्म के रूप में ही मानने पर बल दिया गया है।

2. वह तुम हो !

सभी धर्मों के ऋषिगण इस बात पर एकमत हैं कि मानवात्मा में कोई ऐसी चीज़ है जो उस परम, प्रकेवल (एबसोल्यूट) से सम्बन्धित है; बल्कि वही परम है। यह आत्मा की मौलिक भूमि है; यह आत्मा और परमात्मा का मिलन-बिन्दु है; यह सम्पूर्ण सौन्दर्य, सम्पूर्ण शिवत्व, बल्कि सार्वदेशिक महत्त्व के सम्पूर्ण विचारों का स्रोत एवं आधार है। आत्मा अतीन्द्रिय सत्य को इसीलिए ग्रहण कर सकती है कि जब वह गंभीरतम केन्द्र पर उतरता है तो वह उस सत्य के साथ मिलकर एक हो जाती है। वह जिसे जानती है उसीसे अभेद हो जाती है।

मनुष्य की अन्तःप्रकृति (आत्मा) और बाह्य सत्ता के सत्य (ब्रह्म) के बीच पूर्ण सामञ्जस्य है। मानव एक ऐसा सूक्ष्म ब्रह्माण्ड (माइक्रोकाज्म) है जो जगत् के सम्पूर्ण स्तरों—खनिज, उद्भिज, प्राणिज, मानवी एवं आध्यात्मिक का सम्मिलन है। सभी शक्तियां प्रच्छन्न रूप से उसमें विद्यमान हैं तथा जगत् अपना सर्जनात्मक उपक्रम उसके द्वारा जारी रखे हुए है। अब उसे अपने जगत् को और अपने को, अपनी सर्जनात्मक शक्ति के अनुसार रूप देना है।

जब उपनिषदें इस महासत्य की घोषणा करती हैं कि "यह तुम हो,"[1] जब बुद्ध उपदेश देते हैं कि प्रत्येक मानव-व्यक्ति अपने अन्दर बुद्ध या बोधिसत्त्व होने की शक्ति रखता है, जब यहूदी कहते हैं कि "मानवात्मा ही ईश्वर का दीपक है", जब ईसा अपने श्रोताओं से कहते हैं कि स्वर्ग का राज्य उन्हींके अन्दर है, और जब मुहम्मद ज़ोर देते हैं कि ईश्वर हमारे उससे भी ज्यादा नजदीक है जितना हमारे गले की धमनी है—तब इन सबका एक ही आशय होता है कि जीवन की सबसे महत्त्वपूर्ण वस्तु मानव के बाहर की किसी चीज़ में नहीं, बल्कि उसके चिन्तन एवं भावना के गुप्त स्तरों में ही पाई जा सकती है। हमें उसे यहां-वहां कभी नहीं देखना चाहिए क्योंकि 'देखो, ईश्वर का राज्य तुम्हारे ही अन्दर हैं'। "क्या तुम नहीं जानते कि तुम्हीं ईश्वर के मन्दिर हो और ईश्वरत्व तुम्हींमें निवास करता है?"[2] पीटर द्वितीय के शब्दों में "हम ईश्वरीय प्रकृति के भागीदार हैं।"[3] प्लाटिनस हमसे कहता है कि हम अज्ञेय को जान सकते हैं, क्योंकि हम स्वयं, अपने गंभीरतम तल में, अज्ञेय हैं। "आत्मा का सच्चा लक्ष्य है उस ज्योति का स्पर्श करना और उसे, किसी दूसरे प्रकाश के सहारे नहीं, उसी ज्योति के साधन से देखना—जैसेकि हम सूर्य को स्वयं उसीके प्रकाश से, न कि किसी दूसरे प्रकाश के सहारे, देखते हैं।"[4] संत आगस्टाइन कहते हैं : "तुम मेरे उससे भी बहुत अधिक अन्दर हो जितना मेरा अन्तर्तम भाग है।"[5] संत टामस कहते हैं : 'पवित्रात्मा अपने तत्त्वरूप में हमारे मन में स्थित है।"[6] ब्लोसियस अपनी पुस्तक 'द बुक ऑफ स्पिरिच्युएल इन्स्ट्रक्शन' के अन्त में आत्मा के प्रच्छन्न तत्त्व की बात कहते हैं।

"यह तीनों उच्चतर क्षमताओं (फैकल्टीज) से कहीं ज्यादा अन्तःस्थ एवं भव्य (सब्लाइम) है क्योंकि यह उनका उद्गम है, स्रोत है। यह पूर्णतः सरल, आवश्यक एवं एकरूप है इसलिए इसमें बहुत्व नहीं है, बल्कि एकत्व है और इसके भीतर त्रिविध उच्चतर क्षमताएं एक हो जाती हैं। यहां पूर्ण शान्ति है, गंभीरतम नीरवता है... कोई प्रतिमा, कोई परछाईं यहां प्रवेश नहीं कर सकती। इस गहराई के कारण ही, जिसमें ईश्वरीय मूर्ति छिपी पड़ी है, हम देवरूप हैं। इसी गहराई को 'आत्मा का स्वर्ग' कहा जाता है क्योंकि ईश्वर का राज्य इसीके अन्दर है। जैसा प्रभु ईसा ने कहा है, "ईश्वर का राज्य तुम्हारे अन्दर है; तथा यह ईश्वर का राज्य, सम्पूर्ण वैभव-

1. अपने बच्चे के प्रति मदालसा की लोरी से तुलना कीजिए : शुद्धोऽसि, बुद्धोऽसि, निरञ्जनोऽसि।
2. 1 'कारिंथियंस' 3 : 16; और भी देखिए, 1 'कारिंथियंस' 6 :19; 'रोमांस' 5 : 5।
3. 1 :4।
4. 'ईनियड्स' 5: 3, 17।
5. 'कनफेशंस' 3 : 11।
6. "स्पिरिटस सैक्टस पर सुएम सन्सटैशियम मेंटेम इनहैबिटैड।"—सी० जेंट, 4 : 18।

सहित स्वयं ईश्वर ही है। इसलिए यह अनावृत तथा अरूपी गहराई सम्पूर्ण सर्जित वस्तुओं के ऊपर, समस्त इन्द्रियों एवं शक्तियों के ऊपर है; यह काल एवं स्थान का अतिक्रमण कर जाती है तथा उस ईश्वर से नित्य सान्निध्य रखती हैं जिससे उसका आरम्भ हुआ है। इतने पर भी वह निश्चय ही हमारे अन्दर है क्योंकि यह मन का अगाध गर्त है तथा उसका अत्यन्त अन्तःसत्त्व है ...ईश्वर, अनुद्भूत गर्त, अपने को हमारी आत्मा या उद्भूत गर्त कहकर पुकारे तथा उसे अपने साथ जोड़ ले, अभेद कर ले जिससे ईश्वरत्व के गहरे सागर में डूबकर हमारी आत्मा परमात्मा में अपने को निमग्न कर दे...।"[1] क्रॉस के संत जॉन कहते हैं : "तू खुद अपने तई उसे खोजने न जा क्योंकि उससे ध्यानावरोध और थकावट आएगी। और तू उसे न पा सकेगा क्योंकि उसकी कोई उपलब्धि या फलदायकता उससे ज्यादा निश्चित, ज्यादा सन्नद्ध, ज्यादा अन्तरंग नहीं है जो अन्तःस्थ है।"[2] एकहार्ट का कथन है : "कोई आदमी जिसने पहले अपने को नहीं जाना है, ईश्वर को नहीं जान सकता। ...चूंकि हम ईश्वर को एकत्व में पाते है, वह एकत्व उसीके अन्दर होना चाहिए जो ईश्वर की खोज करने चला है।" वे पुनः कहते हैं : "अपने सर्वोच्च रूप में ईश्वर के हृदय तक पहुंचने के लिए, पहले साधक को कम से कम अपने हृदयसत्त्व तक पहुंचना चाहिए क्योंकि कोई ऐसा आदमी ईश्वर को नहीं जान सकता जिसने पहले स्वयं अपने को नहीं जान लिया है। आत्मा की गहराई में उतरो...मूल तक, जड़ तक पहुंचो, ऊंचाई तक जाओ क्योंकि जो भी ईश्वर कर सकता हैं वह सब वहां केन्द्रित है।"[3] यदि मानवात्मा एवं ईश्वर पूर्णतः भिन्न होते तो तार्किक प्रमाण या मध्यस्थता की कोई मात्रा हमें ईश्वर की यथार्थता तक नहीं पहुंचा सकती थी। गेटे ने कहा है: "यदि आंखें सूर्य-सदृश न होतीं तो हम कभी भी प्रकाश को कैसे देख पाते ? और यदि स्वतः ईश्वरीय शक्ति का निवास हमारे अन्दर न होता तो हम दैवी वस्तुओं में आनन्द कैसे प्राप्त कर सकते ?" ईश्वरत्व या दिव्यता हमें आनन्द-विह्वल कर देती है क्योंकि वह (ईश्वरत्व) हमारे अन्दर भी है। जब वैयक्तिक आत्मा सबके तत्त्वरूप आत्मा से मिलकर एक हो जाती है तब मुक्ति प्राप्त होती है, आत्मसिद्धि होती है। यह मुक्ति या आत्मसिद्धि शान्त, सौम्य तथा अव्याहत होती है।

३. धार्मिक प्रतीकवाद

हिन्दू विचारकों ने श्रुति या वेद, जो अपौरुषेय या मानवीय विचार-प्रणाली से स्वतन्त्र है, तथा स्मृति या परम्परा में, जो तर्क एवं व्याख्या पर आश्रित है,

1. देखिए, डोम कुथबर्ट बटलर कृत 'वेस्टर्न मिस्टिसिज्म' (1922), पृष्ठ 305-306।
2. 'दि स्पिरिच्युएल कांटिकल' पद, 1 : 9।
3. आर० ब्लैकनी कृत 'मीस्टर एकहार्ट : ए मॉडर्न ट्रांसलैशन' (1941), फ्रेगमेंट 37; 'दि एरिस्टोट', पुष्ठ 80, पृष्ठ 246।

भेद किया है। पहला सिद्ध सत्य की प्रत्यक्ष अभिव्यक्ति है, जो पूर्णतः आत्मा से निःसृत होता है तथा जो असर्जित एवं असर्जनीय है। ये उद्‌गार या कथन अधि-वैयक्तिक (सुप्रा-इंडिविजुएल), सार्वदेशिक एवं दैवी हैं। ये प्रत्यक्ष हैं, सीधे हैं, विवादास्पद या असम्बद्ध नहीं हैं। अनुभाव यानी प्रत्यक्ष अनुभव अथवा सनातन सत्य में सक्रिय सहभाग विश्वासजन्य धर्मज्ञान में अप्रत्यक्ष, अक्रिय सहभाग लेने से भिन्न है। अभेददृष्टि में व्यक्ति व्यक्ति के रूप में ज्ञानोपलब्धि नहीं करता बल्कि अपने अन्तर्‌तम सारतत्त्व से उसमें भाग लेता हैं, जो दैवी तत्त्व या सिद्धान्त से भिन्न नहीं है। आध्यात्मिक निश्चितता निरपेक्ष है क्योंकि वहां ज्ञाता एवं ज्ञात दोनों एक हैं, दोनों में अभेद हैं। यही ज्ञान ईश्वर एवं मानव का सबसे पूर्ण मिलन है।

इसकी अभिव्यक्ति में संशय पर बहस नहीं की जाती, न कठिनाइयों का उत्तर दिया जाता है। जो स्वयंसिद्ध एवं निश्चित है उसे ही यह प्रतीकात्मक साधनों से संसूचित करता है। इससे पाठक या श्रोता में वह प्रच्छन्न ज्ञान जागरित हो उठता है जो उसके अज्ञान में उसके पास है और जो सदा अपने अन्दर विद्यमान हैं। सहजप्रेरित ज्ञान प्रतीकात्मक एवं वर्णनात्मक होता है; यह बुद्धिसंगत प्रणाली का प्रयोग, परिपूर्ण ज्ञान का अधिक निश्चितता के साथ वर्णन या अनुवाद करने में, केवल प्रतीक रूप से करता हैं।

जब वेद को कालातीत कहा जाता है तब उसका आशय यही होता है कि एक परमसत्ता-सम्बन्धी अन्तर्दृष्टि अपने उद्‌गम में कालातीत है तथा अभिव्यक्ति की विविधता के लिए मानवीय आवश्यकताओं से अप्रभावित है। जब यहूदी कहते हैं—मूसा की परम्परा का अन्त नहीं हो सकता तब उनका ध्यान इसी कालातीत ज्ञान की ओर रहता है। मैमोनाइडों के अनुसार 'तोर' नित्य है; उसके साथ और कुछ जोड़ा या घटाया नहीं जा सकता। "मैं निश्चयपूर्वक तुझसे कहता हूं कि जब तक स्वर्ग एवं पृथ्वी का नाश नहीं हो जाता तब तक, या सम्पूर्ण कार्य हो चुकने तक, विधि-नियम (लॉ) से एक बिन्दु भी किसी तरह इधर-उधर नहीं हो सकता।"[1] "यदि ईश्वर की इच्छा इसके विपरीत नहीं हुई तो वे तब तक वहीं रहेंगे जब तक कि स्वर्ग और पृथ्वी अपनी जगह विद्यमान हैं।"[2] मुहम्मद कुरान के सम्पादक थे। इसका तत्त्व असर्जित एवं नित्य है, ईश्वर के साररूप में निहित है, और फरिश्ते जिब्राईल द्वारा पैगम्बर मुहम्मद तक पहुंचाया गया है। वह कालातीत कोई साहित्यिक कागज़-पत्र नहीं है बल्कि वह ज्ञान है जो सब युगों के प्रबुद्ध जनों को प्राप्त है।[3] इस ज्ञान की आन्तरिक उपलब्धि स्थान एवं काल के अन्तर्गत हो

1. 'मैथ्यू' 5 : 18।
2. कुरान 11 : 107।
3. मारबर्ग-निवासी डॉ० फ्रिक अपनी पुस्तक 'दि गॉस्पेल, क्रिश्चियैनिटी ऐण्ड अदर फेथ्स' (अंग्रेज़ी अनुवाद, 1938) में गॉस्पेल की पूर्णता एवं अन्तिम प्रमाण होने का दावा करते हैं,

सकती है जिसका बहुत बड़ा प्रभाव इन अन्तर्दृष्टियों के शब्दरूपों पर पड़ता है। नित्य-सम्बन्धी मानवीय बोध हमारे सामान्य ज्ञान में प्रविष्ट हो जाते हैं, रूपाकार ग्रहण कर लेते हैं तथा उन लोगों के लिए स्पष्ट हो जाते हैं जिनके पास वे हैं; उनके द्वारा वे दूसरों के पास भी पहुंचते हैं। यदि ये बोध सामान्य ज्ञान के क्षेत्र के बाहर ही रह जाएं तो वे दूसरों तक पहुंच ही न पाएं। धार्मिक सत्य में कोई वृद्धि नहीं हुई, यद्यपि सत्य की अभिव्यक्ति में वृद्धि या विकास हुआ है। प्रत्येक धर्म में कुछ मूलाधारवादियों के अलावा दूसरे लोग इन धर्मग्रन्थों को ईश्वरीय कृति या त्रुटिहीन मानने से इन्कार करते हैं।

धार्मिक प्रतीकवाद के द्वारा अनेक रूपों में सत् की, ईश्वर की कल्पना की गई है। हम ऐसी स्थापनाओं में अपने अनुभवों को व्यक्त करते हैं जो प्रतीकात्मक एवं वर्णनात्मक होती हैं। हम अपने अनुभव उन लोगों तक, जिनको उनका परिचय नहीं प्राप्त है, ऐसी वस्तुओं के द्वारा ही पहुंचाते हैं जिनका ज्ञान उन्हें है। एक सच्चा प्रतीक स्वप्न या छाया नहीं है; अगाध या जिसकी गहराई हमारी समझ से परे है, उसकी यह जीवित अभिव्यक्ति है। वैदिक आर्य तथा ज़रथुस्त्र के अनुयायी अग्नि को परमात्मा का प्रतीक मानते हैं। अनल्पसत्य (ब्रह्मसत्ता) की चमक ने उन्हें ज्वलन्त अग्नि के रूप की कल्पना करा दी। उपनिषदें उसे 'प्रकाशों का प्रकाश' (ज्योतिषां ज्योतिः) कहती हैं। बोहमे और विलियम लॉ दैवी प्रकाश (डिवाइन लाइट) कहकर इसका वर्णन करते हैं।[1]

ईश्वर के साथ मनुष्य के सम्बन्ध को बताने में एक परिचित मानवी सम्बन्ध का प्रयोग प्रायः किया जाता है। ईश्वर पिता है। वेद-उपनिषद् इसका प्रयोग करते हैं। ईसा की शिक्षाओं एवं उपदेशों में तो यह बार-बार आता है। गेथमेसेन में अपनी व्यथा में वे चीख पड़े थे, "अब्बा! पिता!"[2] उनकी एक उक्ति यह बताई जाती है : "पिता! उन्हें क्षमा करो···पिता! तेरे हाथ में मैं अपनी आत्मा का अर्पण करता

किन्तु ऐसा वे ऐतिहासिक धर्मों के लिए नहीं कहते। इनमें ईसाईधर्म भी सम्मिलित है। "ईसाई धर्म न केवल दूसरे धर्मों की अपर्याप्तता में साझीदार बनता है वरन् उसे विशेष प्रकार की निन्दा एवं तिरस्कार का सामना करना पड़ रहा है क्योंकि अपनी ही गलती से इसने गॉस्पेल के उपदेश को अविश्वसनीय बना दिया है।" पृष्ठ 52।

1. 6 जनवरी, 1813 ई० को, गेटे ने जैकोबी को पत्र में लिखा था : "मेरे अस्तित्व के बहुविध पहलुओं को देखते हुए, एक ही प्रकार की विचारधारा मेरे लिए पर्याप्त नहीं है। एक कवि एवं कलाकार के रूप में मैं बहुदेववादी हूं, किन्तु प्रकृति के विद्यार्थी के रूप में मैं सर्वेश्वर-वादी हूं, और इन दोनों विश्वासों के प्रति मुझमें एक-सी दृढ़ता है। यदि मुझे अपने निजी अस्तित्व के लिए, अपने नैतिक अस्तित्व के लिए एक ईश्वरत्व की आवश्यकता होगी तो मैं उसका भी तुरन्त प्रबन्ध करूंगा।"—एरिक हेलरकृत 'दि डिसइन्हेरिटेड माइंड' (1952), पृष्ठ 40।

2. 'मार्क' 14 : 36।

हू।"[1] अपने शिष्यों से वे कहते हैं : "जब प्रार्थना करो, कहो—'मेरे पिता' !"[2]

विविध प्रतीकात्मक अभिव्यक्तियां परमेश्वर की विशालता के विविध पहलुओं पर प्रकाश डालती हैं। टामस एक्विनास ने अरस्तू से मनुष्य एवं ईश्वर में, मानवीय ज्ञान एवं ईश्वरीय सत्य में 'तुलना' का सिद्धान्त ग्रहण किया। वे तर्क करते हैं कि प्राकृतिक धर्म में, या मनुष्य जो कुछ अपनी बुद्धि से प्राप्त करता है उसमें, सत्य के कुछ तत्त्व तो होते हैं किन्तु वे आंशिक होते हैं और उन्हें ईश्वरीय सान्निध्य के अनुभूत सत्यों से पूर्ण करने की आवश्यकता पड़ती है। हमारी धारणाएं जिस रूप में सत्य को हमारे मन में उतारती हैं वह ईश्वर की यथार्थता के सामने अत्यन्त तुच्छ होती हैं। हम धर्म-सिद्धान्त या प्रतीक को निष्ठा के कारण स्वीकार करते हैं क्योंकि अधिकांश लोगों के लिए ईश्वरीय सत्य में भाग लेने का वही एक संभव ढंग है। रूप और प्रतीक आन्तरिक साधना में हमारी सहायता के साधन-भर हैं। ऋषियों को सदैव यह बोध रहा है कि जब मानवीय भाषा अन्तिम सत्य या परमेश्वर के स्वभाव की व्याख्या करने चलती है तो टूट जाती है, असमर्थ हो जाती है। ज्ञान प्रत्येक वस्तु की व्याख्या करने का दावा नहीं करता। इसकी सीमाएं इतनी स्पष्ट हैं कि यथार्थता की, प्रकृति की पूर्ण एवं अन्तिम व्याख्या पूर्णता एवं अन्तिम निश्चय का दावा करने पर स्वयं ही हास्यास्पद हो जाती है। ईश्वराभिव्यक्ति चाहे जितनी पूर्ण और अन्तिम हो, जब वह मानवीय कल्पना के क्षेत्र में प्रवेश करती है तो मानवीय मस्तिष्क की सम्पूर्ण अपूर्णताओं के अधीन हो जाती है। सत्य या ईश्वर के मानवीय चित्रों के विषय में अन्तिम या अच्युत होने का दावा करना मनुष्य के लिए उस चीज़ का दावा करना है जो ईश्वरीय है। यदि कोई हमसे कहता है कि ईश्वर-सम्बन्धी उसके विचार ही अन्तिम सत्य हैं, तो उसे मानवीय निर्णय ही मानना चाहिए और उसे निर्भ्रान्त नहीं समझना चाहिए।

प्रतीकवाद में जो विविधता पाई जाती है वह अनुभव की प्रकृति पर नहीं वरन् उस काल एवं स्थान में प्रचलित धार्मिक एवं आध्यात्मिक धारणाओं पर निर्भर है। ऋषि या द्रष्टा की आशाओं पर उनका रंग पड़ जाता है और उसी पार्श्वभूमि के सहारे वह अपने प्रकाश की व्याख्या करता है।

> बहुरंगी शीशों के महराब-सा जीवन
> नित्यता के उज्ज्वल प्रकाश को अभिरंजित करता है।
>
> —शेली

एक दूसरा कवि कहता है : "पुरातन काल के प्रत्येक जोशीले प्रवक्ता को तथा चारण को सम्पूर्ण पवित्रोन्माद के लिए—कि जब ईश्वर ने उनके द्वारा संगीत

1. 'ल्यूक' 23 : 34, 46।
2. 'मैथ्यू' 6 : 9।

उत्पन्न किया—तंत्री एवं तार पर ही निर्भर करना पड़ा।"

यह 'तंत्री एवं तार' ही अनुभव को रूप और आकार प्रदान करते हैं, विशेषतः तब जब उनका विवरण या व्याख्या प्रस्तुत करने का अवसर आता है।

सामान्य आधार की ओर ध्यान न देकर धर्ममतवादी भिन्नताओं को बढ़ा-चढ़ाकर कहना तथा ऐतिहासिक सूत्रीकरण के अन्दर प्राप्त सार्वदेशिक तथ्यों को भूल जाना गलत ढंग है। हम ज्यों-ज्यों आध्यात्मिक पूर्णता की सीढ़ी पर चढ़ते जाते हैं, धर्ममतवादी व्याख्याओं की विविधता लुप्त होती जाती है। यदि हम गौण व्याख्याओं को छोड़ दें तो हम देखेंगे कि ब्रह्मसत्ता के विषय में ऋषिगण प्रायः एक ही बात कहते हैं।[1]

प्रतीक एवं मतवाद निर्णयात्मक नहीं हैं। पूर्वी धर्मों का मत है कि व्याख्याओं की भिन्नता सार्वदेशिक सत्य को उसी प्रकार प्रभावित नहीं करती जैसे प्रक्षेपित अरंजित ज्योति को विभिन्न रंग प्रभावित नहीं करते। पाश्चात्य धर्मों का झुकाव इस ओर है कि एक परिभाषा ही अन्तिम है; दूसरी मिथ्या हैं। भारत में प्रत्येक परिभाषा एक-एक दर्शन या दृष्टिकोण का प्रतिनिधित्व करती है। एक ही अनुभव को देखने-जानने के अनेक मार्ग हैं। विभिन्न दर्शन विभिन्न दृष्टिकोण हैं और उनका एक-दूसरे के प्रतिकूल होना आवश्यक नहीं है। वे आध्यात्मिक साधना के मार्ग पर संकेतचिह्न हैं। यदि धार्मिक सत्य भिन्न-भिन्न वर्गों को भिन्न-भिन्न रूपों में दिखाई पड़ता है तो इसका मतलब अंतिम सत्य के एक होने से इन्कार करना नहीं है। यदि उच्चतर धर्मों में समानताएं हैं तो अनेक अवसरों पर अनेक रूपों में ईश्वर की रहस्यमयी भावना के कार्यान्वय की इन अभिव्यक्तियों का, जो एक पूर्ण इकाई में सबको बांधकर रखती हैं, स्वागत किया जाना चाहिए। धर्म के विषय में सुशिक्षित एवं गुणी मानवों के निर्णय पर विश्वास किया जाना चाहिए। अधिकार या आध्यात्मिक योग्यता, तथा इष्टदेवता[2] के हिन्दू सिद्धान्त इस मान्यता

1. राईसब्रोक कहते हैं : "(रहस्यवादी या सूफी द्वारा अनुभूत सत्य में) हम पिता, पुत्र एवं पवित्रात्मा अथवा किसी अन्य प्राणी के विषय में कुछ नहीं कह सकते : केवल एक आत्मा के ही विषय में कह सकते हैं जो परमात्मा का ही तत्त्वरूप है। वहां अपनी सृष्टि के पूर्व हम सब एक थे क्योंकि वही हमारा अधितत्व (सुपर-एसेंस) है। वहां ईश्वरत्व निष्क्रिय, केवल सरल तत्त्वरूप में रहता है।" रिफार्मेशन आन्दोलन की प्रतिक्रिया के युग में हुए एक कैथोलिक ईसाई ओलियर लिखते हैं : "निष्ठा की शुद्ध ज्योति इतनी पवित्र है कि उसकी तुलना में विशेष प्रकार की ज्योतियां अपवित्र-सी लगती हैं: यहां तक कि संतों की मंगला कुमारी (ब्लेसेड वर्जिन) की धारणाएं और अपनी मानवता से युक्त ईसा का दर्शन भी निर्विकल्प, निरुपाधि पवित्र ईश्वर के दर्शन में बाधा रूप लगते हैं।"

2. महाभारत से पता चलता है कि "निम्न जाति के लोगों, शत्रुओं एवं विदेशियों का भी हिन्दूधर्म में स्वागत किया जाता था। पतंजलि के एक कथन से प्रमाणित होता है कि शक एवं यवन भी यज्ञ कर सकते थे तथा किसी आर्य से भोजन ग्रहण कर सकते थे; इसके कारण भोजन

पर निर्भर हैं कि किसी भी व्यक्ति के लिए यम-नियम उसके आध्यात्मिक विकास की दृष्टि से ही नियत होने चाहिए।

ऋग्वेद में, उपनिषदों में, भगवद्गीता में जिसको भगवान् का जो रूप प्रिय हो उसको उसे उसी रूप में भजने, उपासना करने की स्वतन्त्रता दी गई है क्योंकि सभी ऐतिहासिक धर्मों के अतीन्द्रिय लक्ष्य पर उनकी दृष्टि गई है। उनका मत है कि समस्त मार्ग शिखर तक पहुंचा देते हैं। "जो मुझे जिस प्रकार भजते हैं मैं भी उन्हें वैसे ही भजता हूं—स्वीकार करता हूं। सब प्रकार से मनुष्य मेरे ही मार्ग का अनुसरण करते हैं।"[1] ईश्वर संसार के समस्त मानवों को विविध पथों से जीवन की पूर्णता की ओर ले जा रहा है। मुक्ति के साधन सबको प्राप्त हैं, यद्यपि सभी समान रूप से उनका लाभ नहीं उठा पाते। ईश्वर का कोई खास कृपापात्र नहीं है। "मैं सभी प्राणियों के लिए समान हूं।" "कोई मेरे लिए घृण्य या प्रिय नहीं है किन्तु जो भक्तिपूर्वक मेरी उपासना करते हैं वे मेरे अन्दर निवास करते हैं और मैं उनके अन्दर रहता हूं।" संसार में एक विस्तृत दैवी बन्धुत्व है जिसमें भिन्न-भिन्न प्रकार के धार्मिक वर्ग सम्मिलित हैं। इस विषय पर हिन्दुओं का जो दृष्टिकोण है वह सत्य के प्रति आलस्यपूर्ण उदासीनता का परिणाम नहीं है वरन् सत्य के सच्चे प्रेम के कारण है।

जब प्रतीक अपना स्वभाव छोड़ देता है और एक धर्म-मतवाद बन जाता है तो उससे अनिष्ठा का, अविश्वास का जन्म होता है। ईसा ने कहा था : "अधि-

---

दूषित नहीं होता था। तथ्य यह है कि हिन्दूधर्म एक जीवन-मार्ग, एक विचार-पद्धति है जो द्वितीय प्रकृति बन जाती है। इसके रिवाज उतने महत्त्वपूर्ण नहीं हैं; क्योंकि उनका त्याग किया जा सकता है; न यह कोई चर्च वा धर्ममठ है क्योंकि इसमें पुजारियों की कोई जाति, कोई पौरोहित्य नहीं है, कम से कम कोई पौरोहितिक वंशानुगतिकता या विरासत नहीं है। महत्त्व-पूर्ण बात है कुछ मूलभूत धारणाओं को स्वीकार करना, एक प्रकार की आध्यात्मिकता को, जिसका आजकल की शब्दावली में अत्यधिक दुरुपयोग होता है, मानना है। बहुत-से हिन्दुओं के लिए यह बिलकुल विहित होगा कि ईसा को अवतार न मानते हुए भी एक इष्टदेवता के रूप में ग्रहण करें।" लुई रेनाउ कृत 'रिलीजंस ऑफ एंशियेण्ट इंडिया' (1953), पृष्ठ 55-56।

1. ये यथा मां प्रपद्यन्ते तांस्तथैव भजाम्यहम्।
   मम वर्त्मानुवर्तन्ते मनुष्याः पार्थ सर्वशः ॥—भगवद्गीता, 4 : 11।
   येनाकारेण ये मर्त्या मामेवैकमुपासते।
   तेनाकारेण तेभ्योऽहं प्रसन्नो वाञ्छितं ददे।
   विधिनाऽविधिना वापि भक्त्या ये मामुपासते।
   तेभ्यः फलं प्रयच्छामि प्रसन्नोऽहं न संशयः ॥—शिवगीता अ॰ 12 : 6-7।

ओरिजेन कहते हैं : "शब्द (ब्रह्म) के विविध रूप मिलते हैं। इन विविध रूपों में वह अपने भक्तों को दर्शन देता है। उसका यह रूपदर्शन प्रत्येक को अपनी ज्योति के अनुसार ही

वक्ताओ! वकीलो! तुम्हारा नाश हो क्योंकि तुमने ज्ञान की कुंजी दूर हटा दी है। तुम खुद अपने अन्दर प्रवेश नहीं करते और जो प्रवेश कर रहे थे उनको तुमने बाधा ही पहुंचाई है।"[1] जब बुद्ध ने वेद का खण्डन किया तो महान सत्य विकृत होकर जिस अनुत्पादक कर्मकाण्ड के रूप में रह गए थे उनकी उन्होंने आलोचना की। जब संत पाल ने यहूदी विधि-विधान को अमान्य किया तो उस भौतिक आचारवाद को अमान्य किया था जो आध्यात्मिक जीवन से रहित हो गया था। निरतिशय या पूर्ण सत्य अपनी सम्पूर्ण संभव अभिव्यक्तियों से परे है। अभिव्यक्तियां सीमित हैं, जैसाकि उनकी विशेषताएं एवं विविधताएं प्रकट करती हैं। सत्य की प्रत्येक अभिव्यक्ति केवल आपेक्षिक है; वह अन्य सब मूल्यों को हटाकर एकमात्र मूल्य नहीं बन सकती। वह जिसे व्यक्त करती है उसकी एकमात्र अभिव्यक्ति वही है, यह दावा नहीं कर सकती। कोई विशिष्ट रूप स्वभावतः सीमित होता है और कुछ न कुछ अपनी सीमा के बाहर छोड़ देता है।

जिन्होंने एक विशिष्ट प्रणाली को ग्रहण कर लिया है और जो निराकार, अरूप सत्य तक नहीं पहुंच पाए हैं वे प्रायः अपने सापेक्ष्य सत्य को ही पूर्ण सत्य समझ बैठते हैं और शाश्वत सत्यों को ऐतिहासिक तथ्यों से मिलाकर भ्रम उत्पन्न कर देते हैं। विभिन्न धर्म विविध भाषाओं के समान हैं जिनमें ईश्वर ने मनुष्य से बात की है।

होता है; जिसमें जितनी साधुता होती है उसे वह उतने ही शुद्ध रूप में दर्शन देता है।" —'कोंट्रा सेल्सम' 5 : 16।

मीस्टर एकहार्ट का कथन है : "ईश्वर ने मानव की मुक्ति को किसी विशिष्ट प्रणाली में आबद्ध नहीं किया है। जो संभावनाएं जीवन की एक प्रणाली में हैं वे सभी प्रणालियों में है। क्योंकि ईश्वर ने सबपर ही अनुग्रह किया है; अनुग्रह-दान से किसीको इन्कार नहीं किया है। एक सन्मार्ग दूसरे सन्मार्ग का विरोधी नहीं है।"

1. 'ल्युक' 11 : 52।

सातवां अध्याय

ईश्वर-सिद्धि और उसका मार्ग

1. आत्मिक पुनर्जन्म

प्राच्य धर्म इस बात में अपनी विशिष्टता प्रकट करते हैं कि वे वाक्य-प्रमाण, फतवे की जगह, अनुभव पर अधिक बल देते हैं। यह ठीक है कि उनमें भी अनुष्ठान या कर्मकाण्ड और पौराणिक कथाएं हैं किन्तु उनके सम्पूर्ण इतिहास का नियंत्रण करने वाली आधारभूत धारणा चेतना का नवीकरण है। धर्म का उद्देश्य उपलब्ध सिद्धान्त में बौद्धिक एकरूपता कायम करना नहीं, न कर्मकाण्डीय पवित्रता है; धर्म का अभिप्राय आत्मिक है ; केवल तात्त्विक विचार-परिवर्तन-मात्र नहीं है। यह विद्या द्वारा अविद्या को स्थानच्युत करना है। जब बिद्या या बोधि की यह उपलब्धि होती है तब शक्ति एवं निष्ठा आती है। इससे साधक की प्रकृति पूर्णतः नूतन रूप ले लेती है और अन्तर्मुखी आयाम में लीन हो जाती है। तब हम इसी जगत् में गृह-शान्ति का अनुभव करते हैं; कहीं कोई तनाव की, खिंचाव की भावना नहीं रह जाती वरन् सामञ्जस्य स्थापित हो जाने की अनुभूति होती है। सब चीज़ें एक ही वस्तु के अंश-सी लगती हैं। मोक्ष, निर्वाण और ईश्वरीय राज्य मन की आंतरिक स्थितियां हैं। जो भी धर्म का लक्ष्य प्राप्त करने में सफल हो गया है उसको मन प्रकाश से जगमग हो उठता है; हृदय कुछ दूसरा ही हो जाता है तथा इच्छाशक्ति परिष्कृत हो उठती है। जीवन का नूतन मार्ग मानव के सम्पूर्ण अस्तित्व को शक्तिमान बनाता है और श्रेष्ठ रूप दे देता है। यही 'द्वितीयं जन्म' है। "एक नूतन सृष्टि हो गई है : देखो, सब चीज़ें नई हो गई हैं।" हिन्दू एवं बौद्ध विचारधारा में सामान्य रूप से कमल ईश्वर के प्रति अर्पण है, उपहार है। यह उस यत्न का प्रतीक है जो हमारी विशृंखल वासनाओं से अधिकाधिक यशस्वी सौन्दर्य छीन लेता है।

"इस जगत् वृक्ष की जड़े ऊपर की ओर हैं तथा शाखाएं नीचे हैं"—यह भगवद्गीता का कथन है।[1] "मैं ऊर्ध्वलोक का हूं; तुम लोग इसी दुनिया के हो।"

1. ऊर्ध्वमूलमधःशाखम्—भगवद्गीता, 15 : 1।

इन पदों से संकेत मिलता है कि सत्य का आलोक हमें अपने अन्दर की प्रकृति से मिलता है और वह पार्थिव वस्तुओं से ऊपर की चीज़ है। आत्मिक शक्ति तो काल एवं अवकाश के आयामों की सीमा के बाहर से आकर फट पड़ती है। मनुष्य काल एवं नित्यता के बीच होने वाली अन्तर्क्रिया का बिन्दु है। भगवद्गीता बताती है कि धर्मिष्ठ जन जब जागता है तब शेष संसार सोता रहता है।[1] हम तब तक सोते हुए माने जाएंगे जब तक हमपर से भौतिक जगत् का जादू दूर नहीं होता। हम एक बंधे हुए ढंग पर अपना जीवन बिताते जाते हैं। हम पैदा होते हैं, जीविकोपार्जन करते हैं, परिवार बनाते हैं, राजनीति या व्यापार में भाग लेते हैं, बूढ़े होते हैं और एक दिन मर जाते हैं। ये बातें करना कोई अपराध नहीं है किन्तु जागरित आत्मा वाले यह कार्य शाश्वत दृष्टि रखते हुए करते हैं।

मेरे विचार से यही ईसाईधर्म की भी शिक्षा है। ईश्वर का उद्धारक ज्ञान एक ऐतिहासिक व्यक्ति के रूप में ईसा का ज्ञान एवं उनके प्रति निष्ठा रखना नहीं है। क्राइस्ट को ऐतिहासिक ईसा के साथ समीकृत करके नहीं रखा जा सकता।[2] क्राइस्ट तो परमेश्वर की, नित्य शब्द की आत्मा है। इस शब्द का प्रकाश इतिहास के अन्तर्गत केवल जीसस (ईसा) तक सीमित नहीं है। मुक्ति की मध्यस्थता तो नित्य क्राइस्ट, ईश्वर-वाणी, द्वारा होती है जिसे ऐतिहासिक क्राइस्ट समझने का भ्रम नहीं होना चाहिए। वह तो उन लोगों के लिए भी खुला है जिन्होंने उसके बारे में सुना भी नहीं है, फिर भी जो सत्य की भावना के प्रति निष्ठावान हैं। 'फोर्थ गॉस्पेल' (चतुर्थ धर्मोपदेश) हमें बताता है कि ईश्वरीय शब्द, जिसने हमारे बीच ईसा में आकार ग्रहण किया, बिलकुल आरम्भ से ही समस्त सृष्टि में सक्रिय रहा है।[3] और "यह वह प्रकाश है जो प्रत्येक मनुष्य को ज्यतिर्मय करता है।"[4] सन्त पाल इस बात की पुष्टि करते हैं कि जीसस (ईसा) के जन्म के शताब्दियों पूर्व, सिनाई में भ्रमण करने वाले इसरायलियों के साथ क्राइस्ट (ख्रीष्ट) थे। "उन्होंने एक आत्मिक चट्टान से, जो उन लोगों का अनुसरण कर रही थी, रसपान किया। वह चट्टान क्राइस्ट थे।"[5] जास्टिन मार्टियर का दावा है कि सुकरात एवं हेराक्लिटस जसे दार्शनिक तत्त्वतः ईसाई थे क्योंकि वे सत्य के लिए जिए, और क्राइस्ट सत्य ही तो है।

1. या निशा सर्वभूतानां तस्यां जागर्ति संयमी।—भगवद्गीता, 2 : 69।

2. किर्केगार्ड कहते हैं : "इतिहास को क्राइस्ट से किसी प्रकार का मतलब नहीं।"—टी० एच० क्राक्सआल कृत, 'किर्केगाडे स्टडीज़' (1948)।

एमिल ब्रनर बहते हैं: "ईसाईधर्म की ईसाइयत के संस्थापक में कोई दिलचस्पी नहीं है।"—'दि मीडियेटर', अंग्रेजी अनुवाद (1934), पृष्ठ 81।

3. 'जॉन' 1: 1-3।

4. 'जॉन' 1 : 9।

5. 1 'कारिंथियंस' 10 : 4

जो भी समस्त हृदय से सत्य के लिए प्रयत्न करते हैं उसका उन्होंने ईसाई बन्धुओं के रूप में स्वागत किया है। आगस्टाइन का कथन है: "आज जिसे ईसाईधर्म कहा जाता है वह प्राचीन काल के लोगों में भी वर्तमान था और मानवजाति के आरम्भ से उस समय तक कभी उसके अस्तित्व का लोप नहीं हुआ जब तक कि स्वयं क्राइस्ट का आगमन नहीं हो गया और मनुष्यों ने एकत्र होकर ईसाईधर्म को सच्चा धर्म कहना आरम्भ नहीं कर दिया; वह धर्म जो पहले से ही वर्तमान था।"[1] ईमाई-धर्म प्राचीन धर्मों का (कुछ ऐसी चीज़ का जो नित्य है और जिस विधि-विधान को पूर्ण करने के लिए न कि नष्ट करने के लिए क्राइस्ट का आगमन हुआ) ही प्रवर्तन एवं अनुवर्तन है। मुक्ति का साधन भी तत्त्वतः वही है, यद्यपि उसके ढंग नस्ल एवं संस्कृति-सम्बन्धी उन परिस्थितियों के कारण विविध प्रकार के हो सकते हैं जिनमें वह अपने को प्रकाशित करता है। ईसाई होना एक बाह्य धर्ममत को स्वीकार करना नहीं है वरन् एक अन्तर्मुखी जीवन जीना है।

जब 'फोर्थ गॉस्पेल' (बाइबिल के चतुर्थ उपदेश) के अनुसार, ईसा कहते हैं : "मैं इसलिए आया कि वे जीवन प्राप्त करें, प्रचुर जीवन प्राप्त करें," तब उनका मतलब यही होता है कि वे आदमियों की आंखें खोल देते हैं, उनकी भावना को, ग्रहणशीलता को, तीव्र कर देते हैं, उन्हें उनकी नींद से जगा देते हैं और उनके अन्दर जिस नित्यतत्त्व, जिस परमेश्वर का निवास है उसकी यथार्थता उनके सामने प्रकट कर देते हैं। यह फिर से जन्म लेने जैसा ही है। संत पाल ने जो पत्र इफी-शियन लोगों को लिखा,[2] उसमें आत्मा के जगत् में पुनर्जन्म का विचार विद्यमान है : "अपनी पुरातन प्रकृति को, जो तुम्हारी पूर्वजीवन-प्रणाली से सम्बन्धित है और प्रवंचनापूर्ण वासनाओं द्वारा विकृत हो चुकी है, त्याग दो और अपनी मनोभावनाओं में नये बन जाओ, वह नवीन प्रकृति ग्रहण करो जो शुद्धता एवं पवित्रता में ईश्वर से मिलती-जुलती है।" इस पुनर्जन्म अथवा नवीन प्रकृति के निर्माण के लिए संघर्ष करना पड़ता है। बुद्ध को 'मार' पर, ज़रथुस्त्र को 'अहरिमन' पर एवं ईसा को शैतान पर विजय प्राप्त करनी पड़ी थी।

यह पुनर्जन्म, यह पूर्ण अहंविहीनता हम कैसे प्राप्त कर सकते हैं? हम अपने विकृत स्वभाव, अपनी स्वार्थ लिप्त महत्त्वाकांक्षाओं पर कैसे विजय प्राप्त कर सकते हैं? जो अहं से पीड़ित है वही शेखियां बघारता है कि "ये पुत्र हमारे हैं, यह धन हमारा है। इस प्रकार के विचारों से मूर्ख सदा व्याकुल रहता है पर जब खुद

1. 'रीट्रैक्ट', 1 : 13, 3।

2. 4 : 22-24। 'सोसायटी ऑफ फ्रेण्ड्स' के संस्थापक जॉर्ज फॉक्स ने एक बार कहा था : "तुम कहते हो क्राइस्ट ने यह कहा, उनके शिष्यों ने वह कहा, पर मैं पूछता हूं—तुम क्या कहते हो?" जब ईसा कहते हैं—"मैं तुमसे कहता हूं" तब वे अपने अन्तरनुभव से वैसा कहते हैं।

उसपर उसका स्वामित्व नहीं है तब पुत्रों एवं धन पर क्या होगा?"[1] ईसा कहते हैं: "जो अपने जीवन को प्रेम करता है वह उसे खो देता है और जो इस दुनिया में अपने जीवन से घृणा करता है वह नित्यजीवन में उसे पर्यवसित कर देता है।" एक गुमनाम ईसाई कहावत है : "आत्मसंकल्प के सिवा नरक (के अंधकार) में और कुछ नहीं जलता।" हमें जीने के लिए मरना ही होगा। इस परिवर्तन के लिए प्राचीन (परम्परा) से सम्बन्ध तोड़ना होगा। अहंकारों और ईर्ष्याओं तथा बौद्धिक वंचनाओं को छोड़ना कष्टप्रद होता है। पूर्णता का मार्ग ढलुवां एवं कठिन, एकान्त एवं श्रमसाध्य है; वह छुरी की धार की तरह तीक्ष्ण है। कहा जाता है कि इस मार्ग में सीढ़ियां हैं जो ऊपर ले जाती हैं। इन सीढ़ियों का वर्णन कई प्रकार से मिलता है। उन्हें शोधक, प्रकाशक एवं एकक कहा गया है। इनमें भावनात्मक, सांकल्पिक अथवा ज्ञानात्मक में से किसी न किसी पहलू पर ज़्यादा जोर दिया गया है। लक्ष्य तक हम भक्ति द्वारा, शुद्ध कर्म द्वारा या बौद्धिक ध्यान द्वारा पहुंच सकते हैं। पर ये तीनों वस्तुएं कभी अपने तक ही सीमित नहीं रहतीं; वे एक-दूसरे के अन्दर भी प्रवेश कर जाती हैं।

2. भक्तिमार्ग

जिन विविध मार्गों से हम अपने जीवन को परमेश्वर में अधिष्ठित कर सकते हैं उनमें से भक्तिमार्ग निर्धन एवं निरक्षर, ऊंच एवं नीच सबके लिए सुलभ है। यह ईश्वर के प्रति भक्ति रखने एवं उसकी इच्छा के आगे अपने को समर्पित कर देने का कार्य है। आत्मिक जीवन का मुख्य केन्द्र हृदय है। आन्तरिक प्रार्थना द्वारा हम हृदय को ईश्वर के साथ मिलन के लिए समर्थ बनाते हैं। मुसलमान होना अपने को ईश्वरेच्छा के अधीन करना है, जागतिक अभिप्राय के द्वारा न कि स्वार्थपूर्ण हितों के द्वारा संचालित होना है। भक्ति एवं प्रार्थना से हम एक ऐसी मनःस्थिति प्राप्त करते हैं जिसमें हम इहलौकिक वस्तुओं से अनासक्त हो जाते हैं और ईश्वर से जुड़ जाते हैं। भक्ति में निष्ठा एवं प्रेम निहित हैं।

ईश्वरनाम-जप भक्ति के आध्यात्मिक आन्दोलन का एक अंग है। हिन्दु 'जप', बोद्ध 'बुद्धानुस्मृति' और मुसलमानी 'धिक्र' ईश्वर-नाम से ही सम्बन्धित हैं। यहूदियों के लिए 'ईश्वर का नाम एक सुदृढ़ स्तम्भ है; धर्मात्मा उसमें भागकर आश्रय लेते हैं और सुरक्षित रहते हैं'। पैगम्बर जोएल कहते हैं: "जो भी प्रभु का नाम लेगा, मुक्त हो जाएगा।" सन्त बर्नर्ड कहते हैं : "ईसा का नाम केवल प्रकाश नहीं है; यह पुष्टिकर आहार भी है। यदि इस मसाले से संयुक्त न हो तो सब प्रकार का भोजन आत्मा के लिए शुष्क एवं दुष्पच होता है। जब तक यह नमक भोजन

1. धम्मपद 5 : 62।

की स्वादरहितता को दूर नहीं करता वह बिलकुल फीका रहता है। यदि मैं तेरी रचनाओं में ईश्वर का नाम पढ़ने का अवसर नहीं पाता तो मुझे उनमें कोई रुचि नहीं है; यदि तेरे प्रवचन में उसका नाम प्रतिध्वनित होता नहीं सुनता तो मुझे उसमें कोई दिलचस्पी नहीं है। मेरे मुंह के लिए वही मधु है; मेरे कानों के लिए वही संगीत है; मेरे हृदय के लिए वही आनन्द है। वह मेरे लिए औषध भी है। क्या तुम लोगों में से कोई शोकग्रस्त है ? है तो उसे अपने मुंह एवं हृदय में ईसा का स्वाद लेने दो और देखो कि कैसे उनके नाम की ज्योति के आगे सब बादल लुप्त हो जाते हैं और आकाश पुनः स्वच्छ हो जाता है। क्या तुममें से किसीने कोई अपराध किया है और निराशा के प्रलोभन का अनुभव कर रहा है ? उसे (ईश्वरीय) जीवन के नाम का उच्चार करने दो और जीवन उसे सामान्य स्थिति में ला देगा।"[1] गांधी की रामधुन की निष्ठा यह है कि जो ईश्वर का नाम सम्पूर्ण विश्वास एवं सचाई से लेते हैं, ईश्वर उनपर अवश्य अनुग्रह करते हैं।[2]

ईश्वर-भक्ति के कारण मनुष्य आनन्द की स्थिति को प्राप्त करते हैं।[3]

ईसाई-मार्ग प्रधानतः भक्ति-मार्ग है। यह महायान बौद्ध तथा हिन्दू भक्ति आन्दोलन के समान ही है।

मुहम्मद प्रार्थना, उपवास, दान, तीर्थयात्रा एवं जल द्वारा प्रक्षालन का विधान करते हैं। प्रार्थना साधक को ईश्वर के मार्ग पर आधी दूरी तक पहुंचाएगी; उपवास उसे महल के द्वार तक ले जाएगा और दान महल में प्रवेश कराएगा। प्रत्येक मुसलमान पुजारी है और उसे मध्यस्थ की कोई आवश्यकता नहीं है। यद्यपि प्रत्येक स्थान उतना ही पवित्र है किन्तु प्रार्थना में मुसलमान को अपने नयन और विचार-क्षितिज के एक दिखनेवाले बिन्दु में, मक्का के पवित्र काबे पर केन्द्रित करने का विधान है। यद्यपि सभी दिन समान रूप से शुभ हैं परन्तु शुक्रवार सार्वजनिक उपासना के लिए निश्चित किया गया। हमने मुसलमानों को आत्म-विस्मृत होकर एकांत पहाड़ियों या बाज़ार के बीच पड़े देखा है।

आस्तिक धर्मों में हम परमेश्वर को अपने पिता एवं स्रष्टा के रूप में देखते हैं और उसकी कृपा के लिए प्रार्थना करते हैं। यदि परमेश्वर को परम सत्ता (ब्रह्म) के रूप में देखा जाए तो अवज्ञा कोई पाप नहीं वरन् अपने सत् अस्तित्व से हट

1. 'सांग ऑफ सांग्स' में उपदेश 15।

2. डी.टी. सूज़ुकी अपने ग्रंथ 'एसेज इन ज़ेन बुद्धिज्म' (भाग 3) में कहते हैं: "अमीदा की मूल प्रतिज्ञा है कि 'जो कोई पूर्ण विश्वास के साथ उनका नाम लेगा उसका वह अपने आनन्द-प्रदेश में स्वागत करेगा।' तब वही सुखी हैं जो उसका नाम जपते हैं। एक मनुष्य में निष्ठा हो सकती है किन्तु यदि वह उसका नाम नहीं लेता तो निष्ठा का उसके लिए कोई उपयोग नहीं।"

3. योगसूत्र 2 : 45।

जाना ही पाप है। पर मध्यस्थता के द्वारा ही हम पुनः शान्ति पाते हैं। प्रार्थना द्वारा हम ईश्वर की दया पाने की चेष्टा करते हैं। विलियम लॉ अपनी पुस्तक 'दि स्पिरिट ऑफ प्रेयर' (प्रार्थना की भावना) में लिखते हैं : "सूर्य का अपनी ओर झुकी आती कलिका से मिलना उतना निश्चित नहीं है जितना समस्त भलाई के उद्गम भगवान का विरह-व्याकुल आत्मा के प्रति अपने को संसूचित करना निश्चित है।"

3. कर्ममार्ग

मनुष्य जिस रूप में है, विभिन्न तत्त्वों का एक आकार है। इन तत्त्वों का सामञ्जस्य करने की आवश्यकता पड़ती है। मनुष्य भव्य भलाई तथा घोर बुराई, उदारता एवं घृणा, कष्ट-सहन के प्रति समवेदना-श्रद्धा तथा वेदनाकारी निष्ठुरता दोनों में समर्थ है। वह जिस रूप में है, एक व्याधिग्रस्त प्राणी है। बुराई मानव-हृदय की कठोरता तथा स्वैरी अवज्ञा से ही पैदा होती है। 'महाभारत' में कहा गया है : "मैं जानता हूं कि धर्म क्या है पर उसकी ओर मेरा मन नहीं जाता; मैं जानता हूं कि अधर्म क्या है पर मैं उससे दूर रहना नहीं चाहता।"[1] वही मानवीय अनुभव सन्त पाल ने भी व्यक्त किया है: "जो उचित कार्य मुझे करना चाहिए मैं नहीं करता, किन्तु बुराई, जो मुझे नहीं करनी चाहिए, करता जाता हूं।" यह अनुभवजनित तथ्य है कि मानव-प्रकृति विभाजित है। उसकी प्रकृति पूर्णतः विकृत नहीं है। यदि ऐसा होता तो उन्नति की कोई आशा या गुंजाइश ही न रह जाती। भगवद्गीता का आरम्भ एक धर्म-संकट से होता है जहां अर्जुन अपने अन्दर प्रच्छन्न ईश्वरीय वाणी से अपील करता है—उसी वाणी से, रथ में उपस्थित ईश्वर से, अर्थात् उसी वाणी से, जो 'गार्डेन ऑफ एडेन' की कथा में सुनाई पड़ी थी। जब प्रलोभन से पाप तथा पाप से लज्जा का उद्भव हुआ तो आदम को यह वाणी सुनाई पड़ी : "तूने यह क्या कर डाला ?"

सम्पूर्ण जीवन प्रलोभन एवं बुराई के साथ एक निरन्तर युद्ध है। हम जितना ही लोभ को जीतते हैं, उतना ही हमें उपलब्धि का, सफलता का आनन्द मिलता है। लोभ को हम अनुशासनपूर्ण प्रयत्न द्वारा ही पराजित कर सकते हैं। देह एवं देही के बीच की खींचतान ही 'न्यू टेस्टामेण्ट' (नूतन धर्मादेश) का प्रधान अंग है। सन्त पाल लिखते हैं : "आत्मा में लीन होकर चलो तो तुम मांस की वासनाओं को पूर्ण न कर पाओगे। मांस की वासना अन्तरात्मा के विरुद्ध है; इसी प्रकार अन्तरात्मा मांस की वासनाओं के विरुद्ध है।" 'मांस' का अर्थ केवल भौतिक देह-मात्र नहीं है क्योंकि वह तो धरती में मनुष्य के जीते रहने की अनिवार्य शर्त हैं। देह एक निश्चित अभिप्राय की पूर्ति के लिए है। जब ईसाई धर्म-सिद्धान्त ज़ोर

1. जानामि धर्मं न च मे प्रवृत्तिर्जानाम्यधर्मं न च मे निवृत्तिः।

देकर कहता है: "(ईश्वरीय) शब्द मांस बन गया," तब स्पष्ट है कि मांस (देह) तत्त्वतः बुरी चीज़ नहीं है। मांस (देह) एवं आत्मा (देही) मानव-स्वभाव के भौतिक एवं अभौतिक पक्षों के अर्थ में नहीं हैं। देह एक तटस्थ (निरपेक्ष) भूमि है। आत्मा में प्रवेश करके हम देह की सीमाओं के परे चले जाते हैं। देह वह कच्चा माल है जो आत्मार्थी आत्मिक विकास के लिए प्रयोग में लाता है। वासनालिप्त व्यक्ति अपनी देह का दुरुपयोग कर सकता है। मानव एक द्वैत है। जितना ही वह मांस के, शरीर के प्रलोभनों पर विजय पाता है उतना ही अपने लक्ष्य के निकट आता जाता है।

ब्रह्मचर्य अथवा शरीर-भोगों के त्याग पर ज़ोर दिया जाता है। जड़पकड़ी आदतों की बाड़ों को तोड़ने के लिए प्रत्यन करना पड़ता है। फिर इसके लिए सतत जागरूक रहना भी आवश्यक है क्योंकि ये आदतें फिर-फिर पनपने लगती हैं—सजीव हो जाती हैं।

"मनुष्य का जीवन उसके स्वामित्व की वस्तुओं के बाहुल्य में नहीं है।" हम भौतिक स्तर पर सुखसुविधापूर्ण जीवन बिताने के लिए जितना ही यांत्रिक उपकरणों पर निर्भर करते जाते हैं उतना ही आन्तरिक सत्य के प्रति बोध प्राप्त करने से दूर हटते जाते हैं। हमसे अनासक्त रहने को कहा जाता है। उत्सर्ग की भावना अपनाकर हम अपने को शुद्ध कर सकते हैं। "न कर्म से, न संपत्ति द्वारा, न धन-सम्पत्ति से वरन् उत्सर्ग एवं त्याग से ही शाश्वत जीवन की उपलब्धि होती है।"[1] कूटदंतसुत्त के अनुसार बुद्ध कहते हैं : "पशुओं के बलिदान से बड़ा बलिदान अपना बलिदान है। जो देवों को अपनी पापपूर्ण वासनाएं चढ़ा देता है वह वेदी पर पशुओं का वध करने की निरुपयोगिता को देख लेगा। रक्त में निर्मल करने की शक्ति नहीं है किन्तु वासनाओं के निर्मूलन द्वारा हृदय पवित्र हो सकता है। देवताओं की पूजा करने की अपेक्षा सद्धर्म के नियमों का पालन करना ज्यादा अच्छा है।" रोमंस में संत पाल कहते हैं : "यदि तुम मांस की पुकार पर चलोगे तो मर जाओगे, किन्तु यदि आत्मा द्वारा अपने शरीर के कर्मों का नाश कर दोगे तो जीते रहोगे।"[2] "हम यदि क्राइस्ट के साथ ही उनकी भांति यशस्वी होने के लिए, कष्ट सहन करते हैं तो हम ईश्वर के उत्तराधिकारी तथा क्राइस्ट के सहदायाद बन जाते हैं।"[3] एपॉस्टिल (ईसा के शिष्य धर्मप्रचारक) का कथन है : "इसलिए बन्धुगण! मैं ईश्वर की कृपा के लिए तुमसे अपील करता हूं कि अपने शरीरों को पवित्र, ईश्वर द्वारा स्वीकृत किए जाने योग्य, सजीव बलिदान के रूप में उपस्थित करो।

1. न कर्मणा न प्रजया धनेन त्यागेनैके अमृतत्वमानशुः।—महानारायण उपनिषद् 8: 14।

2. 8 : 13।

3. 8 : 17।

यही तुम्हारी आत्मिक उपासना है"[1]

आत्मनिग्रह का अधिक अवसर पाने के लिए कभी-कभी लोग इस दुनिया से निवृत्त हो जाते हैं। बहुत पुराने ज़माने से हिन्दू एवं बौद्ध धर्मों में संन्यासियों की संस्था रही है। ईसाई संन्यासी-आश्रमों का आरम्भ मरुभूमि के धर्मपिताओं, ईसा एवं उनके प्रधान शिष्यों से हुआ। सिस्टशियन नामक एक संन्यासी सम्प्रदाय का जन्म 1098 ई० में बर्गण्डी में हुआ जिसने एकान्त स्थानों में आश्रमों की स्थापना की। ये आश्रमवासी सादा एवं कठोर जीवन बिताते थे। इनमें सबसे उल्लेखनीय क्लेरवाक्स मठ के संस्थापक संत बर्नर्ड थे। संत बेनेडिक्ट के आदेशानुसार संन्यासी जीवन 'धार्मिक जीवन का आरम्भ है' और 'जो संन्यासी जीवन की पूर्णता की ओर तेज़ी से कदम रखता हुआ बढ़ता है उसके लिए पवित्र पिताओं की शिक्षाएं वर्तमान हैं, जिनके पालन से मनुष्य धर्म के अन्तिम लक्ष्य को प्राप्त कर सकता है'। संन्यस्त जीवन स्वयं आत्मिक परिपूर्णता का शिखर नहीं है। मुहम्मद तीस दिनों के उपवास का विधान करते हैं जिससे शरीर को वशीभूत एवं आत्मा को पवित्र किया जा सकता है।

ध्यानोपासना के जीवन का लक्ष्य इस जगत् से पूर्णतः अलग ही जाना नहीं है। वह भौतिक पदार्थों का आत्मिक उद्देश्यों के साधन-रूप में उपयोग करता है। वह देह के अधिकारों को अस्वीकार नहीं करता परन्तु देह का उपयोग आत्मा के संस्कार में करता है। यह तभी सम्भव है जब आत्मा स्वयं अपने को बाह्य धब्बे हटाकर निर्मल बना लेती है और अपनी अध:प्रकृति से अपने को मुक्त कर लेती है।[2]

किसी व्यक्ति का स्थान या पद समाज में जो कुछ भी हो, प्रत्येक व्यक्ति ईश्वर की दृष्टि में अत्यन्त मूल्यवान और महत्त्वपूर्ण है। ध्यानयोग द्वारा हम जीवन के प्रति एक गहरी पवित्र भावना का विकास करते हैं। जब हम सबके प्रति न्याय और समत्व के लिए सम्पूर्ण हृदय से चेष्टा करेंगे और इस लक्ष्य को प्राप्त करने का व्यक्तिगत उत्तरदायित्व ग्रहण करेंगे तभी हम समाज-व्यवस्था का विकास कर सकते हैं। ईश्वर के शब्दों को दोहराने वाले पैगम्बर की बात सुनिए : "मैं न्याय को नियम और साधुता को मानदण्ड बनाऊंगा।"[3] उनके सन्देश का उत्तरार्ध यह

1. 12 : 1, 3।

2. आत्मा में जो कुछ फालतू हो उसे छीलकर फेंक दो, जो बक्र है उसे सरल करो, जो अन्धकाराच्छन्न है उसे ज्योतित करो और तब तक अपनी मूर्ति की रचना के काम को बन्द न करो जब तक कि पुण्य अपने दैवी प्रकाश के साथ तुम्हारी आंखों के आगे चमक न उठे और तुम अपने हृदय में निर्मल पवित्रता के साथ शान्ति को आसीन न देख लो।"—प्लाटिनस, 'इनियड्स', 1 : 6, 9।

3. 'ईसाया' 28; 17।

है: "बुराई को छोड़ो; भलाई करना सीखो। न्याय का अभ्यास करो। उत्पीड़क पर निग्रह रखो। पितृहीन को अधिकार दिलाओ। विधवा के लिए बोलो—उसकी वकालत करो।"[1]

बुद्ध हमसे सम्पूर्ण प्राणियों के प्रति प्रेम विकसित करने को कहते हैं। उनका कथन है : "हमारा मन विचलित नहीं होगा; कोई दुर्वचन हमसे नहीं निकलेगा; हम स्थिर, कोमल, दयालु, प्रेमलहृदय और गुप्त ईर्ष्या से रहित होंगे। हम अपने प्रेमल विचारों की किरणों से सदा एक न एक को प्रकाशित करते रहेंगे। आगे बढ़कर हम दूरग्राही महान एवं असीम कटुता तथा दुर्भावनारहित प्रेम से सारे जगत् को आप्लावित कर देंगे।"[2] जैसे एक मां अपने जीवन को खतरे में डालकर भी अपने बच्चे—एकमात्र बच्चे—की रक्षा करती है वैसे ही हममें से प्रत्येक मानव को अपने अन्दर सम्पूर्ण प्राणियों के प्रति सद्भावना विकसित करने दो।"[3] जितने भी बुद्ध हुए हैं उनमें अमिताभ (जापान में अमीदा) एक अत्यन्त लोकप्रिय बुद्ध हैं। वे कभी भिक्षु थे जिन्होंने युगों पूर्व साथी प्राणियों के प्रति अपने प्रेम के कारण छियालीस व्रत लिए थे। उन्होंने संकल्प किया था कि दूसरों की रक्षा में अपनी सम्पूर्ण बुद्धि और योग्यता लगाएंगे। अमिताभ विवेक एवं दया से मूर्तरूप हैं। जो कोई भी भक्तिपूर्वक उनका ध्यान करता है वह इस उद्धारकर्ता के अमित गुणकोष से कुछ न कुछ अंश पाकर स्वर्ग में प्रवेश पाने का अधिकारी हो जाता है। परिवर्त या दूसरो के लाभ के लिए अपने गुणों का उपयोग करने का सिद्धान्त सम्पूर्ण जीवों की अन्तर्निर्भरता की ओर संकेत करता है।

ईसा कहते हैं: "तुमने ऐसा कहा जाते सुना होगा कि 'तुम अपने पड़ोसी को प्यार करोगे और अपने शत्रु से घृणा करोगे', परन्तु मैं तुमसे कहता हूं : 'अपने शत्रुओं को प्यार करो!' "[4] "यदि कोई आदमी कहता तो है कि मैं ईश्वर को प्यार करता हूं किन्तु अपने भाई को घृणा करता है तो वह झूठा है क्योंकि जो अपने भाई को, जिसको उसने देखा है, प्रेम नहीं कर सकता, तब वह ईश्वर को, जिसे उसने देखा ही नहीं है, कैसे प्यार कर सकता है? और यह धर्मादेश प्रभु की ओर से है कि जो ईश्वर से प्रेम करता है, वह अपने भाई को भी प्रेम करे।"[5]

ईश्वर के नगर के प्रतिभागी रूप में मानवों का भी नगर है। यह मानव-नगर सर्व-कल्याण की एक ही मौलिक दृष्टि और आत्मिक गुणों के साथ संपर्क के आधार पर रचित सार्वदेशिक मानव-समाज ही हो सकता है।

1. 'ईसाया' 1: 17।
2. मज्झिमनिकाय।
3. मेत्तसुत्त।
4. 'मैथ्यू' 5 : 43।
5. 1 'जॉन' 4: 20-21।

4. ज्ञानमार्ग

चिन्तनशील ज्ञान के द्वारा हम यथार्थता के द्वार तक पहुंचते तो हैं किन्तु केवल विचार के सहारे हम सत्य में प्रवेश नहीं कर सकते। सम्पूर्ण मानवीय प्रकृति की पूर्णता द्वारा ही उस तक पहुंचा जा सकता है। यदि हमें मानवीय प्रकृति की सीमाओं को लांघकर आगे जाना है तो हमें शरीर, मन एवं आत्मा के गुणों का अभ्यास करना चाहिए। शरीर को पाप या बुराई के उद्‌गम और उपकरण के रूप में देखना मानिकीवाद (Manichaeism)[1] जैसी भूल है। मनुष्य कोई आत्मिक जीव नहीं है ; वह देह के कारागार में अस्थायी रूप से बन्दी है—अपरिचित, अज्ञात जगत् में एक अजनबी की भांति है। वह उस प्रकृति, उस सजीव व्यवस्था का अंग है जो सम्पूर्ण अस्तित्व को, अजैव पदार्थों से लेकर आत्मिक जीवों तक सबको अपने में समेटे हुए है। आत्मा ही प्रकृति का लक्ष्य है ; वही मानवीय उत्तर-दायित्व का सूत्र है। जैसे आत्मा शरीर का हेतु है, ब्रह्मलोक इस जगत् का हेतु है। मनुष्य के पूर्ण होने में बाधा शरीर नहीं वरन् बुराई की ओर प्रेरित करने वाली भावना है। शरीर तो ईश्वर का मन्दिर, 'पवित्रात्मा का आश्रयस्थान' है।

वासनाओं के निग्रह का अर्थ उनका विनाश नहीं वरन् आत्मिक शक्ति या ऊर्जा में उनका रूपान्तर है। यहां और अभी यह देह आत्मिक जीवन में भाग ले सकती है। एक पावन शरीर ईश्वर की अभिव्यक्ति कर सकता है।

हमारे अन्दर ईश्वरत्व का बीज है। पर उसे अंकुरित एवं विकसित होने की सुविधा मिलनी चाहिए। हमने जितना समझ रखा है उससे कहीं व्यापक 'बोधि' की सूचनाएं हमें प्राप्त हैं। "और अंधकार में प्रकाश चमकता है, परन्तु अंधकार उसे देख नहीं पाता—समझ नहीं पाता।" यदि सजीव तत्त्व तक पहुंचना है तो खोल को तोड़ना ही होगा। यदि हमें प्रकाश तक पहुंचना है तो हमें अंधकार को दूर करना ही होगा। हमें शान्त, नीरव, रहस्यपूर्ण गहराइयों में उतरना ही होगा और उस शान्ति के अन्दर प्रवेश करना ही होगा—आलस्य की छायात्मक, आभासिक शान्ति नहीं, विचार को खोखलापन नहीं वरन् वह अपार शान्ति जिसमें सम्पूर्ण शक्तियां नर्तन कर रही हैं। ध्यान मस्तिष्क की रिक्तता अथवा सम्पूर्ण विचारों का अभाव नहीं हैं; वरन् इसमें हम जगत् की जिम्मेदारियों एवं कल्पनाओं से अपने मन

1. मानिक (216 से 276?) नाम के एक ईरानी ने इसे चलाया। इसमें ज़रथुस्त्री द्वैत एवं, ईसाई सिद्धान्तों का मिश्रण है। इसके अनुसार मनुष्य की आत्मा ज्योति-राज्य से उद्‌भूत हुई है; वह अन्धकार राज्य (शरीर) से बाहर निकल जाने को सचेष्ट है। यह मुक्ति उद्धारक द्वारा दिए ज्ञान से ही सम्भव है। यह उद्धारक ऐतिहासिक ईसा नहीं, कोई और ईसा है। प्रत्येक भौतिक एवं वासनागत वस्तु के त्याग तथा तपस्यापूर्ण निवृत्ति से ही मुक्ति का मार्ग प्रशस्त होता है। फारस में यह धर्म दबा दिया गया किन्तु वहां से वह पूर्व एवं पश्चिम के अनेक देशों में फैला और सदियों तक बना रहा।—अनुवादक।

को हटा लेते हैं, उसे चिंतन में गहरा डूबने देते हैं और जीवन तथा कार्य के बोझ से शान्तिदायी मुक्ति की भावना तक ले जाते हैं और उसका स्वाद लेते हैं। केवल प्रबल प्रयत्न से ही साम्य की यह स्थिति प्राप्त होती है।

योग का उद्देश्य आत्मा की अखण्डता को फिर से प्राप्त करना है। आत्मा की शक्तियों का अनुभव होने पर यह एक प्रकार का अन्तराकलन, पूनःस्मृतिलाभ तथा आत्मा का आत्मा से घनिष्ठ संयोग है। योग शब्द ऐसी विधियों एवं यम-नियमों को बताता है जो सभी धर्मों में विविध मात्राओं में प्राप्त हैं। योग 'चित्त-वृत्ति-निरोध' अथवा सम्पूर्ण मानसिक क्रियाओं का शान्त हो जाना है। क्रियाओं की यह शान्ति हमें स्वयं उस चित्त तक ले जाती है जो अपनी मूल स्थिति में सम्पूर्ण कर्मों और क्रियाओं का उद्गम और शर्त है। मनुष्य में इस साधारण मन से बहुत अधिक महान एक और मन है।[1] मन के ऊर्ध्वतत्त्व के साथ हम विचारों को ग्रन्थित कर देते हैं; परन्तु नीचे बहुत गहराई में यह प्रदेश है जहां हम ध्यानस्थ होते हैं। हम कल्पना करते हैं कि प्रेरणा कहीं आत्मा के ऊपर से आती है, पर नहीं वह आत्मा के अन्दर ही से आती है। गहराइयों में उतरने के लिए हमें मौन ध्यान का उपयोग करना ही चाहिए। इस उपक्रम में हम अकेले होकर भी अकेले नहीं हैं। उस एकान्त में हम ऐसी शक्ति का ध्यान करते हैं जो अस्तित्व के निषेधों के होते हुए भी हममें आत्मविश्वास उत्पन्न करती है।[2] बहुत देर तक ध्यान का अभ्यास करना कठिन है। संत ग्रेगरी महान 'एपोकेलिप्स' में आए पदों की ओर ध्यान

1. 'फेडो' (79) में प्लेटो लिखते हैं : "आत्मा जब देह को अनुभव के बोधदर्शन (परमेश्वर) के साधन-रूप में प्रयुक्त करती है अर्थात् जब आंख, कान या किसी दूसरी इन्द्रिय का प्रयोग करते हुए वह देह द्वारा घसीटकर परिवर्तनों के प्रदेश में पहुंचा दी जाती है तो वहां भटकती रहती है। भ्रमित हो जाती है किन्तु जब स्वयं में लौटते हुए वह चिन्तन करती है तब एक दूसरे जगत् में पहुंच जाती है—पवित्रता एवं नित्यता, अमरता एवं अपरिवर्तनीयता के—जिनका उनके साथ गुण-साधर्म्य है—देश में पहुंच जाती है। जब स्वरूप में स्थित होती है और कोई बाधा उसके आगे नहीं होती तो वह इन्हीं उपर्युक्त गुणों के साथ रहती है। उस समय वह अपनी भ्रमात्मक प्रवृत्तियों से मुक्त हो जाती है तथा अपरिवर्तनशील के सम्पर्क में होने के कारण स्वयं भी अपरिवर्तनशील हो जाती है। आत्मा की यही स्थिति प्रज्ञा या मनीषा कही जाती है।"

2. संत ग्रेगरी कहते हैं : "आन्तरिक ज्ञान तब तक ग्राह्य नहीं है जब तक बाह्य अवरोधों का अस्त नहीं हो जाता—हमारा मन अन्तर्मुखी ध्यान की धारा में तब तक नहीं बहता जब तक वह पहले सांसारिक कामनाओं की सम्पूर्ण उत्तेजनाओं से दूर हटाकर विधिपूर्वक, कौशलपूर्वक भुला नहीं दिया जाता।" ('मॉरल्स इन जोब' 5 : 55)—पुनः "जब मन शान्त हो जाता है और जब हम इस जगत् की हलचलों से दूर विश्राम की स्थिति में पहुंच जाते हैं और मन की उस गहरी नीरवता में ईश्वरीय शिक्षाओं पर ध्यान देते हैं तभी ईश्वर की वाणी सुनाई पड़ती है।"—(वही, अध्याय 23 : 27)।

दिलाते हैं : "स्वर्ग में लगभग आध घंटा नीरवता रही।" इसके बाद वे व्याख्या करते हैं : "स्वर्ग साधुओं की आत्मा है। इसलिए जब मन में ध्यान की शान्ति छा जाती है तो स्वर्ग भी नीरव हो जाता है· · ·किन्तु चूंकि मन की यह शान्ति इस जीवन में पूर्ण नहीं हो सकती इसलिए यह नहीं कहा गया कि पूरे घंटे तक स्वर्ग में नीरवता रही; आध ही घंटे तक रहने की बात कही गई क्योंकि ज्योंही वह अपने को उठाना आरम्भ करता है और आन्तरिक शान्ति की ज्योति से आप्लावित होना चाहता है, विचारों की हलचल पुनः लौट आती है और स्वयं अपने ही द्वारा वह अशान्ति में, अव्यवस्थितता में फेंक दिया जाता है; और अव्यवस्थित होने के कारण वह अंधा हो जाता है।"[1]

ब्रह्म का एकान्त ध्यान विकसित करने में योगसूत्र हमें सहायता देता है। यह हमसे कहता है कि शान्त और निर्द्वन्द्व होओ, फिर प्रतीक्षा करो और अन्तर् में ज्योति जलने दो। वह मानता है कि जैसे देह जीवात्मा का वाहन है, वैसे ही जीवात्मा परमात्मा का वाहन है।

शोक के परे जो अन्तर्ज्योति है उसपर, या वासनाओं से मुक्त किसी प्रबुद्ध आत्मा के हृदय पर, अथवा तुमको शुभ लगने वाले किसी दैवी रूप या प्रतीक पर मन को केन्द्रित करने से ध्यानस्थ हुआ जा सकता है।[2] ध्यानावस्था कोई मूर्छा या बाह्यावरति नहीं है। वह घनिष्ठ मनोयोग का कार्य है। प्लाटिनस हमसे अन्तर्मुखी होने और उन सब चीजों का त्याग करने को कहता है जो ईश्वरबाह्य हैं। फिर वह कहता है कि आत्मा के एकान्त में "उस एकमात्र अधिवास सत्ता को देखो, उस व्यतिरिक्त, उस अमिश्र, उस विशुद्ध को देखो—उसे जिसपर सब वस्तुएं निर्भर हैं; जिसके लिए सब देखते हैं, जीवित रहते हैं, काम करते हैं और जानते हैं—जीवन, प्रज्ञा एवं जीवात्मा के स्रोत को देखो।"[3]

हम कोई परिचित पद या मंत्र ले लेते हैं और उसपर ध्यान करते समय आत्मा नीरव प्रतीक्षा करती है और अपने को एक ऐसे मन्दिर के रूप में बदल देती है। जिसमें ईश्वर निवास करता है। वह ईश्वर अपने को समस्त जीवन के आधार-रूप में हमारे अन्दर प्रकट करता है और अपनी सारी दुर्बलताओं के साथ मनुष्य अपने को उसके चरणों में समर्पित कर देता है। जब हम समस्त पावित्र्य के निधान ईश्वर के सम्मुख होते हैं तब उसकी पूजा में खो जाते हैं क्योंकि हम जानते हैं कि वह समस्त स्तुतियों के परे है।

जागतिक बंधन का बोध होने पर ध्यान उससे हमारी मुक्ति है। समस्त कर्म-

1. डोम कुथबर्ट बटलर कृत 'वेस्टर्न मिस्टिसिज्म' (1922), पृष्ठ 94-95।
2. योगसूत्र 1 : 36-39।
3. 'ईनियड्स', 1 : 6, 7।

धारा के ऊपर जो आत्मा है यह उसका साक्ष्य है, प्रमाण है। बाह्य स्थितियां चाहे कितनी ही कष्टप्रद हों, मुक्ति आत्मा के भीतर ही मिलती है। समाधि की अवस्था में हम अपनी समस्त चेतना से निरुपाधि या निर्विकल्प ब्रह्म के साथ टकराते हैं। यदि हम आनन्दपूर्ण अनासक्ति के साथ परम सत्य का अनुसरण करते हैं तो अप्रत्याशित दृश्य, आत्मिक शक्ति एवं स्वातन्त्र्य के नवीन अनुभव हममें उदय होते हैं। इनसे हमारे समस्त कर्म ज्योतित एवं प्रेरणायुक्त हो उठते हैं। तर्क हमें आश्वासन देता है किन्तु अनुभव से हमारे अन्दर निश्चिंतता आती है। जब योग के यम-नियम के परिणामस्वरूप देह, मन, अनुभूतियों एवं सहज प्रेरणाओं में सामञ्जस्य स्थापित हो जाता है, जब व्यक्ति में पूर्णता और संतुलन आ जाता है तब वह ऐसा वाहन बन जाता है जिसके द्वारा हमारे अन्दर स्थित विश्वात्मा अपने को अबाधित रूप में व्यक्त करता है।

'सोसाइटी ऑफ फ्रेण्ड्स' (मित्र-मण्डली) ने पश्चिम में जो काम किया है। उसका हमें धन्यवाद करना चाहिए कि पश्चिम के गिरजाघरों के धर्माभ्यास में भी मौन उपासना ने प्रवेश पा लिया है। न्यूयॉर्क में संयुक्त राष्ट्रसंघ का जो भवन है। उसमें एक कमरा ध्यान के लिए अलग कर दिया गया है, यद्यपि मैं निश्चित रूप से यह नहीं जानता कि उसका उपयोग कितना होता है। पैस्कल की उक्ति कि "मनुष्य का सम्पूर्ण संताप उसके चुपचाप एक कमरे में बैठ सकने की उसकी असमर्थता के कारण है," बहुत प्रसिद्ध है। सभी धर्म हमसे मौन ध्यान में ईश्वर-वाणी सुनने की बात कहते हैं।

आज की पीढ़ी के लिए, जो अनेक चिन्ताओं से विखण्डित और अनेक प्रकार के तुमुल से विश्रृंखल है, मौनवृत्ति का विकास करना एक बड़ी शुद्धिकारी बात होगी। इससे एक ऐसी मनोवृत्ति के पाखण्ड का पर्दाफाश हो जाएगा जिसमें सम्पत्ति के अधिकार की दृढ़ भावना, नैतिक अनुशासनहीनता, सुखोपभोग के प्रलोभन और भोगात्मक निराशा का प्राधान्य है।

5. सत्य एवं प्रेम

जीव एवं आत्मबोध को एक-दूसरे से पृथक् नहीं किया जा सकता। आत्म-बोध में निमग्न जीवन अपने को प्रेम में व्यक्त करता है क्योंकि तभी हम उस सत्ता के अन्दर एक-दूसरे को जानते हैं और प्रेम करते हैं जो शाश्वत है। हम उपलब्ध सत्य की व्याख्या एवं अभिव्यक्ति जो कुछ हम हैं उसके ही अन्तर्गत करते हैं; हम वर्तमान जगत् में ही सोचते हैं और कर्म करते हैं। यद्यपि यह पार्थिव जीवन ही सब कुछ नहीं है और इसमें कोई चीज़ सदा रहती नहीं, फिर भी हम ऐसे सम्बन्धों का सुख लूट सकते हैं और उन्हें बढ़ा भी सकते हैं जिनपर मृत्यु का शासन नहीं

है।[1] हमारे अन्तर् में जो ज्योति है वह सार्वदेशिक है, वह हर आदमी में है। ईश्वर का प्रतिबिम्ब धुंधला और दुर्बल हो सकता है परन्तु वह सर्वथा नष्ट नहीं किया जा सकता क्योंकि वह मनुष्य के निर्माण में ही निहित है। घोर से घोर पापी, नीच से नीच अपराधी के लिए भी आशा है। नरक जैसी कोई चीज़ नहीं। हम यह विश्वास नहीं कर सकते कि ईश्वर ने अगणित मानवों को सदा के लिए मृत्यु के बीच डाल दिया है। अन्तर्ज्योति सबका शक्ति, भव्यता एवं आनन्द के लिए आवाहन कर रही है।

इस विचार से इस विश्वास का खण्डन हो जाता है कि ईश्वर के कुछ विशेष प्रियजन हैं। जो लोग भी चैतन्यपूर्वक उस ज्योति की आज्ञा मानते हैं, बच जाते हैं; वे डूबते नहीं। जब हम प्रत्येक मानव में सत्य की सार्वदेशिक भावना को देखेंगे तो सृष्टि के छोटे से छोटे प्राणी को भी आत्मवत् मानकर प्रेम करेंगे। सभी धर्मों द्वारा इस स्वर्ण-नियम की शिक्षा दी गई है।

हिन्दू महाकाव्य 'महाभारत' कहता है: "आनन्द और शोक में, सुख और व्यथा में मनुष्य को दूसरों के प्रति वैसा ही आचरण करना चाहिए जैसे वह स्वयं वैसी अवस्था में दूसरों द्वारा अपने प्रति किया जाना पसन्द करता।"[2] वृक्ष दूसरों के लाभ के लिए फल देते हैं; नदियां दूसरों के लाभ के लिए बहती हैं; गाएं दूसरों के लाभ के लिए दूध देती हैं और सत्पुरुष दूसरों के कल्याण के लिए जीते हैं।[3]

कनफ्यूशियस से पूछा गया, "क्या कोई ऐसा सूत्र है जिसको आदमी जीवन-भर एक नियम मानकर पालन करता रहे?" कनफ्यूशियस ने उत्तर दिया : "क्या यह 'शू' शब्द में नहीं मिलता, जिसका अर्थ है कि दूसरों के प्रति वही व्यवहार करना चाहिए जैसा आदमी स्वयं अपने प्रति कराना चाहता है।" कनफ्यूशियस के शिष्य त्सेंग-ज़े ने गुरु के उत्तर का अनुवाद यों किया है : "उसी हृदय से दूसरे को प्यार करो जिससे अपने को प्यार करते हो।"

'लेविटिकस की पुस्तक' के उन्नीसवें अध्याय में आदेश मिलता है : "अपने पड़ौसी को उसी तरह प्यार करो जैसा स्वयं अपने को करते हो।" कहा जाता है। कि यह धर्मादेश बाइबिल के सम्पूर्ण 613 धर्मादेशों के ऊपर जाता है। पैगम्बर होसी ने प्रेम, दया और क्षमा की बात कही। उन्होंने अपनी अपराधी पत्नी को इसलिए क्षमा कर दिया कि वे उसे प्यार करते थे। इसीसे उन्होंने यह निष्कर्ष निकाला कि ईश्वर भी मानव-जाति को क्षमा कर देगा क्योंकि वह उसे प्यार

1. "आदमियों के सम्मुख अपनी ज्योति को इस प्रकार चमकने दो कि वे तुम्हारे सत्कार्यों को देख सकें।"—'मैथ्यू' 5 : 16।

2. 12 : 113, 9।

3. परोपकाराय फलन्ति वृक्षाः परोपकाराय वहन्ति नवः।
परोपकाराय दुहन्ति गावः परोपकाराय सतां हि जीवनम्॥

करता है। मूसा के कानून में घोषणा है कि अजनबी और स्वदेशी के लिए एक ही कानून रहेगा क्योंकि "याद रखो, तुम भी तो मिस्र देश में अजनबी ही थे।" 'ओल्ड टेस्टामेण्ट' में हम पढ़ते हैं : "क्या हमारे एक ही पिता नहीं हैं? क्या एक ही ईश्वर ने हम सबको उत्पन्न नहीं किया है?" हिल्लेल के अनुसार : "जो तुम्हारे लिए घृणाजनक हो उसे अपने साथी प्राणियों के प्रति न करो।"[1]

अहिंसा अथवा दूसरे शब्दों में प्राणिमात्र के प्रति प्रेम जैनधर्म का केन्द्रीय तत्त्व है। बुद्ध भी 'बोधि' प्राप्त करने के बाद, जीवन-भर मित्रों को निर्वाण के आनन्दमय अनुभव की सिद्धि का रास्ता बताते रहे। मातृचेता बुद्ध के विषय में कहते हैं: "बुराई करने के लिए सन्नद्ध शत्रु के लिए तुम भलाई करने पर सन्नद्ध मित्र हो; निरन्तर दोषान्वेषण करने वाले के अन्दर भी तुम गुणों की खोज करने में तत्पर हो।"[2] शान्तिदेव बोधिसत्त्व आदर्श का वर्णन करते हुए कहते हैं :

> मैंने अपने कर्मों से जो भी पुण्य प्राप्त किए हैं उनके पुरस्कारस्वरूप, मैं सब प्राणियों के समस्त शोक में उनका सान्त्वनादाता बनना पसन्द करूंगा।
>
> रोगियों के लिए मैं औषध, उनके रोग को दूर करने वाला एवं ऐसा सेवक बनूं कि पुनः बीमारी उनके पास न फटके।
>
> मैं बुभुक्षा एवं पिपासा की वेदना को भोजन एवं जल-वर्षा से तृप्त कर दें। काल के अंत तक मैं अकाल में उनके लिए पेय एवं खाद्य बन जाऊं।
>
> दोनों के लिए मैं अक्षय भण्डार बन जाऊं और उनकी आवश्यकता की विविध वस्तुओं से उनकी सेवा करता रहूं।
>
> मेरा समस्त अस्तित्व, मेरे सुख-भोग, मेरे द्वारा भूत, वर्तमान, भविष्यत् में किए हुए या किए जाने वाले सम्पूर्ण पुण्य का मैं सदा के लिए उत्सर्ग करता हूं जिससे सब प्राणी लक्ष्य तक पहुंच सके।
>
> सब वस्तुओं के उत्सर्ग में ही शान्ति है और मेरी आत्मा शान्ति के लिए तड़पती है। जब मुझे सब कुछ छोड़ना ही है तो सबसे अच्छा यही होगा कि मैं उसे अपने साथी प्राणियों को दे दूं।
>
> मैं सब प्राणियों को स्वतंत्रता देता हूं कि वे मेरे साथ जैसा चाहें व्यवहार करें। वे आघात कर सकते हैं, मेरा तिरस्कार कर सकते हैं, मुझ-पर कीचड़ उछाल सकते हैं, मेरी देह से खिलवाड़ कर सकते हैं; मेरा उपहास

1. सैब० 31 ए०।
2. अहितावहिते शत्रौ त्वं हितावहितः सुहृत्।
   दोषान्वेषणनित्येऽपि गुणान्वेषणतत्परः ॥

कर सकते हैं। मैंने उन्हें अपना शरीर सौंप दिया है, तब मैं उसकी चिन्ता क्यों करूं?

वे सब लोग जो मेरा अपमान करते हैं, मुझे चोट पहुंचाते हैं, मेरा उपहास करते हैं, मेरे 'बोधि' में अपना भाग प्राप्त करें।

जो अरक्षित हैं, मैं उनकी रक्षा करूंगा; जो पथिक हैं, मैं उनका पथ-दर्शन करूंगा; जो उस पार जाना चाहते हैं, उनके लिए मैं पुल बनूंगा; जिन्हें दीपक की आवश्यकता है, उनका दीपक बनूंगा; जो शय्या चाहते हैं, उनके लिए शय्या बनूंगा, जो सेवक चाहते हैं, उन सबके लिए सेवक बनूंगा।[1]

मैथ्यू के धर्मोपदेश में कहा गया है: "तुम दूसरों से चाहे जैसा अपने लिए कराना चाहते हो; वैसा तुम उनके प्रति करो।" इतना ही पर्याप्त नहीं है कि "जो तुम्हें प्यार करें उन्हें प्यार करो," इससे ज़्यादा महत्त्वपूर्ण यह है कि 'अपने शत्रुओं से प्यार करो···जो तुम्हें घृणा करते हैं उनके साथ भलाई करो और जो तुमसे द्वेष करते हैं और तुम्हें कष्ट पहुंचाते हैं उनके लिए प्रार्थना करो।'[2]

सादी लिखते हैं : "प्रभु की उदारता और कृपा तो देखो। दास ने पाप किया है किन्तु उसकी लज्जा का भार वे ढो रहे हैं।"[3]

फरीद, यदि तुझे कोई मारता है,
तो बदले में उसे न मार, वरन् उसके चरण चूम।
फरीद, यदि तू सर्वेश्वर को चाहता है।
तो पथिकों के पैरों के नीचे दूर्वा बनकर बिछ जा।
फरीद, यदि कोई तुझे टुकड़े-टुकड़े कर देता है,
और दूसरा अपने पांवों से कुचल डालता है,
तभी तू प्रभु के दरबार में प्रवेश पा सकेगा।[4]

6. पवित्रता एवं इहलौकिक जीवन

पवित्रता प्रामाणिक धर्म-भावना का प्रमाण है। यह प्रत्येक युग और प्रत्येक धर्म में पाई जाती है। जिस सांसारिक मान-मर्यादा को साधारणजन इतना महत्त्व देते हैं उसके प्रति महात्मागण उदासीन रहते हैं। वे एक-दूसरे ही जगत् के प्राणी होते हैं। स्वभाव एवं पेशे में भिन्न होते हुए भी असीसी के फ्रांसिस, और रामकृष्ण

1. 'द पाथ ऑफ लाइट', एल० डी० बार्नेट कृत अंग्रेज़ी अनुवाद (1947), पृष्ठ 44-45, 48-49।
2. 'मैथ्यू' 5 : 44।
3. कुल्लियात : गुलिस्तां।
4. ग्रन्थ साहिब (सी० एफ० एण्डरूज़ द्वारा अक्तूबर, 19 • 9 के 'दि स्टूडेण्ट मूवमेंट' में उद्धृत)।

और गांधी में आश्चर्यजनक पारिवारिक समानता है। इन सबमें मानव-स्वभाव के प्रति एक गहरी अन्तर्दृष्टि, वंचनाओं के भीतर प्रवेश करने की शक्ति तथा ईश्वर एवं मनुष्य के प्रति अतलस्पर्शी प्रेम होता है।

कर्मों से संत की मुक्ति इस पृथ्वी पर नहीं होती। वह अपने पीछे सीमित मूल्यों और अर्थों का स्थूल जगत् नहीं छोड़ता। उसका जीवन परमात्मा के जीवन में विलीन नहीं होता। पर वह जगत् का न केवल एक अंग हो जाता है, वरन् सम्पूर्ण के लिए एक क्षेत्र भी बन जाता है। चूंकि उसके पास शरीर भी है इसलिए वह सद्विवेक से सर्वथा मुक्त नहीं होता। परमात्मा वैयक्तिक आत्माओं की शक्ति के द्वारा ही कार्य करता है; वह उन्हें निमग्न नहीं कर लेता। जो वियुक्त हो गए हैं उनका भी नैतिक कर्तव्य करना उनकी आध्यात्मिकता की, आत्मोन्नति की निशानी है। संत सदा अपने अस्वस्थ बंधुओं के पास जलपात्र लाने को, उनकी सेवा करने को उत्सुक रहता है। जब हम विश्व के साथ एकरूप हो जाते हैं और जब त्राहने के शब्दों में 'सागर हमारी शिराओं में प्रवाहित हो उठता है···और तारागण हमारे आभूषण बन जाते हैं', तब प्रत्येक अवसर अन्तर्दृष्टि को मूर्त करने और अपनी उदारता को आचरित करने का साधन बन जाता है। जब हम सभी वस्तुओं को पवित्र मानते हों तब लोभ या स्वाग्रह एवं शक्ति या सुखों के पीछे दौडने की आवश्यकता ही नहीं रह जाती।

जब कोई आत्मजगत् में सब वस्तुओं का त्याग कर देता है, तब सभी वस्तुएं एक नये आयाम में उसकी हो जाती हैं। उसे जगत् की वस्तुओं का वर्जन करने की आवश्यकता नहीं पड़ती ; उनको वह एक आन्तरिक अनासक्ति के साथ रखता है और इसके कारण एक नूतन आनन्द से पूर्ण हो जाता है। इस प्रकार जिनका 'द्वितीय जन्म' हो चुका है वे महात्मागण स्वयं शान्ति एवं पूर्ण आत्मनियंत्रण में रहते हुए संसार के उद्धार एवं पुनर्रचना के ईश्वरीय कार्य में भी भाग लेते हैं। वे संसार का बोझ अपने ऊपर उसी प्रकार ले लेते हैं जैसे 'मधुमक्खियां मधु बनाती हैं और मकड़ियां जाले बुनती हैं।' उनकी अपने परिवार, संप्रदाय, जाति या राष्ट्र से कोई आसक्ति नहीं होती। वे समान आत्माओं को प्यार करते हैं। उनके जीवन उनके भीतर की कुछ ऐसी चीज़ के बाह्य एवं दृश्य चिह्न-मात्र होते हैं जो हमारी वर्तमान समझ के बाहर है और जो पार्थिव नहीं, शाश्वत है। संसार के कल्याण का कार्य उनपर आरोपित होता है। महायान दर्शन के बोधिसत्त्व को देखिए, यद्यपि वे कर्म-नियम के अधीन नहीं हैं, फिर भी दुखियों के उद्धार के लिए कर्म करते हुए जगत् में रहते हैं, क्योंकि सम्पूर्ण सृष्टि एक-दूसरे से बंधी हुई है। संत पाल कहते हैं: "आवश्यकता मुझपर आरोपित कर दी गई है।" लूथर जोर देकर कहते हैं : "मैं यहां खड़ा हूं, मैं और कुछ नहीं कर सकता", एक ऐसी शक्ति जो उनके परे है, उन्हें सर्वथा वशीभूत कर रखती है।

ध्यानयोगी और कर्मयोगी के जीवन के सम्बन्ध में कोई नियम नहीं हैं। जो कोमल आत्माएं होती हैं वे इस भागदौड़ और संसार की हिंसा से दूर भागती हैं। यह आवश्यक नहीं कि इस प्रकार की निवृत्ति पलायन ही हो, क्योंकि अपनी ध्यान-शक्ति से वे समाज को प्रभावित करते हैं। यदि अन्तरात्मा की वैसी ही प्रेरणा हो तो हम संसार से निवृत्त हो सकते हैं; पर यदि हम संसार के मायाजाल में फंस जाने के भय से ऐसा करते हैं तो वह ठीक नहीं है।

प्रतिदिन थोड़ी देर के लिए एकान्त में जाकर ध्यान करने से आत्मिक विकास में सहायता मिलती है। सप्ताह में एक दिन विश्राम की और प्रतिदिन कुछ देर मौन ध्यान की जो व्यवस्था की गई है उसमें बड़ा विवेक है। किन्तु इसके लिए संन्यासी होना आवश्यक नहीं है। गृहस्थ रहते हुए भी हम ठीक दृष्टिकोण रख सकते हैं। जब अपने युग के एक अत्यन्त धनी व्यक्ति अनाथपिण्डक ने बुद्ध से संसारविरत होने की आज्ञा मांगी, तब बुद्ध ने कहा : "मैं तुझसे कहता हूं कि जीवन में अपने स्थान पर रह और अध्यवसायपूर्वक अपना काम कर। जीवन, धन और शक्ति वे चीजें नहीं हैं जो मनुष्य को गुलाम बना लेती हैं वरन् जीवन, धन तथा शक्ति के प्रति आसक्ति ही उन्हें गुलाम बनाती है। हम जीवन एवं संसार का नहीं वरन् अहं का निषेध करने के लिए आए हैं।" मनुष्य की सत्य आत्मा के साथ इस नाशमान जगत् का सम्बन्ध 'पद्मपत्रमिवाम्भसा' (पानी में स्थित कमलपत्र जैसा) होना चाहिए।[1] हम उसे स्पर्श करते हैं पर चिपटते नहीं। जब मनुष्य लालसा एवं अज्ञान से मुक्त हो जाता है तब वह आनन्द एवं करुणा से भर जाता है। शान्तमस्तिष्क करुणामय हृदय का आमुख है और उसका परिणाम सत्कर्म है। 'योगः कर्मसु कौशलम्' : योग कर्म में व्यक्त कौशल है।

योगी और सेवाधिकारी (कमिसार—रूस में लोकसेवा-विभाग का अध्यक्ष) एक-दूसरे के विरोधी शब्द नहीं हैं। योगी संसार में दर्शक की भांति रहकर काम करता है। अपनी उच्चतर निष्ठाओं की उपेक्षा न करते हुए वह संसार में अपना कर्तव्य करता है। जब दुनियादार आदमी ऋषि, और ऋषि संसार के अभिनेता हो जाएंगे तभी सभ्यता का औचित्य सिद्ध होगा। संत थेरेसा के शब्दों में एक महासत्य प्रकाशित हुआ है : ''आत्मिक मिलन का अन्तिम ध्येय यही है कि उसकी क्रियाशीलता से 'कर्म' पैदा हों।"

7. ईश्वरीय मानव

ईश्वरीय मानव से हमारा अभिप्राय गौतम बुद्ध एवं ईसामसीह जैसे लोगों से है। उनके नामों से ही द्वैत की अभिव्यक्ति होती है और ज्ञात होता है कि वे

1. छांदोग्य उपनिषद, 4 : 14, 3।

मानवरूप में परमात्मा की अभिव्यक्ति हैं। उनका मानवी रूप इस अभिव्यक्ति का अवलम्ब-मात्र है। ज़रथुस्त्र का असली नाम 'स्पितमा' था; ज़रथुस्त्र तो उनकी उपाधि है। क्राइस्ट की तरह बुद्ध भी मानवरूप में जागतिक सत्य को प्रकट करते हैं। उनके स्वभाव के मानवीय एवं ईश्वरीय पक्षों के बीच क्या सम्बन्ध है, यह प्रश्न उठता है। निरपेक्ष सत्ता सापेक्ष में ही प्रतिबिम्बित होती है। यदि परस्पर-प्रतिकूल शब्दावली में कहा जा सके तो प्रत्येक अभिव्यक्ति अप्रतिम तथा आंशिक या सापेक्ष-रूप से निरपेक्ष होती है। फिर भी यह सत्य है। मनुष्य पूर्ण होने पर दैवी का पद प्राप्त करता है; वह स्वतंत्रता, मुक्ति, प्राप्त करता है। यह मुक्ति आनन्द है; यही नित्यता है, यही सत्य है; यही वह निरपेक्ष स्थिति है जिसमें व्यक्तिगत और सामाजिक उपक्रमों का अंत हो जाता है।

ईश्वरीय मानव सच्चे मानव के पूर्वगामी हैं। जो कुछ एक गौतम या ईसा के लिए संभव है वह प्रत्येक सच्चे मानव-प्राणी के लिए संभव है। उनके रूप में मानव-स्वभाव अपनी पूर्णता को पाता है। वे हमारे ज्येष्ठ बन्धु हैं। वे हमें बताते हैं कि मानवता क्या कर सकती है। गौतम या ईसा ईश्वरीय चेतना के स्वामी बन गए, इससे वे दूसरे मानवों से दूर नहीं हो गए।[1] यदि हम यह मान भी लें कि ईसा निष्पाप हैं तो इससे उनकी मानवता पर कोई प्रभाव नहीं पड़ता। पाप मानव-प्रकृति का सार-तत्त्व नहीं है। यह उसकी एक विकृति, एक विप्लव है। हम साधारण मानवों में ईश्वरीय चेतना धूमिल, दुर्बल तथा अपूर्णरूप से विकसित होती है। ईसा में वह बड़ी प्रबल है; वहां ईश्वर-मूर्ति पूर्ण रूप से जाज्वल्यमान है।

जो भी आदमी इस दुनिया में पैदा होता है उन सबके अन्दर ज्योति दी गई है। हृदय ईश्वर का 'अंश' या 'बीज' है जिसमें पूरे व्यक्ति को पुनर्जीवन देने की शक्ति होती है। अन्तःस्थ आत्मा में पूर्ण निष्ठा रखकर हममें से प्रत्येक जगत् के बंधन से मुक्त हो सकता है। कोई अंधता या दुष्टता ईश्वर का उपयोग करने में बाधक नहीं है।

जो संत ईश्वरत्व को प्राप्त कर लेता है वह इस तरह आचरण करता है मानो वह ईश्वर का अंग हो। जो लोग ईश्वर के साथ पूर्णैक्य प्राप्त कर लेते हैं वे उसके अनुग्रह से, उसके साथ इतने ही एकरूप हो जाते हैं जितने ईसा स्वभावतः उसके साथ एक थे। लोहा आग के रूप में बदल जाता है।

पर कोई व्यक्ति चाहे कितना ही महान हो, ईश्वर की परिपूर्ण अभिव्यक्ति नहीं हो सकता। प्रत्येक व्यक्ति एक विशेष प्रकार की अभिव्यक्ति है और परमात्मसत्ता के एक विशेष गुण को प्रकट करता है। यह कहा जा सकता है कि प्रत्येक मनुष्य अनुपम है और ईश्वर के अन्दर एक विशेष आवश्यकता की पूर्ति

1. श्लीरमाशर कहते हैं : "यह कहना कि ईसा में एक प्रबल ईश्वरीय चेतना थी, बिल्कुल यह कहने के ही समान है कि उनमें ईश्वर का अस्तित्व था।"

करता है। अस्तित्व एक असीम, अपरिमित यथार्थता है जो जीवन के अनेकविध मूल्यों में अपने को प्रकट करती रहती है। प्रत्येक व्यक्ति अपना ही प्रामाणिक स्वयं है, आत्मा है; वह अपने पड़ोसी की नकल नहीं है; वह एक वर्ग का उदाहरण-मात्र नहीं है। प्रत्येक को अपना मार्ग तय करना है। व्यक्ति जितने ऊंचे होते हैं उनके द्वारा प्रकट होने वाले तत्त्व भी उतने ही विशेषतापूर्ण होते हैं। हम यह नहीं कह सकते कि ईश्वर में जो है वह सबका सब इस या उस व्यक्ति में प्रकाशित हुआ है—फिर चाहे वह व्यक्ति कितना ही महान क्यों न हो।

सब मानव-प्राणी ईश्वर से ही उद्भूत होते हैं और फिर उसमें लौट जाते हैं।[1] हम सभी ईश्वर-पुत्र हैं। ईसा कहते हैं: "जो भी मेरे स्वर्गस्थ पिता की इच्छा का पालन करता है, वही मेरा बन्धु, बहिन और माता है।"[2] ईसा के जीवन एवं शिक्षण का मुख्य तत्व यही है कि हममें से प्रत्येक ईश्वर का पुत्र बन सकता है। वे हमें स्पष्ट निर्देश देते हैं : "तुम्हारे स्वर्गीय पिता पूर्ण हैं इसलिए तुम्हें भी पूर्ण होना चाहिए।"[3] चतुर्थ इवैंजेलिस्ट का कथन है : "जिन सबने उसको ग्रहण किया, जिन्होंने उसके नाम में विश्वास रखा, उन सबको उसने ऐसे ईश्वर-पुत्र बनने की शक्ति प्रदान की, मानो वे रक्त से नहीं, मांस की, देह की इच्छा से नहीं, वरन् ईश्वर की इच्छा से ही उत्पन्न हुए हों।"[4] "देखो, पिता ने हमें कितना प्रेम दिया कि हम ईश्वर के पुत्र कहे जाएं"—ये जॉन के उल्लसित उद्गार हैं।[5] जब तक जागतिक उपक्रम चलता रहता है, ये आत्माएं ईश्वर के सान्निध्य में रहकर मुक्ति के लिए प्रयत्नशील रहती हैं।

ईसाईधर्म एवं इस्लाम दोनों का आरम्भ एक आस्तिक दृष्टिकोण से होता है किन्तु ईसाईधर्म अपने त्रैतपक्ष पर अधिक ज़ोर देता है। ईश्वर अवतार लेता है और जगत् का उद्धार करता है। जब संतुलन विकृत हो जाता है तब उसे पुनः स्थापित करने के लिए ईश्वरीय तत्त्व अवतरित होकर अपने को प्रकट करता है। पूर्व एवं पश्चिम दोनों में ईश्वरीय मानवों को ईश्वरावतार मानने की प्रवृत्ति पाई जाती है। राम, बुद्ध एवं ईसा सबको परमात्मा के अवताररूप में माना जाता है।[6]

1. चतुर्थ इवैंजेलिस्ट ने ईसा के मुंह से कहलवाया है : "मैं पिता के यहां से आया। मैं संसार में आया हूं; अब मैं पुन: इस संसार को छोड़कर पिता के यहां जा रहा हूं।"
2. 'मैथ्यू' 12 : 50।
3. 'मैथ्यू' 5 : 48।
4. 'जॉन' 1 : 12-13।
5. 1 'जॉन' 3 : 1।
6. ईश्वर ने मूसा से कहा : "तुम इज़राइन की संतानों से जाकर यों कहना कि तुम्हारे मित्रों के परमेश्वर, अब्राहम, ईजाक और जैकब के ईश्वर ने हमें तुम्हारे पास भेजा है।"—एक्सोडस 3 : 15।

उदाहरण के लिए राम की कथा लें। कवि वाल्मीकि उनके मुख से ही कहलाते हैं कि वे एक मानव, दशरथ के पुत्र, हैं[1]—एक मानव जिसने कष्ट एवं वेदना सहन करके ईश्वरीय मर्यादा प्राप्त की। किन्तु परम्परा से उन्हें विष्णु का अवतार माना जाता है। रावण का नाना माल्यवान उससे कहता है कि "मेरी समझ से राम विष्णु हैं।"[2] उसी काण्ड के बहत्तरवें अध्याय में रावण स्वयं राम को परमेश्वर-रूप में देखता है।[3] राम परमात्मसत्ता के प्रतीक बन जाते हैं जिनको पाकर ऋषिगण आमोदित हैं।[4] यदि अवतार अन्य मानवों की तरह ही न रहे, उन्हीं-की तरह कष्ट-दुःख से शिक्षा न ग्रहण करे तो उसका मानव-जाति के लिए कोई उपयोग ही न रह जाए। यदि वह परमात्मा ही हो तो उसका अनुकरण करना हमारे लिए असम्भव हो जाएगा। उसे तो हमारे ही जैसा एक मानव होना चाहिए जिसने संघर्ष किया हो, असफल हुआ हो और फिर संघर्ष किया हो।

हिन्दू-परम्परा मानती है कि जब-जब धर्म का ह्रास होता है और अधर्म बढ़ता है तब-तब एक महान शिक्षक के रूप में ईश्वरीय दया अपने को व्यक्त करती है।[5] ज़रथुस्त्रीय गाथाएं बताती हैं कि ज़रथुस्त्र पृथ्वी माता द्वारा अहुरमज्द से विनय करने पर उत्पन्न हुए थे। एबिओनाइट[6] और नेज़रीन[7] लोग ईसा को सबसे बड़ा पैगम्बर मानकर श्रद्धा करते थे किन्तु वे उनके पूर्वजीवन और ईश्वरीय परिपूर्णता को नहीं मानते थे। उनके लिए ईसा उसी नस्ल के थे जिसके वे थे। बचपन से यौवन तक और उसके बाद प्रौढ़ पौरुष तक उनकी उन्नति, उनकी महत्ता एवं ज्ञान निरन्तर विकास से पूर्ण है। देह एवं मन के वेदनापूर्ण संताप के बाद क्रास पर उनकी मृत्यु हुई। प्राचीन काल में दूसरे धर्मों के पैगम्बरों ने बीमारों को अच्छा किया, मुर्दों को जिलाया, समुद्र को विभाजित किया, सूर्य को रोक दिया तथा अग्निरथ में बैठकर स्वर्ग में प्रवेश किया। ऐसे लोगों को यहुदी ईश्वर-पुत्र कहते थे। ईसा भी इनकी तरह ही ईश्वर-पुत्र हैं।

1. आत्मानं मानुषं मन्ये रामं दशरथात्मजम्।
2. विष्णुं मन्यामहे रामं मानुषं देहमास्थितम्।—युद्धकांड, 35।
3. तं मन्ये राघवं वीरं नारायणमनामयम्।
4. रमन्ते योगिनोऽस्मिन्।
5. यदा यदा हि धर्मस्य ग्लानिर्भवति भारत।
   अभ्युत्थानमधर्मस्य तदात्मानं सृजाम्यहम्॥—भगवद्गीता 4: 7।

भागवत 10 : 1, 17-18 भी देखिए।

6. एबीओनाइट : द्वितीय सदी का जूडायीय ईसाइयों का एक सम्प्रदाय, जो आंशिक रूप से यहूदी कानून को भी मानता था। यह संत पाल को अमान्य करता था और मैथ्यू के गॉस्पेल को मानता था।—अनुवादक।

7. नेज़रीन : नजरथ का निवासी। ईसा का अनुयायी। त्रैतात्मक (ट्रिनिटेरियम) ईसाइयों का एक सम्प्रदाय जिसकी स्थापना हंगरी में हुई थी।—अनुवादक।

(ईसाई) धर्म के बीज यूनान और रोम की धरती पर भी फैले। वहां के निवासी फरिश्तों, देवताओं, अनन्तकाल तथा ज्योतित सिंहासन से निस्सृत वस्तुओं के अभ्यस्त और उनके प्रति विश्वासी थे। इसलिए उन्हें यह अविश्वसनीय नहीं जान पड़ा कि 'लोगोस' या ईश्वरवाणी, जो ईश्वर-तत्त्व ही थी, इस पृथ्वी पर अवतीर्ण होकर मानव-जाति को पापों एवं त्रुटियों से मुक्ति प्रदान करे। रहस्यवादी ईसाई स्वीकार करते थे कि ईश्वर से उद्भूत प्रकाशवान कलाएं एक प्राणी का आकार एवं रूप ग्रहण कर सकती हैं।

किन्तु आदिकालिक धर्म-सम्प्रदायों में से कितने ही ऐसे थे जिनको इस बात में कोई विश्वास न था कि परमात्मा अथवा प्रथम तत्त्व का एक अंश, अपवित्र मांस-पुंज में मिश्र होकर (मानव-शरीर में) अवतीर्ण हो सकता है। इसलिए ईश्वरत्व के जोश में उन्होंने ईसा की मानवता से इन्कार किया। उदाहरणस्वरूप दोसेताइयों (Docetae)[1] ने ईसा के जन्म लेने और उनके आरम्भिक तीस साल के जीवन-सम्बन्धी धर्मपुस्तक के अंशों की सत्यता को मानने से इन्कार कर दिया। कुछ के लिए तो यह विश्वास करना कल्पनातीत था कि उनका ईश्वर मानव-भ्रूण की स्थिति में नौ महीनों तक किसी स्त्री के गर्भ में रहने के बाद पैदा हो। उनके लिए तो वह शुरू से ही प्रौढ़ मानवरूप में जोर्डन के तट पर अवतरित हुआ था। यह अवतरण भी केवल एक आकार था, तत्त्व नहीं। ईश्वर ने एक रूप दे दिया कि वह मानवों के कार्यों एवं शक्तियों का अनुकरण करे। यह सब एक आभास, एक छाया थी। भावोद्वेग एवं मृत्यु, पुनर्जीवन एवं स्वर्गारोहण के दृश्य केवल मानव-जाति के कल्याण के लिए अभिनीत किए गए। जब ईसा के साथ सुकरात की तुलना करते हुए कहा जाता है कि मरते हुए तत्त्वज्ञानी (सुकरात) के होंठो से निराशा एवं अशांति का एक भी शब्द नहीं निकला तब उसके उत्तर में कहा जाता है कि ईसा का आर्तनाद 'मेरे ईश्वर! मेरे ईश्वर! तुमने मुझे क्यों बिसार रखा है?' अवास्तविक या प्रातिभासिक था।

ऐसे भी थे जिनका विश्वास था कि ईसा हमारे जैसे ही एक मानव हैं और जोज़ेफ तथा मेरी के पुत्र हैं। अपने ही अध्यवसाय से वे मानव-जाति में सर्वश्रेष्ठ एवं सबसे बुद्धिमान हो गए। इसीलिए धरती पर ईश्वर की सच्ची उपासना को पुनः प्रचलित करने के लिए वे ईश्वर द्वारा चुने गए। जब जोर्डन में क्राइस्ट के रूप में उनका बपतिस्मा किया गया तो ईश्वर की एक कला कपोत के रूप में उनपर अवतरित हुई और उनके मन पर अधिकार करके ईश्वर-दूतत्व के शेष जीवनकाल में उनके कार्यों का संचालन करती रही। जब ईसा को यहूदियों के हाथों में

1. एक प्रारम्भिक ईसाई सम्प्रदाय के अनुयायी जिनका विश्वास था कि ईसा का शरीर वास्तविक नहीं छायात्मक या।—अनुवादक।

सौंप दिया गया तब वह अमर कला अपने पार्थिव आश्रय को छोड़ पुनः परमेश्वर में लौट गई, और ईसा को कष्ट उठाने, शिकायत करने और मरने के लिए छोड़ गई। कारिंथस का यही विचार था। पर यह विचार ईश्वर एवं मनुष्य दोनों के लिए सर्वथा अनुचित है।

आत्मा एवं शरीर के सम्बन्ध के यथार्थरूप की व्याख्या करना कठिन है। मानव-शरीर में किसी कला या फरिश्ते के समा जाने की कल्पना उससे ज्यादा कठिन नहीं है। अपोलिनैरिस का विचार था कि ईश्वरत्व एक मानव-प्राणी के शरीर से संयुक्त है और मानवता का कार्य 'लोगोस' करता है।

एरियनों का तर्क था कि कट्टर धर्मवादियों ने त्रैत-सिद्धान्त वेलेंशियनों[1] तथा मार्सिवनायतों[2] से लिया। उनका कहना था कि लोगोस परम पिता की इच्छा द्वारा शून्य से उत्पन्न एक स्वयंस्फूर्त उपज है। जिस (ईश्वर-पुत्र) से सब वस्तुएं निर्मित होती हैं वह सम्पूर्ण विश्वों के पूर्व उत्पन्न हुआ, काले और लोगोस के वर्णनातीत उदय के भी पहले। पिता परमेश्वर ने इस एकमात्र पुत्र में अपनी प्रबल शक्ति का अधिष्ठान किया और अपनी यशोज्योति की छाप उसपर लगा दी। अदृश्य पूर्णता की दृश्य प्रतिच्छवि होने के कारण, पिता की इच्छा का पालन करने के हेतु, पुत्र ने संसार का नियंत्रण-शासन किया। एंतिओक के बिशप थियोफाइलस ने पहली बार त्रैत या 'ट्रिनिटी' शब्द का प्रयोग किया। यह शब्द दूसरी सदी के मध्यकाल के पश्चात् की दार्शनिक विचारधारा एवं ईसाईधर्म-सिद्धान्त के लिए सुपरिचित हो गया।

दूसरी सदी के अन्त के लगभग प्रैक्सस एवं सेबीलियस ने पुत्र-सहित (परम) पिता एवं दूसरों को चकित कर दिया और दोनों के बीच के सादृश्य की जगह उनके अन्तर् पर ही अधिक बल दिया। पांचवीं सदी के आरंभ में दोनों स्वभावों की एकता को ऐसे रहस्य के रूप में स्वीकार कर लिया गया जिसे हम अपने विचारों द्वारा या अपनी वाणी में व्यक्त नहीं कर सकते। इसपर सन्देह का प्रश्न उठाना ईश्वर-द्रोह माना गया।[3] निकाइया की कौंसिल के पहले कोई ऐसा धर्म-सिद्धान्त निश्चित नहीं किया गया था जिसे धार्मिक अतिनिष्ठा की कसौटी माना जा सके।

1. वेलेण्टिनस के अनुयायी, जिन्होंने सिकन्दरिया और रोम में सन् 140 एवं 160 में उपदेश दिया। ये कहते थे कि ईश्वरीय ज्योति की अष्ट कलाएं हैं। इनके अतिरिक्त 22 कलाएं और हैं। ये सब परमेश्वर की प्रकृति एवं क्रियाशीलता के विविध पक्षमात्र हैं।

2. दूसरी सदी में मार्सिओन द्वारा चलाया गया जूडास-विरोधी सम्प्रदाय।—अनुवादक।

3. "जो क्राइस्ट को खंडित करें उनको तलवार से खंडित कर दिया जाय; उनकी बोटी-बोटी काट दी जाए, उन्हें जिन्दा जला दिया जाए।"—एक ईसाई साइनोड (चर्चो का शासन-निकाय) का फैसला।

जैसे ईसाईधर्म की शिक्षाओं में ऐतिहासिक क्राइस्ट को 'दैवी शक्ति-सम्पन्न क्राइस्ट' में बदल दिया गया वैसे गौतम बुद्ध मानव-प्राणी से कुछ अधिक बना दिए गए और प्रभु एवं उद्धारक के रूप में पूजे जाने लगे। जैसे ईसाईधर्मवाद त्रैत (ट्रिनिटी) सिद्धान्त में विकसित हुआ वैसे ही बौद्धधर्म ने 'त्रिकाय' सिद्धान्त का विकास किया। 'धर्मकाय' निरपेक्ष आध्यात्मिक यथार्थता अथवा ज्ञान और करुणा का सारतत्त्व है। यह वह परम सत्य है जिसकी सिद्धि प्रत्येक व्यक्ति को अपने लिए करनी होगी। 'संभोगकाय' आनन्द की काया है; इसमें ज्ञान स्वयं साकार होता है; परम सत्ता का सत्यनित्य बुद्ध में व्यक्तीकरण होता है। 'निर्माणकाय' रूपान्तर की काया है। यही शरीरी बुद्ध या ऐतिहासिक गौतम बुद्ध है जिसमें नाशमान शरीर के सब गुण मिलते हैं। बुद्ध तीन नहीं, एक हैं। ये तीन एक ही यथार्थ के तीन पक्ष हैं।

भगवद्गीता की भांति ही महायान बौद्धधर्म की भी मान्यता है कि मानव-जाति के उद्धार के लिए बुद्ध पृथ्वी पर अवतीर्ण होते हैं। "अनेक जनों के उद्धार के लिए, बहुतों को आनन्दित करने, संसार पर करुणा करने, आशीर्वादरूप में, मुक्तिरूप में, मानव एवं देवों के आनन्द के रूप में संसार में आते हैं।"[1]

ईसाइयों का कथन है कि ईसामसीह में ईश्वर की अभिव्यक्ति प्रकृति, इतिहास, व्यक्तिगत मानवात्माओं के रूप में हुई—मतलब अन्य सब ईश्वरीय अभिव्यक्तियों से तत्त्वतः भिन्न है। उनकी दृष्टि से यही एकमात्र ऐसा उदाहरण है जिसमें ईश्वर स्वयं रूप ग्रहण कर इस संसार में अवतीर्ण हुए। जीसस में अवतरण की अद्भुत घटना और अन्य चमत्कारों में, ब्रनर के खयाल से ईश्वराभिव्यक्ति की कोई श्रृंखला या सातत्य' नहीं है।[2] यह तो बिल्कुल एक अकेली घटना है जिसमें ईश्वर ने मानवीय इतिहास के मंच पर एक बार, सदा के लिए केवल एक बार, कार्य किया है एवं उपदेश दिया है।

कोई भी अवतार ईश्वरीय हस्तक्षेप से पृथक् या एकाकी कार्य के रूप में नहीं माना जा सकता। कार्ल बार्थ का विश्वास है कि 'ईश्वर एवं मनुष्य के बीच कोई प्रत्यक्ष सम्बन्ध या सातत्य (कांटिन्युइटी) नहीं है किन्तु यह ईसा की उस शिक्षा को विकृत करके उपस्थित करता है जिसमें कहा गया है कि ईश्वर हम सबका पिता है और हम सबके बीच एक सर्वनिष्ठ तत्त्व है। लोगोस का सिद्धान्त ही ईसाईधर्म की आधारशिला है और उसका आशय यह है कि ईश्वर ने अनेक अवसरों एवं अनेक रूपों में अपने को व्यक्त किया है। ईसाई ईश्वराभिव्यक्ति दूसरी ईश्वरा-भिव्यक्तियों से कुछ भिन्न नहीं है। संत अथानेसियस की सूक्ति है : "ईश्वर ने

1. सद्धर्म पुण्डरीक 15।
2. 'दि मीडियेटर', अंग्रेजी अनुवाद (1924), पृष्ठ 25।

मानवरूप इसलिए धारण किया कि हम दिव्य बन सकें।" इससे भी ईश्वर और मानव के बीच आत्मैक्य की ध्वनि निकलती है। अवतार एक ऐसा कार्य है जो सतत जारी है। अथानेसियस कहते हैं: "जिन लोगों में पवित्रात्मा (होलीघोस्ट) का निवास है वे केवल इतने से ही देवता-स्वरूप हो जाते हैं।"[1] ईश्वर संसार के इतिहास में बड़ी उदारता के साथ शामिल होता है। भगवद्‌गीता ईश्वर की सतत सक्रियता की बात कहती है : "जब-जब धर्म की ग्लानि एवं अधर्म की वृद्धि होती है तब-तब मैं अपने को सृजित करता हूं।"[2] ईश्वर का यह कार्य तब तक चलता रहेगा जब तक सम्पूर्ण संसार ही एक ईश्वरीय अवतार नहीं बन जाता। सत्य के हृदय में प्लावनकारी प्रेम है।

एक दृष्टि से प्रत्येक अवतार ही अनुपम है। वह अपने संदर्भ में बेजोड़ ही होता है। प्रत्येक अभिव्यक्ति परमात्मा की प्रकृति को प्रतिबिम्बित करती है।[3]

माध्यम या मध्यस्थ को जैसा महत्त्व ईसाईधर्म में प्राप्त है वैसा इस्लाम में नहीं है। एक मुसलमान के लिए सब कुछ अल्लाह में ही केन्द्रित है। ईश्वरीकृत मानव का विचार ईसाईधर्म का केन्द्रीय तथ्य है। (ईश्वर-)पुत्र, त्रैत का द्वितीय व्यक्ति, सम्पूर्ण जगत् पर आरोपित व्यक्ति है जबकि ईसामसीह व्यक्तिरूप ईश्वर हैं। इस्लाम में प्रत्येक मनुष्य, केवल मुसलमान होने के कारण, खुद अपना पुरोहित है। वह अल्लाह की तस्वीर है और इस धरती पर उसीका खलीफा है। ईश्वरीय मानवों की अन्तःस्थ एवं ईश्वरीय यथार्थता एक-सी होती है। एकहार्ट कहते हैं: "हमारे पवित्र धर्मग्रन्थ क्राइस्ट के बारे में जो कुछ कहते हैं वह सब समानरूप से प्रत्येक भले एवं ईश्वरीय मानव के बारे में ठीक है।"

1. एप० ऐड० स्कैप 1 : 24।
2. भगवद्‌गीता, 4 : 7।
3. हैंस्टिंग्स रैशडाल लिखते हैं : "यह सिद्ध करना असम्भव है कि परमेश्वर ईसामसीह में पूर्णतः अवतरित हुआ और किसी दूसरे में अवतीर्ण ही नहीं हुआ।"—'गॉड ऐण्ड मैन' (1910), पृष्ठ 75। आर्कबिशप विलियम टेम्पल ने लिखा था : "ईश्वर के नाम पर, दूसरे शब्दों में जीसस क्राइस्ट के नाम पर, कहता हूं—ईसायाह, प्लेटो, ज़रथुस्त्र, बुद्ध बौर कनफ्यूशियस ने भी वैसे ही सत्यों को सेख एवं वाणी में प्रकाशित किया। संसार में ईश्वरीय ज्योति तो एक ही है और प्रत्येक मनुष्य अपनी क्षमता के अनुसार उससे प्रकाश ग्रहण करता है।"—'रीडिंग्स इन सेंट जॉन्स वॉस्पेल' (1939),भाग 1, पृष्ठ 10। ईसाईधर्म ने कभी इसे स्वीकार नहीं किया कि "नजरथ-निवासी जीसस, अपने दैहिक जीवन में, मानवीय इतिहास के अन्तर्गत ईश्वर के अन्तिम शब्द थे।" बिशप एफ० बार० बैरी कृत 'दि रेलेवेंस ऑफ़ दि काइस्ट्स' (1935), पृष्ठ 70। उप्सला के आर्कबिशप सोडरब्लोम कहते हैं : "यह मान लेना कि ईश्वराभिव्यक्ति क्राइस्ट के साथ समाप्त हो गई, वाहियात बात है।"—'दि लिविंग गॉड' (1931), पृष्ठ 351। जे० एम० क्रीड की दृष्टि से ईसाईधर्म में सम्पूर्ण सत्य नहीं, किन्तु गंभीरतम सत्य निहित है। देखिए, 'दि डिविनिटी ऑफ़ क्राइस्ट' (1938), पृष्ठ 112।

आठवां अध्याय

अन्तर्धर्मीय मैत्री

1. धर्मों में निहित व्यापक ऐक्य

ऋषियों का अपना धर्म जो भी हो, वे सब हमसे यही कहते हैं कि बहुदेवों के ऊपर एक ऐसे परमेश्वर की धारणा तक उठो जो सब प्रतिमाओं और धारणाओं से परे है; जिसे अनुभव किया जा सकता है पर जाना नहीं जा सकता; जो मानवात्मा की जीवन-शक्ति है और जो कुछ अस्तित्व में है उसका अन्तिम लक्ष्य है। इस लक्ष्य के प्रति समस्त धर्मों में साम्प्रदायातीत ऐक्य है और वह उनकी शास्त्रगत विविधता के परे है।

धर्मों में भिन्नताएं महत्त्वपूर्ण इसलिए दिखाई पड़ती हैं कि हमें अपने ही धर्मों के आधारभूत सत्य का ज्ञान नहीं है। समस्त धार्मिक अनुभवों में एक सर्वनिष्ठ तत्त्व है, एक सामान्य आधार है जिसपर उसकी निष्ठा एवं उपासना खड़ी है। किन्तु इस आधार पर, इस नींव पर जो भवन निर्मित किए गए हैं उनमें एक-एक मनुष्य को लेकर भिन्नता है। ईश्वर का स्थापत्य किसी एक ही सांचे का, एक ही नमूने का नहीं है। धार्मिकजनों के जीवन में इसका पर्याप्त प्रमाण मिल जाता है। जैसे मनुष्यों में विविधता है वैसे ही ईश्वर द्वारा उन्हें दिए गए वरदान में भी विविधता है। ईश्वरत्व की चर्चा करते हुए संत पाल कहते हैं कि 'उसने हरेक मनुष्य को अलग-अलग अपनी इच्छानुसार' अपने दान का वितरण किया है। एक दृष्टि से प्रत्येक व्यक्ति का अनुभव बेजोड़ होता है। प्रत्येक को अपने लिए ईश्वर का अनुसंधान करना है; और हरेक को सामान्य कोश में अपने विशेष अनुभव का दान करना है। अनुभवों की विविधता से विश्व के आत्मिक वैभव में वृद्धि होती है।

विभिन्न धर्मों के बीच एकता की सिद्धि बाह्य स्तर पर संभव नहीं है। किसी सम्प्रदाय-विशेष के प्रति विद्वेष रखे बिना इसे अन्तर्मुखी एवं आत्मिक विधि से ही सिद्ध किया जा सकता है। हिन्दू ऋषि में दूसरे धर्मों के प्रति कोई तिरस्कार का भाव नहीं है। वह उनकी ओर ईश्वर-सम्बन्धी हमारे ज्ञान के सहायक तत्त्वों के रूप में, ईश्वरीय प्रकाश की विविध धाराओं के रूप में देखता है। वह यह विश्वास

नहीं करता कि किसी विशेष धर्म के अवलम्बन से ही मुक्ति मिल सकती है। कोई चाहे कहीं का निवासी हो और चाहे जिस धर्म का मानने वाला हो, यदि वह निष्ठा-पूर्वक, सचाई के साथ, ईश्वर को पाना चाहता है तो प्रभु अपने सत्य, अपने प्रेम, अपने अनुग्रह-दान से उसे इन्कार नहीं कर सकते।

अपने ग्रन्थ 'दि स्पिरिट ऑफ प्रेयर' (प्रार्थना की भावना) में विलियम लॉ कहते हैं कि धर्मों की विभिन्नता केवल सतह पर है : "यह मुक्ति, आत्मा में ईश्वरत्व का जीवन, पाने का मनुष्य के लिए एक ही रास्ता है; वह यहूदी के लिए एक, ईसाई के लिए दूसरा तथा नास्तिक के लिए तीसरा नहीं है। नहीं, ईश्वर एक है, मानव-प्रकृति एक है, मुक्ति एक है; उसके पाने का रास्ता भी एक है और वह है आत्मा की कामना को परमेश्वर की ओर मोड़ दो···ऐसा करने पर यह कामना ही सब कुछ कर देती है; वह आत्मा को ईश्वर तक ले जाती है; ईश्वर के साथ एक-जीव हो जाती है। कल्पना करो कि यह कामना किसी यहूदी या ईसाई में प्राणवान नहीं है, सक्रिय नहीं है तो फिर उसका समस्त बलिदान, सेवा-पूजा केवल मृत कर्ममात्र हैं, और उनसे आत्मा में कोई जीवन नहीं आ सकता, न उनसे आत्मा एवं ईश्वर का मिलन ही सम्भव है। अब कल्पना करो कि यह कामना ऐसे प्राणियों में जागरित है जिन्होंने कभी ईश्वरीय कानून या बाइबिल के उपदेश को नहीं सुना है, तो ईश्वरीय जीवन, ईश्वरत्व या ईश्वरीय क्रिया उनमें प्रवेश करती है और यद्यपि उन्होंने कभी उसका नाम नहीं सुना परन्तु वे क्राइस्ट में एक नवीन जन्म पाते हैं।"[1]

जिन्होंने सत्य को ग्रहण किया है वे ईश्वर-सम्बन्धी सिद्धान्तों या उसके पास पहुंचने के मार्गों की सापेक्षता के प्रति विश्वस्त हैं। हिन्दूशास्त्र पुष्टि करते हैं कि हम वाणी का प्रयोग वाणी के परे जाने के लिए, शुद्ध निःशब्द सारतत्त्व तक पहुंचने के लिए करते हैं। हिन्दू-परम्परा धार्मिक अनुभव को एकरूपता के मृत स्तर तक लाने से इन्कार करती है। हिन्दूधर्म में सत्य एक अनुभूत यथार्थ है; वह एक ऐसी ज्योति है जो मनुष्य में स्थित अतीन्द्रिय तत्त्व द्वारा उस खण्ड जगत् में प्रकट होती है जो इन्द्रिय एवं बुद्धि में प्रतिबिम्बित है—एक पदार्थ-जगत् जिसमें आकर वह ज्योति धूमिल पड़ जाती है। धर्म-विचारों में परस्पर-विरुद्धता तो तब उत्पन्न होती है जब हम आत्मिक जीवन पर उन धारणाओं का आरोप करते हैं जो इह-लौकिक जीवन से ली गई हैं और उन्हींके लिए उपयुक्त हैं। बौद्धिक विचारणा और सत्य को एक मान लेना बुद्धिवाद का पाप है। यह बुद्धिवाद सृजनात्मक रहस्य का अर्थ तथा उसे प्राथमिक आत्मानुभव को ग्रहण करने में असमर्थ है जिसमें सत्य एवं ईश्वराभिव्यक्ति दोनों एक हैं। जिनको यह अनुभव हुआ है वे नास्तिकता से

1. 'वर्क्स ऑफ विलियम लॉं', भाग 7, पृष्ठ 46।

उतनी ही दूर हैं जितना उस कल्पनाहीन आस्तिकवाद से जो ईश्वरज्ञान के जीर्ण एवं विकृत रूपों में ही बंधकर रह जाता है।

क्या ब्रह्म की प्राप्ति केवल वैदिक ऋषियों तक ही सीमित है, इस प्रश्न को उठाकर, न्यायसूत्र पर भाष्य करते हुए, वात्स्यायन कहते हैं : "ऋष्यार्यम्लेच्छानां समानं लक्षणम्,"—वह आर्यों एवं अनार्यों दोनों को प्राप्त है। वे लोग अपनी भाषा, संस्कृति एवं परम्परा में बंधकर नहीं रह गए। जो ऐतिहासिक घटनाएं संसार के अन्य भागों को प्रभावित करती हैं उनसे हमें भी प्रभावित होना पड़ेगा। "जो कुछ सत्य है वह चाहे जिसके द्वारा कहा गया हो, वह पवित्रात्मा से ही निःसृत है।" यह संत एम्ब्रोसे का मत है।[1] धर्मसंस्थाओं का गठन ऐसा होना चाहिए कि वे अपने अनुयायियों को वैसा ही जीवन जीने का अवसर प्रदान करें जिनकी आशा उनसे की जाती है।

पन्द्रहवीं सदी में हिन्दू-मुस्लिम ऐक्य का उपदेश करने वाले कबीर ने कहा है : "हिन्दू ईश्वर बनारस में रहता है, मुसलमान ईश्वर मक्का में। पर जिसने इस संसार की रचना की है वह (मनुष्य के) हाथों से बने नगर में नहीं रहता। हिन्दू और मुसलमान का एक ही पिता है—सब विषयों में एक ही ईश्वर है।"

बुद्ध उन सबके विरुद्ध थे जो एक बंधे-बंधाए विचार रखते हैं या बंधी विचार-प्रणाली में रहते हैं। उनका ज़ोर इस बात पर था कि उनके अनुयायी बोधि प्राप्त करने के उपायों पर ही ध्यान दें। यदि हम अपने निश्चित विचार बना लेते हैं तो उनका समर्थन करने में फंस जाते हैं। इससे प्रतिद्वन्द्वी धर्म-सिद्धान्तों के साथ झगड़े उठ खड़े होते हैं जिनका अन्त जाकर अभिमान में होता है। सच्चा ऋषि सब प्रकार के दृष्टिकोणों या विचारों से मुक्त होता है। उसके पास समर्थन-रक्षण के लिए कोई विचार नहीं होते; वकालत करने के लिए कोई विद्वेष नहीं होता; वह धर्म-मतवाद से मुक्त होता है। महान बौद्धधर्म में बोधि का लक्ष्य अनेक उपायों से प्राप्त किया जा सकता है। कोई भी धर्म जो हमें हमारी आत्मिक अंधता से छुटकारा देता है, मान्य है। अपनी शिक्षा में गुरु जो विचार तथा शब्द प्रयुक्त करता है उन्हें उसी रूप में करता है जैसे नाव का उपयोग नदी पार करने-भर के लिए किया जाता है। कहा गया है कि मनुष्य पैदा किसी संप्रदाय (चर्च) में हो परन्तु उसे उसमें मरना नहीं चाहिए। मानव के लिए तो सीधा रास्ता यह है कि वह स्थापित परम्पराओं का पालन करे; मानव-जीवन के सामान्य रूपों का अनुसरण करे। ऐसा करने से वह उन अनेक में से एक बन जाता है जो सीधा जीवन बिताते हैं, जीर्ण प्रथाओं या पुराने पड़ गए विचारों को पकड़े रहते हैं और अपना सम्मान तथा प्रामाणिकता खो देते हैं।

1. 'कारिंथियन्स' 12 : 3 पर टीका। इस विचार का समर्थन टॉमस एक्विनास द्वारा भी होता है। देखिए, 'सुम्मा थियोलोजिका', 1, 2 : 109, 110।

मिकाह कहता है: "हर आदमी को अपने ईश्वर के नाम पर चलने दो; हम अपने ईश्वर के नाम पर चलेंगे।" दूसरों के ईश्वर-सम्बन्धी विचारों के प्रति आदर प्रामाणिक धर्म-जीवन का लक्षण है।

ईसाईधर्म में भी उदार दृष्टिकोण है। क्लीमेण्ट तर्क करता है कि यूनानी ईसा तक तत्त्वज्ञान और हिब्रु विधि-विधान द्वारा पहुंचे थे।[1] दूसरी धार्मिक विचारधाराएं सत्यांशों से पूर्ण हैं, जिनकी पूर्ति ईसाईधर्म द्वारा की जा सकती है। उनका कथन है कि प्लेटो एवं उसके अनुयायी ईश्वर-पुत्र अथवा आत्मा (स्पिरिट) का अवलम्ब न लेते हुए भी पितारूप ईश्वर का ज्ञान प्राप्त करने में समर्थ हुए थे।[2]

जस्टिन मार्टियर एवं सिकन्दरिया के दूसरी-तीसरी सदी के ईसाई दर्शन शास्त्री मानते थे कि ईश्वर की शाश्वत वाणी ईसा के जन्म के बहुत पहले सचमुच सुकरात एवं प्लेटो, अब्राहम और जीसस जैसे महात्माओं के हृदय में बोलती थी। "क्राइस्ट वह ज्ञान है जिसमें मनुष्यों की प्रत्येक जाति भाग लेती है; और जो उस ज्ञान के अनुरूप जीवन बिताते हैं वे ही सच्चे ईसाई हैं—फिर चाहे उन्हें नास्तिक ही क्यों न कहा जाता हो। यूनानियों में सुकरात एवं हेराक्लिटस तथा उनके जैसे दूसरे लोग और बर्बरों (गैर-यूनानियों) में अब्राहम, एलिज़ा इत्यादि ऐसे ही थे।"[3] पुनः—"विरागी, कवि, गद्यकार ईश्वरीय ज्ञान के सूक्ष्म बीजारोपण में प्रत्येक ने अपना हिस्सा अदा किया है। इसलिए किसी मनुष्य द्वारा जो भी अच्छी बात कही गई हो वह सब हम ईसाइयों की भी चीज़ है।"[4]

इस्लाम को 'दीनुलहक' (सत्य का धर्म) कहा जाता है। वह यह दावा नहीं करता कि सत्य का एकाधिकार उसके पास है। कुरान में कहा गया है : "हम ईश्वर और उसके द्वारा हमें तथा अब्राहम, इस्माइल, ईज़ाक, जैकब, मूसा एवं ईसा और दूसरे देवदूतों पर प्रकट की गई देववाणी में विश्वास रखते हैं। हम इनमें कोई भेद नहीं करते।"[5] कुरान इसकी भी पुष्टि करता है कि "ऐसी कोई जाति नहीं है जिसमें एक चेतावनी देने वाला न भेजा गया हो।" इस्लाम अपने अनुयायियों से दूसरे धर्मों के पैगम्बरों को मानने के लिए कहता है। ईश्वर के प्रेम और दया के प्रति यह सोचना भी अन्याय होगा कि उसने लाखों आदमियों को हज़ारों साल तक, बिना किसी आशा के, अज्ञान के अंधकार में भटकने के लिए छोड़ दिया था।

1. देखिए 'डि प्रिसाइपे', 1, 2 : 2, 11, 7।
2. 'स्ट्रोमैटा', 1 : 5, 13।
3. 1 'एपॉलोजी', 46।
4. 2 'एपॉलोजी', 13।
5. 2 'एपॉलोजी', 136।

जो हम बोलते हैं उससे नहीं, बल्कि जो जीवन हम हम जीते हैं उससे पता चलता है कि हमारी निष्ठा सच्ची है या झूठी। "उनके परिणामों—फलों—से तू उन्हें जानेगा।"[1] प्रारम्भिक ईसाई-सम्प्रदायों में खतना करने या लिंगाग्रछेदन के प्रश्न पर एक विवाद खड़ा हो गया और उसका निर्णय धर्मग्रन्थों से नहीं, अनुभव के संदर्भ में किया गया। "यदि उनके ईश्वर ने उन (बिना खतना किए हीदेन लोगों या काफिरों) को वही उपहार दिए हैं जो उसने हम (खतना किए यहूदियों) को दिए हैं···तो मैं ईश्वर की राह रोकने वाला कौन हूं?"[2] पेनसिलवेनिया के क्वेकर संस्थापक विलियम पेन ने लिखा था: "एक ही धर्मवाले दीन, विनम्र, दयावान, न्यायी, धर्मपरायण और निष्ठावान सर्वत्र हैं। जब मृत्यु उनपर से पर्दा उठा लेगी तब वे एक-दूसरे को जाने-पहचानेंगे। यहां जो विविध वेश-भूषा वे धारण करते हैं उसके कारण वे एक-दूसरे के लिए अजनबी बने हुए हैं।" निकोलस बर्दिएव ने कहा है : "ईसाइयों को समझ लेना चाहिए कि हिन्दू, बौद्ध, यहूदी, मुसलमान, स्वतन्त्र विचार का आत्मवादी—यदि ये ईश्वर, आत्मिक जीवन, सत्य एवं शिव के लिए प्रयत्नशील हैं तो ईसाईधर्म के बाहरी पण्डितों की अपेक्षा ईश्वर एवं क्राइस्ट के कहीं अधिक निकट हैं।"[3]

1. 'मैथ्यू' 7: 16।

विलियम ब्लेक की पंक्तियां हैं: "काफिर, तुर्क या यहूदी सभी मानवों को प्यार करना चाहिए। जहां भी दया, प्रेम और करुणा हैं वहीं ईश्वर का भी निवास है।"

2. ईस्टइंडिया कम्पनी के डायरेक्टरों ने ईसाईधर्म-प्रचारकों के कामों का विरोध अन्य कारणों के अलावा इस कारण से भी किया था कि इससे हिन्दूधर्म में हस्तक्षेप होता है जिसने 'विशुद्धतम सदाचार एवं कठोरतम गुणोंवाले आदमी' पैदा किए।—देखिए जे० सी० मार्शमैन कृत 'लाइफ ऐंड टाइम्स ऑफ केरे, मार्शमैन ऐंड वार्ड' (1859), पृष्ठ 46।

जब यह सुझाव दिया गया कि लोग 'निम्नतम प्रकार की निर्दयता में निमग्न हैं' इसलिए धार्मिक दृष्टि से उन्हें सुधारना चाहिए तो वारेन हेस्टिंग्स ने लिखा था कि हिन्दू "मानवीय प्रकृति की निम्नतम प्रवृत्तियों से उतने ही रहित हैं जितनी इस धरती पर रहनेवाली, हमारे सहित, कोई भी जाति हो सकती है। वे भद्र, परोपकारी हैं; उनके साथ किए गए अन्यायों के प्रति प्रतिहिंसा की भावना की अपेक्षा उनके साथ किए गए कृपापूर्ण व्यवहार के प्रति उनमें कृतज्ञता की भावना अधिक है। वे खून-खराबे से डरनेवाले, वफादार, सेवा में प्रेसल एवं वैध सत्ता के प्रति विनत हैं। वे अंधविश्वासी हैं; पर उनके समान आचरण न करने के लिए वे हमारा बुरा नहीं सोचते। यद्यपि उनकी उपासना-प्रणाली अनगढ़ है किन्तु उनकी धर्मानुज्ञाएं समाज की शान्ति एवं व्ययस्था बनाए रखने के लिए आदर्श हैं; फिर स्वयं उनकी धर्मविद्या से, हमारे परम सुसंस्कृत रहस्यों के समर्थन में तर्क उपस्थित्त किए जा सकते हैं सब राष्ट्रों में अत्यन्त सभ्य एवं उदार से कम से कम जो आशा की जाती है वह यह है कि वे पापों, गलतियों से अपनी रक्षा करेंगे और अपने धर्म-सिद्धान्त को उस परम सत्ता के हाथ में छोड़ देंगे जिसने आज तक इसे सहन किया है, और अब उपयुक्त समय आएगा तो वही इसका सुधार करेगी।"

3. 'फेथ्स ऐण्ड फेलोशिप' (1936), पृष्ठ 79। तुलना कीजिए, जेक्स मेरीटेन : "यह

सम्प्रदायों की विविधता धर्म के सत्य का तिरस्कार नहीं करती। जिस युग में उनका सूत्रीकरण होता है वे उस युग के ऐतिहासिक एवं भौगोलिक ज्ञान के संदर्भ के सापेक्ष्य होते हैं। इस प्रकार के सूत्रीकरण की सहायता के बिना धर्मों का विकास नहीं हो सकता। डब्ल्यू० आर० इंज के शब्द महत्त्वरहित नहीं हैं : "धार्मिक मतवाद के ठोस पुंज में पड़े हुए विज्ञान के प्रयोगातीत टुकड़े ऐसी क्षुद्र पेटिका बन जा सकते हैं जिसमें आत्मा अपने सबसे मूल्यवान कोश को संचित रखती है।" पौराणिक कथाएं एवं उपाख्यान प्रतीकरूप में आते हैं।

मनुष्यों द्वारा प्रवर्तित ईश्वर की धारणाएं स्वयं ईश्वर नहीं हैं। ईश्वरत्व को मानव के लिए बुद्धिग्राह्य बनाने के हेतु मानसिक प्रतिभूर्तियों की आवश्यकता पड़ती है परन्तु याद रखना चाहिए कि वे केवल प्रतिमूर्तियां और प्रतीक हैं और ऐतिहासिक तथा अपर्याप्त भी हैं। काण्ट तर्क देते हैं कि धर्म-मतवाद हमारी बुद्धि का नियंत्रण करने वाले विचार-मात्र हैं; वे शोध में सहायक आख्यान-मात्र हैं। वे एक ऐसी अज्ञेय यथार्थता के प्रतीक हैं जो स्वयं अपने में क्या है, यह जानने में हम असमर्थ हैं परन्तु इतना जान सकते हैं कि हमारे लिए उसका क्या अभिप्राय है।

यदि कोई अनुभव करता है कि उसने बुद्ध, ईसा अथवा मुहम्मद द्वारा ईश्वरीय सत्ता की झलक पाई है तो वह दूसरों से इसे कहे बिना नहीं रह सकता। पुनर्जीवन के बाद ईसा अपने शिष्यों से कहते हैं : "जाओ, सब देशों में शिष्य बनाओ।"[1] "सारी दुनिया में जाओ और प्रत्येक प्राणी को धर्म का उपदेश दो।"[2] ये शब्द ईसा द्वारा कहे गए हों या नहीं, परन्तु आरम्भिक ईसाई-संप्रदाय उसमें विश्वास रखता था। संत पीटर के शब्दों को लीजिए: "स्वर्ग (ईश्वर) से हमें हमारे प्रभु ईसामसीह के सिवा और कोई ऐसा नाम नहीं मिला है जिससे हमारा उद्धार हो सके।" इसे शब्दशः नहीं माना जा सकता क्योंकि हिन्दू, बौद्ध, यहूदी एवं मुसलमान धर्म के अनुयायियों को भी परमात्मा की उपस्थिति के संशय-रहित अनुभव प्राप्त हुए हैं। सारे बाह्य नाम मनुष्य-कृत भेद हैं जबकि सचाई ईश्वर में निष्ठा और मानव के प्रति प्रेम है। जिन भेदों और भिन्नताओं ने मनुष्यों को विभाजित कर रखा है उन्हें नष्ट करने की आवश्यकता नहीं है; केवल हमें उन्हें समझने की चेष्टा करनी चाहिए। सम्पूर्ण मानव-जाति की एक परमेश्वर में निष्ठा है और नाना रूपों में उसीकी पूजा-उपासना की जाती है, इतना ही मानना पर्याप्त है।

एक सच्चे धर्मिष्ठ मनुष्य में विनम्रता होती है। उसमें निष्ठा होती है, विश्वास

उक्ति कि 'चर्च के बाहर मुक्ति नहीं है' केवल उन्हीं लोगों को आघात पहुंचा सकती है जिन्हें चर्च की आत्मा का ज्ञान नहीं है। हमारे लिए तो उसका आशय इतना ही है कि सत्य के बाहर कोई मुक्ति नहीं है।"—रिडीमिंग दि टाइम' (1943), पृष्ठ 105 फुटनोट।

1. 'मैथ्यू' 28 : 19।
2. 'मार्क' 16 : 15।

होता है परन्तु धर्मान्धता नहीं होती। वह जिस यथार्थता का अनुभव करता है उसको मानता है और वह यह भी समझता है कि उसकीविशेष दृष्टि अपर्याप्त हो सकती है। धर्मान्ध में अपर्याप्तता का यह बोध नहीं होता। धर्मनिष्ठा विनम्रजनों का आश्रय है; धर्मान्धता एक गुप्त, बढ़े हुए अभिमान का परिणाम है। एक आदमी यह तो कह सकता है कि उसको मिली ईश्वरीय झलक पूर्णतः सन्तोषजनक है किन्तु वह यह नहीं कह सकता कि भूतकाल में ऐसी कोई ईश्वराभिव्यक्ति हुई ही नहीं या आगे दूसरी कोई होगी नहीं। यह निष्ठा नहीं धर्मान्धता है जो बलपूर्वक कहती है कि उसके यहां की ईश्वराभिव्यक्ति में ईश्वर-सम्बन्धी वह सम्पूर्ण सत्य निहित है जो आज तक मनुष्य ने जाना है; और भविष्य में और कोई सत्य न जाना जा सकता है, न जाना जाएगा।[1]

2. ईसाई पुनर्मिलन

प्रत्येक जीवित धर्म में ऐसे सम्प्रदाय पनप चुके हैं जिन्होंने इस भ्रम की वृद्धि की है कि धर्म की जो व्याख्या वे करते हैं वही निर्भ्रान्त सत्य है। इन सम्प्रदायों के पुनर्मिलन की चेष्टा की जा रही है।

जनवरी, 1946 के मध्य में, आर्कबिशप कैंटरबरी द्वारा नियुक्त कमीशन की रिपोर्ट प्रकाशित हुई। इस कमीशन को आत्मिक आवश्यकताओं एवं उपासना न करने वाले जातिबंधुओं के प्रचलित बौद्धिक दृष्टिकोण के प्रकाश में आधुनिक इंजीलवाद की समस्त समस्याओं का सर्वेक्षण करना था। उसे सुझाव भी देना था कि किन

1. चार्ल्स० ई० राबेन : "चाहे चर्च के प्रति हो, धर्मशास्त्रों के प्रति हो, ईसा के प्रति हो या और किसी चीज़ के प्रति हो, सम्पूर्ण अन्तिम सत्य का यह दावा—यह दावा कि ईश्वराभिव्यक्ति अनुसंधान की अपेक्षा सत्य की एक सर्वथा भिन्न श्रेणी की वस्तु है या यह कि एक धर्ममतवाद कार्यारंभ के लिए ग्रहीत उपकल्पना के अतिरिक्त कुछ और है—हममें उन लोगों को परेशानी में डालता है और उनका तिरस्कार करता है जिनको अपनी सीमाओं, मर्यादाओं का ठीक ज्ञान है। जब हम क्राइस्ट से मिलते हैं तो पूर्णतः विश्वास कर सकते हैं कि मानव-जीवन के रूप में वे हमारे लिए ईश्वरीय विशेषताओं को प्रकट करते हैं; यह भी विश्वास कर सकते हैं कि हम ईश्वर के विषय में जितना जानते हैं या जितनी भी कल्पना कर सकते हैं वे उन सबकी परिणति हैं और वे उन सबके परे जाते हैं; हम यह भी मान सकते हैं कि परम सता, जीवनशक्ति या विश्वात्मा की कल्पनाएं उनके निकट मूर्ति-पूजा का प्रकाशन-मात्र हैं और क्राइस्ट के प्रति हमें पूजा एवं पश्चात्ताप अर्पित करना चाहिए, यह भी कि वे हमारे लिए 'पिता के तत्व से संयुक्त' हैं किन्तु यदि हम सच्चे हैं तो इसके सिवा और कुछ नहीं कह सकते कि वे हमारे लिए ईश्वर हैं। यह अन्तिम बात है जो अपनी सीमित मानवीय स्थिति में हम किसी निष्ठा (आराध्य) के लिए कह सकते हैं;—ईश्वर हमारे लिए, ईश्वर उस अर्थ में जिसमें एकमात्र हम उसका प्रयोग कर सकते हैं या उसे समझ सकते हैं;—ईश्वर वहीं तक जहां तक उसकी आत्मा एवं स्वभाव पूर्ण मानव-पुत्र में प्रतिफलित हैं।"—'नेचुरल रिलीजन ऐण्ड क्रिश्चियन थियोलोजी' (1953)।

उपायों से प्रभावपूर्ण रूप में इन आवश्यकताओं की पूर्ति की जा सकती है। यह रिपोर्ट 'दि कनवर्शन ऑफ इंग्लैंड' (इंग्लैंड की धर्मशुद्धि) शीर्षक से प्रकाशित हुई है। इसमें कहा गया है कि यद्यपि यह देश सतह पर (ऊपर से)अब भी ईसाई है' परन्तु राष्ट्रीय जीवनधर्म का प्रभाव बराबर घटता जाता है। 'सच्चाई और वैयक्तिक ईमानदारी'-सम्बन्धी नैतिक मान में बड़ा ह्रास हुआ है तथा 'यौन स्वच्छन्दता और द्यूतज्वर में तीव्र गति से वृद्धि हुई है। गिरजाघर में उपस्थिति की कमी आधुनिक मनुष्यों के दृष्टिकोण में परिवर्तन का एक लक्षण है। यह दृष्टिकोण दिन-दिन अधिकाधिक संशयालु एवं धर्मनिरपेक्ष होता जा रहा है। जब युग की मांग है कि आत्मिक जीवन और दृढ़ तथा गतिशील हो तब वर्तमान नेतृत्व स्वयं भ्रम एवं अनिश्चय से भर गया है। इस रिपोर्ट में दुःखदायी विभाजन तथा विशिष्ट धर्म-समागमों में उदारता के अभाव पर खेद प्रकट किया गया है क्योंकि ये ईसाई चर्च की बन्धुता को विकृत करते हैं। इसमें विभिन्न ईसाई सम्प्रदायों से अपील की गई है कि इंग्लैंड के धर्म-शोधनकार्य के लिए संघटन एवं सहयोगपूर्वक काम करें।[1] जिन आन्दोलनों का उद्देश्य ईसाइयों की एकता है वे विविधता में एकता के सिद्धांत को अपना रहे हैं क्योंकि यह न केवल एक गहन आत्मिक सत्य है वरन् इसमें एक सरल स्पष्ट व्यावहारिक बुद्धि भी निहित है। यह प्रयत्न केवल ईसाईधर्म की सीमा में ही आबद्ध होकर नहीं रह जाना चाहिए। इसे और व्यापक दृष्टिकोण अपनाना चाहिए। धर्मनिरपेक्षता एवं भोगवाद न केवल जीवन के ईसाई-मार्ग के लिए वरन् सम्पूर्ण धार्मिक दृष्टिकोण के लिए एक बढ़ता हुआ संकट है। वे धर्मों की प्रतिद्वन्द्विता को धर्म की व्यर्थता के प्रमाण-रूप में उपस्थित करते हैं।

जो सिद्धान्त ईसाई-सम्प्रदायों के पुनर्मिलन के आंदोलन को प्रोत्साहित कर रहा है उसे बढ़ाकर मानव-जाति के महान जीवित धर्मों के बीच ऐक्य-स्थापन पर भी लागू करना चाहिए। धर्म के क्षेत्र में भी विविधता के लिए स्थान है इसलिए झगड़े की ज़रूरत नहीं है। यदि ईसाईधर्म के सम्प्रदाय एकसाथ मिल सकते हैं और ईसाइयत सत्य के एकमात्र अधिकारी होने का दावा छोड़ सकते हैं तो यह आशा करना बहुत अधिक न होगा कि स्वयं ईसाईधर्म आत्मिक सत्य के एकमात्र अधिकारी होने के अपने दावे में संशोधन करे। धार्मिक सत्य-विषयक इस प्रकार के एकाधिकार के दावे के कारण प्रायः धार्मिक अहंकार एवं धर्मान्धता का जन्म हुआ है और वह आत्मा की धर्मभावना की दुनिया में सहयोगवृत्ति स्थापित करने में भयंकर

1. 'दि वर्ल्ड कॉन्फरेंस ऑन फेथ ऐण्ड आर्डर' (धर्म एवं शान्ति-सम्बन्धी विश्व-सम्मेलन) ने, जिसका आयोजन एडिनबरा में अगस्त, 1937 में हुआ, 'ऐक्य की पुष्टि' के हित घोषित किया : "हम नम्रतापूर्वक स्वीकार करते हैं कि हमारे भेद या विच्छेद ईसा की इच्छा के प्रतिकूल हैं। हम ईश्वर से प्रार्थना करते हैं कि वह अपने अनुग्रह से हमारे विच्छेद की अवधि को कम करे और ऐक्य की पूर्णता तक पहुंचाने में हमारा पथ-दर्शन करे।"

बाधा-स्वरूप सिद्ध हुआ है।

यदि हम इस मामले पर गहराई के साथ विचार करें तो भिन्न-भिन्न विश्व-धर्मों द्वारा बताए हुए विविध ऊर्ध्व पथों की आधारभूत आत्मिक उन्नति एवं प्रयत्न की एकता को सहज ही देख सकेंगे। ज्यों-ज्यों हम आत्मिक पूर्णता की सीढ़ी पर चढ़ते जाते हैं, मूलभूत आत्मिक सत्यों के ऐतिहासिक सूत्रीकरण में जो विविधता दिखाई पड़ती है उसका लोप होता जाता है। ऊपर जाने वाले सभी मार्ग पर्वत-शिखर तक पहुंचाते हैं। यह केन्द्रोन्मुखी प्रवृत्ति और पर्वत-शिखर पर पहुंचे हुए लोगों में आश्चर्यजनक मतैक्य धर्मसत्य के दृढ़तम प्रमाण हैं। आज के जीवित विश्व-धर्मों में जो यह एक मौलिक आत्मिक दृष्टिकोण पाया जाता है उसपर बल देना एक ऐसी विश्वव्यवस्था एवं शान्ति के लिए आवश्यक है जिसे केवल राजनीतिक एवं आर्थिक नियोजन से नहीं प्राप्त किया जा सकता। विश्व की आत्मिक एकता की उपेक्षा करना और धार्मिक विविधता को प्रमुखता देना तत्त्वज्ञान की दृष्टि से अनुचित, नैतिक दृष्टि से असमर्थनीय तथा सामाजिक दृष्टि से खतरनाक है। जहां भी भागवती वृत्ति है वहीं ऐक्य है।

यदि हमें धार्मिक जगत् की वर्तमान अव्यवस्थित, विभक्त स्थिति को दूर करना है तो हमें वह दृष्टिकोण ग्रहण करना पड़ेगा जो, विलियम लॉ के शब्दों में, "उदार भावना, ईश्वर एवं जो कुछ शिव है उसके प्रेम से आप्लावित संतों का समागम है। इसे कोई विशिष्ट चर्चों में कट्टरता से नहीं प्राप्त कर सकता; यह सम्पूर्ण इहलौकिक विचारों के प्रति पूर्णतः मुक्त हो जाने, ईश्वर के पवित्र प्रेम तथा ईश्वरीय अनुग्रह के उस अभिषेक से ही संभव है जो मन को हर तरह की स्वार्थपरता से मुक्त कर देता है और ईसाई, यहूदी या नास्तिक प्रत्येक मानव के प्रति समान प्रीति रखता हुआ सत्य एवं शिव को अपनाता है।"

बौद्ध-सम्राट अशोक महान ने अपने बारहवें शिलालेख में घोषणा की थी : "परम पुनीत सम्राट सभी सम्प्रदाय के लोगों के प्रति, चाहे वे संन्यासी हों या गृहस्थ, श्रद्धा रखते हैं और दान तथा अनेक रूपों में इस श्रद्धा को प्रकट करते हैं। पर परम पुनीत सम्राट को दान या बाह्य श्रद्धा की उतनी चिन्ता नहीं है जितनी इस बात की कि सब सम्प्रदायों में सार-तत्त्व का विकास हो।...जो आदमी अपने धर्म के प्रति श्रद्धा रखता है परन्तु दूसरे धर्मों की निन्दा करता है, इसलिए कि वह केवल अपने धर्म के प्रति आसक्ति रखता है और अपने धर्म का यश बढ़ाना चाहता है, वस्तुतः अपने ऐसे आचरण से अपने ही धर्म की गहरी क्षति पहुंचाता है। इसलिए अविरोध और दूसरे धर्मों द्वारा स्वीकृत धर्मिष्ठता के नियम को स्वेच्छापूर्वक ध्यान देकर सुनना आवश्यक है।" यही वह मार्ग है जिसपर चलकर समस्त जगत् के लिए एक संयुक्त आत्मिक जीवन का विकास करना संभव हो सकता है। तभी धर्म उन मानवतावादियों तथा अपने साथी मानवों के निष्ठापूर्ण

सेवकों को, उनकी बौद्धिक एवं नैतिक अन्तश्चेतना को क्षति पहुंचाए बिना, अपनी ओर आकर्षित करने में समर्थ होगा जो आज किसी धर्म-विशेष को ग्रहण करने में असमर्थ हैं।

सत्य का हित विचार-स्वातंत्र्य पर निर्भर है। दूसरे विचारों को समझकर ही हम सत्य का अधिक अच्छा दर्शन पा सकते हैं। यदि दूसरे विचार गलत भी हैं तो सत्य के लिए मिथ्या से, गलती से संघर्ष करना अच्छा ही रहेगा। यदि हम विचार-स्वातंत्र्य को दबा देते हैं और दूसरों के ईमानदारी के साथ ग्रहण किए हुए विचारों को धार्मिक उत्पीड़न, एकांगी शासन-कार्यों तथा अन्यायपूर्ण आर्थिक एवं सामाजिक दबावों द्वारा दमित कर देते हैं तो हम धार्मिक सत्य एवं प्रजातांत्रिक आदर्श का त्याग कर चुकते हैं। धर्म या राजनीति में 'उन्हें अन्दर आने को विवश करो' जैसी कोई चीज़ नहीं है। धर्म एक वृत्ति है, एक रुख है जो हमारे अस्तित्व को एक अर्थ देता है, एक ऐक्य प्रदान करता है। यह मतवादों का कोई ऐसा पुंज नहीं है जिसे सारी दुनिया स्वीकार करे। मतवाद एवं अनुष्ठान, यहां तक कि स्वयं धर्म भी अपने में कोई साध्य नहीं है। ये केवल मानव-जाति में ईश्वर के तात्पर्य की पूर्ति के लिए हैं। इन्हें किसी एक वर्ग या संस्कृति, जाति या राष्ट्र का सेवक बनकर नहीं रह जाना चाहिए। जो परम्पराएं हजारों वर्षों से चल रही हैं, जिन्होंने अगणित पीढ़ियों को आत्मिक सहायता दी है तथा ज्ञानी एवं पवित्र संतों को जन्म दिया है, लोगों से उन्हें छोड़ने के लिए कहना कोई बुद्धिमानी नहीं है। जैसे पेड़-पौधों का अपना जीवन तब तक बना रहता है जब तक उनकी जड़ें धरती के अन्दर फैली रहती हैं वैसे ही विचारों का भी अपना एक जीवन होता है।

अतीतकाल में धर्मों ने एक-दूसरे से जितना सीखा, आज उसकी अपेक्षा अधिक सीख सकते हैं, यद्यपि दूसरों के संसर्ग से परिष्कृत होने पर भी उनमें से कोई एक, मानव-जाति के आत्मिक एकीकरण के लिए सबके लिए स्वीकार्य आधार नहीं उपस्थित कर सकता। किन्तु यदि हम महान धर्मों के आधारभूत आत्मिक तथ्यों तथा उनके द्वारा दी जाने वाली सार्वदेशिक नैतिक शिक्षाओं की ओर ध्यान देते हैं तो वे सब महान धर्म एक ही केन्द्र की ओर जाते हुए दिखाई देते हैं। हम आज के एकाधिक धर्मों से स्फूर्ति प्राप्त कर सकते हैं। हम कोई नया धर्म नहीं चाहते किन्तु पुरातन धर्मों के प्रति एक नई एवं विकसित समझदारी चाहते हैं। धर्मों का भविष्य सबके द्वारा एक ही धर्म स्वीकार करने या धर्मों में प्रतिद्वंद्विता होने में नहीं, वरन् उनकी विशेषताओं को समझते हुए भी उनमें सन्निहित आधारभूत एकता के स्वीकार किए जाने में निर्भर है।

हमारी एकता हृदय एवं भावना की एकता है। हम ईश्वर-स्थित जीवन के बाह्य रूपों में विभाजित हैं किन्तु हमारा विश्वास है कि विभिन्न रूपों के गहरे

बोध से आत्मिक जीवन के सत्य का एक संयुक्त दर्शन हमें होगा। इस विचार पर उन लोगों द्वारा बल दिया जा रहा है जो काल एवं स्थान की दृष्टि से एक-दूसरे से बहुत दूर हैं किन्तु यह दूरी इस उदार दान में भाग लेने में बाधक नहीं हो सकती क्योंकि इसमें हमारी खोई विरासत को पुनः विजय कर लौटा लाने के कार्य में सहायता देने की शक्ति है।[1]

हममें से कुछ में, अपने धर्म के सिवा दूसरे धर्मों के लिए यदि अपमान की नहीं तो उदासीनता की जो भावना है, वह अज्ञान एवं बोधहीनता के कारण है। यदि हम श्रद्धापूर्वक उनका अध्ययन करें तो देखेंगे कि उन सबसे दृष्टिकोण की समानुभूति है। केवल भव्य एकाकीपन में नहीं वरन् सक्रिय विरोध-भाव से रहने के कारण उन्होंने एक बड़ा सुअवसर खो दिया है। "भारतीय विचारधारा के साथ सहानुभूतिपूर्ण सम्बन्ध बनाने के अप्रतिम अवसर के बावजूद हमने इस दिशा में जो बहुत ही कम यत्न किया है वह हमारे लिए निन्दा की बात है।...मैं यह नहीं कह रहा हूं कि हमें बौद्ध या हिन्दू हो जाना चाहिए किन्तु मेरा विश्वास है कि हम उनसे उतना ही सीख सकते हैं जितना वे हमसे सीख सकते हैं।"[2] यदि ईश्वर समस्त मानव-जाति का ईश्वर है तो जो लोग दूसरे वर्गों के हैं तथा दूसरी भाषाओं का प्रयोग करते हैं वे भी उन्हीं अंतिम प्रश्नों के समाधान के लिए सचेष्ट हैं।

श्री सी० एफ० एण्डरूज़ ने कहा था : "यदि ईसाईधर्म को सफल होना है तो

1. एक मध्यकालिक भारतीय रहस्यवादी ने लिखा है : "विभिन्न दीपों में विभिन्न प्रकार के तेल हो सकते हैं, बतियां भी भिन्न-भिन्न प्रकार की हो सकती हैं किन्तु जब वे जलती हैं तब हमें एक ही प्रकार की लौ और प्रकाश मिलते हैं।"

2. डल्ल्यू आर० इंज, 'मिस्टिसिज़्म इन रिलीजन' (1947), पृष्ठ 8।

आर० जी० कॉलिंगवुड लिखते हैं : "विचारयन्त्रों की इन कर्णकटु खट्-खट् ध्वनियों के ऊपर स्वर्ग की आत्माओं अर्थात् महान तत्त्वज्ञानियों द्वारा एक समवेतगान गाया जा रहा है। यह राग एकबारगी व्यक्त सत्य-पुंज नहीं है वरन् एक जीवित विचार है जिसके विषय कुछ पहली ही बार आविष्कृत नहीं हुए हैं किन्तु प्रत्येक सच्चे विचारक द्वारा बराबर निश्चित एवं स्पष्ट रूप ग्रहण करते रहे हैं।"—'स्पेकुलम मेण्टिस' (1924), पृष्ठ 13।

व्हाइटेड अपने ग्रंथ 'रिलीजन इन दि मेकिंग' (1926) में लिखते हैं : "आधुनिक चिन्तन में निर्धारक प्रभाव के रूप में ईसाई एवं बौद्ध धर्मों का ह्रास, अंशतः इस तथ्य के कारण है कि प्रत्येक धर्म में दूसरे से अलग रहने, दूसरे से अपनी रक्षा करने की प्रवृत्ति रही है। ज्ञान-लाभ के स्वयंपूर्ण पांडित्याभिमान और अज्ञान धर्मान्धों के आत्मविश्वास ने मिलकर हरेक धर्म को अपनी ही विचार-प्रणाली में कैद कर दिया। गम्भीर अर्थों के लिए एक-दूसरे की ओर देखने की जगह दोनों आत्मसन्तुष्ट और अनुत्पादक बने रहे।" पृष्ठ 146।

"पाश्चात्य प्रविधि के अनेक आविष्कारों द्वारा भौतिक रूप से सम्बद्ध जगत् के प्रति हिन्दूधर्म एवं महायान की फलप्रद देन उससे कम नहीं होगी जितनी ईसिस-उपासना एवं नव-प्लेटोवाद की एक जमाने में ईसाई अन्तर्दृष्टि एवं आचार के प्रति थी।"—अर्नाल्ड जे० टोयनबी : 'ए स्टडी ऑफ हिस्टरी' (1954), भाग 7, पृष्ठ 107।

उसे अतीतकाल की महान धार्मिक चेष्टाओं के विरोधी एवं प्रतिद्वंद्वी के रूप में सामने नहीं आना चाहिए। उसे एक सहायक, एक परिपूरक, शान्तिस्थापक और मित्र के रूप में आगे आना चाहिए। हिन्दूधर्म से धर्म-परिवर्तन द्वारा ईसाई बना लेने की इच्छा त्याग देनी चाहिए किन्तु विपत्ति के, आवश्यकता के समय उसकी मदद करने के लिए तथा उन कर्तव्यों की पूर्ति में उसकी सहायता करने के लिए सामने आना चाहिए जिनकी उसने इतने दिनों से उपेक्षा की है।"[1]

धर्मों को एक-दूसरे के बारे में काम करते हुए, सबके द्वारा मानवीय भ्रातृत्व के महान स्वप्न की पूर्ति के लिए सहायक होना चाहिए। डा० अल्बर्ट श्वीत्ज़र कहते हैं : ''पाश्चात्य एवं भारतीय दर्शनों को इस भावना से एक-दूसरे की स्पर्धा नहीं करनी चाहिए कि एक सही और दूसरा गलत है। दोनों को चिन्तन के एक ऐसे मार्ग पर प्रगति करनी चाहिए''जिसमें अन्त में सारी मानव-जाति भाग ले सके।"[2] आत्मिक जीवन के अनुसरण में दोनों मित्र एवं भागीदार हैं। शान्ति, न्याय एवं स्वतन्त्रता के हितवर्धन-कार्य में सभी धर्म एक पवित्र साझेदारी के सूत्र में आबद्ध हैं। हमारा बन्धु-प्रेम हमारे पड़ोसी के प्रेम में बदल जाना चाहिए।[3] आत्मा के धर्म द्वारा आत्मिक बन्धुता की भावना को सदा जीवित रखना चाहिए।

सभी बड़े धर्मों में न्यूनाधिक एक-सी धार्मिक धाराएं मिलती हैं, यद्यपि मूलतः दूसरे धर्मों से ली नहीं गई हैं।

जब भारत को एक धर्मनिरपेक्ष राज्य कहा जाता है तब इसका आशय यह नहीं होता कि हम एक अदृष्ट आत्मा की सत्यता अथवा जीवन में धर्म की आवश्यकता को अस्वीकार करते हैं, या यह कि हम अधार्मिकता की प्रशंसा करते हैं। इसका यह भी आशय नहीं कि धर्म-निरपेक्षता ही एक निश्चयात्मक धर्म बन जाती है या यह कि राज्य ईश्वरीय प्राधिकारों (प्रीरोगेटिव्स) को धारण कर लेता है। यद्यपि परमेश्वर में निष्ठा भारतीय परम्परा का आभारभूत सिद्धान्त है किन्तु भारतीय राज्य स्वयं किसी धर्म के साथ अपने को संयुक्त नहीं करेगा, न वह किसी एक धर्म द्वारा नियन्त्रित होगा। हमारा विचार है कि किसी भी एक धर्म को विशेष पद नहीं प्रदान किया जाना चाहिए। और किसी भी एक धर्म को राष्ट्रीय जीवन या अन्तर्राष्ट्रीय सम्बन्धों में विशेष सुविधाएं नहीं दी जानी चाहिए क्योंकि ऐसा करना प्रजातन्त्र के आधारभूत सिद्धान्तों का उल्लंघन तथा धर्म एवं शासन दोनों के सर्वोत्तम हितों के विरुद्ध होगा। धार्मिक निष्पक्षता को, समझदारी एवं सहिष्णुता

1. 'इंडिया इन ट्रांजिशन' (1910)।
2. जॉर्ज सीवर : 'अल्बर्ट श्वीत्ज़र' (1947), पृष्ठ 276।
3. "ईश्वर अजनबी को भोजन-वस्त्र देकर प्यार करता है, इसलिए तुम भी मिस्र की इस भूमि में अजनबी को, अपरिचित को प्यार करो।"—'ड्यूटरोनोमी' 10 : 18, 19।

के इस दृष्टिकोण को राष्ट्रीय एवं अन्तर्राष्ट्रीय जीवन में एक दैवी कर्तव्य की पूर्ति करना है। कोई नागरिक दल उन अधिकारों एवं सुविधाओं को स्वयं नहीं प्राप्त कर सकता जिन्हें दूसरों को देने से वह इंकार करता है। किसीको भी केवल अपने धर्म के कारण किसी प्रकार की अयोग्यता या भेदभाव का शिकार नहीं होना पड़ेगा वरन् सामान्य जीवन में पूरी मात्रा में भाग लेने के लिए हरेक समान रूप से स्वतंत्र रहेगा। धर्म एवं राज्य को अलग करने के भीतर यही आधारभूत सिद्धान्त निहित है। भारतीय राज्य की धार्मिक निष्पक्षता को धर्म-निरपेक्षता या नास्तिकता के साथ नहीं मिलाना चाहिए। इसमें धर्म-निरपेक्षता की जो परिभाषा दी गई है वह भारत की प्राचीन धार्मिक परम्परा के अनुसार ही है। यह निष्ठावानों के एक भ्रातृत्व की प्रतिष्ठा करने का यत्न है—वैयक्तिक विशेषताओं को वर्गचेतना के अधीन करके नहीं वरन् उन्हें एक-दूसरे के सामंजस्य में लाकर। यह जीवन्मय भ्रातृत्व अनेकता में एकता के सिद्धांत पर आश्रित है और यही एक सिद्धांत है जिसमें सृजन की क्षमता है।

विभिन्न धर्मों के अध्ययन से पता लगता है कि उनमें दार्शनिक गहराई, आत्मिक सघनता, विचार-स्फूर्ति, मानवीय सहानुभूति वर्तमान है। पुष्यशीलता, पवित्रता, निष्कलुषता और उदारता विश्व के किसी एक धर्म की मिल्कियत नहीं है।

आज हम प्रत्येक धर्म में ऐसा अल्पमत पाते हैं जो अपने धर्म के क्षितिज के परे भी देखता है; जिसका विश्वास है कि धार्मिक भ्रातृत्व सम्भव है—किसी एक मार्ग को समस्त जगत् पर ज़बरदस्ती थोपकर नहीं वरन् इस सर्वग्राही मान्यता के द्वारा कि हम सब सत्यान्वेषी हैं, मार्ग में चल रहे तीर्थयात्री हैं तथा हम सबका लक्ष्य समान सदाचरण एवं आत्मिक मानदण्डों तक पहुंचना है। जो स्वानुभव के प्यासे हैं। वे आत्मधर्म के देवदूत हैं; अनुभव का यह क्षेत्र सब धर्म-संस्थाओं से स्वतन्त्र है। वे उन सूक्ष्मताओं के भी पैगम्बर हैं जो मानवीय ज्ञान से उत्पन्न होती हैं—उस ज्ञान से जो प्रेम द्वारा शासित एक पार्थिव जाति के निर्माण के लिए सजग है। इस मनःस्थिति का व्यापक अस्तित्व ही भविष्य की आशा है।[1]

1. श्री लारेंस हाइड लिखते हैं : "समस्त संघर्ष एवं भ्रान्तियों के बीच भी सहानुभूतिशील पर्यवेक्षक धर्म के एक नये रूप की उदित होती हुई रूपरेखाएं देख सकता है ' ' 'जिसे उस मन्दिर का नक्शा कहा जा सकता है जिसमें हमारी आत्मिक संतति एक न एक दिन उपासना करेगी। इस प्रकार जो ढांचा स्वयं अपने को प्रकट करता है वह पूर्णतः आधारिक है—वह ज्ञानधर्म है जो किसी आध्यात्मिक आवश्यकता के कारण सम्पूर्ण बाह्य प्रतीकों एवं अनुष्ठानों के लिए एक आन्तरिक कुंजी प्रस्तुत करने को विवश है।' ' 'जो लोग संशयवाद एवं भौतिकवाद से पुनः धर्म की ओर लौट रहे हैं उनका बहुत बड़ा बहुमत अपने पूर्वजों के धर्म की ओर नहीं वरन् ज्ञानधर्म के ही किसी न किसी रूप की ओर लौट रहा है।"—'दि विज़्डम रिलीजन टुडे' (बर्निंग ग्लास पेपर नं० 13, पृष्ठ 44 फुटनोट से ई० सी० डेविक द्वारा अपने 'दि क्रिश्चियन एटिट्यूड टू अदर रिलीजंस' (1953), पृष्ठ 19 पर उद्धृत।

उपसंहार

यद्यपि हमारे युग ने धर्म का आशय समझना प्रायः छोड़ दिया है फिर भी आज उसे ऐसी चीज़ की प्रबल आवश्यकता है जो धर्म ही दे सकता है। एक अतीन्द्रिय परम सत्ता की स्वीकृति, उसकी अभिव्यक्ति के रूप में मानव-व्यक्ति की स्वतंत्रता तथा इतिहास के लक्ष्यरूप में मानव-जाति की एकता, यही प्रमुख धर्मों के आधार हैं। आत्मा का धर्म इन मूलभूत सत्यों की फिर से पुष्टि करता है। यह मतवादों और अनुष्ठानों को अपर्याप्त प्रतीकवादिता के अतिरिक्त और कुछ नहीं समझता। यह धर्म के नेताओं से कहता है कि वे उत्तापन एवं शोधन की एक ऐसी क्रिया का आरम्भ करें जिससे धार्मिक या सामाजिक कट्टरता के सांचे में धर्मों को ठण्डे एवं कठोर हो जाने से बचाया जा सके। इन पृष्ठों में जिस धर्म की रूपरेखा दी गई है उसे सनातन या शाश्वत धर्म कहा जा सकता है। इसे किसी धर्म-विशेष से मिलाना ठीक न होगा क्योंकि यह ऐसा धर्म है जो जाति, सम्प्रदाय सबको पार कर जाता है किन्तु इतने पर भी सब जातियों और सम्प्रदायों को अनुप्राणित करता है। जिस धर्म को हम मानते हों, उसे ऐसा श्रेष्ठ रूप दे सकते हैं कि वह आत्मा के धर्म की पंक्ति में आ सके। मैं मानता हूं कि हरेक धर्म में ऐसे ऊर्ध्व रूपान्तरण की संभावनाएं वर्तमान हैं।[1] हमें हिन्दूधर्म या ईसाईधर्म को एक ऐसे विकासमान

1. प्रोफेसर लुई रेनो लिखते हैं : "आधुनिक युग के संकटों ने, जिसका कारण गलत या सही पाश्चात्य भौतिकवाद को बताया जाता है, हिन्दूधर्म के गौरव में वृद्धि ही की है। कुछ लोग इसे एक परस्पर के प्रामाणिक अनुजीवन के रूप में देखते हैं और अपने जीवनदर्शन के आधार-रूप में ग्रहण करते हैं। दूसरे इसे एक विश्वव्यापी धार्मिक संहतिवाद में सम्मिलित करना चाहते हैं। ये प्रयत्न सफल होंगे या नहीं, इसका निर्णय तो भविष्य पर छोड़ देना चाहिए। किन्तु इतना तथ्य तो रह ही जाता है कि धर्मों के इतिहासकार के लिए हिन्दूधर्म अध्ययन का एक अप्रतिम क्षेत्र प्रस्तुत करता है। इसमें त्रुटियां अनेक हैं किन्तु इसमें रहस्यपूर्ण शक्ति की एक महान धारा है; यह धर्म की सम्पूर्ण धारणाओं को व्यक्त करता है तथा उसकी कल्पना उन्हें नित्य नूतन रूपों में प्रकाशित करती रहती है। अपनी मूलभूत परम्परा को सुरक्षित रखते हुए भी उसमें बार-बार नवीन होने की शक्ति है। भक्ति और उससे भी अधिक योग में उसने रहस्यात्मक संस्कारों की अद्वितीय विधियों को पूर्णता तक पहुंचा दिया है जो प्रबल रूप से

ईश्वरीय रहस्योद्धाटन (इलहाम : रिवेलेशन) के अंशरूप में देखना चाहिए जो समय पाकर एक बृहत्तर आत्मधर्म में परिवर्तित हो जाए।

हम एक उत्तेजना, संकट और सुयोग के युग में रह रहे हैं। हमें अपनी अपूर्णताओं का ज्ञान है और यदि हममें लक्ष्य को देख सकने की दृष्टि और उसके लिए काम करने का साहस हो तो हम अपनी अपूर्णताओं—अपर्याप्तताओं को दूर कर सकते हैं।

•

पश्चिम की अस्तव्यस्त आत्मिक शिक्षण-विधियों के प्रतिकूल है। सबके ऊपर उसकी सामान्य धर्म की व्याख्या तथा अरूपी भावनाओं एवं धर्म-साधना की आदान-प्रदानात्मक प्रेरणाओं के पीछे एक ऐसा तत्त्व है जो अनुकूल परिस्थितियों में मानवीय व्यक्तित्व को एक नवीन ऐक्य की ओर ले जाने की क्षमता रखता है।"—'रिलीजंस ऑफ एंजेण्ट इंडिया' (1953), पृष्ठ 110।